BASTEI
LÜBBE
TASCHENBUCH

Weitere Titel des Autors:

Greg McLean und Brett McBean: Wolf Creek – Zeit zu jagen

Über die Autoren:

Greg McLean ist ein australischer Regisseur, Autor und Produzent. Durch sein Spielfilmdebüt WOLF CREEK und das Sequel WOLF CREEK 2 brachte er eine der beängstigendsten Filmfiguren auf die Kinoleinwand: den psychopathischen Killer Mick Taylor.
Mit Co-Autor Aaron Sterns, der schon am Drehbuch für WOLF CREEK 2 mitarbeitete, schrieb McLean den Roman WOLF CREEK – HÖLLISCHES OUTBACK, der einen Blick in die abgründige Psyche Mick Taylors liefert und dessen Vorgeschichte erzählt.

Greg McLean und Aaron Sterns

WOLF CREEK – HÖLLISCHES OUTBACK

Roman

Aus dem australischen Englisch von
Winfried Czech

BASTEI
LÜBBE
TASCHENBUCH

BASTEI LÜBBE TASCHENBUCH
Band 17 357

Dieser Titel ist auch als E-Book erschienen

MIX
Papier aus verantwortungsvollen Quellen
FSC® C083411

Vollständige Taschenbuchausgabe

Deutsche Erstausgabe

Für die Originalausgabe:

Titel der australischen Originalausgabe: »Wolf Creek – Origin«
Originalverlag: Penguin Books, Penguin Group (Australia)

Für die deutschsprachige Ausgabe:

Textredaktion: Jan Wielpütz, Attraktive Texte, Bergisch Gladbach
Titelillustration: © shutterstock/Eky Studio; © shutterstock/gyn9037; © Arcangel/Stephanie Frey; © shutterstock/Steve Collender; © shutterstock/Tero Hakala
Umschlaggestaltung: Massimo Peter
Satz: Urban SatzKonzept, Düsseldorf
Gesetzt aus der Minion
Druck und Verarbeitung: CPI books GmbH, Leck – Germany
Printed in Germany
ISBN 978-3-404-17357-0

5 4 3 2 1

Prolog

Der Junge konnte es natürlich nicht ahnen, aber der Tod war ihnen bereits auf den Fersen. Er sollte schon bald zuschlagen, und es würde keine Zeugen geben.

Vorerst aber lockte der See die Kinder. Es war viel zu heiß, um an irgendetwas anderes denken zu können.

Der Junge spähte mit zusammengekniffenen Augen zur Biegung des Weges. Die Luft flimmerte vor Hitze, und er sah, dass sie nicht mehr weit von dem Wasserloch entfernt waren. Der beschwerliche Weg ließ das Ziel noch wunderbarer erscheinen – zumindest behauptete das sein alter Herr jedes Mal, wenn er sich weigerte, seine Kinder dorthin zu fahren. *Du musst es dir verdienen, Kumpel*, sagte er dann vor seinem Bier hockend, ohne dabei zu lächeln.

Seine Schwester hielt sich am Rand der Schotterstraße im Schatten der Bäume, sodass er gezwungen war, im grellen Licht zu gehen. Die Sonne brannte auf seinem Haar und in seinem Nacken. Er spürte, wie die heiße Luft ihn förmlich grillte. *Kann einen Mann in den Wahnsinn treiben*, hatte sein Großvater immer gesagt. *Quetscht dir die Luft aus den Lungen, lässt dir den Schweiß schon unter der Haut verdunsten, bringt dein Gehirn zum Kochen. Du musst das Land respektieren*, Junge. Das war, bevor sein eigenes Pferd ihm bei der regelmäßigen Kontrolle der Weidezäune in die Brust getreten hatte. Er hatte zwei Tage lang mit gebrochenen Rippen im Gras gelegen, war aber einen Tag, bevor man ihn fand, gestorben. Irgendwas hatte ihm das halbe Gesicht weggefressen. Möglicherweise ein

Dingo. Vielleicht war das der Grund, weshalb der Vater des Jungen Jagd auf Dingos machte.

Die erste Lektion, die er daraus gelernt hatte, war folgende: Wer lange genug hier draußen im Outback lebte, verlor entweder den Verstand, oder das Land brachte ihn schließlich um. Die zweite Lektion lautete: Man musste immer irgendjemandem Bescheid sagen, wohin man gehen wollte.

Während sie dem Weg folgten, zerquetschte der Junge mit seinem Krückstock müßig Riesenameisen. Seine Beine machten Fortschritte und wurden allmählich kräftiger, sodass er die Krücke eigentlich nicht mehr brauchte. Aber es war ein Mahagonistock und das einzige Geschenk, das er von seinem Großvater bekommen hatte, und so nahm er ihn überallhin mit.

Seine Schwester trottete wie üblich mit gesenktem Kopf dahin. Mit ihrem übergroßen Strohhut sah sie wie eine chinesische Bäuerin aus, unterwegs zur Morgenarbeit auf dem Reisfeld. Sie kickte kleine Staubfontänen mit ihren abgewetzten Slippern auf; gebrauchte Schuhe, Secondhandware wie fast ihre gesamte Kleidung, die sie von den MacAllisters bekommen hatten, den neuen Besitzern ihrer ehemaligen Farm. So wie auch seine eigenen Schuhe, die ihm bereits eine Nummer zu klein waren. *Das haben wir nicht verdient, Dad, oder?* Er würde zu schnell wachsen, sagte Mrs. MacAllister immer, während sie ihm das Haar zerzauste. Schon bald würde er statt Bobbys Schuhen die ihres Mannes auftragen, sagte sie. Und dann lächelte er wie immer und ignorierte ihre Töchter, die feixend in der Tür standen. Er wusste, wie der Rest des Ortes über seine Familie dachte. Doch er wusste ebenfalls, dass man tun musste, was auch immer erforderlich war, wenn man überleben wollte. Wer sich nicht daran hielt, geriet zwangsläufig unter die Räder und blieb auf der Strecke.

Sie waren keine zwanzig Meter mehr von der Biegung entfernt, und in Gedanken konnte er bereits das klare Wasser auf der Haut fühlen, das seinen glühenden Körper kühlte. Er würde den Kopf so lange er konnte unter Wasser halten, bis es seine Schwester mit der Angst zu tun bekam, bevor er sich wieder aufrichtete.

Der Junge schielte zu ihr hinüber und grinste voller Vorfreude, doch sie hatte den Blick nach hinten gerichtet. Zwischen ihren Augenbrauen erschien eine Falte.

»Wer ist das?«, fragte sie.

Er drehte sich um und schirmte die Augen mit einer Hand gegen die blendende Sonne ab. Eine Staubwolke stieg in der Ferne wie eine kleine Windhose auf, in dessen Zentrum etwas glitzerte. Dann ertönte ein dumpfes Dröhnen wie von einem grollenden Dämon in der Wüste, als ein großes Auto, das offenbar schon seit einiger Zeit mit ihnen Schritt gehalten hatte, langsam beschleunigte und näher kam.

Die Stirn des Jungen legte sich ebenfalls in Falten. Er trat von der Schotterstraße ins Gras. Der Wagen *war* ihnen gefolgt. Das konnte er aus der Veränderung des Motorengeräuschs hören, das lauter geworden war, nachdem er sich umgedreht hatte. Aber warum folgte er ihnen? Weil irgendwer ein wachsames Auge auf sie hatte, um sich zu vergewissern, dass sie den Damm vor dem Wasserloch heil erreichten? Aber es war nicht der Wagen ihres Vaters. Außerdem würde ihr alter Herr so etwas sowieso nicht tun. *Man kann sich nicht verlaufen, wenn man am Graben langläuft*, hatte er der Mutter der Kinder gesagt, um sie zum Schweigen zu bringen – und drohend die Hand mit dem Rücken in ihre Richtung gehoben, damit sie den Mund hielt.

Überhaupt war ihr Auto ein rasselnder, kaum noch fahrtüchtiger Geländewagen. Das hier war dagegen eine tief liegende schwarze Limousine mit einem großen Motor unter der Kühlerhaube. Sein Dröhnen ließ einen Schwarm Kakadus aus den Bäumen aufflattern.

Kein Wagen, den der Junge wiedererkannte. Er konnte lediglich die Umrisse eines Hutes hinter der getönten Windschutzscheibe sehen, als das Auto näher kam. Ein Paar grobe Hände am Lenkrad. Ein großer Mann mit breiten Schultern.

Das Motorengeräusch schmerzte in seinen Ohren, als der Wagen auf gleicher Höhe mit dem Jungen und seiner Schwester hielt.

Die Zähne des Mannes waren so gelb und wirkten so Furcht einflößend wie die eines Dingos. Er grinste den Jungen an, und sein Grinsen wurde noch breiter, als sein Blick auf das Mädchen fiel. »Was zum Kuckuck macht ihr zwei denn hier draußen? Is' ja heißer hier als in der Hölle.« Die haarigen Handgelenke des Mannes glänzten feucht vor Schweiß. Eine Mischung aus Öl- und Körpergeruch schlug den Kindern entgegen.

Der Junge verzog das Gesicht. Es war um diese Tageszeit immer heiß hier draußen. Warum sollte das heute anders sein? Er achtete darauf, seine Schwester mit seinem Körper abzuschirmen, und betrachtete den Fremden. Die Augen des Mannes waren so gelb wie seine Zähne.

»Dachte zuerst, es wär 'ne Fata Morgana, ihr zwei hier draußen. Deshalb bin ich eine Weile langsam gefahren, um sicherzugehen, dass ich keine Gespenster seh. So was wie zwei Engel auf der Erde. Eure Eltern lassen euch ganz allein hier rumlaufen?«

Der Junge antwortete nicht, aber seine Schwester nickte, und die merkwürdigen Augen des Mannes wanderten verstohlen zu ihr hinüber. Saugten sich an ihr fest, an ihrem Rüschenkleid, den nackten Beinen. »Wisst ihr, ihr könnt hier draußen sterben, und niemand würd' euch jemals finden. Junge Mädchen sollten nich' allein in der Gegend rumlaufen.«

»Sie ist nicht allein.«

Der Mann blickte wieder den Jungen an. Dann lachte er, ein hohes nasales Grunzen tief in der Kehle. Ein abstoßendes Geräusch.

Der Junge hatte den Mann mit dem unrasierten Gesicht und dem schmutzigen Hut noch nie zuvor gesehen. Vielleicht passierte er den Ort nur auf seinem Weg zu irgendeinem anderen Ziel. Oder er war neu hier. Wie auch immer, er stammte offensichtlich von außerhalb, und der Vater des Jungen hatte seinem

Sohn immer eingeschärft, niemandem von außerhalb zu vertrauen. Eigentlich überhaupt niemandem, aber Fremden schon gar nicht. *Solange du nicht weißt, wie jemand denkt, weißt du auch nicht, was er tun wird*, sagte er immer. *Ist genau das Gleiche wie mit den Hunden. Du musst dich in sie reinversetzen. Musst ihnen immer einen Schritt voraus sein, wenn du sie erwischen willst. Sonst überraschen sie dich, fallen dich vielleicht sogar an. Reißen dir nachts die Kehle auf.* Vielleicht hatte er das aber auch nur gesagt, um ihm Angst zu machen, denn soweit der Junge wusste, griffen Dingos Menschen nie an.

Jetzt wünschte er sich, sein Vater wäre hier. Irgendetwas mit dem Lächeln des Mannes stimmte nicht. An der Art, wie er seine Schwester ansah. Als wäre ihr Bruder gar nicht da. Als könnte der Mann jederzeit seine verschwitzten Pranken nach ihr ausstrecken, wenn er das wollte.

»Unser Haus liegt gleich hinter der nächsten Straßenbiegung«, sagte der Junge. »Wenn wir nicht weitergehen, kommen wir zu spät zum Essen.«

Der Mann hob die Brauen. »Ich wusst' gar nich', dass es in dieser Richtung irgendwelche Häuser gibt.«

Das Mädchen ergriff ängstlich die Hand ihres Bruders und drückte fest zu, als seine Lüge aufflog, aber der Junge beachtete sie nicht. »Warum? Woher kommen Sie denn?«

Der Mann lächelte. »Oh ... aus der Gegend hier. Bin nur auf der Durchfahrt. War in der Stadt. Muss zurück auf die Arbeit.«

»Und wo ist das?«

»Du stellst aber 'ne Menge Fragen, Junge.«

Die Schwester des Jungen zerrte an seiner Hand. »Können wir weiter ...?«

»Weil ich jeden hier in der Gegend kenne«, erwiderte der Junge. »Habe Sie aber noch nie gesehen.«

Der Mann zuckte die Achseln. »Ich hab' dich auch noch nie gesehen. Also sind wir quitt.« Er musterte das Mädchen. »Ist dir nich' heiß, Süße? Ich könnt' euch beide ein Stück mitnehmen. Gar kein Problem.«

Der Junge hob den massiven Gehstock und hielt ihn abwehrend vor seinen Körper. Entweder bemerkte der Mann die Geste nicht, oder es war ihm egal. »Wir sind daran gewöhnt, zu Fuß zu gehen. Wir brauchen keine Hilfe.«

Der Mann blinzelte ihn aus ausdruckslosen Augen an. Dann verzogen sich seine Lippen erneut zu einem Lächeln, das seine gelben Zähne entblößte. Er betrachtete den Gehstock, das knorrige untere Ende. Er lachte. »Die Hitze scheint dir schwer zuzusetzen, Junge. Hast mich völlig falsch verstanden. Wollt' euch doch nur helfen.«

Der Junge nickte. Rührte sich nicht.

»Du bist ein guter Bruder. In Ordnung, dann nehm' ich euch eben nich' mit. Aber hier, nehmt das hier, bevor ich weiterfahr'.« Er kramte auf dem Beifahrersitz herum. Der Junge spannte die Muskeln an, doch dann hielt der Mann zwei Schokoriegel aus dem Seitenfenster. »Sind zwar ein bisschen geschmolzen, aber immer noch gut.«

Der Junge spürte, wie sich seine Schwester in Bewegung setzte, und drückte ihre Hand. »Wir werden gleich zu Mittag essen. Aber trotzdem, danke.«

Der Mann bemerkte den Ausdruck in den Augen des Mädchens. Sein Grinsen wurde breiter. »Du willst eins, was, Süße? *Ich* mag Schokolade.« Er wackelte mit den Riegeln. Sein Blick kehrte zu dem Jungen zurück, als er erkannte, dass der seine Schwester nicht loslassen würde. Sein Grinsen verblasste. »Komm schon, ihr wollt sie und könnt sie haben. Is' kein Ding für mich. Ich hab' noch genug davon.«

Plötzlich registrierte der Junge, dass der Mann an ihm vorbeistarrte, während er sprach, als müsste er angestrengt nachdenken. Er schien nicht ganz dicht zu sein.

Eine Weile blieb der Fremde reglos hinter dem Steuer seines

Wagens sitzen, und der Junge rechnete damit, dass jeden Moment die Tür auffliegen würde. Doch dann landeten die Schokoriegel auf dem Schotter.

»Schätze, dann lassen wir sie eben den Vögeln.« Der Mann hob die Schultern. Die Papierfolie der Riegel glänzte in der Sonne. »Wenn ihr's euch doch noch anders überlegt, wisst ihr ja, wo sie liegen. Sie sind gut.« Er lächelte dem Mädchen zu, das wie gebannt die Schokolade anstarrte. »Aber erst nach dem Mittagessen, Süße.« Dann richtete er den Blick auf den Jungen und zwinkerte ihm zu. »Wir wollen doch nich', dass eure Mum was merkt. Die würd' mich glatt umbringen.« Er tippte an seine Hutkrempe, dann fuhr der Wagen davon. Das Dröhnen des Motors scheuchte erneut einen Schwarm Kakadus auf. Der Junge kniff die Augen gegen den aufwirbelnden Staub zusammen.

Dann war der Fremde verschwunden, und die Kinder blieben mit den mitten auf der Straße liegenden Schokoriegeln zurück.

»Können wir …?«

»Nein«, sagte der Junge.

»Warum nicht?«

»Weil wir sie nicht brauchen. Lass uns weitergehen.«

Das Mädchen warf einen Blick zurück auf die Schokolade, verzog missmutig das Gesicht und folgte schließlich ihrem Bruder.

»Der See reicht völlig aus. Du wirst schon sehen. Das Wasser wird *so* kühl sein.«

Seine Schwester schwieg.

»Schmoll nicht. Du wirst die Schokolade vergessen, sobald du den Kopf unter Wasser getaucht hast.«

»Ich werde den Kopf *nicht* unter Wasser tauchen.«

»Weil du ein feiges Huhn bist«, zog er sie auf, wie er es immer tat. »Eines Tages musst du es tun.«

»Ich bin kein feiges Huhn!«

»Ga-gack-gack!«

Das Mädchen baute sich wütend vor ihrem Bruder auf. »Sag nicht feiges Huhn zu mir!«

Er seufzte. Warum machte er sich überhaupt die Mühe, sie zu beschützen? Schwestern konnten manchmal wirklich furchtbar lästig sein. »Wir sind gleich da. Beeil dich.«

Sie stemmte sich gegen den Druck seiner Hand in ihrem Rücken und warf einen Blick über ihre Schulter zurück. »Aber die Schokolade liegt doch gleich da drüben. Und geht in der Hitze kaputt.«

Allmählich wurde der Junge wütend. »Dann haben die Kakadus was zu fressen«, erwiderte er und drückte stärker. Seine Schwester kickte störrisch in den Straßenboden, sodass Staub und Sand aufstieben, setzte sich aber schließlich wieder in Bewegung. Der Junge spähte die Straße entlang, konnte aber keine Spur des Wagens mehr entdecken. Er führte seine Schwester von der Schotterpiste fort auf den alten Steinbruch zu.

Sie schoben sich über eine Böschung durch Buschwerk hindurch, bis sie schließlich die Kuppe des Damms erreichten, der das Wasserloch umgab. Die Oberfläche des Sees glitzerte dunkelblau in der Hitze. Da es für die anderen Kinder zu heiß war und der alte Steinbruch zu weit von der Siedlung entfernt lag, waren die Geschwister allein. An den Wochenenden kamen auch andere Kinder hierher, aber jetzt hatten sie den See nur für sich, genau so, wie es der Junge mochte.

Manchmal wünschte er sich, er bräuchte seine Schwester nicht mitzunehmen, sodass er auf seine Badehose verzichten und das Wasser seine Genitalien streicheln lassen könnte. Doch das war in Gegenwart seiner Schwester völlig undenkbar. Es gab gewisse Regeln zu beachten. Sein Vater würde alles andere als glücklich sein, wenn seine Schwester ihm verriet, dass ihr Bruder splitterfasernackt mit ihr badete. Aber das spielte jetzt keine Rolle, als er sich in Vorfreude auf die ersehnte Abkühlung die Lippen leckte. Es würde auch mit Badehose gehen.

Seine Schwester war auf der Hügelkuppe neben ihm unvermittelt stehen geblieben, die Arme trotzig vor der Brust verschränkt. »Will wieder zurück«, maulte sie mit einer Kleinkindstimme.

»Mensch, sieh dir doch nur das Wasser an! Möchtest du denn nicht schwimmen gehen?« Er legte ihr erneut eine Hand in den Rücken, doch sie bohrte ihre Fersen in den Boden und stemmte sich gegen ihn.

»Du bist gemein! Will Schokolade!«

»Sei kein Baby.«

»Nenn mich nicht ein Baby!«, schrie sie. »Warum darf ich keine Schokolade haben?« Ihre Stimme hallte schrill über den Damm, und der Junge verlor endgültig die Geduld. Es hätte ein schöner Tag werden sollen. Im kalten Wasser schwimmen, auf dem Rücken im Gras liegen und in den Himmel schauen. Sich keine Gedanken über zu Hause machen. Und dann musste dieser merkwürdige Typ auftauchen und alles zunichtemachen.

Plötzlich knackte links von ihnen ein Ast. Der Junge verharrte, eine Hand noch immer auf den Rücken seiner Schwester gelegt, und ließ seinen Blick über das Dickicht wandern. Die flirrende Hitze behinderte seine Sicht, doch dann machte er einen dunklen Umriss im hohen Gras aus. Er schirmte seine Augen mit einer Hand gegen das grelle Sonnenlicht ab. Der Schatten wuchs in die Höhe …

Später sollte er sich daran erinnern, wie er die dunkle Gestalt im Gras gesehen hatte. Und wie er viel zu langsam gedacht hatte: *Der Mann!* Wie er trotz seiner Angst wie gelähmt auf der Stelle verharrt hatte, unfähig sich zu rühren, *obwohl er wusste, dass er etwas tun musste. Sofort!*

Er konnte sich noch an andere Details dieser letzten Augenblicke erinnern. An die Wärme des Körpers seiner Schwester unter seiner Hand. An den Geruch des Sees. Die stechende Hitze der brennenden Sonne auf der Haut. Die Taubheit in seinen Beinen.

Und alles, was ihm danach im Gedächtnis haften geblieben war, war das Blut.

Erster Teil
Ein neuer Anfang

1

Kilbarra Station,
Western Australia, 1966

Die Sonne versinkt, als würde sie sterben, ihr letztes Blut über den Himmel vergießen. Ihre roten Finger streicheln noch einmal die Unterseite der Wolken, bevor die Dunkelheit hereinbricht.

Der Geländewagen hält rasselnd und klappernd an. Mick entknotet langsam seine langen Beine und springt von der Ladefläche. Seine Muskeln brennen, als er seinen Seesack packt und sich mit einem Winken bei dem Farmer bedankt. Der Typ hupt zum Abschied, und während er weiter über die Schotterpiste in Richtung Coralbyne fährt, starrt sein Hund – sicher und warm auf dem Beifahrersitz, der kleine Scheißkerl – durch die Heckscheibe der Fahrerkabine zurück. Mick rechnet fast damit, dass das Vieh ihm die Zunge rausstreckt oder sonst was macht.

Er steht eine Weile im aufgewirbelten Staub und sieht zu, wie der Pick-up in der Ferne verschwindet. Das Dröhnen des Motors hallt noch lang über das flache Gelände, nachdem der Wagen selbst nicht mehr zu sehen ist. Schließlich dreht sich Mick zum Tor um. Er atmet tief durch, wirft sich den Seesack über die knochige Schulter und betritt die Kilbarra Station. Und damit sein neues Leben.

Der Weg hinein gibt ihm die Gelegenheit, sich einen ersten Eindruck von der Station zu verschaffen. Unzählige kleine Koppeln erstrecken sich von dem gut gepflegten Zaun zu seiner Rechten bis hin zum Horizont und darüber hinaus. Die grauen pilzförmigen Silhouetten von Schafen drängen sich in der Ferne zusammen, kleine Schatten, kaum noch erkennbar in der zunehmenden Dunkelheit. Vermutlich Merinos, deren feine Wolle zur besten im ganzen Distrikt zählt. Ihr Blöken klingt wie das Schreien von Kindern. Zu seiner Linken, in Richtung der östlichen Grenze der riesigen, 30 000 Morgen großen Station, breiten sich Felder mit jungem Hafer, der als Tierfutter angepflanzt wird, wie ein giftgrüner Teppich aus. Damit erschöpft sich Micks Wissen über die Landwirtschaft auch schon so ziemlich. Er weiß, dass auf der Farm außerdem noch Rindvieh gehalten wird – große schottische Hereford-Rinder, die gutes Geld bei den Auktionen in der Nähe einbringen –, aber davon gibt es nur etwa tausend als Spekulationsobjekte auf der Kilbarra Station, nicht annähernd so viele wie Schafe. Also sollte er sich lieber an die grauweißen Viecher gewöhnen. Er nähert sich einer weiteren Herde zu seiner Rechten, die sich zu nahe am Zaun aufhält. Die Tiere fliehen laut blökend vor ihm, und er grinst.

Wie im größten Teil des Staates Western Australia ist das Land hier ziemlich flach, aber zumindest so nahe am Weizengürtel gelegen, dass eine nachhaltige Bewirtschaftung möglich ist. In der Pilbara weiter nördlich herrschen geradezu unglaubliche Temperaturen, und auf den Regen ist kein Verlass. Dort gibt es nur vereinzelte Eisen- und Nickelminen in der Wüste, und die Bevölkerung konzentriert sich auf wenige, um die Bergwerke herum entstandene kleine Städte. Im Süden liegt Kalgoorlie mit seinen Goldvorkommen und weiter im Südwesten das grünere Umland von Perth und Albany. Hier aber, entlang des in Nord-Süd-Richtung verlaufenden Goldfield Highways, der die Küstengebiete von der Wüste im Hinterland trennt, sieht es ein wenig wie im Outback von Queensland aus: trocken, weiträumig, fruchtbar. Es erinnert ihn beinahe an seine Heimat. Die Hitze ist vertraut, fast schon tröstlich. Doch selbst angesichts der großen Entfernungen zwischen den Ortschaften in Queensland braucht man eine Weile, um sich an diesen Staat zu gewöhnen. Western Australia ist riesig und umfasst annähernd ein Drittel des Kontinents. Mick hat gehört, dass es hier draußen eine Rinderfarm gibt, die so groß ist wie Texas und sich über die Grenzen von drei Staaten erstreckt. So groß wie manche europäischen Länder, und trotzdem wird sie nur von vielleicht dreißig Leuten bewirtschaftet, so wie die Kilbarra Station. Das hat ihn immer irgendwie eingeschüchtert, die Vorstellung, sich um ein derart großes Gebiet kümmern zu müssen. Und jetzt steht er kurz davor, ebendiese Erfahrung zu machen.

Er ist bereits außer Atem, als er endlich das Gehöft auf der Anhöhe vor sich erblickt. Seine Schultern schmerzen vom Gewicht des schweren Seesacks. Mick verharrt einen Moment, massiert seine verkrampften Beinmuskeln und hofft, dass sie ihn nicht im Stich lassen.

Das Gehöft ist groß und flach und wird von einer ausladenden Veranda wie von einem Burggraben eingerahmt. Dahinter liegen wahllos verstreut etliche Gebäude: ein offener Schuppen, fast so groß wie das Haupthaus, vollgepfercht mit Werkbänken, Maschinen und einer kleinen Planierraupe, davor ein gewaltiger Traktor und ein kleinerer Mähdrescher. Zwei kleinere Gebäude mit schmalen Fenstern und verrosteten Wellblechdächern, in einem davon vermutlich sein Zimmer. Einige weitere Gebäude, die er von hier aus nicht identifizieren kann, auch wenn er in einem mehrere Haken von der Decke herabbaumeln sieht, was dafür spricht, dass es sich um das Schlachthaus handelt. Eine riesige Scheune, die die Kantine beherbergen könnte. Außerdem die Ställe, entgegengesetzt der vorherrschenden Windrichtung gelegen, damit der Gestank des Viehmists nicht zum Gehöft herübergeweht wird. Jenseits davon erstreckt sich im verdämmernden Tageslicht noch mehr endloses offenes Land.

Angeleint unter einem weißen Yapunyah-Gummibaum döst ein Pferd vor sich hin, sonst gibt es nirgendwo irgendein Lebenszeichen. Mick nähert sich dem Tier direkt von vorn. Es schnuppert an ihm und senkt den Kopf als Aufforderung, es zu tätscheln. Er streichelt den großen Kopf und atmet den vertrauten Pferdegeruch tief ein.

»Also, wo stecken all die anderen?«, flüsterte er dem Pferd ins Ohr. Es schnuppert erneut und stößt ihm die Nüstern in die flache Hand.

Da die Gebäude rings um ihn herum wie ausgestorben daliegen, tätschelt er das Pferd ein letztes Mal, macht sich auf den Weg zum Haupthaus und schwingt sich über den niedrigen Zaun vor der Rasenfläche. Als er sich der breiten Eingangstreppe nähert, schiebt sich eine Gestalt am anderen Ende des Gebäudes in sein Blickfeld, verharrt einen Moment lang und geht dann auf ihn zu.

»Wohin, glaubst du wohl, gehst du da?«

»Tag, Kumpel. Wollte zum Manager, Blackall. Heiße Taylor, Mick Tay...«

»Glaubst, du könntest da einfach so hochmarschier'n?« Der Mann steht reglos im Halbdunkel, groß, einen Hut tief in die Stirn gezogen, sodass man nur sein Kinn sehen kann. Aber Mick registriert die sehnigen harten Arme und sieht, dass das Gewicht des Mannes auf seinen Fußballen ruht, als würde er jeden Moment zum Sprung ansetzen. Und erst da bemerkt er das Gewehr auf seinem Rücken.

»Äh, ich war nicht sicher, wohin ich gehen sollte ...«

»Scheiße noch mal, Junge. Du kanns' nich' einfach hier so reinmarschier'n.«

Mick prustet angesichts des breiten neuseeländischen Akzents beinahe los, und der Typ starrt ihn finster an.

»Was gibt's da zu grinsen?«

»Du bist ein Kiwi, was?«

»Und was is' daran so lustig?« Der Mann wartet auf eine Antwort, die herabhängenden Arme leicht angewinkelt, die Hände jetzt halb zu Fäusten geballt.

Mick antwortet nicht.

»Also, Junge? Willst du jetzt vielleicht irgendein' Schafwitz reißen?«

»Ähm ... nein.«

Vom Eingang des Gehöfts her brandet Gelächter auf. Ein großer Mann, dessen eng sitzendes kariertes Hemd kaum seinen dicken Bauch bändigen kann, kichert im Dunkel. »Du hast sie doch schon alle gehört, Cutter. Glaubst du vielleicht, unser neuer Jackaroo hätte dir ein paar neue Witze mitgebracht?«

Cutter hebt den Kopf und grinst in Richtung des anderen Mannes. »Immer noch besser, als sich immer wieder den gleichen Scheiß von dir anhör'n zu müssen, alter Wichser.«

Mick entspannt sich, aber als sich Cutter dicht an ihm vorbeischiebt, verblasst sein Lächeln wieder. »Seh' dich später noch, Junge«, sagt der Neuseeländer und stiefelt weiter zu dem Pferd unter dem Baum.

»Michael, stimmt's?«, fragt Blackall, der Manager, während er Mick die Hand schüttelt.

»Ja, Sir.«

»Kaum zwei Sekunden hier, und schon hast du gegen unsere beiden Regeln verstoßen.«

Mick starrt ihn an.

»Man macht bei uns keine Sprüche darüber, woher irgendwer stammt. Wer hier aufkreuzt, ist ein unbeschriebenes Blatt. Deine Hautfarbe, deine Vergangenheit – das alles spielt keine Rolle mehr, weil wir hier auf der Station alle gleich sind. Sogar die Abbos. Oder die ›Ubbos‹, wie Cutter sagen würde. Auch wenn ich der Einzige bin, der sich so eine Bemerkung leisten darf.«

Mick erwidert das Lächeln nicht. »Und die andere Regel, Sir?«

»Die Finger von den beschissenen Gäulen der andern lassen!«, ruft Cutter, während er sich mit einer fließenden Bewegung auf den Rücken des Pferdes schwingt und ihm die Hacken in die Seiten gräbt. Die große Silhouette des Tieres mitsamt Reiter verschwindet in der Dunkelheit.

Blackall klopft Mick so kräftig auf den Rücken, dass er fast zu Boden geht. »Na schön, verpassen wir dir eine Besichtigungstour. Mal sehen, wem du sonst noch auf die Eier gehst.«

Sie steigen in einen zerbeulten Jeep und drehen eine schnelle Runde, und obwohl sich Mick redlich Mühe gibt, die verschiedenen Arbeitsbereiche und seine zukünftigen Aufgaben auf der Farm abzuspeichern, verliert er irgendwann die Übersicht über die zahlreichen Koppeln und Gebäude.

»Die Farm gehört meiner Familie schon seit vier Generationen«, erzählt ihm Blackall. »Freie Siedler, die 1890 während des Goldrauschs rübergekommen sind. Während sich alle anderen in Kalgoorlie zu Tode geschuftet haben und nur ein paar wenige Glückspilze wirklich reich geworden sind, hat mein Opa hier stattdessen Farmland für wenig Geld aufgekauft. Als die Goldstädte pleitegegangen sind, gab es hier nur noch die Schafe. Es heißt, diese Nation wäre auf ihren Rücken errichtet worden, und da widersprech ich nicht. Vor zehn Jahren hat der Wollpreis seinen Höchststand erreicht, und seither ist es hart geworden, aber das wird sich schon wieder ändern. Tut es immer. Der Rest der Welt kann meinetwegen zum Teufel gehen. Kriege in Übersee, Kommis, die versuchen, ihren Einflussbereich zu vergrößern, Penner, die versuchen, die Regierung mit ihren Protesten zu stürzen … Aber das sind Probleme der Städte. Das Land wird es immer geben. Und die Arbeit hört nie auf.«

Mick nickt, wie benebelt von den Dimensionen der Schaffarm, während sie zum Gehöft zurückkehren.

»Old Tommo vom Abbo-Camp hat sich also für dich verbürgt«, sagt Blackall und verlangsamt die Fahrt vor der Schurscheune. Die Scheinwerfer des Jeeps durchdringen kaum die Massen an leeren Pferchen. Vielleicht verstecken sich die Schafe in der Dunkelheit. »Er war mal mein erster Jäger, noch vor Cutter. Hat Tommo dir das jemals erzählt? Guter Mann für einen *Boong*.« Mick wendet den Blick ab, was Blackall jedoch nicht bemerkt. »Und, wie lange hast du bei den *Blackies* gelebt?«

»Eine Weile.«

Blackall wirft ihm einen Seitenblick zu. »Ist schon okay, Sohn.

Habe gehört, dass du da Schwierigkeiten gehabt hast. Ist sicher nicht leicht gewesen, der einzige Weiße da zu sein. Wie schon gesagt, du kannst hier noch mal ganz von vorn anfangen, wie ein unbeschriebenes Blatt. Muss niemand sonst was davon wissen.«

Mick nickt.

»Warum sie dich bei sich aufgenommen haben, ist deine Sache. Dann wolltest du hierher. Das ist gut. Ist alles, was mich interessiert. Harte Arbeit kann einem Mann helfen, zu sich zu finden. Seinem Leben Richtung geben.«

»Das war die Idee dabei.«

Blackall lächelt. »In einem Abbo-Reservat kannst du nicht deinen Platz im Leben finden, richtig? Die *Boongs* wollen den ganzen Tag nur saufen und sich prügeln. Also, wir werden dich hier schon auf Trab und auf Kurs bringen. Entweder das, oder aber du gehst dabei drauf.« Er lacht über Micks Reaktion. »Habe dich nur verarscht. Scheiße, Sohn. Du *hast* einen Unterschlupf gefunden. Die Jungs werden sich ihren Spaß mit dir machen wollen. Ich rate dir, lass dir nichts gefallen. Wenn wir hier dich nicht auf den Weg bringen können, schafft es niemand.« Vor dem Gehöft auf dem Hügel über ihnen kommt Bewegung auf, und Blackall sieht auf seine Uhr. »Wie es scheint, kommen sie gerade zurück. Pünktlich zum Abendessen.«

Ein Trupp Farmarbeiter trabt zu den Ställen hinunter. Die Männer lachen und wischen sich die von der Arbeit verschwitzten Gesichter ab. Ihre Silhouetten wirken vor dem Himmel geradezu monströs, wie eine Mischung aus Menschen und Pferden. Als der Jeep zu ihnen aufschließt, reitet einer gemächlich zu ihnen herüber. »Ist das hier der andere Frischling?«, fragt der Mann und mustert Mick dabei von Kopf bis Fuß. »Was für ein dürrer Penner.«

»Er gehört dir, Cunningham«, sagt Blackall. »Der Vorarbeiter der Station«, erklärt er Mick. »Dein neuer Boss. Und jetzt raus aus meinem Jeep. Die Missus wartet wahrscheinlich schon auf mich.«

»Danke, Sir«, erwidert Mick und ergreift seinen Sack.

»*Sir.* Hast du gehört, Cunningham? *So* hört sich Respekt an. Schätze, der hier wird sich gut machen.«

Der Vorarbeiter begutachtet immer noch skeptisch Micks magere Arme und Beine. »Oh, wir respektieren dich schon, du fetter Bastard. Wir zeigen es dir einfach nur nicht so direkt.«

Blackall lacht und verpasst Mick einen so kräftigen Schlag auf den Rücken, dass der einen Satz aus dem Jeep macht. Was vermutlich auch so beabsichtigt war. Mick landet mit seinem Sack im Staub, und Cunningham blickt auf ihn hinab.

»Du kreuzt spät bei uns auf, Jackaroo. Habe dich schon heut' Morgen hier erwartet.«

»Der Zug hatte Verspätung ...«

»Aber nachdem du jetzt da bist, kannst du schon mal die Ställe ausmisten und *danach* zum Essen kommen. Wie hört sich das für dich an?« Es ist keine Frage. Mick nickt. »In diesem Leben ist nichts umsonst, Jackaroo.«

Die anderen Männer lachen, während sie ihre Pferde in den Stall führen und Mick knöcheltief im Mist stehen lassen. Er beginnt zu schaufeln, und der Gestank raubt ihm beinahe den Atem. Das Abendessen ist schon halb vorüber, als er schließlich in die Kantine stapft. Die Männer protestieren lautstark gegen den Gestank, den er verströmt, und verlangen von ihm, sich zu waschen. Eine Weile später kehrt er wütend und mit vor Scham rotem Gesicht zurück, aber endlich wird er von den anderen als einer der ihren akzeptiert und schüttelt jede Menge Hände, ohne sich all die Gesichter und Namen merken zu können.

»Bist 'n großer Bursche, was?«, bemerkt einer der Männer, ein junger Aborigine namens Mercer. »Und, weißt du auch, wie man *500* spielt, Bruder? Hast 'n bisschen Geld?« Er runzelt die Stirn, als Mick den Kopf schüttelt. »Dann musst du heut' Abend eben zuschauen. Warte, bist du deinen Lohn kriegst. Dann knöpf ich ihn dir ab.«

Und Mick nimmt Platz, lacht und lauscht den Geschichten der anderen, und so beginnt sein erster Abend in dieser Welt.

Die ersten Wochen verlaufen ähnlich wie das Ausmisten der Pferdeställe. Er und Opey, der andere neue Jackaroo, rennen auf der Station herum und erledigen alle einfachen Arbeiten, die Cunningham ihnen aufträgt: die Schafe in endlosen Wiederholungen von einer Koppel auf die nächste treiben, das stumpfsinnige Prozedere, Hammel und Mutterschafe voneinander zu trennen, die Schafe mit Ohrenmarken zu versehen, zu impfen oder die Böcke während der Kastration festzuhalten. Einmal lässt Mercer sie zusehen, wie er ein Schaf für den wöchentlichen Fleischbedarf der Männer schlachtet – was sie ebenfalls werden tun müssen, sobald sie an der Reihe sind –, und Mick verfolgt das Geschehen mit wild hämmerndem Herzen.

Er bemüht sich nach Kräften, die körperliche Arbeit zu bewältigen, aber gelegentlich versagen seine mageren Beine, die noch immer von den Nachwirkungen der Kinderlähmung beeinträchtigt sind, und dann kommt es vor, dass ihm ein Schaf entwischt, oder seine Knie geben unter der Last eines Getreidesacks auf seinen Schultern nach. Obwohl er versucht, seine Schwäche zu verbergen, bemerken es Cunningham oder andere Arbeiter, und dann bedenken sie ihn mit demselben Gesichtsausdruck, mit dem sie die schwachen und kranken Tiere aus den Herden aussortieren.

Trotzdem bekommt er nach einigen Wochen ein eigenes Pferd zugeteilt – eine kleine haselnussbraune Stute, die ihn mehrfach abzuwerfen versucht, bis er ihr die Sporen so hart in die Flanken bohrt, dass sie mit einem winselnden Schnauben kapituliert –, und er fühlt sich frei, als er mit ihr über den unebenen Boden der Weiden jagt, so wie er es schon im Reservat getan hat. Das Pferd ist trittsicher und überhaupt nicht ängstlich. Opeys Tier ist dagegen etwas ungeschickter und tritt mit traumwandlerischer Sicherheit in jeden Kaninchenbau, was es und seinen Reiter jedes Mal fast Kopf und Kragen kostet. Nicht, dass sich Opey, der stets dümmlich grinst, sobald er auf dem Rücken seines Pferdes sitzt, sonderlich daran zu stören scheint.

Der andere Frischling auf der Station, der von einer Farm aus der Gegend stammt, hat etwas Liebenswertes an sich. Sein Gesicht ist offen und arglos wie das eines Kindes. Er ist bestimmt nicht das schlauste Känguru im Revier, aber er gibt sich redlich Mühe.

Die restlichen Arbeiter sind älter und selbstsicher, beherrschen ihre diversen Aufgabenbereiche, sind den jungen Jackaroos weit überlegen. Mick versteht die meisten ihrer Witze nicht, also lächelt und lacht er einfach, wenn sie es tun. Manchmal lassen sie ihn auch auflaufen. Trotzdem gesellt er sich jeden Abend zu ihnen, bemüht sich nach Kräften, ihren Gesprächen zu folgen, reißt sogar hin und wieder selbst einen Witz, wenn ihm einer einfällt, und nach einer Weile setzen sie ihm nicht mehr so hart zu.

Schon bald erhält er sein eigenes Messer, und von da an fühlt er sich wirklich akzeptiert. Es ist ein schmales Allzweckmesser mit dem in den Griff eingeprägten Brandzeichen der Station und seinen Initialen: MT. Er fühlt sich großartig, sobald er es in der Hand hält, von Stolz erfüllt, und trägt es von da an ständig mit sich herum.

Was noch besser ist: Während dieser ersten Wochen sieht er Cutter – sofern der Mann überhaupt da ist und nicht entlang der Grenzen der Station patrouilliert – nur während des Abendessens und auch dann nur von hinten am Tisch von Cunningham und den anderen leitenden Arbeitern der Viehfarm sitzen. Die nächste Beinahe-Begegnung mit ihm hat er eines frühen Morgens, als er aufsteht und sieht, wie Cutter im Morgengrauen zum Stall geht, um zum südlichen Ende der Station zu reiten und Kängurus zu schießen. Fast instinktiv zieht sich Mick in seine Unterkunft zurück, bis Cutter sein Pferd gesattelt hat und davongeritten ist. Opey, der es eilig hat, rennt ihn beinahe über den Haufen. »Zu kalt draußen für dich, Weichei?«, fragt er, während er Mick zurück in die frische Morgenluft stößt.

»Muss mich wohl wieder erst langsam an die frische Luft gewöhnen, nachdem du die ganze Nacht über das Zimmer vollgefurzt hast.«

Der andere Jackaroo schneidet eine Grimasse. »Liegt an Friars Eintopf. Ich habe keine Ahnung, was der da alles reinmischt.«

»Pferdemist und Schafscheiße, dem Geruch nach zu urteilen.«

»Schmeckt auch ein bisschen danach«, gibt Opey zurück, und beide grinsen.

Eine Weile läuft alles gut. Mick bekommt keinerlei Probleme wie damals im Reservat. Die Arbeit kräftigt nach und nach sogar seine Beine. Am Ende des ersten Monats erhält er seinen Lohn ausgezahlt. Die Männer sprechen davon, in die Stadt und den großen Pub dort zu fahren. Mick hält sich unauffällig im Hintergrund und kümmert sich in der vagen Hoffnung, dass die Wagenkolonne ohne ihn aufbricht, um sein Pferd. Als ob er so viel Dusel hätte und die Glücksgöttin jemals auf seiner Seite gewesen wäre. Dämliche Nutte!

Als er ins Zimmer der Jackaroos zurückkehrt, stellt er fest, dass Opey bereits duschen gegangen ist. Mick geht den Gang hinunter, doch dann sieht er, dass die Tür zu den Waschräumen halb offen steht und Schatten über die Wand dahinter tanzen. Er hört Stimmen.

»Gib mir den Kneifer.« Es ist die Stimme des Kaninchenfängers Jock, einem frettchenhaften dünnen Mann mit hohlen Augen. Wenn Mick draußen die Schafe zusammentreibt, sieht er ihn häufig an einen Baum gelehnt dastehen und sich eine Zigarette drehen. Jock sieht nie in seine Richtung und erwidert erst recht kein

Winken. Es gibt zwei Gruppen unter den Farmarbeitern: diejenigen, mit denen Mick *500* spielt – Mercer, Simpson und die anderen –, und dann Jock und seine Truppe, die in Cunninghams Bungalow in der Nähe der Schurställe auf die Station geschmuggelten Alkohol trinken. Von dieser Gruppe hält sich Mick fern. Er kann keinen Ärger gebrauchen, nicht so verdammt früh.

Von ein paar Sticheleien abgesehen, ignorieren Jock und seine Jungs die Jackaroos gewöhnlich.

Mick durchquert die Tür und sieht, wie sich Jock mit einem Gegenstand in der Hand vorbeugt, einer dieser Kastrationsschlingen für Schafe, dessen Zangen angerostet sind. Die elastische grüne Schlaufe zwischen den Zangenenden weitet sich, als er die Griffe des Geräts zusammendrückt.

»Die Eier oder den Schwanz?«, fragt Pete, der Mechaniker der Station, ein Mann mit verfaulten Zähnen, der zu Jocks Haufen gehört. Dann schiebt sich einer der breiten Rücken zur Seite, und Mick sieht Opey nackt, bleich und nass auf dem Boden liegen. Der Junge windet sich verzweifelt hin und her und versucht, sich aus den Griffen der Männer zu befreien, die ihn zu Boden drücken.

»Die Rache der Schafe, Opium«, sagt Jock dicht über Opeys Gesicht gebeugt. »Vergeltung. Auf was von beidem, glaubst du, kannst du eher verzichten?« Er senkt das Werkzeug zwischen die Schenkel des Jackaroos und lässt die zusammengedrückten Griffe los, worauf Opey gequält aufschreit.

»Oi!«, ruft Mick. »Scheiße, was macht ihr da?«

Rodge, der Fahrer der Planierraupe, hält Opeys dicke Beine fest. Die von der Schlinge zugeschnürten Genitalien des Jungen schlingern wie eine geschüttelte überreife Frucht hin und her, während er sich aufbäumt. Der hünenhafte Mann blickt auf, und seine Augen werden schmal. Seine Schultern sind massig, die Oberarme wie aus Stein gemeißelt. Er nagelt den sich windenden Jackaroo mühelos am Boden fest. »Ist auch dein erster Zahltag heute, Jack, was?«, fragt er. Er lässt Opey los und nähert sich Mick.

Mick weicht zurück und greift instinktiv nach dem Messer in der Scheide über seinem Gesäß. Rodge umschlingt ihn mit einem machtvollen Griff. »Versuchst du etwa, mich mit 'nem beschissenen Schweinestecher zu bedrohen, Junge?«, knurrt er und wirft Mick hinter Opey auf die Fliesen. Mick stößt keuchend die Luft aus und tritt um sich.

»Nimm deine beschissenen Pfoten von mir!«, kann er gerade noch krächzen, bevor sich Jock auf ihn stürzt und ihm eine von Schafscheiße und Dreck verkrustete Hand auf den Mund presst. Pete lässt Opey davonkriechen und packt Micks Arme.

Es gelingt Mick, einen Arm loszureißen und wild um sich zu schlagen. Es fühlt sich so an, als würde er auf einen Fleischberg eindreschen. Die Männer lachen und nageln ihn wieder am Boden fest. Die Fliesen drücken kalt gegen Micks Rücken. Das Herz schlägt ihm in der Kehle.

»Der Kleine ist ein echter Kämpfer«, sagt Pete. »Müssen ihn im Auge behalten.«

Jock beugt sich dicht über Mick. »Vielleicht bringt ihn das ja zur Vernunft.« Er hält die Kastrationsschlinge in die Höhe. »Schnapp dir seine Hose, Rodge!«

Schwielige Hände reißen Mick die Hose herunter; er spürt die kühle Luft zwischen seinen Beinen. Das Gerät nähert sich seinen Eiern, und er bäumt sich gegen die Umklammerung auf. In seinen Augen lodert ein derartiger Hass, dass Jock kurz innehält. Dann grinst er und beugt sich tiefer über sein Opfer.

»Nah, komm wieder runter, Jock.« Rodge lacht. »Würd' mal sagen, der braucht sein Werkzeug heut' Abend noch. Für die Schnecken im Pub.«

Jock zögert, sein fauliger Atmen bläst Mick ins Gesicht. »Schätze, du hast recht, Rodge the Dodge. Euer erster Zahltag, Jungs. Wisst ihr, was das bedeutet?«

Mick strampelt sich frei, zieht seine Hose wieder hoch und schiebt sich zurück. Seine Eier haben sich in seine Bauchhöhle verkrochen.

Die Männer umringen ihn grinsend. »Nur 'n kleines Vorspiel für später.« Jock zwinkert ihm zu. »Wirst schon sehen. So lernst du zu schätzen, was du hast. Und jetzt wascht euch und zieht euch was Sauberes an. Heut' Abend machen wir Männer aus euch.« Die anderen verlassen lachend den Waschraum.

»Wenn es dich so anmacht, unsere Dinger anzuglotzen, solltest du uns vielleicht den Rücken schrubben, Jock«, sagt Mick, der immer noch auf dem Boden liegt, und blickt direkt zu dem dünnen Mann empor.

Der Kaninchenfänger starrt ihn von der Tür aus an. Mick erwidert den Blick unbeirrt, obwohl sich seine Eier noch immer in seiner Bauchhöhle verstecken.

»Sei vorsichtig, Kleiner«, sagt Rodge. »Oder wir hol'n uns deine Eier.«

Jock stößt ein prustendes Lachen aus und schüttelt den Kopf. »Hast 'n ziemlich freches Maul, was, du kleiner Klugscheißer? Vielleicht sollt' ich *das* beim nächsten Mal abklemmen.« Er schnippt mit den Fingern gegen seine Lippen und verschwindet mit den anderen im Flur. Ihre Stimmen verklingen wie ein abziehender Sturm.

»Scheiße, Mick«, stöhnt Opey und blickt an sich herab. »Scheiße.«

Mick zieht sein Messer und kniet sich neben ihn. Nur gut, dass er sich durch seine Zeit auf der Farm an den Anblick gewöhnt hat. Er durchtrennt die Schlinge, die Opeys Sack abschnürt. Der arme Teufel schnappt sich ein Handtuch und bedeckt sich damit, als sich Mick aufrichtet, noch immer etwas unsicher auf den Beinen. »Arschfotzen. Hätten dich wenigstens wieder in die Wanne stecken können.«

»Verdammte Scheiße, was sollte das mit diesem ... Vorspiel?«, will Opey wissen. Sein Atem geht keuchend vor Angst, er ist vollgepumpt mit Adrenalin. »Wir sollten das Blackall melden.«

»Sei kein Mädchen.« Mick verpasst ihm einen Tritt gegen den Oberschenkel. »Wasch dich fertig und geh zum Essen, als wär' nichts passiert. Du darfst diesen Bastarden niemals Schwäche zeigen. Lass dir von *niemandem* jemals irgendwas anmerken.«

»Danke, Micky«, sagt Opey und hievt seinen fetten Arsch hoch. Mick erhascht einen weiteren kurzen Blick auf das lang herabbaumelnde haarige Gemächt des Jungen.

»Christus, vielleicht hätten die ihr Ding zu Ende durchziehen sollen«, murmelt er, als er sich abwendet. »Wie die beschissenen Herefords draußen auf der Weide. Kannst du das Teil wegpacken?« Er kehrt zu seinem Bett zurück und setzt sich. Der Schmerz in seinen Beinen lässt ihn zusammenzucken. Er fragt sich, ob sich seine Babyfabriken jemals wieder entspannen werden.

Während des Abendessens kann Mick die grinsenden Blicke von Jock und seinen Jungs fast körperlich spüren, doch er setzt sich kommentarlos an den langen Tisch und schaufelt seinen Teller voll. Opey folgt seinem Beispiel, muss sich aber angestrengt darauf konzentrieren, nicht zu kleckern, weil seine Hände so stark zittern. Schon bald verblasst das Grinsen der Männer, und der Kaninchenfänger verliert das Interesse an den Neulingen.

»Siehst du?«, fragt Mick leise. »Gönn ihnen nicht die Befriedigung.«

Opey nickt schweigend.

Jock geht hinaus, um seinem Jagdhund Bullet – ein schlankes Greyhoundweibchen, das immer dicht an seiner Seite bleibt – ein paar Fleischstücke zu bringen, und hat die kleine Episode schon bald wieder vergessen. Mick aber starrt während des gesamten Essens immer wieder zu ihm hinüber. Seine Augen bohren sich geradezu in den knochigen Rücken des Kaninchenfängers. Irgendwann wird ihm bewusst, was er tut, und er vergewissert sich verstohlen, dass niemand seine Blicke bemerkt hat.

Cutter beobachtet ihn vom Tisch am anderen Ende des Raumes aus. Mick wendet den Blick ab.

Als die anderen die Kantine verlassen und zu den Autos gehen, schließt er sich ihnen so unbekümmert wie möglich an. Vielleicht ist es nur Einbildung, aber als er in der Tür unauffällig einen Blick zurückwirft, scheint Cutter ihn immer noch zu beobachten. Als verfolgte er ihn durch das Zielfernrohr seines Gewehrs.

Auf dem Rücksitz des letzten Wagens drückt ihm Friar, der Koch der Station, ein Bier in die Hand. »Zieh dir was rein«, sagt er. Zwar darf auf der Station offiziell kein Alkohol getrunken werden, aber offenbar gelten jenseits der Grenzen andere Regeln. Mick starrt die Flasche an. Er hat sich während seiner Zeit im Reservat nach Kräften bemüht, keinen Alkohol anzurühren, aber die Blicke der anderen ruhen auf ihm, und so bleibt ihm keine Wahl. Er würgt das Bier hinunter, als sie in die Nacht fahren.

Der Bauch des Koches drückt gegen Micks Schenkel. Selbst frisch geduscht und rasiert stinkt der fette Penner noch nach Schweiß. Mick spürt, wie ihm das Hemd am Rücken klebt. Opey ist kaum schmaler als der Koch – von einigen wird er Baitlayer Tuck genannt –, und Mick kommt sich wie zwischen zwei quellenden Haufen Hefeteig eingeklemmt vor.

»Wie ich hör', hätten wir heut' Abend fast zwei Prärieaustern serviert gekriegt!«, ruft Mercer auf dem Vordersitz über das Dröhnen des Motors hinweg. Seine übergroßen Zähne schimmern im Licht des Armaturenbretts.

»Was ist das?«, erkundigt sich Mick.

»Deine Eier, Junge«, lacht Simpson, ein weiterer Farmarbeiter, und klopft auf das Lenkrad. Der Wagen schlingert im Staub. »Oder kannst dich schon nicht mehr erinnern?«

»Hätt' daraus 'nen guten Eintopf machen können«, sagt Friar.

»Obwohl die Eier von dem Bock da 'ne viel größere Portion ergeben hätten, denk ich.« Er nickt in Opeys Richtung. Der Jackaroo trinkt einen Schluck Bier, um sein Erröten zu verbergen.

»Und, seid ihr bereit?«, fragt Simpson.

»Bereit wofür?«, fragt Opey zurück, worauf die Männer auf dem Vordersitz in Gelächter ausbrechen und das Thema wechseln.

Sie fahren nach Westen durch Nildon Richtung Wills, das direkt am Goldfields Highway liegt. Simpson erzählt von den zwei Schwestern, die in dem Pub in der Nähe der Station arbeiteten, auf der er früher war. Er hatte sie nacheinander durchgezogen, und als sie ihm auf die Schliche kamen, machten sie mit Flaschen, denen sie vorher die Hälse abgeschlagen hatten, Jagd auf ihn. Mick lacht, doch dann tauchen auch schon die Lichter des Ortes in der Dunkelheit vor ihnen auf, und seine Anspannung kehrt zurück.

Ihr Ziel ist ein großes viktorianisches Gebäude, hinter dessen offenen Fenstern Zecher sitzen – das *Great Northern*. Vor dem Pub parken jede Menge Autos. Beim Anblick eines Streifenwagens, der auf der anderen Straßenseite steht, um jeden Pubbesucher zu erwischen, der auf der Straße trinkt, fahren sie langsamer. Mercer bemerkt Micks Anspannung und interpretiert sie falsch. »Scheiß Schnüffler«, sagt er. »Die Bullen halten ständig nach leichter Beute Ausschau. Du bist doch schon 18, ja, großer Junge? Gehst jedenfalls problemlos für 18 durch.«

Mick nickt, aber was ihm mehr zu schaffen macht, sind die albtraumhaften Gesichter in den Fenstern des Pubs mit ihrem lauten Grölen und Lachen. Als die anderen aus dem Wagen steigen, bleibt er mit der Bierflasche zwischen den Beinen sitzen.

»Hier ist das Schlachthaus. Auf geht's, Kleiner«, sagt Friar und zerrt ihn ins Freie. Die Horde der Farmarbeiter quillt aus den Autos und streckt nach der langen Fahrt Arme und Beine. Jock und Rodge klopfen Mick im Vorbeigehen eine Spur zu hart auf die Schultern, und er muss sich beherrschen, um sie nicht böse anzustarren. Cutter steigt vor ihm zusammen mit Blackall und Cunningham aus dem Wagen, und Mick betritt den Pub, bevor Cutter ihn bemerken kann.

»Halt dich an uns«, sagt Mercer. »Und fang ja kein' beschissenen Streit an. Wenn es einen von uns erwischt, erwischt's uns alle. Dann machst du uns allen den Abend kaputt.«

Der Boden ist mit Sägespänen bedeckt – wahrscheinlich um verschüttetes Bier und Blut aufzusaugen –, und von den Wänden blättert großflächig die Farbe ab. Das Dach besteht aus ungehobelten Brettern. Der Schuppen erweckt den Eindruck, als könnte er jeden Moment in sich zusammenstürzen, was nicht gerade dazu beiträgt, Micks Nervosität zu lindern.

Die anderen steuern zielstrebig den überfüllten Tresen an. Mick wird von ihnen mitgezogen, seine frisch geputzten Stiefel hinterlassen eine Spur im Sägemehl. Er ist noch nie unter so vielen Menschen gewesen und hält die Luft an, während er sich durch das Gedränge schiebt und darauf achtet, gegen niemanden mit einem vollen Glas in der Hand zu stoßen. Der Lärm ist überwältigend. Der Pub ist voller Kerle, ein bisschen enttäuschend, nachdem die anderen ihn zuvor mit ihren anzüglichen Sprüchen aufgeputscht haben. Vielleicht wollten sie die Jackaroos ja nur zum Spaß scharfmachen.

Hinter einer Ecke entdeckt er einen kleinen Fernseher mit schlechtem Empfang und sieht Lotteriekugeln über den Bildschirm rollen. Jede Kugel wird mit lautem Brüllen und Johlen kommentiert, wenn niemand die richtige Zahl auf seinem Schein findet. »National Service«, erklärt Opey. »Eine Lotterie, bei der kein Mensch gewinnen will. Wenigstens müssen wir uns darüber noch keine Sorgen machen. Ich schätze, die würden mich beim Militär sowieso ausmustern, wenn meine Nummer gezogen wird. Du?«

»Man hat mich stattdessen hierhergeschickt.«

»Das war die Wahl, die du hattest?«

»Die erste Runde geht auf mich«, sagt Simpson, als sie einen freien Platz in der Nähe des Tresens erobern. »Bereit für ’nen Schluck, Micky?«

Mick hat das Gefühl, als rückten die Wände um ihn herum immer näher zusammen. »Yeah, ich nehme einen Tugger.«

»Einen Tugger?«, fragt Opey. »Nennen die Abbos unten im Süden den Drink nicht so? Ich dachte, du hast gesagt, du bist aus Queensland.«

»Ich meine ... einen Schooner.« Mick bedenkt die anderen mit einem schnellen Seitenblick.

»Regel Nummer eins, schon vergessen, Opey?«, fragt Blackall. Er steht nahe genug, sodass Mick ihn verstehen kann. »Niemand schnüffelt in der Vergangenheit eines anderen herum. Wenn er sagt, dass er aus Queensland kommt, dann schluckst du das. Scheiße, Junge. Hätte dein Vater mich nicht gebeten ...« Er lächelt Mick zu. »Weißt du, warum ihn alle Opium nennen?«

Mick hebt die Schultern, er hatte gedacht, der Junge würde wirklich so heißen.

»Weil er so langsam im Kopf wie ein Opiumjunkie ist.«

Die Männer lachen und widmen sich wieder ihren Bieren.

Alle außer Cutter. Sein Blick haftet weiter auf Mick, und Mick wendet sich ab. Dreckiger knopfäugiger Scheißkerl.

»Tut mir leid, Micky«, sagt Opey leise.

»Nicht dein Fehler, Opey«, erwidert Mick und sieht zu, wie Blackall am Tresen Hof hält. Die anderen Arbeiter lauschen andächtig jedem seiner Worte. »Angeblich sind wir hier alle gleich, keine Vergangenheit, keine Unterschiede zwischen uns. Aber du kannst mir nicht erzählen, dass es hier keine beschissene Hierarchie gibt.«

»Yeah, aber das darfst du nicht laut sagen. Die Sache ist die, Micky – und ich muss es schließlich wissen –, du musst lernen, den Mund zu halten. Du willst bestimmt nicht Blackalls Fuß bis zum Knöchel im Arsch stecken haben. Denn wenn du ihn da erst mal drin hast, kriegst du ihn nicht mehr raus.«

Es ist nicht der Manager, der Mick so wütend macht. »Was ist mit diesem Jäger? Hat der was gegen mich?«

»Der hat was gegen jeden. Kümmer dich einfach nicht um den Drecksack.«

Mick lächelt. Opey grinst ebenfalls und überrascht sich damit selbst.

Allmählich gewöhnt sich Mick an das Gedränge und den Lärm um ihn herum und schließt sich Mercer, Simpson und den anderen an, während der Alkohol in Strömen fließt und alle möglichen Geschichten erzählt werden. Er hört sogar damit auf, ständig zu Cutter und Jock hinüberzuschielen und konzentriert sich stattdessen auf seine Begleiter und das Glas vor ihm.

Viele Drinks später steht er schwankend am Tresen, ein dümmliches Grinsen im Gesicht, als er bemerkt, dass die anderen Arbeiter der Station einer nach dem anderen verschwinden. Er versucht, sie zu zählen, ganz sicher, dass es vorher noch mehr waren. Dann registriert er, dass Simpson, der gerade noch neben ihm gestanden hat, ebenfalls verschwunden ist.

»Wo ist er hin?«

»Wer?«, fragt Opey, der gerade eine Geschichte zum Besten gibt. »Hörst du zu? Also, ich hocke da auf dem Traktor, es ist so ungefähr vier am Morgen, die Sterne stehen noch alle am Himmel, und ich wache auf und merke, dass ich quer durch das Feld auf diesen Felsen zufahre, der da aus dem Boden ragt, und ich scheiß mich fast ein und greife nach den Hebeln, aber ...«

Cutter und Blackall sind immer noch in ihr Gespräch vertieft, aber einer der Männer, der bisher bei ihnen war, ist plötzlich auch nicht mehr da. »Die waren erst zu viert«, sagt Mick. »Da drüben bei dieser langen Arschfotze, Blackall und dem anderen.«

»Jesus, Mick! Nenn ihn nicht so! Ich habe dir gesagt ...«

»Das is' sein Name.«

»Nein, nicht der, ich meine …«

Dann ist Jock neben ihm, bleibt kurz auf dem Weg von irgendwoher stehen. Sein stinkender Atem weht Mick ins Gesicht. »Du bist als Nächster dran, Junge.« Er grinst und klopft ihm wieder auf die Schultern. »Hab' schon mal die Vorarbeit für dich geleistet.«

Mick runzelt die Stirn, doch bevor er irgendetwas sagen kann, hat sich der Kaninchenfänger weiter durch die Menge zum Tresen geschoben.

»Wovon redet der da?«, will Opey wissen.

Mercer zwinkert. »Ihr Jungs wisst also wirklich nicht Bescheid? Jesus, was glaubt ihr denn, warum wir hier sind?«

Doch während sich Mick nach den anderen umsieht, hört er, wie der normalerweise so schweigsame Cutter eine Geschichte über einen Handlanger erzählt, dem sie immer Streiche gespielt haben, als er noch als Schafscherer gearbeitet hat. Er hatte den Kleinen mit dem Auftrag losgeschickt, ihm einen Linkshänder-Schraubenschlüssel zu besorgen, und ihn jedes Mal fertiggemacht, wenn er mit einem falschen Schraubenschlüssel zurückkam, bis der Junge schließlich heulend weglief.

»*Schrubenschlüssel*«, sagt Mick. »Hast du das gehört?« Er bemüht sich, leise zu sprechen, aber er ist zu betrunken. »Diese verdammten Kiwis sind lächerliche Wichser. Wie kommen die nur immer wieder auf so einen Scheiß? *Schrubenschlüssel.* Sagen *sachs* statt sechs. *Ubbos.* Können nicht mal richtig sprechen.« Er korrigiert sich. »*Kunnen* nich' richtig sprechen.«

Opey starrt ihn wie gelähmt an. Mick grinst und folgt dann dem Blick des anderen Jackaroos in Richtung des Managers und des Jägers der Station, die ihn mustern.

»Scheiße, Micky«, stöhnt Opey.

Cutter kommt herübermarschiert. Neben seiner riesigen harten Gestalt wirkt Mick geradezu winzig. »Laberst du immer noch diesen Scheiß, du Maulheld? Was hab' ich dir gesagt?«

Jock kichert vom Tresen her. »War nicht gerade schlau von dir, Kleiner. Vielleicht sollten wir *dich* ja Opium nennen.«

»Ah, lass es dir doch von 'nem Hund besorgen, Jock«, sagt Mick, während er weiter Cutter im Auge behält. Jock hört auf zu lachen. Seine Miene verfinstert sich.

Die anderen Männer glotzen herüber, und selbst Blackall lächelt. »Der Kleine ist betrunken, Cutter. Zieh los, besorg dir eine Nutte und lass es gut sein.«

Cutter starrt Mick weiter an, aber der sagt kein Wort. »Das is' keine Entschuldigung für mich, Junge«, knurrt der Jäger schließlich, dreht sich um und marschiert mit geballten Fäusten zum anderen Ende des Pubs.

Mick sieht ihm hinterher. »Was? Haben die hier etwa auch Schafe?«, stichelt er. Cutter wirft einen Blick über die Schulter zu ihm zurück. Und nur weil der Jäger auf seinem Weg eine Schneise in die Menschenmenge gepflügt hat, kann Mick jetzt den von Huren umringten Tisch am Hinterausgang sehen. Einige von ihnen sitzen auf den Schößen der Männer und versuchen, ihnen ihr Geld abzuknöpfen, während noch mehr von ihnen die Trinker um sie herum bearbeiten. Eine der Frauen entdeckt Cutter und lächelt wie eine Spinne, ergreift seine Hand und zieht ihn mit sich zur Hintertür hinaus. Der Kiwi bedenkt Mick mit einem letzten finsteren Blick, bevor er verschwindet.

»Sieh mal, ich hab' grad' versucht, euch zu erklären ...«, beginnt Mercer, als Simpson zurückkehrt und Mick eine Hand auf den Arm legt.

»Auf geht's, Micky.«

Mercer packt Micks anderen Arm. »Schätze, du wirst gleich selbst rausfinden, was ich meine, Bruder.«

Es riecht ranzig am Tisch vor der Hintertür. Der Atem der Frauen ist ein magenumkrempelndes Gemisch aus Sperma und Gin. Mick muss von den anderen näher an die Warteschlange herangeschubst werden. Aus der Nähe betrachtet erweist sich die

Haut der Frauen, die vom Tresen aus noch frisch und zart ausgesehen hat, als schmierig und fleckig. Ihr Haar ist zerzaust, man sieht ihren Frisuren an, dass die Köpfe der Frauen in die Kissen und gegen das Kopfende der Betten gedrückt werden. Die Kleider sind hastig und nur nachlässig wieder übergestreift. Eine trägt nicht mal mehr ihren BH unter dem schmutzig weißen Sommerkleid, und Mick kann ihre prallen Euter durch den Stoff sehen, die Wölbung ihres dicken Bauchs.

»Welche?«, fragt der Viehhirte zu seiner Linken und lässt den Blick über die rund zehn Frauen wandern, die um den Tisch herumlümmeln. Einige heben die Köpfe und lächeln, die meisten aber sind wegen der fortgeschrittenen Zeit bereits erschöpft und machen sich nicht mehr die Mühe.

»Das da is' meine Schnecke«, sagt Simpson und grinst in Richtung eines dunkelhäutigen Mädchens, das etwas abseits sitzt. Sie blickt ihn angewidert an und sieht dann weg. Simpson errötet. »Ich war ein bisschen schnell fertig. Hab' deshalb nach 'nem kleinen Nachlass gefragt. Hat sie wohl nicht so gut aufgenommen.«

Mick steht wie erstarrt da, will den Blick abwenden, schafft es aber nicht. Eine andere Prostituierte, ein jüngeres Mädchen mit dunklen Augen und honigfarbenem Haar, begegnet seinem Blick. Von einem ihrer Wangenknochen läuft eine dünne Narbe ihre Wange hinab, aber das macht sie irgendwie noch hübscher, betont den Rest ihres Gesichtes stärker.

»Die da?«, fragt Mercer, aber Simpson schüttelt den Kopf.

»Der arme Bursche ist völlig verängstigt. So wie 's uns allen mal gegangen ist. Schätze, er braucht was Erfahrenes.« Er winkt einer ältere Frau zu, die irgendwo in den 30ern, vielleicht in den 40ern ist, mit zu viel Make-up auf dem von der Sonne gegerbten Gesicht. Sie stemmt sich hoch, setzt ein Lächeln auf und kommt herüber. Simpson steckt ihr ein paar Scheine zu. »Du schuldest mir was, Micky«, flüstert er Mick ins Ohr. »Und jetzt mach' uns stolz.«

»Aber ...«, versucht Mick zu protestieren, doch der Farmarbeiter packt ihn am Arm und drückt zu wie ein Schraubstock. »Das is' dein verfickter erster Zahltag. Kapiert? Musst dich beweisen.« Er stößt ihn vor, und die Frau ergreift seinen Arm.

Mick schielt zurück auf die beiden Männer, die ihn beobachten und mit Lücken in den Zähnen angrinsen. Opey starrt ihn aus dem Hintergrund an, die versammelten Zecher lachen und saufen, und dann schiebt die Frau Mick durch die Tür, und der Lärm hinter ihnen verebbt.

In dem schmalen Flur ist es kalt, und es stinkt nach Schimmel. Mick schluckt schwer, und die matronenhafte Frau führt ihn an einer Reihe von Türen, durch die Keuchen und das Quietschen von Bettfedern dringt, vorbei zu dem letzten Zimmer. Auf der weiß gestrichenen Tür prangt eine handgemalte 7. »Du hast ein paar gute Kumpel«, sagt die Frau mit heiserer Stimme zu nahe an seinem Ohr, bevor sie die Tür öffnet.

Auf den zerwühlten Laken des Einzelbettes zeichnet sich deutlich ein feuchter Fleck ab, den Mick wie gebannt anstarrt. Die Frau bemerkt seinen Blick und schürzt die Lippen. »Schön, dann wechsel ich es eben«, sagt sie, nimmt ein neues ausgefranstes Laken von einem Stapel neben einem kleinen Waschbecken und zieht es über die Matratze. Sie nickt in Richtung des Waschbeckens. »Mach dich in der Zwischenzeit schon mal frisch.«

Das Zimmer bietet kaum Platz genug für sie beide. Die nackten weiß gekalkten Wände sind feucht vor Kälte, und die Deckenlampe taucht alles in trübes gelbliches Licht. Mick sieht, wie der Rücken der Frau wabbelt, während sie sich an dem Bett zu schaffen macht, wie die BH-Träger tief in ihr dickes Fleisch schneiden, das schlaff an ihren Schultern hängt. Er tritt an das Waschbecken.

»Alles in Ordnung, Sohn«, sagt die Frau, als sie bemerkt, dass er vor dem Waschbecken steht und sich daran festhält. »Wirst dir nicht länger den Kopf über das hier zerbrechen müssen. Das wird dir das Hirn durchpusten, wart's nur ab. Musst einfach an die Bullen auf eurer Farm denken. Das hier ist genauso natürlich.« Sie reicht ihm ein kleines rechteckiges Päckchen aus Plastik. »Hier. Weißt du, wie man das überzieht? Wenn du willst, helfe ich dir dabei. Kostet nicht mal extra.«

Mick steht da und starrt das flache Plastikding an. Seine Kehle ist trocken und wie zugeschnürt. Er kann hören, wie sich die Frau auszieht und mit einem Ächzen ihr Kleid abstreift. Die Bettfedern quietschen, als sie sich setzt und zurücklehnt. »Alles okay«, sagt sie hinter seinem Rücken und versucht, ihrer Stimme einen sanften und beruhigenden Tonfall zu verleihen. »Ich werd' dich reinführen, Sohn.«

»Ich bin nicht dein Sohn.« Das kleine Päckchen fühlt sich schwer in seiner Hand an.

Es dauert eine Weile, bevor sie antwortet. »Sicher, natürlich bist du das nicht. Ich habe nur versucht ... Du hast ja noch nicht mal deine Shorts ausgezogen.«

Er blickt zur Tür.

»Alle sind beim ersten Mal nervös. Deshalb haben deine Kumpel mich für dich ausgesucht.« Er hört die Matratze knarren und spannt sich an, weil er fürchtet, dass die Hure aufsteht. Aber sie stemmt sich nur auf den Ellbogen hoch. »Also, wie ich gesagt habe, ich helfe dir, das Ding überzustreifen. Komm her.«

Mick rührt sich noch immer nicht.

»Hör mal, wir haben nicht ewig Zeit.« Langsam schwingt Ungeduld in ihrer Stimme mit. »Um Petes willen, Sohn ... *Junge*, komm einfach her. Setz dich aufs Bett. Hab keine Angst.«

»Nenn mich nicht feige!«, stößt Mick mit einem Anflug von Wut aus.

»Habe ich ja gar nicht getan«, erwidert sie verwirrt.

Er blickt erneut zur Tür, aber seine Füße sind wie festgewurzelt. Er sollte weglaufen, von diesem Ort fliehen. Das hier war nicht seine Idee. Er hat die Hure nicht bezahlt, er hat sich nicht selbst in diese Situation manövriert. Es waren die anderen, die ihn dazu gezwungen haben. Die Frau hat sich für dieses Leben entschieden. Das alles ist nicht seine Schuld.

Sie missversteht seine Reglosigkeit, hält sie für eine Art Spiel und will mitspielen. »Okay, du bist also nicht feige. Dann *beweis* mir das Gegenteil.« Ihre Stimme klingt schroffer als beabsichtigt, ihre ganze Verachtung für die Männer nach einem Leben als Hure entlädt sich in diesem einen Satz, und Mick dreht sich um. Vor seinen Augen wird es dunkel.

Die Frau hat sich hochgestemmt, ihr Körper ist nackt und weiß, die Brüste hängen ihr rechts und links über die Rippen, ihr Bauch ist von Schwangerschaftstreifen gezeichnet, sie hat die Schenkel gespreizt, ein Knie angewinkelt. Sie blickt ihm in die Augen und lächelt. »So ist es schon besser«, sagt sie in einem mütterlichen Tonfall und klopft auf die Matratze neben sich. »Beweis es mir.«

Das verfilzte Haar zwischen ihren Beinen erinnert ihn an einen dunklen wimmelnden Knäuel aus Spinnen, den er einmal in einem Winkel der Scheune gesehen hat. An irgendetwas aus ferner Vergangenheit, das tief in ihm vergraben war. Er kann sie über die Entfernung hinweg riechen. Durchdringend, erdig, allzu real. Er kann sich nicht rühren.

Sie lacht und senkt den Blick. »Nichts, wovor du Angst haben musst. Sieh her.« Sie zieht ihr Schamhaar hoch, enthüllt die weichen Lippen darunter, die tiefe Wunde dazwischen, und die verschüttete Erinnerung steigt wie bittere Galle in seiner Kehle auf. Er stolpert zur Tür.

»Was stimmt denn nicht mit dir?«, ruft sie und läuft ihm hinterher. »Du kriegst das Geld nicht von mir zurück! Nicht so eine Schwuchtel wie du!«

Einige Türen fliegen auf, als Mick durch den Gang flieht. Aus einer tritt ein Mann hervor, der seine Hose in der Hand hält. Mick rammt ihn in seiner Hast mit der Schulter und hofft, dass es nicht Cutter war.

»Du Schlappschwanz!«, schreit die Frau.

Mick stürzt durch die Korridortür zurück in den Pub und bleibt einen Moment lang reglos stehen, während er nach Atem ringt. Am Tisch hinter ihm brandet Gelächter auf, als die bereits wieder angekleidete Prostituierte kurz nach ihm auftaucht und den anderen verkündet, dass der junge Bock keinen hochgekriegt hat. Die hämischen Gesichter der Frauen mit ihren gebleckten Zähnen und dem schrillem Kichern, wie Harpyien ... Nur das Mädchen mit der verblassten Narbe im Gesicht stimmt nicht in das Lachen mit ein. Auf ihrer Stirn zeichnen sich Sorgenfalten ab.

Als Mick den Tresen erreicht, strahlen die Farmarbeiter und klopfen ihm anerkennend auf die Schultern. Er wirft einen Blick hinüber zu dem Tisch mit den Frauen, die ihn immer noch auslachen, und hofft, dass die Geschichte nicht die Runde macht und sie möglichst schnell wieder von hier verschwinden.

Und dann kommt Cutter aus dem Hintergrund und zieht sich noch im Gehen die Hose hoch, die Lippen zu einem breiten Grinsen verzogen. Natürlich war er es, den Mick beinahe über den Haufen gerannt hat. »Da ist er ja!«, kräht er und schlägt Mick kräftig auf die Schultern. Als würde er einen Zaunpfosten in den Boden treiben.

Mick sieht ihn nicht an, das Gesicht vor Scham gerötet. *Niemandem Schwäche zeigen.* Aber dafür ist es bereits zu spät. »Hast Schiss gekriegt, was?« Die anderen schweigen, als Cutter Blackall zunickt. »Na, dann werden wir den hier nich' Opium nennen, Blacky«, sagt er. »Nennen wir ihn lieber Fotzenschisser.«

Ein Teil der Männer lacht wiehernd und begibt sich an den Tresen, um ihren Fick mit einem Bier zu begießen. Der Rest steht unbehaglich herum, aber dann muss Opey mit Gewalt nach hinten geschleift werden, um selbst eine Nummer zu schieben. Alle, die sich nicht daran beteiligen, gesellen sich zu Cutter an den Tresen, und Mick bleibt allein in einem Ozean aus Zechern zurück.

2

Erebli, Central Queensland
Acht Jahre zuvor

Als er ohne seine Schwester von dem See zurückkehrte, rechnete er fest damit, Prügel zu beziehen.

Seit er sich erinnern konnte, lebte er in der ständigen Furcht, seinen Vater irgendwie zu enttäuschen: indem er die Pumpe nicht ordentlich bediente, die Tür zum Schlachtschuppen offen stehen ließ oder in der Schule Mist baute. Was auch immer er angestellt hatte, um den Zorn seines Vaters zu erregen, zuerst hörte er jedes Mal das schwere Geräusch seiner Schritte, dann tauchte sein Umriss wie ein Schemen über ihm auf, und bevor er sich dagegen wappnen konnte, traf ihn der erste Schlag wie ein Blitzstrahl. Danach blickte er zu seinem Vater empor, der breitbeinig über ihm stand, mit harten Fäusten auf ihn eindrosch und dabei keuchte: »Das ist dafür, dass du die Schüssel zerbrochen hast, du kleiner Bastard! Hast wohl gedacht, ich würd' es nicht merken, was?« Anschließend überließ sein Vater ihn dann sich selbst und erwartete, dass er sich wieder um seine Hausarbeit, das schmutzige Geschirr oder um was auch immer kümmerte, was er erledigen musste, nachdem er seine Lektion gelernt hatte.

Doch dieses Mal würde alles ganz anders sein. Dieses Mal erwartete Mick die Bestrafung, weil er sie sich *verdient* hatte.

Sein Vater war gerade mit seinem Wagen neben dem kaputten Windrad im Vorhof beschäftigt, hatte die Motorhaube aufgeklappt, um die Lichtmaschine oder irgendein anderes Teil auszutauschen. Er richtete sich auf, drückte den Rücken durch, wischte sich die ölverschmierten Hände an einem Lappen ab und blickte seinen Sohn an. Sah die Tränen in Micks Augen.

»Was ist los, Junge?« Von einem Moment auf den anderen vor Wut kochend.

Kurz darauf lag Mick auch schon mit dem Gesicht im Dreck, es klingelte in seinen Ohren, und aus seinem Mund tropfte Blut in den Staub. Eine Fliege, die sich darin wie in Treibsand verfing, summte hilflos vor sich hin. Mick hörte seinen Vater wie aus weiter Ferne toben, in die Wagentür treten, ein Eisenrohr packen und so heftig damit auf das Klo eindreschen, dass der wacklige Verschlag in seinen Fundamenten erbebte. Und dabei schrie er ununterbrochen: *Warum? Warum musstest du ausgerechnet sie nehmen?*

Und Mick dachte, sein Vater meinte ihn damit, und er versuchte zum wiederholten Mal, ihm von dem Mann zu berichten, obwohl er mit dem Mund in den Dreck gepresst wurde und deshalb nicht richtig sprechen konnte. Und dann waren da diese großen Schuhe direkt vor seinem Gesicht, und er kniff die Augen zusammen und dachte nur noch: *Jetzt geht es los!*

Doch dann packte sein Vater ihn und riss ihn in die Höhe, und statt ihn zu schlagen, sagte er nur: »Kleine feige Hühnerschissfotze. Du hättest sie retten müssen!« Und Micks Tränen versiegten schlagartig, als wären sie ihm aus dem Leib geprügelt worden.

Danach schleuderte sein Vater ihn erneut zu Boden, stampfte davon, brüllte seine Anklage gegen die Welt und den Himmel hinaus, und Micks Mutter stolperte vom Pferch her auf ihren Elefantenbeinen zu ihm herüber, wobei sie unablässig heulte: *O Gott! – o Gott!* – die Augen von Alkohol und Kummer blutunterlaufen. Sie umklammerte ihren Sohn und zerrte ihn ins Haus. Danach saßen sie am Tisch, während sie unablässig wehklagte und er schlaff in ihren Armen lag, den Kopf wie betäubt in ihrem wogenden Busen vergraben, unfähig zu weinen.

Die Polizei musste seinen Vater in Gewahrsam nehmen, der

mit rot unterlaufenen Augen die Straße entlanggetorkelt war und nach seiner Tochter geschrien hatte, eine Axt in der Hand. Vier Männer waren nötig, um ihn niederzuringen und festzuhalten, bis die Polizei eintraf. Sie ließen ihn erst wieder frei, nachdem sie Mick aufs Revier geholt und wieder und wieder befragt hatten, was seiner Schwester zugestoßen sei. Er berichtete ihnen nach bestem Wissen und Gewissen von dem Mann, der mit dem großen schwarzen Wagen neben ihnen gehalten hatte – ein Cadillac, wie er glaubte, wie das Auto dieses dunkelhäutigen Typs, der ihnen damals fast in ihren Geländewagen gefahren war, worauf sein Vater sein Gewehr gepackt und dem Wichser empfohlen hatte, sich schleunigst dorthin zu verpissen, wo er hergekommen war. Mick erzählte ihnen, dass der Mann wegen ihnen zurück zum See gekommen war – wegen *ihr* –, doch dann blockierte irgendetwas in seinem Kopf, und er konnte nicht weitersprechen. Also hatten sie ihn in eine Decke gewickelt und von ihm abgelassen und mit vor Wut verzerrten Gesichtern ihre Suchmannschaften zusammengestellt.

Als sie seinen Vater aus der Gefängniszelle ließen und er auf ihn zumarschiert war, hatte Mick trotz all der Polizisten vor Angst zitternd mitten im Revier gestanden. Doch sein Vater blickte ihn nicht einmal an und ging einfach an ihm vorbei. Sein ausgezehrtes Gesicht hatte sich in die kaum wiedererkennbare Maske einer bis aufs Blut gequälten Kreatur verwandelt. Mick folgte ihm augenblicklich auf dem Fuß. Sie fuhren mit den Polizisten zur Straße, die zum See führte, und die Männer deuteten mit versteinerten Gesichtern auf die frischen Reifenspuren im Staub. Mick folgte ihnen stumm und sah zu, wie sie das Wasserloch ausbaggerten. Etliche Zeitungsreporter hatten versucht, mit ihm zu sprechen, doch sein Vater beantwortete ihre Fragen an seiner Stelle mit knappen und brüsken Worten. Irgendwann hatte Mick angefangen, unkontrolliert zu zittern, und da brachte sein Vater ihn nach Hause.

Die Leiche seine Schwester wurde erst Tage später im Eingangsstollen einer Mine nahe des Sees entdeckt. Man hätte sie früher finden können, hätten nicht alle verfügbaren Männer den Rest des Staates nach dem Mann in dem schwarzen Cadillac durchkämmt. Die ganze Zeit über, während die Nachrichten bis nach Brisbane und Sydney die Runde machten, hatte seine tote Schwester gerade einmal eine halbe Meile vom Tatort entfernt gelegen.

Trotz allem, was Mick berichtet hatte, hatte bis zu diesem Moment noch eine leise Hoffnung bestanden, dass seine Schwester immer noch am Leben sein könnte. Mick hatte nachts wach in seinem Bett gelegen und auf die erlösenden Schritte gewartet, doch die waren nie gekommen. Stattdessen hatte er nur leises Weinen und die gedämpfte Stimme seines Vaters nebenan gehört, der seine Frau vor dem Begräbnis am nächsten Tag zu trösten versuchte. Und das war irgendwie das Schlimmste gewesen.

Eine Weile kamen jeden Abend Männer aus der Nachbarschaft, die sich mit ihrem scheinbar endlosen Nachschub an Bierflaschen an den Tisch setzten und über die *Dagos* und *Wops* redeten, die über Nacht in der Gegend auftauchten und dort irgendwelche Jobs annahmen ... *weiß Gott, was sie vorher gemacht haben, diese Typen, die jetzt Haus an Haus mit uns leben. Schaut euch doch nur an, was diese Schlitzaugen und Krauts und Nazifotzen im Krieg getan haben, und jetzt lassen wir sie in unser Land, damit sie uns die Jobs wegnehmen und auf den Feldern arbeiten. Du hast doch gesagt, es wär 'n fremder Wichser gewesen, stimmt's, Junge?* Dann blickten sie alle zu Mick herüber, der in der Tür oder in einer Zimmerecke stand, und er konnte all ihre Blicke auf sich spüren und nickte. *Kann niemand von hier gewesen sein*, sagte irgendwer. *Muss von außerhalb kommen. Australier machen keine solche Scheiße.* Und dann redeten sie darüber, dass sie den Mann finden und ihre Gemeinde wieder sicher machen würden. Es dürfte keine Ruhe geben, bis das Schwein gefasst war.

Eines Nachts gab es Streit. Sein Vater, der zu viel getrunken hatte, ergriff sein Gewehr und jagte die anderen Männer mit den Worten davon, dass ihr leeres Gerede ihm seine Tochter auch nicht wiederbringen würde. Sie kehrten nicht mehr zurück, ebenso wenig wie ihre Frauen mit ihren Kasserollen und Aufläufen, und Micks Familie war wieder allein.

Danach hockte sein Vater stundenlang inmitten des alten Farmwerkzeugs und den Messern aus seiner Zeit im Schlachthof, die er an der Küchenwand aufgehängt hatte, und murmelte unverständliches Zeug vor sich hin, während er trank. Er sagte kein Wort, wenn Micks Mutter ihren Sohn in ihr nach Gin stinkendes Zimmer rief, ihn zu sich ins Bett zog, in die Arme nahm und ihm von damals erzählte, als er noch klein gewesen war, als sähe sie alles noch genau vor sich. Wie sie ihre Kinder zum ersten Mal in den Händen gehalten hatte, rosa, sauber und neugeboren. Die ersten Schritte von ihm und seiner Schwester. Das erste Mal, als das kleine Mädchen gebadet und es so sehr genossen hatte, dass sie gar nicht mehr aus der Wanne rauskommen wollte. Und jetzt war das alles irgendwie ausgelöscht, nur noch Erinnerungen, und bald schon würde Mick ebenfalls tot sein, und dann weinte sie vom Alkohol ätzend saure Tränen und schloss die Hände um seinen Hals, bis sein Vater hereingestürmt kam, seine Frau zurückstieß und ihn rettete.

»Nicht auch noch mein Junge, Jim!«, schluchzte sie. »Lass nicht zu, dass sie ihn erwischen!«

Sein Vater antwortete nicht, als wünschte er insgeheim, dass genau das passieren würde.

So vergingen die Tage, die Anrufe von den Zeitungen hörten auf, und die Welt drehte sich weiter. Das Leben in Micks Familie sollte nie wieder wie früher werden. Während sein Vater früher tagelang verschwunden war, um den wilden Hunden nachzuspüren, blieb er jetzt immer in der Nähe des Hauses, das Gewehr in der Hand, und bestand darauf, dass Mick ihn begleitete, wenn er in die Stadt fuhr, um einzukaufen oder in den Pub zu gehen, da die Ferien ohnehin erst in einem Monat enden würden. Mick saß auf dem hohen Beifahrersitz in der Kabine des Pick-ups und hörte kaum hin, wie sein Vater über Gott und die Welt lamentierte. Es war der längste Zeitabschnitt in seinem Leben, den sie gemeinsam verbrachten.

Ich frage mich Nacht für Nacht, warum?, sagte sein Vater. Dieser süßlich-faulige Geruch seines whiskygeschwängerten Atems ... *Habe zu diesem Fickschwanz da oben gesprochen, aber nie eine Antwort gekriegt. Und weißt du auch warum, Junge? Weil es nur uns gibt. Uns und dieses beschissene, trockene, endlose Land. Nichts davon ergibt den geringsten Sinn. Und doch machen wir immer weiter, denken, es gäb einen Grund für alles. Als müssten wir nur hart arbeiten, und dann würden all unsre Träume wahr. Was für ein Scheißdreck!* Er deutete auf die leeren Koppeln, an denen sie vorbeifuhren. *All das hat mal uns gehört. Unserer Familie. Ist dir das klar? Mein Großvater hat das Land in Besitz genommen, und mein Vater hat dann alles wieder kaputt gemacht. Wir hätten wer sein können. Hätten den ganzen Ort besitzen sollen. Stattdessen sind wir Scheiße. Wir sind verflucht.*

Nachdem sie eines Tages eine Lammhälfte von den Ballards drüben in Kelmore geholt hatten, war sein Vater während der Rückfahrt lange ungewöhnlich schweigsam gewesen und hatte auf seine üblichen Hasstiraden verzichtet.

»Irgendwas passt da nicht richtig zusammen«, sagte er schließlich, und Mick spannte sich angesichts seines Tonfalls an. »Du hast gesagt, es wär ein Caddy gewesen, richtig? Bob Ballard hat gesagt, er hätte wieder mit Johnno Thornton gesprochen. Der hat euch beide auch auf der Straße laufen gesehen, und dann bist du allein zurückgekommen. Johnno sieht alles von seinem Rollstuhl auf der Veranda aus. Er hat den *Wallopers* erzählt, dass an diesem Tag ein dunkler Wagen vorbeigefahren ist, und damals hat er gedacht, es könnte ein Cadillac gewesen sein. Aber jetzt ist er sicher, dass es ein Holden war. Ein FC, denkt er. Da habe ich gesagt, mein Sohn würde den Unterschied zwischen einem Holden und einem Caddy auf der Stelle erkennen.«

»Ich bin … mir nicht sicher.«

»Also war es kein Ausländer?«

»Ich habe nicht gesagt, dass es einer war. Nur dass er sich irgendwie so angehört hat. Dass er langsam gesprochen hat.«

»Er hat also mit euch gesprochen, ist weggefahren und dann zum See zurückgekommen. Hat einfach da gehalten und sie sich geschnappt.«

»Yeah. Ich glaube … schon. Ich kann mich nicht erinnern …«

»Und dein Krückstock?«

Mick begann zu zittern. »Er hat mich damit geschlagen. Dann hat er sie gepackt, auf den Boden gedrückt und … Ich erinnere mich nur, wie ich wieder aufgewacht bin und ihr Blut überall auf dem Boden gesehen habe.«

»Du müsstest ihn deutlich gesehen haben. Vorher, als er mit euch gesprochen hat.«

»Bitte, Dad …«, sagte Mick leise.

»Habe nicht von dir verlangt, mir zu sagen, was er getan hat. Will einfach nur wissen, woran du dich erinnerst.«

»Ich … ich habe gedacht, dass er sich irgendwie komisch angehört hat. Ich hatte ihn vorher noch nie gesehen.«

»Du hast auch geglaubt, dass der Wagen wie 'n Cadillac ausgesehen hat.«

Mick schwieg. Auf einmal stieß sein Vater einen Fluch aus und wurde langsamer. Micks Herz vergaloppierte sich, doch dann bemerkte er, dass sein Vater wie gebannt durch die Windschutzscheibe starrte, und er folgte seinem Blick. Einen Moment lang rechnete er damit, die Silhouette des Mannes mit dem schmutzigen Hut und dem unrasierten Gesicht vor dem Horizont zu sehen, als würde er dort auf sie warten. Oder vielleicht seine Schwester, die ihm direkt in die Augen blickte. Stattdessen aber entdeckte er nur den Umriss eines Hundes, der geduckt hinter ein paar einzelnen Bäumen in der Ferne verschwand. Sein Vater hielt an, griff nach seinem Gewehr Kaliber .243 und ein paar Fallen. Er zögerte kurz und überlegte offenbar, ob er seinem Sohn vertrauen konnte. »Ich will keinen beschissenen Laut von dir hören«, befahl er schließlich.

Mick lief hinter ihm her auf einen nahen Felsgrat zu. Sie legten sich flach auf den Boden. Sein Vater beobachtete die Lichtung vor ihnen durch sein altes Fernglas. »Yep, das ist das Scheißvieh, das ich für Evanston erledigen soll. Sagt, er hätte ein Muttertier mit Welpen am östlichen Zipfel seines Landes gesehen und einen Schuss auf sie abgegeben. Hat gedacht, er könnte sich die Abschussprämie für mich sparen.« Er schnaubte. »Hunde sind zu schlau für ihn, schlauer als er. Das Vieh kommt mir gerade recht. Wird uns mal wieder was zu essen auf den Teller bringen.«

Die Weideschutz-Behörde zahlte fünf Scheine pro Dingofell, wie Mick wusste, doch sein Vater würde außerdem noch einmal die gleiche Summe von den hiesigen Viehzüchtern bekommen. Ein Wochenlohn für einen einzigen Abend. Er achtete sorgfältig darauf, nicht den leisesten Laut von sich zu geben.

Vor ihnen huschte ein Schemen über die Lichtung auf eine schmale Felsschlucht zu. »Sucht vielleicht nach Wasser«, flüsterte Micks Vater und schlich in Richtung des Dingobaus, wo er im Licht der untergehenden Sonne die Fallen in der Nähe einer Bodenmulde aufstellte. Auf dem Rückweg verwischte er seine Spur. Dann suchte er mit Mick ein Versteck auf der windabgewandten Seite auf, wo sie warteten. Er saß reglos da, während er in sein Fernglas starrte, so konzentriert auf die Jagd, dass die sonst ständig in ihm lodernde Wut für eine Weile erloschen schien. Mick döste neben ihm allmählich ein, bis ihn ein Jaulen in der Ferne aufschrecken ließ. Sein Vater verzog die Lippen zu einem schmalen Grinsen. Mick machte sich bereit, ihm hinunter zum

Bau der Wildhunde zu folgen, doch sein Vater verharrte weiter auf seinem Wachposten.

»Siehst du irgendwelche Welpen?«, fragte er, als er bemerkte, dass sein Sohn ihn irritiert anstarrte. »Das war nicht die Mutter, sondern der Vater. Wir benutzen ihn als Köder. Das Weibchen wird zu ihm kommen, und dann erwischen wir es auch.«

Im letzten verdämmernden Tageslicht entdeckte Mick ein paar Schemen auf einem Felsvorsprung. Das cremefarbene Muttertier und drei Welpen. Der in die Falle gegangene Dingo winselte. Das Weibchen näherte sich ihm vorsichtig, witterte argwöhnisch und blieb dann am Rand der Lichtung stehen. Obwohl ihr Partner kläffte, wartete sie weiter in sicherem Abstand und schnappte nach einem ihrer Welpen, der die Lichtung betreten wollte.

»Scheiß gerissenes Drecksstück«, wisperte Micks Vater und wartete gebannt darauf, dass sie näher kam. Stattdessen ließ sie ihre Welpen zurück und umkreiste die Lichtung. »Wird die Fallen riechen«, knurrte Micks alter Herr. Er hob das leichte Gewehr an die Schulter und ließ sich in den Staub sinken.

Das Dingoweibchen schnupperte an dem vergrabenen Metall und zog die Lefzen zurück. Ohne sich weiter um ihren Partner zu kümmern, lief sie zu ihren Jungen zurück. Mick steckte sich die Finger in die Ohren, als sie ihre Welpen mit einem leisen Kläffen aufforderte, ihr zu folgen und auf den Felsgrat zurannte und der Schuss aus dem Gewehr direkt neben ihm aufpeitschte. Selbst aus dieser Entfernung konnte er die Blutfontäne aus ihrem Kopf aufstieben sehen. Wie vom Blitz gefällt fiel sie tot um. Die Welpen machten kehrt, kehrten zu ihr zurück, stießen sie mit den Schnauzen an und winselten, und sie blieben auch bei ihr, als sich Micks Vater ihnen näherte. Mick hielt sich so dicht wie möglich hinter ihm.

»Da rüber, Junge!«, befahl sein alter Herr, packte den schlaffen Körper des Dingoweibchens und ging mit ihm auf die Lichtung, wo er eine Weile stehen blieb und das hilflose Männchen in der

Falle musterte. »Ist nicht räudig, gut«, sagte er und schoss auch ihm in den Kopf. Der Schuss hallte laut über das Land, und Mick schrak zusammen.

»Pass auf.« Sein Vater ließ sich auf die Knie sinken und zog sein Bowiemesser. Dann legte er das Dingoweibchen mit dem Rücken auf einen Felsen und schlitzte ihm den Bauch auf. Die Eingeweide des Tiers quollen blutig rot aus der Bauchhöhle hervor, und eins seiner Beine zuckte wie im Protest noch im Tod. Ohne es weiter zu beachten, schnitt Micks Vater das Fell auf der Innenseite der Läufe ein, dann einmal im Nacken um den Hals herum, stellte einen Fuß auf den Schädel des Dingos und zog ihm den Pelz mit einem einzigen Ruck vom Leib. Er reichte Mick die schlaff in seiner Hand pendelnde bluttriefende Trophäe und befahl ihm, die noch daran haftenden Fleischreste abzuschaben. Mick hielt das warme Fell mit ausgestrecktem Arm weit von sich, während sich sein Vater dem männlichen Dingo zuwandte.

Die Welpen wuselten die ganze Zeit über am Rand der Lichtung verängstigt durcheinander. Mick wusste, dass sein Vater kein Geld für ihre Felle bekommen würde. Er hatte gehört, dass einige Dingojäger die Jungen verschonten, damit sie groß werden und ihnen irgendwann später einmal eine Abschussprämie einbringen konnten. Obwohl er wusste, dass sein Vater nichts von dieser Praxis hielt, war er doch überrascht, als sein Vater nach der Häutung des männlichen Dingos zu den Welpen ging, einen davon packte und so heftig mit dem Kopf gegen einen Felsen schmetterte, dass der Schädel des kleinen Tieres zertrümmert wurde. Sein alter Herr blieb völlig gelassen, während Fellfetzen, Knochensplitter, Fleisch und graue Bröckchen Gehirnmasse seine Schuhe und den Boden um ihn herum sprenkelten.

»Man kann nicht riskieren, dass einer davonkommt«, erklärte er seinem Sohn, als er sich den nächsten Welpen griff, doch allmählich trat ein seltsamer Glanz in seine Augen, und er schien sich immer mehr in seine Raserei zu verlieren. Den letzten Welpen klatschte er so lange gegen den Felsen, wieder und wieder, bis der Kadaver in seiner Hand schließlich regelrecht aufplatzte und sich in ein Gemisch aus Fleisch-, Knochen- und Fellstücken aufzulösen begann. Ein paar der Fetzen regneten auf Micks Beine nieder. Schließlich konnte er die blutige Raserei nicht länger ertragen und rannte zu ihrem Auto zurück.

Irgendwann später tauchte sein Vater aus der Dunkelheit auf. Er warf die beiden Dingofelle auf die Ladefläche, schob sich in die Fahrerkabine und wischte sich das Blut aus dem Gesicht. Mick saß atemlos neben ihm und konnte seine Körperwärme spüren, die Hitze aus Wut und Enttäuschung, die sein Vater abstrahlte. Er wusste, dass er nie wieder mit ihm zur Dingojagd hinausfahren würde, als sie mit ihrem Auto, in dem es nach Blut, Scheiße und Tod stank, in der Dunkelheit untertauchten.

Es ist ein Geruch, an den man sich nie gewöhnt, dieser scharfe Schwall, der sich einem direkt ins Hirn zu ergießen scheint. Als Sohn eines Dingojägers sollte er abgebrühter sein, was das Töten von Tieren angeht. Doch als ihm der Aufseher, Cunningham, später in der Woche verkündet, dass er mit dem Schlachten an der Reihe ist, spürt Mick einen Klumpen im Magen. Im Stall warte bereits ein Hammel für das Essen der nächsten Tage, sagt der Aufseher. Mick wüsste doch, was er zu tun hat, ja? Oder bräuchte er vielleicht jemanden, der ihm die Hand hält?

Mick schüttelt stumm den Kopf. Natürlich ist von Opey, der sofort in den Waschraum gerannt ist, nachdem sie ihre Pferde in den Stall gebracht haben, keine Spur zu sehen. So geht Mick allein in der hereinbrechenden Dunkelheit zum Schurschuppen, die Hände so heftig zu Fäusten geballt, dass sich ihm die Fingernägel in die Handflächen bohren.

Der Hammel blökt ihn an. Die restliche Herde, die sich in der Nähe zusammendrängt, ruft ihn zu sich, doch das dämliche Vieh hat nicht den Grips oder die Weitsicht, um sich mit einem Sprung über den Zaun in Sicherheit zu bringen. Er drückt sich in eine Ecke, offensichtlich wie paralysiert, weil man ihn von den anderen Schafen getrennt hat.

Die Umrisse des weißen Gebäudes schälen sich aus der Dunkelheit, und Mick tastet sich zu dem Drahtzaun vor.

»Komm schon, du erbärmlicher Wichser!«, beschwört er sich selbst und springt über den Zaun. Der Hammel blökt einmal kurz vor Angst, als der Mensch sich ihm nähert, und verstummt dann wieder. Mick schaltet die Außenbeleuchtung an. Gelbliches Licht flutet die nächsten Pferche und entreißt das Schaf, das sich gegen den rückwärtigen Zaun drückt, der schützenden Finsternis.

Die weißen Flanken des Hammels, der am Rand des Lichtkegels steht, zittern, und Mick steuert direkt auf ihn zu. Das Tier versucht, an ihm vorbeizustürmen, aber nach all den Wochen, die Mick mit den dämlichen Viechern gekämpft hat, ist er darauf vorbereitet und stellt ihm ein Bein. Der Hammel weicht zurück, stößt mit dem Hinterteil gegen den Zaun und will sich zwischen Micks Beinen hindurchquetschen, doch der stemmt ihm gekonnt ein Knie in den Nacken, packt ihn an den Hinterläufen und schleift ihn zum Tor.

Er bemüht sich, an nichts zu denken, während er das Schaf zur Schlachtbank zerrt, ihm nicht ins Gesicht und in die weit aufgerissenen Augen zu sehen, die, wie er weiß, ihn furchtsam anstarren. Einerseits ergeben in sein Schicksal und doch gleichzeitig auf der Suche nach einer Fluchtmöglichkeit. Mick konzentriert sich nur darauf, das Tier fest zwischen seinen Schenkeln einzuklemmen und über dem Abtropfgitter zu positionieren, während er nach dem Schlachtmesser greift.

Doch als er den rostigen Messergriff berührt, erinnert er sich an heißes Blut, das ihm über die Hand fließt. Er beugt sich über die massigen Schultern des Schafs, drückt die Klinge auf die lang gestreckte Kehle.

Auf einmal erfüllt ein metallischer Geruch die Luft, ein letztes überraschtes Blöken ertönt, und das Tier erschaudert im Todeskrampf. Dann ist da nur noch das Geräusch des auf den Boden plätschernden Blutes und Micks keuchender Atem in der Dunkelheit.

Mick schließt die Augen, lässt die Wärme über seine Hand hinwegfließen, und plötzlich ist es nicht länger ein Schaf unter ihm, sondern irgendetwas anderes. Die Welt um ihn herum löst sich auf, die Zeit dehnt sich, und er ist an einem ganz anderen Ort.

Als das Schaf ein letztes Mal austritt und erschlafft, lässt er es auf das Gitter sinken. Im matten Licht sieht seine Hand schwarz aus, und er wischt das Blut zuerst im halb geschorenen Fell am Rücken des Tiers ab und dann den Rest an seiner Hose. Er flucht, als er den dunklen Fleck an seinem Bein sieht. Wahrscheinlich wird Cunningham denken, er hätte Mist gebaut und sich mit dem herausspritzenden Blut besudelt, anstatt es kontrolliert abfließen zu lassen. Verärgert bohrt er den Haken in einen Hinterlauf des Schafes und zieht es an der Seilwinde hoch, tritt zurück und lässt es weiter ausbluten, ohne hinzusehen. Stattdessen lässt er den Blick durch die Dunkelheit um ihn herum wandern, während das leise Plätschern an sein Ohr dringt.

Ein gedämpftes Schnauben in der Finsternis. Er sieht einen Schatten vor den Bäumen. Das große Pferd stampft ungeduldig mit den Hufen, bevor sein Reiter es ins Licht lenkt. Cutter grinst, seine Zähne schimmern weiß. »Hat dich heftig erwischt, was, Kleiner?« Mick kann die Augen des anderen zwar nicht sehen, aber die Hutkrempe richtet sich auf seine blutverschmierte Hand, und Cutters Grinsen wird breiter.

Mick wischt sich den Rest des Blutes ab. »Was ist eigentlich dein beschissenes Problem?«, erkundigt er sich. »Jedes Mal, wenn ich dir den Rücken zuwende, machst du ein Gesicht, als wolltest du mich ficken.«

»Na, schätze, du verwechselst mich mit Jock«, erwidert Cutter.

»Er und seine Jungs spielen gern an den Löchern anderer Männer rum, hab' ich gehört. Haben dir dein Loch auch schon fast gestopft, was?«

Kochend vor Wut, wendet sich Mick ab, macht sich daran, das Schaf auszuweiden, und versucht, sich zu erinnern, wie das geht.

Das Gedärm quillt aus der Bauchhöhle des Hammels und klatscht auf das Gitterrost, wo es einen dampfenden grünen Haufen aus halb verdautem Gras bildet. Mick macht möglichst viel Lärm, während er ungeschickt die Sehnen durchtrennt und durch das Fell des Tiers säbelt, aber Cutter denkt nicht daran zu verschwinden. Als Mick kurz unter einem Arm hervor hochschielt, sitzt der Mann noch immer hoch im Sattel vor ihm und lächelt zu ihm herab.

»Bist 'n richtiges Naturtalent, was? Musst viel Zeit damit verbracht haben, in Schafsdärmen rumzuwühlen.«

»Yeah«, knurrt Mick, schabt den Rest der Innereien aus dem Hammel und zieht beide Seiten des Bauches auseinander, sodass sie weit aufklaffen. »Und jetzt werde ich das Vieh ficken. Kannst gern zusehen. Kannst es dir dabei ja auf deinem Pferd selbst besorgen.«

Cutter lächelt unbeirrt breit weiter. »Hast ziemlich viel Wut in dir, was?« Er beugt sich zu Mick hinab. »Willst du wissen, was für 'n Problem ich mit dir hab', Idiot? Du bist 'n Schwächling. Bist körperlich schwach mit deinen lahmen Beinen. Und du bist schwach im Kopf. Das versuchst du durch deine Klugscheißerei zu kompensieren, aber das is' nichts weiter als beschissene Großmäuligkeit. Und das macht dich zu 'ner Belastung hier draußen.«

Cutter grinst immer noch, aber sein Gesicht hat sich verhärtet. »Das ist es, was ich nich' abkann. Du kommst in meine Station mit deiner kindischen Wut, deinem dreckigen Maul und deinem verkrüppelten Körper, und du denkst, die ganze Scheiße hier würd' dir gehören. Hältst du dich wirklich für so 'n harten Brocken? Du hast keine Ahnung, was wirklich hart ist, Sohn.«

Mick steht da, die Hände zu Fäusten geballt, das Schlachtmesser gegen die Hüfte gepresst. »Du weißt überhaupt nichts über mich.«

Cutter betrachtet das Messer und lacht nur. »Was gibt's da schon zu wissen? Du bist 'n dürrer Scheißer, der 's hier draußen in einer Million Jahren nich' schaffen wird. Bist nich' gemacht für's freie Land. Wir vertrauen unseren Partnern hier draußen unser Leben an. Was, wenn mein Pferd tot umfällt und mir das Bein einklemmen würd'? Oder mich ein Bulle mit den Hörnern aufspießt? Oder ein Wagen überfährt? Du würd'st dich vor Angst verpissen. Und deshalb, Kleiner ...« Er lenkt das Pferd zur Seite, den Blick weiter auf Mick gerichtet. »Ich werd' dir weiter auf die Eier gehen. Irgendwann wirst du einfach aufgeben und meine verfickte Station verlassen.« Cutter stößt dem Pferd die Fersen in die Seiten, und es trottet zu den Ställen. »Viel Spaß noch beim Schafficken.«

Mick sieht ihm hinterher, den langsam verwehenden Geruch des Todes in der Nase.

»Ich hab's dir gesagt, Kumpel«, sagt Opey ruhig beim Abendessen. »Komm diesem Spaßvogel lieber nicht in die Quere.«

Mercer, der neben ihm sitzt, nickt. »So wie ich das seh', drückt er gern auf die wunden Punkte. Auf allen Farmen gibt es immer Unruhestifter. Typen, die sich ein Opfer suchen und so lange unter Druck setzen, bis sie es geknackt haben. Die andere Leute gegeneinander aufhetzen. Um ihre eigenen Schwächen zu überspielen.« Er wackelt mit dem kleinen Finger und nickt dann in Richtung des Kaninchenjägers, der seinen Hund am anderen Tisch mit fettigen Hammelfleischstücken füttert. »Jock wäre so ein Typ, wenn er irgendwas im Kopf hätte. Auf jeder Station gibt es immer einen Außenseiter, der nur Scheiße baut. Genau wie es immer einen Schwachkopf gibt, was, Opey?«

»Ich bin nicht dumm! Warum sagt ihr Kerle immer, ich wäre dumm?«

»Nicht dumm, nur langsam wie Scheiße im Kopf. Ich sag 's so, wie ich das seh'. Das gilt auch für Cutter. Er ist ein fauler Apfel. Solange du dich nicht von ihm aufstacheln lässt, kriegst du keine Probleme mit ihm. Dann verliert er schnell das Interesse an dir. Ich hab' das früher schon bei ihm beobachtet. Verhalt dich einfach unauffällig, Kleiner, nimm dir nichts zu Herzen.« Er klopft Mick auf die Schulter und steht auf, um sich noch mehr Kartoffelbrei zu holen, der heute genauso ist, wie er ihn gern mag.

»Der hat leicht reden«, stellt Opey fest. »Schließlich ist er kein Jack. Alle behandeln uns Neulinge wie ein Stück Scheiße.« Dann grinst er. »Wenigstens werden wir irgendwann selbst richtige Farmarbeiter sein und vielleicht sogar Aufseher, und dann können wir die anderen genauso behandeln.«

»Ist das dein Ziel?«, will Mick wissen. Cutter sitzt mit dem Rücken zu ihnen, während sie sich unterhalten, wie immer allein an dem am weitesten entfernten Tisch. Mick starrt auf einen Punkt zwischen seinen Schulterblättern, als versuche er mit bloßer Willenskraft, ihn dazu zu bringen, sich umzudrehen, damit der Bastard die Wut in seinem Blick sehen kann.

»Yeah. Deins nicht?«, meint Opey.

Mick zuckt die Achseln.

»Ah, Scheiße! Ich werde dich bestimmt nicht wieder nach deiner Vergangenheit fragen. Hat mir schon mal Ärger eingebracht.«

»Na, ist schon gut, Opey«, sagt Mick, löst den Blick von Cutters Rücken und rührt in den Resten von seinem Gemüse. »Wie schon gesagt, es war nicht dein Fehler. Ich komme aus Queensland. Aus einem kleinen Ort namens Erebli. Mitten im Nirgendwo. Ein beschissenes Drecksloch. Bin froh, ihm den Rücken gekehrt zu haben. Die Dinge sind da ein bisschen aus dem Ruder gelaufen. Mein Vater ... hat den Verstand verloren. Ich bin für eine Weile abgehauen. Ein paar Verwandte von meinem Freund Eddie wohnen hier in der Gegend, und sie dachten, sie könnten mich da rausholen und in einem Reservat hier in Western Australia unterbringen. War seither da abgetaucht.«

»In einem Abbo-Camp? Warum? Um dich vor deinem Vater in Sicherheit zu bringen?«

Mick zögert.

»Keine Sorge ...«

»Zur Hölle damit. Ist nicht dein Fehler.« Mick atmet einmal durch. »Habe mein halbes Leben damit vergeudet, mich zu verstecken. Die Sache ist, sie haben versucht, mir zu helfen, aber ich ... habe da nie wirklich reingepasst. Habe zum Beispiel versucht, mich vom Saufen fernzuhalten, weil ich gesehen habe, was das mit meinem Vater angerichtet hat. Und man kann die schwarzen Jungs nur bis zu einem gewissen Grad ertragen, bevor man ihnen die dicken Schädel einschlagen möchte. Die können kämpfen, sag' ich dir.« Er lächelt, aber Opey erwidert das Lächeln nicht. »Jedenfalls hat sich für mich alles in Scheiße verwandelt. Konnte wegen der Kinderlähmung nicht zur Army gehen. Also bin ich jetzt hier. Letzte Chance, um einen echten Job zu kriegen und klarzukommen. Sonst könnt' ich gleich alles hinschmeißen, mich in eine Höhle verkriechen oder so was. Einfach aufgeben. Ich habe nur keine Lust, dass irgendein Arsch, der ständig Streit sucht, mir die Sache versaut.«

»Wenn es dich tröstet, ich bin auch von meiner Familie abgehauen. Meine Schwestern haben mir immer ihre Klamotten angezogen, wenn meine Eltern nicht da waren. Haben mich geschminkt und so weiter.«

Mick schnaubt. »Das wollte ich jetzt nicht unbedingt wissen.«

»Es war schön, wenigstens mal Aufmerksamkeit zu erregen«, sagt Opey grinsend.

»Dir die Schlinge vom Sack abzuschneiden, hat mir schon gereicht.«

Opey steht auf, um zwei Becher Tee zu besorgen, und Mick

schielt wieder zu Cutter hinüber. Diesmal sieht Jock ihn an und grinst, während er seinen Hund füttert. Er säbelt ein Stück Hammelfleisch in der Mitte durch, als wären es zwei Eier, schnippt mit den Fingern und lässt den Hund die Brocken verschlingen.

Mick ignoriert ihn und wartet darauf, dass die Tische für die abendliche Runde *500* abgeräumt werden, sodass sich Jock und sein Haufen in Cunninghams Schuppen verziehen, aber da stürmt Simpson herein.

»Um Gottes willen, Jock! Das Scheißbiest hat es wieder gemacht!«

Der Kaninchenfänger geht sofort in Angriffsmodus über. »Was hast du für 'n Problem?« Die Hündin schlabbert ihm bettelnd weiter die Hand ab.

»*Das* verdammte Biest!« Simpson deutet auf Bullet. »Hat wieder vor mein' Zimmer in den Flur geschissen. Bin beim Vorbeigehen reingetreten.«

»Ist es jetzt also meine Schuld, wenn du nicht aufpassen kannst, wo du hintrittst?«

Simpson sieht so aus, als würde er jeden Moment explodieren. »Wieso, zur Hölle, sollte ich in 'nem Flur auf Scheiße achten? Ich hab' dir beim letzten Mal schon gesagt, steck das Vieh zu den anderen Kötern in den Zwinger!«

Jock legt dem Hund beschützend eine Hand in den Nacken. »Sie schläft nicht draußen. Das hab' ich euch alles klargemacht, als ich hier angekommen bin.«

»Du hast auch behauptet, dein Köter wär' stubenrein! Jetzt hab' ich Scheiße an den Schuhen! Und du wirst sie für mich sauber machen!«

Jock blickt sich um. Er bemerkt Micks Grinsen, und sein Gesicht läuft rot an. »Findest du das witzig, Junge? Willst du vielleicht noch 'nen Witz über mich und mein' Hund machen? Ausgerechnet du nach deiner Fotzen-Paniknummer?«

»Yep. Lass dich von 'nem Hund besteigen, Jock.«

Die anderen lachen, und Jock schäumt. Selbst Cutter lacht, und Jock ist dumm genug, sich mit ihm anzulegen. »Du *kannst* also lachen, du soziale Null.«

»Was quatschst du da für 'n Scheiß?«

»Du kreuzt hier auf, wenn 's dir passt, sagst uns, wir soll'n die Schnauze halten, hockst dich allein hin. Und dann glaubst du, du könntest uns auslachen.«

»Immer noch sauer, weil ich deinen Job übernommen hab', Junge? Was für 'n Scheißpech aber auch.« Cutter steht lächelnd auf und geht zum Ausgang. »Wenigstens können die Kaninchen froh sein. Wann hast du denn das letzte Mal eins erwischt?«

»Beim letzten Mal, direkt nachdem ich deine Mutter gefickt hab'. Der Haufen, der jetzt vor meiner Tür liegt, hat genau den Durchmesser von ihrem Arschloch.«

In der Kantine wird es schlagartig still. Cutter verzieht das Gesicht zu einer hässlichen Grimasse. »Meine Mutter ist tot.«

Doch Jock weiß nicht, wann es Zeit ist aufzuhören. »Ist vielleicht 'n trockner Fick gewesen, aber wenigstens war ihr knöchriges Loch schön eng.« Er präsentiert grinsend seine Zahnlücken, und Cutter stürzt sich auf ihn. Pete und Rodge können ihn gerade noch aufhalten.

»Jesus, red' doch nich' so 'n Scheiß«, sagt Simpson schockiert.

Jock verzieht die Lippen und bückt sich, um seinen Hund zu packen.

»Pass nur auf deinen Köter auf!«, zischt der Jäger. »Wenn ich ihn erwisch', reiß' ich ihn in Stücke!«

»Halt dich von meinem Scheißhund fern!«, schreit Jock, und diesmal ist es er, den die anderen festhalten müssen. »Schwanzlutscher! Lass meinen Hund in Ruh'!« Bullet hechelt fröhlich vor sich hin, ihr Blick pendelt zwischen Cutter und ihrem Herrchen hin und her.

Cutter grinst den Hund an und verschwindet. Jock sieht aus, als wollte er in die Luft gehen, und starrt seine Kumpel an. »Der Wichser hat meinen Scheißhund bedroht! Warum hat er meinen Hund bedroht?«

»Mach dir keine Sorgen«, sagt Mick. »Du kannst ihn ja immer noch ficken, wenn Cutter mit ihm fertig ist. Genau wie Cutters Mum.«

Simpson springt im letzten Moment dazwischen und hindert Jock daran, Mick seine Gabel ins Auge zu rammen. Die Luft vor seinem Gesicht scheint förmlich zu vibrieren. »Ich bring' dich Wichser eigenhändig um! Du dreckiges Stück Scheiße von 'nem Fotzenschisser!« Er hat Schaum vor den Lippen, als Pete und Rodge ihn aus der Kantine schleifen.

Mick, der immer noch auf seinem Platz sitzt, die Hände zu Fäusten geballt, sieht ihm hinterher.

»Jesus, Mick«, sagt Opey. »Musst du denn immer unbedingt genau das Gegenteil von dem machen, was ich sage?«

Verdammt. Mick weiß, dass er sich besser im Griff haben muss. »Da bittet man jemanden freundlich, seine Töle besser im Zaum zu halten, und das kommt dann dabei raus«, sagt er und reibt sich die Hände. »Also, wer hat Lust, ein bisschen Geld zu verlieren?«

Simpson beginnt zu lachen, Opey stimmt ein, und dann lacht die gesamte Kantine.

»Dämlicher scheißender Hund«, sagt Simpson. »Wenn der das noch mal macht, schlitz' ich ihn selbst auf.«

Mick greift nach den Spielkarten und hat Mühe, das Zittern seiner Hände zu verbergen. Das Blut pocht wie wild in seinen Schläfen, und die Luft vor seinen Augen scheint zu leuchten. Die in ihm brodelnde Wut ist immer noch so präsent, dass er sie förmlich auf der Zunge schmecken kann.

Als Mick und Opey am nächsten Tag die zweijährigen Schafe für das Desinfektionsbad absondern, nimmt Blackall Mick beiseite.

»Hab' da so 'n paar Geschichten gehört, Michael. Du hast Probleme mit den anderen Männern?«

»Alles in Ordnung bei mir.«

»Einige Leute schaffen es manchmal nicht, sich einzufügen«, sagt der Manager, dessen Aufmerksamkeit sich jetzt auf die zusammengedrängten Schafe in den Nachbarpferchen richtet. »Hast du auch ein Problem damit, Sohn?«

»Nein, Sir. Bin nur noch dabei, meinen Platz hier zu finden.«

»Wo so viele Kerle auf engem Raum zusammenleben und es keine Mädchen gibt, kommt es immer zu Konflikten. Cutter kann ein echtes Arschloch sein, es den Neuen ziemlich schwer machen. Jock auch. Aber sobald du dich bewährt hast, werden die anderen locker. Du musst dich durchbeißen. Ihnen nicht auf den Leim gehen.«

»Ja, Sir.«

»Du willst das hier wirklich durchziehen, richtig?«

»Sogar sehr.«

»Bist 'n guter Bursche. Denk' ich. Ich hab' mich für Tommo weit aus dem Fenster gelehnt. Schätze, ich bin ihm ein oder zwei Gefallen schuldig gewesen. Enttäusch ihn nicht. Oder mich.«

Mick nickt und wartet stumm, während Blackall in seinen vierradgetriebenen Geländewagen steigt und zum Gehöft zurückfährt.

Opey hat im Hintergrund auf Mick gewartet. »Was war da gerade los?«

»Nichts. Unser allmächtiger Manager musste nur mal eben sein Tagespensum an Sozialarbeit abspulen.«

»Hey«, sagt Opey leise. »Sein Wort ist Gesetz, oder? Du musst Befehle befolgen können.«

»Hab' ich bisher noch nie getan. Warum ausgerechnet jetzt damit anfangen?«

»Weil du selbst gesagt hast, dass du diesen Job brauchst. Du erinnerst dich?«

»Yeah«, knurrt Mick verärgert. Fängt der andere Jackaroo jetzt etwa auch schon an, ihm auf die Nerven zu gehen?

»Ich musste vom ersten Tag an jede Menge Scheiße einstecken«, fährt Opey fort. »Glaubst du, es kratzt mich, was die anderen von mir halten? Wenn sie sich abfällige Namen für mich ausdenken? Denkst du, Fotzenschisser wär 'n schlimmerer Spitzname als Opium?«

Mick errötet und wendet den Blick ab. »Ja.«

»Nur weil du es so aufnimmst. Du bist es doch gewesen, der mir gesagt hat, ich soll den anderen nicht zeigen, dass sie mich treffen. Mir keine Schwäche anmerken lassen. Schon vergessen?«

»Yeah, schon gut. Jesus! Hältst mir 'ne echt beschissene Predigt!«

»Weil du eine brauchst. Siehst du, jetzt nimmst du schon den Rat von 'nem Schwachkopf an.«

»Du bist kein Schwachkopf.«

»Ich hab's dir doch gesagt, das sind nur Wörter. Ist mir egal, was die sagen. Sollte dir auch egal sein.« Opey kehrt auf seinen Posten zurück, um den Rest der Schafe ins Desinfektionsbad zu treiben.

Mick gesellt sich kurz darauf dazu. Aber er spürt immer noch die Anspannung in seinem Rücken und wirft in regelmäßigen Abständen einen Blick hinter sich, weil er damit rechnet, Jock mit einem hämischen Grinsen in seinem Wieselgesicht zwischen den Bäumen stehen zu sehen, seinen Hund an seiner Seite, der ihm die Schnauze tief in die Hand schiebt, als wäre es sein Arsch.

An diesem Wochenende fahren einige der anderen Männer abends wieder zum Trinken los. Mick fragt Simmo, ob er sich dessen Geländewagen leihen kann, und macht sich allein auf den Weg. Er überlegt kurz, Opey anzubieten, ihn mitzunehmen, aber nachdem er schon so viele Wochen im selben Zimmer mit ihm verbracht hat, braucht er einfach etwas Zeit für sich allein.

Also fährt er mit der Klapperkiste nach Süden. Die Federung ächzt unter den Schlaglöchern der Schotterpiste, und das Land öffnet sich weit um ihn herum. Jetzt kann er wieder frei atmen, muss endlich nicht ständig an Jock und seinen Hund denken. Oder an Cutter, diesen Wichser.

Ohne sich dessen bewusst zu werden, fährt er weiter Richtung Wills. Als er den Ort erreicht, betrachtet er eine Weile den großen viktorianischen Pub mit dem Bordell auf der Rückseite, der jetzt am Tag ziemlich ruhig vor ihm liegt, fährt dann aber weiter zu einem kleineren Schuppen die Straße hinunter.

Auch hier ist der Boden mit Sägemehl bestreut, und der Wirt hinter dem Tresen wirkt abweisend. Aber der Laden ist nur zu einem Viertel voll und nicht annähernd so laut wie der große Pub. Mick bestellt ein Bier – das ihm der Wirt anstandslos bringt, weil er ihn aufgrund seiner Größe für mindestens 18 Jahre hält oder sich nicht um sein Alter schert. Er sieht sich in der Bar um, während er trinkt. An einigen Tischen sitzen Gruppen von Männern, die sich über die Viehpreise, die Trockenheit und diesen beschissenen Krieg in Asien unterhalten – vertrauliche Männerthemen –, aber es gibt auch andere Gäste wie ihn, die einsam dastehen und blicklos vor sich hinstarren, versunken in ihre eigenen Probleme. Am Ende des Tresens steht ein großer Mann, noch größer als Mick, der einen Kaffee trinkt. Mick schiebt sich an ihm vorbei zum Klo und rempelt ihn auf dem Rückweg mit der Schulter an.

»Entschuldige, Kumpel«, sagt er.

»Hast mein Getränk verschüttet, du Bastard«, brummt der Mann.

»Yeah? Dann lass mich dir ein neues kaufen. Zwei Bier, Wirt!«

»Ich trink' kein Bier. Nur 'n neuen Kaffee, Trev. Hab' noch 'nen langen Weg vor mir …«, beginnt er Mick zu erklären.

»Bist du 'ne Pussy, oder was?«

Der Mann starrt Mick an.

»Ein Mann spendiert dir 'nen Drink, und du willst nicht mit ihm trinken?«

»Ich hab' dir gerade gesagt, ich muss 'nen Roadtrain nach Broome fahren, und ich …«

»Ah, du bist also eine von diesen Trucker-Pussys. Okay, hätt' ich wissen müssen. Dann noch viel Spaß mit deinem Kaffee, Kumpel.« Mick will weitergehen.

»Oi! Scheiße, wie bist du denn drauf? *Trucker-Pussy?* Wo hast du *das* denn aufgeschnappt?«

»So hat mein Dad euch Typen immer genannt. Meinte, ihr würdet den ganzen Tag nur faul auf euren Ärschen hocken, während der Rest von uns hart arbeiten muss.«

Der Mann starrt Mick an, als wäre der verrückt geworden. »Hast du auch nur die leiseste Ahnung, wie hart es ist, 20 Stunden am Stück zu fahren und sich dann in eine enge Koje zu quetschen?«

»Ich wette, dass du dich gern irgendwo reinquetschst«, erwidert Mick und zwinkert. »Und zwar in einen Anhalter. Das ist doch so eure Art, hat mir mein Dad erzählt. Ihr steht auf Kerle. Auf diese langhaarigen Hippies, die ihr euch wie Mädchen vorstellen könnt, weil ihr das Denken euren Eiern überlasst.«

Der Trucker richtet sich zu seiner vollen Größe auf, einen Kopf größer als Mick, und blickt aus schmalen Augen fassungslos auf den Jüngeren hinab. »Du hast wohl deinen beschissenen Verstand verloren, Kleiner!«

Der Wirt sieht herüber, erkennt, dass sich da offenbar ein Streit anbahnt, und zieht einen Cricketschläger hinter dem Tresen hervor.

Mick registriert es und grinst. »Vielleicht habe ich mich ja getäuscht. Vielleicht ist der Typ da drüben deine Pussy und mischt sich jetzt ein, um dir den Arsch zu retten.«

»Das wird dein verficktes Begräbnis, Kumpel«, faucht der riesige Trucker und verpasst Mick einen Schlag gegen die Schläfe.

Mick steckt den Schlag ohne Gegenwehr ein, verspürt den gewohnten Schauder, der ihn bis ins Mark durchströmt, und fühlt, wie seine Knie nachgeben. Noch im Fallen erwischt ihn der Typ mit einem lockeren linken Aufwärtshaken am Kinn, worauf sich Mick beinahe die eigene Zunge abbeißt. Im Stolpern versucht er, sich an einem Stuhl abzustützen, doch das morsche alte Holz zersplittert unter seinem Gewicht, die Stuhlbeine knicken einfach ab. Der Mann beugt sich vor und drischt ihm zweimal ins Gesicht. Mick bleibt rücklings auf dem Boden liegen, starrt nach oben und blinzelt. Funken wirbeln vor seinen Augen herum, seine Zähne sind blutverschmiert.

»Haste genug, Junge?«

Mick lächelt mit blutigem Mund. »Und du?«, fragt er zurück. Er stemmt sich hoch und holt aus. Der große Mann schlägt ihm wuchtig in die Magengrube und schickt ihn erneut zu Boden.

»Jesus, du *bist* völlig verrückt.« Der Trucker tritt zurück und schüttelt den Kopf. Es ist ihm unverkennbar unbegreiflich, dass sich der Kleine völlig grundlos ausgerechnet mit dem größten Kerl im Pub angelegt hat. Mick wälzt sich stöhnend auf den Bauch und bleibt liegen.

»Kann aber wenigstens gut einstecken«, stellt einer der anderen Gäste respektvoll fest und beugt sich vor, um Mick aufzuhelfen. Mick schlägt die Hand beiseite und stürzt sich mit rudernden Armen auf den Trucker, obwohl ihn der andere Mann von hinten umklammert.

Von dem Angriff überrascht – ein Mann sollte eigentlich wissen, wann er keinerlei Chancen hat –, wird der Trucker gegen den Tresen gestoßen. Mick verpasst ihm einen kräftigen Schlag ins Gesicht, bückt sich und packt eins der abgebrochenen Stuhlbeine. Er lässt es auf den Hals des Mannes niedersausen und hätte ihn auch getroffen, wäre ihm nicht irgendwer von hinten in den Arm gefallen. Das Stuhlbein landet klappernd auf dem Boden. Der wutentbrannte Trucker nähert sich Mick, der jetzt von den anderen Gästen festgehalten wird, holt mit einer mächtigen Faust zum Schlag aus, zögert aber, als Mick ihn mit gefletschten Zähnen wie ein wildes Tier anfaucht.

Mick schüttelt die Hände der anderen ab und steht keuchend da. Dann leckt er sich über die aufgeplatzten Lippen und lächelt. »Hast mir wirklich ein paar gute Treffer verpasst«, sagt er. »Du großer Bastard.«

Der Mann starrt ihn unschlüssig an. Schließlich nickt er und kehrt zu seinem Platz am Tresen zurück.

»Hast du Todessehnsucht, Sohn?«, erkundigt sich der Wirt.

»Nicht, dass ich wüsste«, erwidert Mick gelassen und legt einen Schein auf den Tresen. »Für die Drinks. Und für den Stuhl.«

Der Besitzer des Pubs betrachtet das Geld. »Das reicht für einen guten Ersatz.«

»Dann haben alle gewonnen«, sagt Mick, setzt seinen Hut wieder auf und tippt in Richtung des Truckers, der ihm finster hinterherstarrt, als er den Pub verlässt, grüßend an die Krempe.

Draußen bleibt er in seinem Wagen sitzen und wartet, bis der massige Mann herauskommt. Er sieht zu, wie der Typ zu seinem Truck geht, und fährt sich mit der Zunge über die blutenden Lippen. Seine Hände krallen sich um das Lenkrad, während der Mann in die Fahrerkabine klettert, und er sitzt immer noch da, als der Truck davonfährt und die Nacht so plötzlich über das Land hereinbricht, als müsste sie ein Vakuum ausfüllen. Er bleibt allein in der dunklen Straße zurück, und in seinem Gesicht lodert der altvertraute Schmerz.

Die eigenen Schmerzen konnte er ertragen. Schlimmer war es, wenn sein Vater seine Mutter schlug. Sie litt an einer seltsamen Form von Bettlägerigkeit – wobei Mick nie herausgefunden hatte, ob sie nun ernsthaft krank war oder einfach nur faul. Jedenfalls verkroch er sich immer hilflos in seinem Zimmer und hasste sich für seine Schwäche, während sein Vater sich auf seine Mutter setzte, sie mit seinem Körpergewicht auf der Matratze festnagelte und verprügelte, weil sie, wie er sagte, eine nutzlose fette Fotze wäre, oder weil er sich über die laufenden Rechnungen ärgerte, oder weil sie ständig so unglaublich besoffen war und damit das Leben der Familie zerstörte – *du dämliche Nutte, du!* –, und all das selbst noch nach dem Tod ihrer eigenen Tochter. Oder vielleicht gerade deswegen. Manchmal ging die Prügelei nahtlos in Sex über, und Mick konnte kaum feststellen, wann das eine endete und das andere begann. Oft klangen die Geräusche gleich, bis seine Mutter irgendwann lustvoll aufschrie.

»Mickey?«, rief sie hinterher, sobald sein Vater in die Küche zurückgekehrt war, um dort weiterzusaufen, oder wenn er danach draußen auf dem Hof an den Autos arbeitete, vielleicht beschämt über das, was er gerade getan hatte. Dann kam Mick gehorsam in ihr Zimmer, in dem es penetrant nach altem Schweiß und wundgelegenen Stellen ihres Körpers roch, und sie streichelte sein Haar, versuchte, ihn zu beruhigen und flüsterte ihm ins Ohr, dass sie ihn eines Tages, wenn es ihr wieder besser ging, weit weg von all dem bringen würde. Doch sie sah ihm nie dabei in die Augen, während sie ihn liebkoste und ihr Atem nach Gin stank. Manchmal ging ihre Hand sogar auf Wanderschaft, glitt über seine Brust und seinen Bauch weiter abwärts, und dann sprang Mick auf und lief davon, und seine Mutter rief ihm hinterher und weinte, brachte aber nicht die Kraft auf, ihm zu folgen.

Anfangs setzte sie sich gegen seinen Vater zur Wehr, wenn er sie verprügelte, stürzte sich mit Werkzeug, mit Geschirr oder was auch immer sie zu fassen bekam, auf ihn. Doch eines Abends prallte sie heftig mit dem Kopf gegen den Kühlschrank und lag eine Weile reglos auf dem Boden, bis es Mick gelang, sich heimlich aus dem Haus zu schleichen und das Krankenhaus zu informieren. Danach ging es ihr nie wieder richtig gut. Eine der Krankenschwestern fragte ihn, ob zu Hause alles in Ordnung sei, aber da sein Vater ihn von draußen durch das Fenster beobachtete, nickte er und sagte, seine Mutter wäre nur gestürzt.

In den anderen Familien, die er kannte, ging es auch nicht besser zu. Wie zum Beispiel während eines Besuchs bei seinem Freund Eddie – oder »Eddie Boong«, wie alle anderen Kinder den Eingeborenen vom Ende der Straße nannten. Sie waren gerade ausgelassen im Hof herumgerannt, als Eddies Vater – ein gedrungener Mann mit einer vom Boxen schon häufig gebrochenen Nase und unförmigen dicken Fingerknöcheln – um die Ecke kam, seinen Sohn mitten im Lauf packte und mit dem Kopf gegen die Hauswand schlug.

»Ich hab' dir gesagt, du sollst die beschissene Kuh reinholen!«, fauchte er ihn dabei an und verschwand wieder im Haus. Eddie rutschte schlaff an der Hauswand herab, als setzte er sich hin, und starrte blinzelnd auf die schäbigen Schuppen, die das Grundstück säumten. Dann begann ihm plötzlich Blut aus den Ohren zu rinnen. Mick schlich ins Haus zu Eddies Mutter, und sie brachten ihn zu den Ärzten.

Als er eine Woche später wieder vorbeischaute, war Eddie wieder ganz der Alte gewesen und hatte sein übliches breites Grinsen zur Schau getragen. »Sieht fast so aus, als wäre ich im Krieg gewesen, was?«, hatte er gewitzelt und dabei auf den Verband um seinen Kopf getippt. »Oder als hätte ich einen Turban wie diese Araber.«

Doch seither achtete Eddie ganz genau darauf, sich um die Kuh zu kümmern, bevor sie spielen gingen.

In diesem Teil der Welt war Prügel ein ganz natürlicher Bestandteil des Lebens. Die einzigen Momente, in denen sich Mick völlig entspannt fühlte, waren die, wenn Eddies Vater fort war und sie sich in der alten Scheune hinter dem Haus rumtreiben konnten, wo sie Murmeln spielten oder Ratten jagten oder Strohmänner bauten. »Heya, Dad!«, rief Eddie, wenn er einen großen Strohhaufen aufgeschichtet hatte, und schlug ihm in das angedeutete Gesicht, worauf der Haufen in sich zusammenbrach. Dann kicherten sie und warfen verstohlene Blick zum Eingang hinüber, um sich zu vergewissern, dass niemand sie beobachtet hatte, bevor Mick wieder nach Hause gehen musste.

Eddie war immer sehr an der Tätigkeit von Micks Vater als örtlichem Dingojäger interessiert. Sein eigener Vater hatte schon seit Jahren nicht mehr gearbeitet, und er erkundigte sich ständig danach, wie man Dingos erlegte, und ob Mick das auch schon gemacht hätte. Mick erzählte ihm, wie sein Vater damals das Dingoweibchen auf den Boden gedrückt und ihm das Fell mit einem Ruck in einem Stück abgezogen hatte, wie warm, weich und schlüpfrig es sich angefühlt hatte. Eddie lauschte ihm gebannt und nickte fasziniert. Ein Tier zu häuten, sagte er, wäre eine machtvolle Handlung. Damit hätte Micks Vater dem Dingo den Geist gestohlen. Mick sah ihn verwirrt an, und Eddie begann, in der großen Scheune mit leiser Stimme zu erzählen, als fürchtete er, irgendjemand könnte vorbeikommen und ihn schlagen, weil er Geheimnisse seines Volkes ausplauderte. Er hatte von alten Praktiken seiner Leute gehört. Vor langer Zeit, berichtete er, wurde alle paar Jahre ein Mitglied des Kriegerclans dazu bestimmt, für einen Tag den Platz des Häuptlings einzunehmen und über den Stamm zu herrschen. Dieser Krieger durfte sich die Frauen des Häuptlings nehmen, sich den Bauch vollschlagen und dem Stamm Befehle erteilen. Eddie grinste. Das höre sich doch nicht schlecht an, oder? Doch am Ende des Tages wurde der Mann dann während eines *Corroborees* geopfert. Ihm wurde die Haut abgezogen, die sich der echte Häuptling anschließend überstreifte, womit er demonstrierte, dass er seine alte Macht wiedererlangt hatte. Auf diese Weise erneuert, blieb er bis zur nächsten Zeremonie der rechtmäßige Häuptling des Stammes. Damit habe er sich den Geist des Kriegers einverleibt, hatte Eddie grinsend erklärt. So wie wir uns jedes Mal, wenn wir ein Tier essen, bei ihm bedanken. Sei genau die gleiche Sache.

Mick hatte Eddie fasziniert nach weiteren derartigen Geschichten gefragt, und sein Freund berichtete ihm von den Singzeremonien. Einige Stämme glaubten, dass man allein mit der Kraft seiner Stimme töten könne, flüsterte er. Sobald man durch ein Lied verflucht würde, müsse man sterben. Wie um zu demonstrieren, was er damit meinte, drehte er sich so um, dass er in die Richtung seines Hauses blickte, schloss die Augen und stimmte ein schauriges Geheul an, als verfluchte er seinen eigenen Vater. Das klagende Lied hallte unheimlich in der Scheune wider. Mick hatte das Gefühl gehabt, als würden sich ihm eisige Nadeln in den Nacken bohren, und war verängstigt aufgesprungen.

Eddie hatte wieder die Augen geöffnet und die Zähne zu einem weiß schimmernden Grinsen im Halbdunkel entblößt. Er wisse allerdings nicht wirklich, wie man das mache, hatte er gesagt und die Schultern gehoben. Manchmal wünsche er sich, er wüsste es. Auch wenn die Leute glaubten, dass man einen Preis für den Zauber zahlen müsse.

Scheiß auf den Preis, erwiderte Mick, worauf sie beide lachten. Dann war das Motorengeräusch eines Wagens in der Ferne erklungen, und sie hatten eilig die Scheune verlassen, bevor sie Schwierigkeiten bekamen.

In dieser Nacht hatte Mick wach in seinem Bett gelegen und den Geräuschen aus dem elterlichen Schlafzimmer nebenan gelauscht. Irgendwann schloss er die Augen, drehte das Gesicht in ihre Richtung und begann, einen leisen monotonen Singsang auszustoßen.

Als er die Augen wieder öffnete, die nackten Ziegelsteine unverändert vor sich sah und die Geräusche auf der anderen Seite der Wand anhielten, musste er lächeln. Er wusste offensichtlich ebenfalls nicht, wie der Todesgesang funktionierte. Aber zumindest machte die Sache irgendwie Spaß.

Während er in seinem Bett liegt, an die feuchte Wand des Zimmers starrt und dumpfe Schmerzen in seinem Gesicht pulsieren, denkt er an Jock und dessen dämlichen Hund drüben im Nachbargebäude. Er bildet sich ein, selbst jetzt noch hören zu können, wie der Kaninchenjäger die Hündin mit Kängurufleisch füttert, das er aus der Küche gestohlen hat. Ein schmatzendes Geräusch, als hätte er Sex mit dem Köter. Wie die Laute seiner Eltern aus ihrem Schlafzimmer.

Als in der Farm Stille eingekehrt ist und Opey tief und fest auf der anderen Seite des Zimmers schläft, steht Mick auf. Er schleicht sich in die immer noch heiße Nacht hinaus, steht in der Dunkelheit vor der anderen Schlafbaracke und lauscht auf diese abstoßenden Geräusche. Lässt die Wut, die er die ganze Zeit über zu unterdrücken versucht hat, endlich in sich hochsteigen.

Am nächsten Morgen gibt es draußen Unruhe, als er und Opey zur täglichen Arbeit ins Freie treten. Mick folgt dem anderen Jackaroo zum Haupthaus und hüpft dabei von einem Fuß auf den anderen, während er sich im Gehen die Stiefel überstreift.

Jock steht mit weit aufgerissenen Augen hysterisch in der Tür des Schlachthauses und schreit Cutter an. »Wo is' mein beschissener Hund?« Cutter mustert ihn reglos unter schweren Lidern.

»Du hast keinen Beweis, Jock«, sagt Cunningham, der sich zwischen beiden Männern aufgebaut hat.

»Und was is' dann das da?« Jock deutet auf eine frische Blutlache auf dem Boden des Schuppens. »Er hat mein' Hund umgebracht, genau wie er's gesagt hat!«

»Ein' Scheißdreck hab' ich«, erwidert Cutter. »Und wenn ja, hätt' ich ihn da aufgehängt.«

»Da hast du's!«, schreit Jock. »Der Psycho hat mein' Hund bedroht. Und jetzt is' er tot!«

»Das war ich«, sagt Mick, und alle Blicke richten sich auf ihn.

Er deutet auf die Blutlache. »Ich habe da gestern Abend einen Hammel fürs Abendessen geschlachtet. Habe ihn für den Eintopf zerlegt.«

Es folgt ein längeres Schweigen, als Jock den aufmüpfigen Jackaroo anstarrt. Die anderen wechseln Blicke, bevor Cunningham versucht, die erhitzten Gemüter abzukühlen. »Vielleicht ist dein Hund ja einfach nur weggelaufen, Jock. Wir werden ihn heute Abend suchen, wenn wir die Schafe zusammentreiben ...«

Der Kaninchenjäger streckt anklagend eine Hand aus. »Es is' einer von den' da gewesen. Ich weiß es!« Seine Augen huschen wild zwischen Cutter und Mick hin und her. »Motherfuckers!«

Allmählich wird der Aufseher wütend. »Langsam reicht's mir! Wenn du einen Mann beschuldigst, etwas getan zu haben, solltest du besser einen Beweis dafür haben. Und den hast du nicht. Also hör auf damit. Dein dämlicher Scheißköter streunert wahrscheinlich irgendwo in der Gegend rum. Ende der Diskussion!«

»Warum sollte *ich* ihm denn was angetan haben?«, erkundigt sich Mick. »Ich habe diesen Hund genauso geliebt wie du, Jocky.«

»Du Bastard!«, faucht Jock. Aber er kann sich nicht durch die Schar der Männer schieben, die ihn von Mick trennt, und er schafft es nicht, all seine Wut entweder auf Mick oder auf Cunningham zu fokussieren. Sein Zorn verraucht ziellos, und er steht niedergeschlagen und kraftlos da.

»Wir werden deinen tollen Hund schon finden«, verspricht Cunningham. »Der Rest von uns hat jetzt anderes zu tun. Ihr zwei!« Er deutet auf Mick und Opey. »Ihr solltet schon längst drüben auf der Grafton-Koppel sein. Also kommt endlich in die gottverdammten Hufe!«

Auf dem Weg zu seiner Hütte wirft Cutter Mick einen wissenden Seitenblick zu, den der jedoch nicht erwidert. Mick wartet, bis sich alle anderen zerstreuen, bevor er sich im Vorübergehen zu Jock hinüberbeugt. »Ich wünsche dir einen guten Appetit heute

Abend, Jockey. Denk an was anderes.« Damit lässt er den Kaninchenjäger stehen, der ihm mit ausdruckslosem Gesicht in der stillen Morgendämmerung hinterherstiert.

Etwas später lenkt Opey sein Pferd neben Mick. »Hast du es getan, Mick?«, fragt er leise.

»Es war Cutter, der Jocks Hund bedroht hat, nicht ich.«

»Das habe ich dich nicht gefragt.«

»Glaubst du etwa, ich würde was so Lustiges tun, ohne dich dazu einzuladen, Ope?«

»Es *war* lustig, Jocks Gesichtsausdruck zu sehen. Dieses Arschloch.« Doch dann runzelt Opey die Stirn. »Ich hoffe trotzdem, dass dem Hund nichts zugestoßen ist. Ich habe nichts gegen ihn.«

»Sicher nicht. Schließlich lieben wir hier ja Tiere, stimmt doch, was? Also, dann lass uns jetzt ein paar Schafe mästen, damit wir sie hinterher schlachten können.«

Bald darauf hat Opey seine Sorgen auch schon wieder vergessen, und sie arbeiten bis zum Sonnenuntergang durch.

An diesem Abend isst Jock nichts, sitzt nur stumm am Tisch auf der anderen Seite des Speisesaals. Auch verzichtet er diesmal darauf, die Jackaroos mit dem selbstgefälligen Grinsen zu beobachten, das er während der meisten anderen Abendessen gezeigt hat.

Als Mick ins Bett geht, summt er leise die alte tonlose Melodie des Todes seines Freundes Eddie vor sich hin und lächelt dabei, den Blick auf die feuchte Wand vor ihm gerichtet.

Er schläft sofort ein.

In seinen Träumen sah Mick sich am Stirnende des Tisches sitzen. Seine Schwester briet Fleisch für sie beide, und an den Wänden hingen keine beängstigenden Hackebeile, Messer und Werkzeuge, weil er sie entfernt hatte, nachdem seine Eltern verschwunden waren. So saßen sie zu zweit lächelnd zusammen und aßen gemeinsam, und das Gesicht seiner Schwester war wieder unversehrt.

Er konnte das Bild noch immer vor seinem inneren Auge sehen, als er erwachte und das gelbe Licht des hoch am Himmel stehenden Mondes durch sein Fenster fiel. Dann wandte er das Gesicht dem Geräusch zu, das ihn geweckt hatte, und er erblickte die Silhouette seines Vaters in der Tür.

»Los, komm, Junge.« Die Stimme seines alten Herrn klang fast noch schlaftrunken. Gleich darauf war er auch schon verschwunden, und das Licht aus dem Flur schien grell in die Augen des Jungen.

Mick sah seinen Atem über der Bettdecke dampfen. Er benötigte einen Moment, um die Benommenheit abzuschütteln und aus dem Bett zu springen, bevor der Schatten seines Vaters zurückkehren konnte. Der Fußboden unter seinen Füßen war eiskalt. Mick schlüpfte in die erstbesten Kleidungsstücke, die er erwischte, und eilte in die Küche.

Die Kopfhaut seines Vaters, der sich gebückt hatte, um seine Stiefel zuzuschnüren, schimmerte durch sein schütter werdendes, ungewaschenes Haar. Die Venen auf seinen Handrücken zeichneten sich wie Schläuche unter der ausgedörrten Haut ab. Mick konnte den vertrauten Scotchdunst riechen, den er verströmte. Aus dem Nachbarzimmer ertönte das betrunkene Schnarchen seiner Mutter.

Er wartete neben dem Küchentisch und blinzelte sich den Schlaf aus den Augen, bis sich sein Vater ächzend wieder aufrichtete und den Waffenschrank neben der Kühltruhe öffnete. Doch statt seiner Kaliber .243 Hundeflinte ergriff sein alter Herr das Schrotgewehr und eine Schachtel Patronen, nickte seinem Sohn knapp zu und verschwand damit in der Nacht, den schweren Metalllauf des Gewehrs wie ein Kind in die Armbeuge gelegt.

Mick zögerte einen Moment lang, bevor er ihm folgte. Die

Kälte bohrte sich ihm regelrecht ins Gesicht. Am Himmel über ihm funkelten unzählige Sterne.

»Brauchen wir denn nicht die Fallen?«, fragte er, während sich sein Vater in die Fahrerkabine zwängte und das Gewehr hinter den Sitzen verstaute. Sein alter Herr schüttelte ungeduldig den Kopf, ohne ein Wort zu sagen.

Seit dem Vorfall mit dem Dingoweibchen und ihren Welpen war Mick nicht mehr mit seinem Vater gefahren, und er fragte sich, wohin er ihn bringen würde. Was er vorhatte. Doch das Gesicht seines alten Herrn war ausdruckslos, und so nahm Mick ergeben auf dem Beifahrersitz Platz.

Er wurde kräftig durchgeschüttelt, als sie rückwärts auf die Straße stießen. Dann überraschte ihn sein Vater erneut, denn statt auf die einspurige Asphaltstraße nach Barraldyne im Süden zu schwenken, fuhr er nach Norden in die Wüste. Als sie das Haus der Stevens passierten – die einzigen Nachbarn auf dieser Seite der Ortschaft –, starrte Mick auf die Hunde hinaus, die durch den schmalen Spalt in ihrem Zwinger kläfften. Sie blieben hinter ihnen zurück, und er sah nur noch sein Spiegelbild in der Seitenscheibe, das Haar wild zerzaust unter seiner Mütze, die Augen groß und fragend. Dann machte der Wagen einen Satz, als sie die befestigte Straße verließen und über die Schotterpiste schossen, und die Dunkelheit verschluckte die Lichter der Siedlung und die Hunde hinter ihnen.

Mick warf einen Blick auf seinen Vater, der gebückt vor dem Lenkrad hockte, das Gesicht in den schwachen Schein der Armaturen getaucht. Die Augen rot gerändert und glasig. Mick war nicht so dumm, ihn mit weiteren Fragen zu bedrängen, aber seine Augen glitten immer wieder über das Schrotgewehr hinter der Rücksitzbank. Es kostete ihn einige Mühe, sich auf die Straße vor ihnen und mögliche lebensmüde Kängurus zu konzentrieren.

Die Straße erstreckte sich im Licht der Scheinwerfer wie in einem Traum. Mick starrte auf die paar Meter Schotter vor ihm, die aus der Dunkelheit auftauchten und vorbeiflogen. Seine Augen wurden schwer, aber er kämpfte krampfhaft gegen die Müdigkeit an. Er war viel zu verängstigt, um einzuschlafen, und er konnte das Gewicht des Gewehrs hinter dem Rücksitz regelrecht spüren, als lastete es auf seinen Schultern.

Sie bogen auf eine weitere Piste ab, der sie etwa eine Stunde lang folgten, während sein Vater immer wieder die Abzweigungen rechts und links überprüfte. Mick schmiegte sich in seinen Sitz, zitternd vor Angst und Kälte, und wünschte sich, die Heizung des Wagens würde funktionieren.

Dann entdeckten sie die Lichter eines Ortes in der Ferne – soweit es ihn betraf, hätte es irgendeine Stadt sein können, Rom, Rockhampton oder Brisbane –, dessen Außengrenzen sie in langsamer Fahrt umrundeten. Mick schrak zusammen, als sein Vater sich plötzlich zu ihm umdrehte. Er rechnete damit, dass sie jeden Moment am Rand der einsamen Straße halten und zu irgendeiner kleinen Lichtung gehen würden, wie damals mit dem Dingoweibchen und ihren Welpen, und dann ... was dann? Was, glaubte er, würde sein Vater dann tun?

»Ich habe ihn gefunden«, sagte sein alter Herr leise und schaltete die Scheinwerfer aus. Sie folgten der Piste langsam zu einem kleinen Haus, dessen Umrisse sich vor dem nächtlichen Himmel abzeichneten. Mick krallte die Hände in das Sitzpolster unter ihm. Dann schaltete sein Vater auch die Zündung aus. Der Wagen rollte von seinem Schwung getrieben fast geräuschlos weiter bis vor das Haus. Mick blieb stocksteif sitzen. Sein Vater ergriff das Gewehr und glitt aus dem Fahrersitz. Als er sich zu seinem Sohn umdrehte, konnte Mick nur das Weiß seiner Augen in der Finsternis leuchten sehen.

»Komm mit.«

Mick stieg aus und rannte hinter seinem Vater her. Die Luft war kalt, und der sandige Boden dämpfte seine Schritte. Seine Augen stellten sich schnell auf das Mondlicht ein. Er entdeckte eine

Motorhaube, die aus einem Carport hervorragte, und das Herz klopfte ihm in der Kehle, als er sich daran erinnerte, wie sich die schwarze Limousine ihm und seiner Schwester an diesem verhängnisvollen Tag genähert hatte. Sein Vater beobachtete ihn aufmerksam, nickte knapp und wandte sich der mit Fliegendrahtgitter bespannten Seitentür des Hauses zu.

Sie schlüpften leise hinein. Stille empfing sie. Es war ein seltsames Gefühl, mitten in der Nacht in das Haus eines Fremden einzudringen. Das matte Mondlicht, das durch die Fenster sickerte, ließ alles riesig und dunkel erscheinen: die altmodische Standuhr, das Foto einer Familie an der Wand, die direkt in die Kamera starrte, der große gedrungene Fernseher in einer Ecke des Wohnzimmers, der Kühlschrank, der in der Küche vor sich hinbrummte. Mick hatte noch nie zuvor ein Haus betreten, in das er nicht hineingebeten worden war.

Aus der Dunkelheit ertönten Schnarchgeräusche. Micks Vater näherte sich den Schlafzimmern im hinteren Bereich des Hauses, ohne sich zu vergewissern, ob sein Sohn ihm folgte, was er offenbar für selbstverständlich hielt. Mick warf einen kurzen Blick zurück zu der offen stehenden Seitentür und überlegte, ob er einfach kehrtmachen und in die Nacht hinauslaufen sollte. Aber wohin hätte er sich wenden sollen? Sein Vater war ein geschickter Fährtenleser. Er würde ihn aufspüren, bevor er auch nur zwei Meilen weit gekommen war. Deshalb war Mick bisher auch nie von zu Hause fortgerannt, selbst wenn er es noch so gern getan hätte, weil er wusste, dass sein Vater ihn erwischen würde und ihm dann vielleicht das gleiche Schicksal wie den Dingos bevorstand. Also folgte er ihm.

Sein alter Herr schlich lautlos durch den Flur, öffnete die Schlafzimmertür und schob sich durch den schmalen Spalt. Mick blieb draußen stehen und hoffte, nicht mitansehen zu müssen, was dort drinnen passieren würde. Es kam ihm vor, als hätte er eine Ewigkeit nicht mehr geatmet.

Ein ersticktes Grunzen erklang aus dem Schlafzimmer, gefolgt von dem dumpfen Geräusch von Holz, das auf Knochen trifft. Mick zitterte am ganzen Körper, während er wartete. Er machte einen Satz zurück, als die Tür vollends aufflog und ihm eine sich heftig wehrende Gestalt entgegenstolperte.

Der Mann war nackt – eine fette weiße Silhouette in der Dunkelheit. Ein schwarzer Blutfaden lief von einem seiner Ohren über seine Wange hinab und tropfte ihm auf die Schulter. Angst flackerte in seinen Augen, und Micks Anblick schien seine Angst noch zu steigern. Er drehte sich wieder zu dem Mann mit dem Gewehr um. Micks Vater richtete den Doppellauf des Schrotgewehr auf seinen Kopf, und der Mann erstarrte. Sein Penis zog sich wie eine kleine Schlange in seinen Unterleib zurück. Mick musste den Blick abwenden.

»Beweg dich, Wichser!«, zischte sein Vater, und der Mann starrte verwirrt auf den Jungen hinab, während er an ihm vorbeistolperte.

Die kalte Nachtluft schlug ihnen entgegen. Mick konnte sehen, wie sich der gesamte Körper des Mannes mit einer Gänsehaut überzog, als er zitternd in Richtung des Autos torkelte.

»Warte!«, befahl sein Vater. Er warf einen Blick zurück auf die Seitentür des Hauses, dann bedeutete er dem Mann mit einer knappen Geste weiterzugehen. »Auf die Ladefläche.« Er richtete das Gewehr auf das Heck des Geländewagens, und der Mann kletterte gehorsam hinauf. Die Stoßdämpfer gaben unter seinem Gewicht nach.

»Hinlegen! Mit dem Gesicht nach unten!« Micks Vater fesselte dem Mann die Hände auf dem Rücken, bevor der auf den Gedanken kommen konnte zu fliehen, und befestigte das andere Ende des Seils in einer der Halteösen auf der Ladefläche. Dann knebelte er ihn und sprang herunter. »Wird etwas holprig werden.« Er lächelte ihn kalt an, bevor er um den Wagen herum zur Fahrertür ging. »Steig ein, Junge.«

Mick kletterte völlig verängstigt auf den Beifahrersitz. »Dad?«, fragte er leise, als sie in der Dunkelheit der Fahrerkabine saßen.

Sein Vater hatte beide Hände so fest in das Lenkrad gekrallt, dass sich seine Finger in den Kunststoff der Ummantelung gruben, und starrte geradeaus. Dann blickte er seinen Sohn an, ohne dass sich der geistesabwesende Ausdruck in seinen Augen auflöste, und nickte. »Ja, mein Sohn.« Er drehte den Zündschlüssel um, und sie fuhren, noch immer ohne Licht, mitten in den Busch hinein.

Immer wenn sie durch ein Schlagloch rollten, konnte Mick den schweren Körper des Mann hinter ihnen auf die Ladefläche klatschen hören. Nach einer Weile schaltete sein Vater die Scheinwerfer wieder an, fuhr immer schneller und beschleunigte sogar noch stärker, als vor ihnen eine Bodenrinne auftauchte. Trotz des Motorenlärms und des Knebels konnte Mick das Wimmern des Mann bis in die Fahrerkabine hören. Er hielt sich die Ohren zu.

Schließlich hielten sie vor einem kleinen Wäldchen. Micks Vater richtete die Scheinwerfer auf die Bäume aus und sprang aus dem Wagen. Der Mann hatte sich eingepisst. Sein im Mondlicht dunkelgelb aussehender Urin schwappte in den Rillen der Ladefläche hin und her. Er hatte Tränen in den Augen, und Mick konnte sehen, wie sich die ersten heftigen Blutergüsse unter der bleichen Haut seiner Arme und Beine abzuzeichnen begannen. Sein Vater löste die Fesseln und trat zurück, das Gewehr erhoben. Der Mann war durch die Fahrt zu sehr mitgenommen, um einen Fluchtversuch zu unternehmen. Er robbte kraftlos durch die Urinpfütze auf der Ladefläche und glitt langsam zu Boden.

Obwohl Mick sich schrecklich vor dem fürchtete, was sein Vater vermutlich vorhatte, war da etwas in den Augen des nackten Mannes, das ihn faszinierte. Vorher hatte er außer Verständnislosigkeit darin noch einen verzweifelten Lebenswillen gesehen, Verwunderung und die Bereitschaft zu fliehen. Doch jetzt, hier draußen in der kalten Nacht unter dem hellen Licht des Mondes und der gleichgültig am Himmel funkelnden unzähligen Sterne, schien das alles erloschen zu sein. Er starrte wie gelähmt das Gewehr an und ließ seinen leeren Blick dann auf das weite Land hinauswandern. Und Mick spürte die Macht, die sein Vater in diesem Moment besaß.

Der Mann stand einfach nur da, die Knie zusammengepresst, die Hände noch immer auf dem Rücken gefesselt. Er rührte sich auch nicht, als Micks Vater ihm den Knebel aus dem Mund zog. »Runter auf deine beschissenen Knie!«

»Ich hab' doch nichts getan«, schniefte der Mann, sank aber trotzdem gehorsam auf die Knie.

»Du weißt ganz genau, worum es hier geht. Und jetzt wirst du dafür zahlen, was du ihr angetan hast.« Bei den letzten Worten versagte die Stimme von Micks Vater beinahe.

»Aber ich bin nie mit einer Frau zusammen gewesen«, schluchzte der Mann. Er starrte immer noch in die Nacht hinaus. Tränen rannen ihm über die Wangen.

»Sie war keine Frau, du kranker Perverser! Sie war noch ein kleines Kind.« Micks Vater wandte sich seinem Sohn zu. »Das ist er doch, oder? Hab' dir ja gesagt, dass ich den Scheißkerl gefunden hab'.«

Der Mann drehte sich zu Mick um, und in seinem Gesicht dämmerte Wiedererkennen auf. »Ich habe euch Schokolade gegeben«, sagte er leise. »Alle Kinder mögen Schokolade. Ich wollte nur nett zu euch sein.«

»Wusste ich doch, dass ich recht hatte. Ich hab' überall rumgefragt, und dein Name ist immer wieder gefallen. Ein Typ, der allein in der Nähe lebt, nur ein paar Stunden von uns entfernt. Ein Typ, der langsam spricht, weshalb mein Sohn dich für einen Ausländer gehalten hat. Schätze, du hast eine Schwäche für Kinder. Versuchst immer, sie anzuquatschen, ihnen Sachen zu geben. Aber dann bist du Scheißkerl zu weit gegangen, richtig?«

»Das haben die Polizisten auch gesagt ... Dabei mag ich Kinder einfach nur. Die sind nicht grausam zu mir wie die Erwachsenen … Kinder mögen mein Auto. Ich wollte Ihre Kinder nur ein Stück mitnehmen. Wollte ihnen helfen.« Der Mann warf Mick einen flehenden Blick zu, und der Junge trat einen Schritt zurück aus dem Scheinwerferkegel heraus. »Du erinnerst dich doch bestimmt noch«, sagte der Mann in seine Richtung. »Du hast gesagt, ihr wärt auf dem Heimweg zum Essen. Und ich hab' gesagt, okay, aber nehmt euch ruhig ein bisschen Schokolade mit. Für hinterher, damit eure Mum nicht wütend wird. Aber ihr wolltet sie nicht haben. Wie zwei Engel … die in der Hitze spazieren gegangen sind. Ihr müsst furchtbar geschwitzt haben … Also hab' ich die Schokoriegel einfach dagelassen. Um rechtzeitig zur Arbeit da zu sein … Die Leute mögen es gar nicht, wenn ich zu spät zur Arbeit komme …«

»Du bist ein verfickter Lügner!«, schrie Micks Vater. »Du wirst keinen Prozess kriegen, Tag für Tag im Gerichtssaal rumhocken und dreist in die Kameras grinsen, und dann im Knast drei Mahlzeiten am Tag serviert bekommen, bis du irgendwann steinalt stirbst. Dein Prozess ist genau hier und jetzt!« Er schlug dem Mann den Gewehrkolben gegen die Schläfe.

Der Mann schwankte, konnte aber das Gleichgewicht bewahren. Aus der Platzwunde an seinem Kopf tröpfelte noch mehr Blut hervor, als er zu Mick hinübersah. »Ich hab' versucht, sie zu überreden, die … Schokolade zu nehmen. Aber du hast gesagt … nein. Danach hab' ich sie weiter beobachtet, als ich weitergefahren bin … die ganze Zeit über im Rückspiegel … Da war noch alles in Ordnung mit ihr.«

»Halt den Mund!«, zischte Mick.

Doch sein Vater hörte dem Mann sowieso nicht zu. Er schlug erneut zu, noch heftiger als zuvor. Der Mann spuckte zwei ausgeschlagene Zähne aus, die im Mondlicht weiß auf dem dunklen Untergrund schimmerten, und kippte diesmal fast um. Er weinte jetzt haltlos. »Ich hab' doch überhaupt nichts gemacht. Sie war so schön. So fröhlich. Ich hab' selbst mal so eine Schwester gehabt. Sie ist zusammen mit meinem Vater und meiner Mutter gestorben ... bei einem Autounfall. Bei dem ich auch verletzt worden bin. Danach hab' ich mir ein neues Auto gekauft ... Um mich zu trösten ...«

»Sieh mich an!«, befahl Micks Vater.

Es stank durchdringend nach Scheiße, die dem Mann an den Innenseiten seiner Schenkel hinablief. »Meine Eltern und meine Schwester sind begraben worden. Und jetzt bin ich ganz allein ... Niemand ist zu mir gekommen und hat mich besucht ... Bis auf euch.«

»Sieh mich an, hab' ich gesagt!«

Doch der Mann richtete den Blick stattdessen auf Mick. »Bitte ...! Du weißt doch, was pass...«

Micks Vater trat einen Schritt vor, ein ohrenbetäubender Knall zerriss die Nacht, und Mick blieb beinahe das Herz stehen. Vor einer Sekunde hatte der Mann noch vor ihnen auf dem Boden gekniet und im grellen Scheinwerferlicht geschlottert, in der nächsten Sekunde verwandelte sich sein Kopf in eine dunkle Wolke, und seine flehenden Augen zerstoben zusammen mit seiner Schädeldecke in der Nacht in nichts. Er kippte wie ein gefällter Baum rücklings um und landete im Dreck. Blut quoll aus seinem aufgeplatzten Schädel hervor, ein dunklerer Fleck breitete sich um seinen Arsch herum aus, und irgendwie schaffte er es, sich noch ein letztes Mal einzupissen; ein dünner gebogener Strahl Urin spritzte aus seinem in der Bauchhöhle verschwundenen Schwanz hervor. Dann versiegte der Strahl, und mit ihm erlosch das letzte Lebenszeichen des Mannes.

In der plötzlichen Stille klang ein schabendes Geräusch auf, als sich Micks Vater das unrasierte Kinn kratzte. Er schwankte unsicher und sah Mick an, als erwachte er aus einer Art Trance. »Setz dich in den Wagen«, sagte er rau und suchte auf der Ladefläche nach einem Greifhaken. Mick quetschte sich in den Beifahrersitz, während sein Vater den Toten um den Wagen herum zum Heck schleifte. Wieder gaben die Stoßdämpfer nach, als er den schweren Leichnam auf die Ladefläche hievte. Mick lauschte den dumpf schmatzenden Geräuschen, als sein Vater die Leiche des Mannes mit seinen Jagdmessern zerlegte. Er starrte wie hypnotisiert auf die Schleifspuren im Boden vor ihm, wo der Mann vor wenigen Augenblicken noch gekniet, gesprochen, geatmet und um sein Leben gebettelt hatte. Dann schloss er die Augen, weil er den Anblick nicht länger ertragen konnte. Es schien ewig zu dauern, bis die widerlichen Geräusche hinter ihm endlich verstummten.

Sein Vater warf die Fleischbrocken auf die Erde, bevor er die Ladefläche des Wagens mit etwas Wasser aus einem Kanister abspülte – er würde sie gründlich säubern, sobald sie nach Hause zurückgekehrt waren. Dann trat er an die Fahrertür, wischte sich die Hände mit einem Putzlumpen ab und schob sich schweigend hinter das Lenkrad. Er startete den Motor, legte den Rückwärtsgang ein und setzte rund 100 Meter zurück.

Danach saßen sie stumm da und beobachteten die Bauminsel vor ihnen, als die Dingos, angelockt durch den Blutgeruch, bis an die Ränder der Scheinwerferkegel geschlichen kamen. Sie stießen ihr schauriges Heulen aus und warteten ungeduldig darauf, dass die Eindringlinge verschwanden, damit sie sich auf das Fleisch und die Knochen stürzen konnten, aber Micks Vater bewegte sich nicht. Mick konnte sehen, wie seine Hände, die das Lenkrad hielten, heftig zitterten.

»Ich hab' dich heute Nacht hierher mitgenommen, um dir zu zeigen, was getan werden musste«, brach sein Vater schließlich das Schweigen, und auch seine Stimme zitterte. »In dieser Welt gibt es nichts als Leid und Schmerzen, Junge. Und wenn ich dich nicht richtig darauf vorbereite, wird sie dich kaputt machen. Du musst stark sein, um darin zu überleben. Entweder das, oder du stirbst.« Er bedachte seinen Sohn mit einem durchdringenden

Blick. »Du wirst keinem Menschen jemals erzählen, was hier passiert ist. Hast du verstanden?«

Mick, der damit rechnete, dass sein Vater seinen Worten mit einem Schlag Nachdruck verleihen würde, zuckte zusammen und nickte hastig.

Doch sein Vater hatte den Blick schon wieder abgewandt. »Wir haben ihn erwischt, Baby«, sagte er leise, während er die knurrenden Dingos am Rande der Lichtkegel beobachtete. »Wir haben ihn erwischt!«

Schließlich schaltete er ruckartig in den ersten Gang und fuhr langsam zurück zur Straße. Mick saß stumm auf dem Beifahrersitz und starrte durch die Windschutzscheibe auf das vom bleichen Mondlicht erhellte Land. Er versuchte, den Gestank des toten Mannes und den Korditgeruch zu ignorieren, der noch immer die Fahrerkabine erfüllte, und die nächtliche Dunkelheit in sich aufzusaugen, als könnte sie ihn innerlich ausfüllen und das, was gerade geschehen war, auslöschen.

Aber nichts kann das einmal Geschehene wieder ungeschehen machen. Der Geruch des Todes sickerte durch Micks Poren tief in ihn hinein, und auf einmal erinnerte er sich an alles.

Als der Ast knackte, hatte er sofort gedacht: *Der Mann!* Er versuchte, sich zu bewegen, bevor sich der Mann auf sie stürzen konnte, aber seine Beine wollten ihm einfach nicht gehorchen.

Ein Schemen im Gras. Er waberte. Erhob sich, als setzte er zum Angriff an.

Mick stand reglos wie eine Statue da, wie festgefroren, seine Schwester neben ihm. Er schaffte es gerade einmal, eine Hand zu heben und seine Augen vor den grellen Sonnenstrahlen abzuschirmen. Und dann wirbelte das Wallaby – von der Bewegung des Jungen aufgeschreckt – herum und hüpfte davon. Mit zwei großen Sätzen hatte es die Grasfläche hinter sich gelassen und war verschwunden.

Mick verzog unwillig das Gesicht. Womit hatte er denn gerechnet? Dass ihnen jemand gefolgt war? Es gefiel ihm ganz und gar nicht, welche Gefühle der Mann in dem schwarzen Wagen in ihm geweckt hatte. Irgendwie war er sich schwach vorgekommen. Verletzlich.

Seine Schwester schob seine ausgestreckte Hand zurück. »Will Schokolade haben!«, rief sie mit ihrer Kleinmädchenstimme und zog erneut einen Schmollmund. »Warum können wir nicht zurückgehen? Sie *schmilzt*, Micky. Warum können wir sie uns nicht holen?«

Ihre durchdringende Stimme ließ ihn die Zähne zusammenbeißen. Seine Ungeduld und Verärgerung wuchsen, und er ertappte sich dabei, wie er erneut den grasbewachsenen Hang mit den Blicken absuchte, damit rechnete, dort jeden Moment den Mann zu sehen, der sie beobachtete, bis auf die Augen hinter den gelben Grashalmen verborgen. Er *hasste* dieses Gefühl.

»Weil wir einem verdammten Fremden nicht trauen dürfen!«, schrie er seine Schwester an. Eigentlich wollte er keine Schimpfworte benutzen, aber das war nun mal die Ausdrucksweise seines Dads, und dann verpasste er ihr einen Stoß. Einen kräftigen Schubs.

Eigentlich hatte er sie nur dazu bringen wollen, den Rest des Hangs hinabzulaufen, doch sie hatte die Beine in die Erde gestemmt, und als er ihr die Hand zwischen die Schulterblätter stieß, verlor sie das Gleichgewicht. Ihre Arme kreisten wie Dreschflügel, plötzlich waren ihre Füße irgendwie über ihrem Kopf, und sie versuchte zu schreien, und dann hörte er das trockene *Knack!*, und sie rutschte die Böschung hinab. Sie kam lange vor ihm unten am Uferstreifen an, und den ganzen Weg über klatschten ihre Arme und Beine immer wieder auf den Boden. Und dann blieb sie inmitten einer Staubwolke reglos liegen.

Mick schlitterte auf seinen wackligen Beinen hinter ihr her, den Stock wie einen Pflug in die trockene Erde gehakt. Während der Rutschpartie zog er sich eine tiefe Schnittwunde in einem Arm zu und zerfetzte seine Hose. Als er das Ende der Böschung erreichte, lag seine Schwester reglos im Staub, nur ihr Brustkorb hob und senkte sich. Ihr Kleid war ihr über die Hüfte gerutscht, ihr Höschen zerrissen. Ihr Kopf war in einem unnatürlichen Winkel verdreht, und ein weißer Knochensplitter ragte aus ihrem Hals hervor, als hätte ihr irgendjemand einen dünnen Ast in die Kehle gerammt. Sie starrte ihren Bruder an und schnappte dabei wie ein Fisch auf dem Trockenen mühsam nach Luft.

Er ging neben ihr in die Hocke. Blut plätscherte aus der Wunde in ihrem Hals in den Staub und bildete einen immer größer werdenden dunkelroten Fleck. Ein merkwürdiger Glanz erfüllte ihre Augen, als sie versuchte, den Blick auf ihren Bruder zu konzentrieren. Da waren Schmerzen und Angst, aber außerdem … eine schreckliche Gewissheit, als wüsste sie ganz genau, dass sie sterben würde, als könnte sie den Tod bereits sehen. Als wüsste sie, dass es für sie kein Zurück mehr gab.

Erst wenige Monate zuvor hatte Mick auf der McAllister-Farm beim Zusammentreiben der Schafe geholfen, als Mr. McAllister beschlossen hatte, einen der älteren Hammel zu schlachten, um Fleisch für die nächste Woche zu haben. Mick war noch nie zuvor bei einer Schlachtung dabei gewesen. Er hatte sich still und aufmerksam im Hintergrund gehalten und war auch nicht von McAllister fortgeschickt worden. Der Farmer isolierte ein Tier aus der Herde, packte es an den Hinterläufen und schleifte es durch den Laufgang zur Schlachtbank. Dann klemmte er es zwischen seinen Oberschenkeln fest, nahm das rostige Messer vom Haken und schlitzte ihm, untermalt vom Blöken der anderen Schafe in den Pferchen rundum, mit einem einzigen schnellen Schnitt die Kehle auf. Das Schaf trat einmal gegen den Eisenzaun, und ein lautes metallisches Klirren erfüllte die Luft. Mick sah mit offenem

Mund zu, wie es sich aufbäumte und dann erschlaffte. Mr. McAllister hielt die Kehle des Hammels über das Ablaufgitter, und das Tier starrte blicklos nach unten, während ein ständiger Blutstrahl aus seinem Hals spritzte. Als der Strahl zu einem dünnen Rinnsal abgeebbt war, drückte er Mick das noch warme Messer in die Hand und griff nach einem Flaschenzug. Obwohl ihm heißes Blut über die Finger lief, hielt Mick das Messer immer noch fest umklammert, als Mr. McAllister ihm sagte, er sollte es wieder an den Haken hängen und ihm mit dem Schaf helfen.

Das hier aber war gänzlich anders. In den so merkwürdig horizontal geschlitzten Augen des Tieres war kein Bewusstsein zu sehen gewesen. Kein Begreifen dessen, was ihm widerfuhr. Es war einfach nur gestorben.

Was *hier* geschah, war viel bedeutender. Es war nicht einfach nur ein Sterben, sondern ... das Verlöschen des Lebens. Mick war regelrecht hypnotisiert. Er ließ den Blick über den verdrehten Körper seiner Schwester wandern, saugte die seltsamen Konturen in sich auf, die durch den Sturz entstanden waren, den zerfetzten Stoff zwischen ihren Beinen.

Ihre Haut, glatt und fremdartig. Er verspürte das überwältigende Bedürfnis, sie zu berühren. Das Leben in ihr zu fühlen – und den Tod.

Sie hob einen Arm, wollte nach ihm greifen. Er sank vor ihr auf die Knie. Dann ließ er sich längs neben ihr auf die Erde sinken.

Ihr keuchender Atem in seinem Ohr, das in rhythmischen Spritzern leise auf die Erde plätschernde Blut ... Er strich mit den Fingerkuppen über ihre Haut, und sie fühlte sich wie samtweiches Leder an. Dann rollte ihr Kopf etwas auf die Seite, und er sah, dass sie ihn immer noch anstarrte. Eine einzelne Träne rann ihre Wange hinab. Sie flüsterte seinen Namen, und während er sie weiter wie gebannt beobachtete, wich das Bewusstsein aus ihrem Blick, und sie erlosch einfach. Ihre Augen wurden glasig und starr, ihr Körper erschlaffte mit einem letzten Seufzen. Sie lag reglos da. Warm.

Mick verzog unwillig das Gesicht und richtete sich auf. Sie schien ihn weiter zu beobachten, und er musste den Blick abwenden. »Hör auf, mich anzusehen!«, stieß er hervor. Doch als er wieder hinsah, starrte sie ihn immer noch aus ihren großen Augen an, ohne zu blinzeln. »Lass das!«, fauchte er.

Doch sie hörte einfach nicht auf, also verpasste er ihr einen Tritt, und ihr Kopf rollte zurück, aber ihr Blick veränderte sich nicht. Er konnte ihn körperlich spüren, wie er ihn durchbohrte, und er griff nach seinem Stock, holte aus und schlug ihr damit ins Gesicht. Ihre Nase brach mit einem Knacken, und er schlug erneut zu, und dann gab ihr Schädel nach. Der Stock klemmte zwischen den Knochen fest, und er hatte Mühe, ihn wieder herauszuziehen. Ihm wurde übel. Um ihn herum roch es durchdringend nach Urin, süßlich nach Scheiße und nach irgendetwas schwach Metallischem. Als er den Stock endlich wieder aus dem zertrümmerten Schädel seiner Schwester freibekam, klebte eine Haarsträhne an seinem blutigen Ende.

Er stolperte zurück, starrte benommen die Böschung empor und fragte sich, wie er hierhergekommen war. Dann wanderte sein Blick zurück zu seiner Schwester, zu dem Blut an seinen Händen.

Wenn sein Vater die Leiche sah, würde er sofort wissen, was geschehen war. Er würde es an ihrem zerschmetterten Gesicht erkennen. Mick kauerte sich neben sie und versuchte, ihren entblößten Körper zu bedecken, ihre Kleidung zu ordnen, doch dabei hinterließ er nur seine blutigen Fingerabdrücke überall auf dem weißen Stoff. Voller Verzweiflung begann er, sie näher zum See zu schleifen, um das Blut abzuwaschen. Doch dann hielt er inne. Was, wenn das nicht reichte? Was, wenn sein Vater die Wahrheit erkannte, sobald er seine Tochter sah? Wie sollte er erklären, was hier geschehen war?

Micks Gedanken überschlugen sich. Er rannte auf wackligen Beinen zum nahe gelegenen Bowler-Gehöft und drang heimlich in die Schuppen längs der Straße ein. Dann schnappte er sich die alte Schubkarre, die an einer Wand lehnte, und schob sie über das unebene Gelände zurück zum See. Er lud die Leiche seiner Schwester in den Karren und bugsierte ihn unablässig fluchend und schwitzend auf die andere Seite des Wasserlochs. Den See würde man als Erstes absuchen. Also schob er den Karren rund eine Meile weit nach Osten zu den alten Minenschächten, weil er glaubte, dass niemand außer ihm davon wusste. Er kippte den schlaffen Körper seiner Schwester in den Eingangsstollen und hörte, wie er auf dem Weg nach unten dumpf gegen die Wände des Schachtes klatschte. Schließlich warf er die Schubkarre und seinen Krückstock hinterher.

Nachdem er zum Wasserloch zurückgekehrt war, wusch er sich die Hände und seine Kleidung und verwischte die verräterischen Spuren auf dem Hang so gut er konnte. Dann machte er sich auf den Rückweg nach Hause, ohne die geringste Ahnung zu haben, was er seinen Eltern erzählen sollte. Er konnte noch immer das Blut seiner Schwester riechen.

Angstschweiß trat ihm auf die Stirn. Er begriff nicht, was gerade geschehen war, was er getan hatte. Er wusste nur, dass niemand jemals die Wahrheit herausfinden durfte.

Die Geschichte, die er sich zurechtlegte, ergab sich mit der gleichen Selbstverständlichkeit, mit der er den Leichnam seiner Schwester entsorgt hatte; der Gedanke schlich sich wie von allein in seinen Kopf und fühlte sich *richtig* an. Er würde den anderen von einem Mann erzählen, den sie unmöglich finden konnten und suchen würden, bis sie irgendwann aufgaben.

Und als er schließlich zu Hause ankam, hatte sich die erfundene Geschichte in seinem Kopf in die Wahrheit verwandelt, und die Tränen über sein Versagen, die er weinte, waren echt.

3

Am nächsten Morgen ist Mick unterwegs zu den Ställen, als er merkt, dass hinter ihm jemand durch das Tor tritt.

»Vielleicht habe ich dich falsch eingeschätzt«, sagt Cutter.

Mick verharrt einen Moment lang und geht dann weiter zu den Pferden. »Wovon redest du?«

»Hast den Mann wirklich da erwischt, wo's ihm wehtut, was? Indem du dir sein' Hund vorgenommen hast.«

»Ich habe bereits gesagt, dass ich es nicht war. Warum wollen die anderen denn nicht glauben, dass das dumme Vieh einfach nur weggerannt ist? Der Köter war doch unglaublich dämlich.«

»Nah.« Cutter schüttelt den Kopf. »Schätze, du hast ihm die Kehle durchgeschnitten, ihn wie ein Schaf ausgeweidet und zerlegt und dann die Brocken unters Hammelfleisch gemischt. Ihn seinem eignen Besitzer zu fressen gegeben.«

Mick geht unbeirrt weiter, obwohl ihm der Schweiß den Rücken hinabzulaufen beginnt. »Und warum zum Teufel sollte ich so was tun?«

»Weil's genau das ist, was ich tun würde.«

Jetzt bleibt Mick stehen und sieht Cutter direkt an.

»Weißt du«, sagt der andere, an das Tor gelehnt, »man sagt, dass man 'nen Mann hier draußen im Outback nich' nach seiner Vergangenheit fragen soll. Weil er dir sonst davon erzählen könnte. Hierher kommt man, weil man auf der Flucht vor irgendwas is'. Vor seiner Frau, vor Kindern. Schulden. Der Polizei. Der Armee. Der Busch versteckt alles, zumindest für 'ne Weile. Aber so, wie ich das seh', kann man nich' ewig weglaufen. Irgendwann holt's dich doch ein. Du kannst nich' vergraben, was dich von innen auffrisst.« Er mustert Mick, als könnte er in ihn hineinsehen. »Schätze, du schleppst ein paar Geheimnisse mit dir rum, Mickey.« Er zwinkert ihm zu und geht davon.

Mick verbringt den Morgen mürrisch damit, die Schafe in den hinteren Pferchen zusammenzutreiben, wobei er kaum ein Wort mit Opey wechselt. Seine Laune wird noch schlechter, als Cunningham ihnen nicht wie sonst am Samstagnachmittag freigibt. Als der Sonntag heraufdämmert, muss Mick unbedingt von der Station verschwinden und leiht sich den Geländewagen, während die meisten anderen Männer in die Kirche gehen.

Diesmal fährt er genau nach Westen und hält im ersten Ort, den er erreicht. Er geht in einen Pub und nimmt ganz hinten Platz, bis ein großer Mann, der einen Anzug trägt und sich den Schweiß von der Stirn wischt, an seinem Tisch vorbeikommt. Mick bietet ihm einen Stuhl an. Sie unterhalten sich eine Weile, aber der Verkäufer – ein Handelsvertreter für Viehfutter, der seine Verkaufstour von Darwin nach Perth absolviert – merkt schnell, dass Mick auf Streit aus ist. Er entschuldigt sich und steuert den Tresen an.

»Oi«, sagt Mick und folgt ihm. »Die nächste Runde geht auf dich, Kumpel. Oder willst du etwa kneifen?«

Der Mann geht nicht auf die Provokation ein, als sich Mick herausfordernd vor ihm aufbaut, sondern bestellt zwei Bier. Mick leert sein Glas und besteht darauf, eine weitere Runde kommen zu lassen, obwohl der Handelsvertreter sein Glas nicht einmal angerührt hat, und der Barmann fordert ihn auf zu verschwinden. Einen Moment lang betrachtet Mick den halslosen stämmigen Typ auf der anderen Seite des Tresens, aber da er auch ein Gewehr Kaliber 12 im Regal hinter den Whiskyflaschen entdeckt, verlässt er den Pub, ohne den Verkäufer eines weiteren Blickes zu würdigen.

Draußen im Wagen sieht er zu, wie die Nacht hereinbricht. Er fühlt sich leer und unausgefüllt, überlegt, ob er einen weiteren Pub aufsuchen oder einfach wieder zurück zur Station fahren soll. Der Mann war einer von diesen Klugscheißer-Typen aus dem Süden; wahrscheinlich mit einem Universitätsabschluss, eins von den Arschlöchern, die den ganzen Tag im Anzug herumlaufen, ein großes Haus haben und auf die irgendwo in der Stadt eine Familie wartet. Obwohl er keinen Grund dafür hatte – läuft der Idiot doch tatsächlich in der brütenden Mittagshitze in einem Zweiteiler herum, um Christi willen! –, hat er sich offensichtlich für was Besseres als Mick oder irgendwer sonst im Pub gehalten. Das konnte man deutlich in seinen Augen sehen und aus dieser aufgeräumten, übertrieben selbstbewussten Art heraushören, in der er geredet hat. Ständig mit großkotzigen Ausdrücken um sich zu werfen und diese dann auch noch zu erklären, weil er natürlich davon ausgegangen ist, dass Mick keine Ahnung hätte, was sie bedeuten. Und damit hatte er sogar recht, was Mick noch wütender macht.

Er kocht immer noch vor Frust über diese Begegnung, ärgert sich darüber, dass der Wichser nicht auf seine Provokationen eingegangen ist und einen Streit vom Zaun gebrochen hat. Deshalb fährt er nicht zurück und sitzt ein paar Stunden später immer noch in seinem Wagen, als der Mann aus dem Pub gestolpert kommt. Der große Verkäufer hantiert mit seinem Autoschlüssel herum und murmelt dabei vor sich hin: »Such dir ein Motel, Brian. Hast es diesmal wohl ein bisschen übertrieben, alter Kumpel.«

Als er Micks Schritte hinter sich hört, dreht er sich um und lässt dabei den Schlüssel fallen. Er bückt sich, um ihn wieder aufzuheben, und langsam erfasst sein Blick den über ihm aufragenden Schemen. »Oh, hey, immer mit der Ruhe«, sagt er, als er erkennt, wer sich ihm da nähert. Da schlägt ihm Mick auch schon hart die Faust in die Magengrube.

Der Mann fällt auf die Knie und erbricht einen grünlich klebrigen Strahl auf seine glänzend polierten Schuhe – eine ziemlich beachtliche Ladung Fusel.

»Scheißschlappschwanz!«, stößt Mick hervor und schlägt erneut zu, diesmal ungeschickt mitten ins Gesicht des Mannes. »Du hattest eine Chance.«

Brian ist zu benommen, um sich zu wehren, und taumelt rückwärts gegen seinen Wagen. Mick stürzt sich auf ihn, drischt mit den Fäusten heftig auf ihn ein, und der Typ grunzt bei jedem Treffer, aber er sagt kein Wort, schreit nicht, flucht nicht und heult nicht. Er sinkt einfach nur gegen seinen schicken neuen Falcon XP und hält sich den dicken Bauch – er ist noch schlechter in Form, als Mick vermutet hat –, bevor er eine Hand hebt.

»Warte, Sohn ...«

»Die falsche Scheißantwort«, zischt Mick und verpasst ihm einen Schlag direkt auf die Nase. Brian taumelt und spuckt einen Schwall Blut und Rotz aus. Mick weicht zurück und baut sich breitbeinig vor ihm auf. »Na los, doch, schlag mich!«

Der Mann blinzelt benommen, und so rammt ihm Mick eine Faust in die Magengegend. Irgendetwas an Brians unterem Rippenbogen gibt mit einem vernehmlichen Knirschen nach. Der Typ stößt einem dumpfen Laut aus, sinkt in die Knie und schnappt nach Luft.

»Erbärmliche Memme!« Mick hat die Hände immer noch zu Fäusten geballt, schlägt jetzt aber nicht mehr zu. Die ganze Geschichte war reine Zeitverschwendung, und er steht einfach da, starrt auf die Straße hinaus und spürt, wie ihn hilflose Wut durchströmt. »Die Welt besteht nur aus Leid und Schmerzen, du Stück Scheiße von einem Großstadtwichser!«, faucht er, den Blick jetzt wieder auf den Mann gerichtet. »Bist wohl noch nie verprügelt worden, was? Willkommen in der Wirklichkeit, Kumpel.«

Der Mann stochert wie ein Huhn auf der Suche nach Körnern

im Staub nach seinen Autoschlüsseln herum, zieht die Fahrertür auf und schiebt den Oberkörper hinein.

»Du wirst mir noch dankbar sein«, sagt Mick, aber Brian hat gar nicht vor, den Wagen zu starten und davonzurasen. Stattdessen kramt er unter dem Sitz herum und zerrt irgendetwas darunter hervor, als ihm Mick in den Arm fällt. Obwohl es statt einer Waffe nur ein Radkreuz ist, hechtet der Mann dem Ding ungeachtet seiner Leibesfülle hinterher, als wäre es eine Pistole, als Mick es in die Dunkelheit wirft, und reißt ihn dabei mit zu Boden. Er landet auf ihm und robbt weiter in Richtung des Radkreuzes.

Mick stöhnt. Der Sturz hat ihm die Luft aus den Lungen geprellt. Der schwere Mann wälzt sich über ihn hinweg und kriecht verbissen weiter. Mick packt ihn an seinem Haar und steigt ihm auf den Rücken. Während der dicke Verkäufer verzweifelt weiterkriecht, versucht Mick, ihn festzuhalten. »Vergiss das beschissene Ding!«, keucht er, aber der Kerl wehrt sich aus Leibeskräften, und so zieht Mick das Messer aus der Scheide an seinem Gürtel.

Offenbar hat der Mann die Gewichtsverlagerung auf seinem Rücken bemerkt, denn plötzlich stemmt er sich hoch. Mick rutscht von ihm herunter und ersticht sich dabei fast mit dem eigenen Messer. Es wird ihm aus der Hand geschleudert.

Der Verkäufer kämpft sich auf die Beine und taumelt in Richtung der Straße. Mick tastet in der Dunkelheit nach seinem Messer. Er sieht, wie sich der Typ nach dem Radkreuz bückt, und als er sich auf ihn stürzt, wirbelt der Verkäufer herum und schwingt das Werkzeug durch die Luft. Mick versucht, dem Schlag auszuweichen, aber seine kraftlosen Beine sind der Belastung nicht gewachsen, und das schwere Eisen prallt gegen seine Rippen. Schmerzen durchzucken ihn wie ein Blitzstrahl. Er bricht über dem Mann zusammen, und als sie rücklings umkippen, findet sein Messer wie von selbst den Weg in den Bauch des Mannes, und dann rammt er dem fetten Sack wieder und wieder die Klinge in den schwabbligen Wanst. Die Augen des Mannes quellen ihm vor Angst beinahe aus den Höhlen, während er wie wild nach dem Messer schlägt. Mick bohrt ihm die Klinge durch den Handrücken hindurch tief in die Magengrube.

Aus dem Mund des Verkäufers blubbert Blut. Mick zerrt das Messer hervor und nagelt den Kopf des Typen an seinen Haaren auf dem Boden fest. Er zieht ihm die Klinge über die Kehle, und im Hals des Mannes öffnet sich ein tiefer Spalt wie ein grinsender Mund. Mick hält ihn eisern fest. Der Mann würgt und speit erneut einen widerlichen Schwall Kotze und Blut aus. Aus seiner aufgeschlitzten Kehle zischt und gurgelt es. Noch im Todeskampf versucht der fette Bastard ein letztes Mal, ihn abzuschütteln.

Das verblassende Licht in den Augen des Sterbenden erinnert Mick an den Tod seiner Schwester, als gäbe er seine Lebenskraft an seinen Mörder weiter. Es ist die Aufgabe des Ichs, von Hoffnung und Identität. Der Vorgang hat etwas Reines an sich, hier offenbart sich der Kern des Seins, in diesem Moment unmittelbar vor dem Tod, wenn der Geist erlöscht, die Augen ihren Glanz verlieren und die Eingeweide erschlaffen, und Mick saugt alles tief in sich auf: die Gerüche, die Geräusche, die Bilder – alles genauso wie beim ersten Mal.

Er hockt breitbeinig auf der noch warmen Brust des Bastards. Der Blutgeruch steigt in die kühler werdende Nachtluft auf. Stille umgibt ihn. Es ist, als hätte er gerade einen riesigen Hengst zwischen seinen Schenkeln gebändigt, der jetzt zahm unter ihm steht. Mick drückt eine Hand auf den klaffenden Spalt in der Kehle des Mannes, zieht sie wieder zurück und hält sie dicht vor seine Augen, starrt auf das Blut, das über seine Handfläche läuft und von der Dunkelheit verschluckt wird. Seine Wut ist verraucht. Die Welt ist still und ruhig.

Nach einer Weile steht er auf, tritt unsicher von der Leiche zurück und nimmt das ganze Bild in sich auf. Der Parkplatz sieht aus wie ein Schlachtfeld. Jeden Augenblick könnte irgendjemand die Straße entlanggehen oder aus dem Pub kommen, und das ganze Geschehen würde sich ihm wie auf dem Silbertablett präsentieren, und erst jetzt trifft ihn die volle Erkenntnis dessen, was er soeben getan hat, wie ein Schlag. So lange hat er versucht, sich zu beherrschen, all die Jahre im Reservat hat er seine Wut in sich verschlossen gehalten, hat all die Sticheleien und Demütigungen so lange hingenommen, bis er sie einfach nicht länger ertragen konnte.

Und dann wurde er zur Station geschickt, wo Cutter seinen Zorn gespürt hat, seinen lodernden Hass auf die Welt, wo er ihn immer weiter in die Enge getrieben und über seine Geheimnisse gesprochen hat, darüber, dass er nicht ewig würde verbergen können, was tief in ihm steckt.

Und gleich bei der ersten beschissenen Gelegenheit musste das hier passieren.

Verdammt ... verdammt ... verdammt ...

Sie werden ihn erwischen, wenn er sich nicht beeilt, wenn er hier nicht gründlich aufräumt, wie er das mit seiner Schwester getan hat, so wie sein Vater mit dem schlafenden Mann.

Mick schnappt sich die Schlüssel des fetten Bastards, öffnet den Kofferraum des Xps, schleift die massige Leiche hinüber und verstaut sie darin. Es fühlt sich an, als versuchte er, einen Berg Gelee vom Boden hochzustemmen. Er holt das Radkreuz, besorgt sich ein großes Stück Pappe von einem Müllhaufen am Straßenrand und verwischt damit die Kampfspuren im Staub. Als ihm klar wird, dass er das Blut damit nicht beseitigen kann, entdeckt er eine noch halb volle Öldose und gießt ihren Inhalt so über den Blutflecken aus, dass es so aussieht, als wäre das Öl aus einem undichten Automotor gelaufen.

Er will gerade in den Wagen des Toten steigen, als er ein Geräusch von der Straße her hört. Er duckt sich hinter das Auto, späht zu dem Gebäude auf der anderen Straßenseite hinüber und bildet sich ein, einen Schatten in der Dunkelheit zu sehen. Als sich dort jedoch auch nach längerer Zeit nichts tut, kommt er zu dem

Schluss, dass ihm seine angespannten Nerven einen Streich gespielt haben. Also schlüpft er in die ihm nicht vertraute Limousine und fährt davon.

Am Rande des Ortes erreicht er einen Schuttplatz und lädt die Leiche auf einem riesigen Müllhaufen ab. Er benötigt eine Weile, um sie zu verbuddeln, wobei er sich mit Blut, Scheiße und dem Unrat der Bewohner des Ortes besudelt, aber schließlich ist der Leichnam unter einer dicken Abfallschicht verborgen. Einen Moment lang überlegt er, den Müllhaufen anzuzünden, aber das Feuer würde nur Aufmerksamkeit erregen und die Knochen nicht vollständig verbrennen. So beschränkt er sich darauf, den XP in einen nahe gelegenen Steinbruch rollen zu lassen. Was für eine Schande. Wäre schön gewesen, das Prachtstück behalten zu können.

Es dauert lange, bis er zum Parkplatz hinter dem Pub zurückgelaufen ist. Sein Wagen steht immer noch da, und er beobachtet ihn eine Weile aus größerer Entfernung, doch die Straße ist menschenleer, und so sprintet er schließlich hinüber und rast mit schlingerndem Heck davon, bevor ihm noch irgendwer über den Weg läuft.

Mick stellt gerade den Wagen so leise wie möglich in der Station ab, als jemand auf einem Pferd auf dem Hügelkamm erscheint. Die Glut einer Zigarette glimmt in der Dunkelheit auf. Mick bleibt reglos sitzen und wartet darauf, dass die Gestalt, die er für Cutter hält, hangabwärts blickt. Doch es ist nur Cunningham, der das Vieh in der Nähe ein letztes Mal inspiziert. Kurz darauf reitet er weiter, und Mick kann zum Wassertrog huschen, um sich das Blut und den Gestank des Unrats von der Müllhalde von der Haut zu waschen. Ein Schauder wie von einer Droge läuft ihm durch den Körper, und er ist dankbar für das kalte Wasser. Es ist beinahe so, als würde er noch einmal getauft werden.

Auf noch immer wackligen Beinen erreicht er die Kantine gerade rechtzeitig zum Abendessen, durch das Adrenalin in seinem Blut noch immer mit einer Mischung aus Angst und Erregung erfüllt. Als er näher kommt, sieht er in Kopfhöhe einen roten Lichtpunkt in der offenen Tür aufleuchten.

Cutter nimmt einen letzten Zug von seiner Kippe und tritt sie aus. »Hast dich da nicht richtig gewaschen«, sagt er und tippt auf seine von grauen Bartstoppeln übersäte Kehle, bevor er die Kantine betritt.

Mick streicht mit den Fingern über den feuchten Blutfleck auf seinem Hals, den er dämlicherweise übersehen hat.

4

Den ganzen nächsten Tag beobachtet Mick Cutter aufmerksam und voller Anspannung und fragt sich, was der andere gesehen hat. Hat ihn das Blut an seinem Hals verraten, ahnt der Jäger vielleicht, was Mick getan hat? Oder hat er ihn schon gesehen, bevor er sich waschen konnte? Ist er vielleicht sogar in dem Ort gewesen und hat den Parkplatz aus einem Versteck auf der anderen Straßenseite beobachtet?

Doch der Kiwi würdigt ihn während des Essens keines Blickes, und auch keiner der restlichen Männer scheint ihn anders als sonst anzusehen. Allmählich vermutet Mick, dass der Jäger glaubt, er hätte erneut einen Hammel geschlachtet. Zwar hat der Typ spitzfindige Bemerkungen gemacht und jede Menge dämliche Fragen gestellt, aber wahrscheinlich nur, um ihm wie üblich auf den Sack zu gehen. Er weiß einen Scheißdreck, und solange Mick keinen Mist baut und sich verplaudert, gibt es keinen Grund, warum irgendwer irgendwas herausfinden sollte. Die einzige Verbindung zwischen Mick und dem Verkäufer ist, dass sie im Pub beinahe aneinandergeraten wären. Wirklich nicht der Rede wert. Außerdem ist er gleich darauf verschwunden.

Eines Abends ist er kurz vor dem Essen gerade auf dem Weg zu seinem Quartier – erfüllt von der ständigen paranoiden Furcht, man könnte ihm auf die Schliche kommen, aber auch von der Erinnerung daran, wie der Mann unter ihm erschlafft und verstummt ist, ganz wie seine Schwester zuvor ... diese Macht, die er hatte –, als er ein Geräusch hinter dem Schurschuppen hört. Es klingt wie das jämmerliche Blöken eines Schafs, das von seiner Herde getrennt worden ist.

Sollte dort später ein hilfloses verirrtes Schaf gefunden werden, wird man ihn dafür verantwortlich machen. Er kann nur hoffen, dass noch etwas zu essen übrig ist, nachdem er sich um diese Sache hier gekümmert hat. Wie immer ist er nach einem Tag im Sattel hungrig genug, um sogar Baitlayer Tucks Fraß hinunterzuschlingen. Wie der Bastard es wohl nur geschafft hat, an einen so bequemen Job zu kommen …

Mick umrundet das Gebäude und verharrt wie angewurzelt. Die gegen die Schuppenwand gelehnte, mit der Hüfte zustoßende Gestalt spürt seine Gegenwart und dreht sich um. Es ist Opey, der ein Kalb am Kopf festhält. Bevor er seinen Unterleib verhüllen kann, erhascht Mick einen flüchtigen Blick auf seinen feucht schimmernden Schwanz, der zur Hälfte in den Nüstern des Kalbes steckt.

»Scheiße!«, stößt Opey hervor, zieht den Schwanz zurück und seine Hose hoch, und Mick macht auf dem Absatz kehrt. Das Kalb blökt und galoppiert in die Nacht hinaus, lauscht nach der Stimme seiner Mutter. Opey rennt um das Gebäude herum und folgt Mick. »Warte … warte!«

Mick wirbelt herum. »Du kranker Bastard!«

Opey duckt sich vor den erhobenen Fäusten seines Freundes, aber Mick schlägt nicht zu. Er ist viel zu schockiert.

»Es tut mir leid«, jammert Opey. »Wir haben das auf den Farmen zu Hause immer so gemacht. Tut ihnen nicht weh.«

»Ihr Farmjungs lasst euch von euren Tieren einen lutschen? Was zur Hölle stimmt mit euch nicht?«

»Nur die Kälber. Die Neugeborenen. Wenn du ihnen den Schwanz in die Nase schiebst, fühlt sich das wie bei 'ner Frau an …«

Mick schließt die Augen. »Verpiss dich, komm mir nicht zu nahe!«

»Bitte, Mick! Verrat es niemandem!«

»Du hast doch gerade gesagt, alle würden das machen. Was kümmert es dich also?«

»Ich meinte, zu Hause auf unserer Farm.«

»Jesus Christus!« Mick setzt sich wieder in Bewegung, als Opey eine Hand nach ihm ausstreckt und dabei seine Hose herunterrutschen lässt. Er stolpert und tritt Mick auf die Füße. »Bitte, Kumpel …«

»Nimm deine stinkenden Hände von mir! Du kranke Schwuchtel!«

»Ich weiß, dass es falsch ist. Aber ich kann einfach nicht damit aufhören. Ich denke immer wieder, ich werde es nicht mehr tun, aber dann überkommt es mich wieder, und ich muss ständig daran denken.« Opeys Worte dringen tief in Mick ein. Denn Mick hat ein ganz ähnliches Problem. Er kann ebenfalls nicht damit aufhören, an den Mann zu denken, den er umgebracht hat. An diesen Ausdruck in seinen Augen am Ende …

»Es gibt einfach bestimmte Dinge … Dinge, die man nicht tun sollte, Opey.«

»Ich tu's nie wieder! Okay?« Opey bietet einen jämmerlichen Anblick, als er seine Hose wieder hochzieht und kraftlos mit herabhängender zitternder Unterlippe vor Mick steht.

Zu einem anderen Zeitpunkt hätte Mick vielleicht gelächelt. Jetzt aber nickt er bloß, was bedeutet, dass er nichts verraten wird. Aber das ist alles. Als Opey auf ihn zugeht, dreht er ihm den Rücken zu. Lässt ihn einfach stehen.

Kurz darauf betritt er die Kantine und sieht Cutter, der ihn vom hinteren Tisch aus beobachtet, die Andeutung eines Lächelns im Gesicht. Dann entdeckt er die beiden Polizisten, die sich mit Cunningham und Blackall an dem auf Holzböcken stehenden Tisch unterhalten und sich jetzt erwartungsvoll zu ihm umdrehen.

Er zögert einen Moment, bevor er trotz des kalten Schweißes, der ihm den Rücken hinabläuft, weitergeht und sich zu einem Lächeln zwingt. Opey, der Mick gefolgt ist, bleibt in der Nähe der Tür stehen.

»Mick, komm mal rüber«, sagt Cunningham. »Die Jungs hier wollen kurz mit dir sprechen.«

»Wie wir hören, warst du vor ein paar Tagen abends in Moira«, sagt einer der Bullen, der um die 40 Jahre alt ist, übergewichtig und außer Form. Er dreht den Kopf zur Seite, um sich zu schneuzen.

»Ist das der Name von diesem Drecksloch, das sich Stadt nennt?«, fragt Mick lächelnd.

»Ich bin dort aufgewachsen«, erwidert der andere Bulle. Er ist jünger, hat Aknenarben im Gesicht, dünne Lippen und einen stechenden Blick.

»Oh. Wirklich ein hübsches kleines Städtchen, schätze ich.«

Der junge Cop starrt ihn an. »Was hast du da draußen gesucht?«

»Bin hingefahren, um was zu trinken.«

Cunningham verdreht die Augen. »Wieso bist du gerade *da* hingefahren? Und wie zur Hölle bist du überhaupt so weit gekommen?«

»Mit Simmos Geländewagen«, sagt Mick und zeigt auf den Farmhelfer. Seine Hand zittert kein bisschen. »Dachte, es wäre okay, mir ein bisschen die Beine zu vertreten, Boss.«

»Yeah«, knurrt Cunningham, »aber es ist ganz schön weit bis nach Moira ...«

»Warum ausgerechnet Moira?«, fällt ihm der ältere Cop ins Wort. »Warum nicht Nildon? Oder Wills?«

Von irgendwo hinter Mick klingt ein Kichern auf. Er weiß, dass es von Cutter kommt und ignoriert es. »Wollte einfach nur ein bisschen mehr vom Land hier sehen. Warum fragen Sie?«

»Du hattest eine Auseinandersetzung mit einem gewissen Brian Seacombe am Nachmittag. Ist das korrekt?«

»Eine was?«

»Einen Streit. Der Wirt sagt, er hätte dich aufgefordert zu gehen.«

Der junge Polizist starrt Mick an, als wollte er ihn mit seinen Blicken durchbohren. Mick kann regelrecht spüren, wie die anderen Männer in der Kantine aufmerksam die Ohren spitzen. »Nein, nichts dergleichen. Der Typ ist ein bisschen sauer geworden, als ich gesagt habe, man könnte *Australian Rules Football* einfach nicht ernst nehmen. Habe es als Ballett für Memmen bezeichnet. Wollte den Kerl wirklich nicht beleidigen, aber der Sport ist halt nicht mein Ding. Dann wollte er sich davor drücken, eine Runde zu spendieren, als er an der Reihe war, also habe ich ihn ein bisschen angemacht. Man drückt sich nicht darum, eine Runde zu schmeißen, wenn man dran ist. Sie waren doch sicher auch schon mal in einem Pub, oder?«

Nicht gerade die beste Frage, die er stellen konnte. Ihre Blicke spießen ihn förmlich auf.

»Warum hat der Wirt dich aufgefordert zu gehen?«

»Offenbar war der Bursche auch ein Fan von diesem Schwuchtel-Sport. Sind Sie etwa den ganzen Weg hierhergekommen, nur um mich zu fragen, warum ich aus einem Pub rausgeflogen bin?«

»Yeah«, meldet sich Cunningham wieder zu Wort. »Worum geht es hier überhaupt?«

»Mr. Seacombe hätte an diesem Abend seine Familie anrufen sollen«, liest der ältere Polizist aus seinem Notizblock vor. Er unterbricht sich kurz, um sich erneut zu schneuzen. »Am nächsten Tag ist er dann nicht zu einem Termin erschienen und seither nicht mehr gesehen worden. Der Wirt – wahrscheinlich war das das aufregendste Ereignis der Woche für ihn – erinnert sich an einen jungen Kerl, der Zoff mit Mr. Seacombe hatte und dann verschwunden ist. Ein großer Bursche, gekleidet wie ein Jack. Hat uns nicht viel Zeit gekostet, dich hier aufzuspüren. Der Wirt sagt, Mr. Seacombe wäre ein paar Stunden nach dir gegangen, so etwa gegen acht Uhr am Abend. Danach hat ihn niemand mehr gesehen.« Der Polizist betrachtet aufmerksam Micks Gesicht, als wartete er auf irgendeine Reaktion.

Hätten sie die Leiche gefunden, hätten sie ihn längst schon verhaftet. Mick will gerade die Schultern heben und seine Geschichte wiederholen, als sich Opey unvermittelt zu Wort meldet. »Wir sind schon lange davor wieder verschwunden. Wann haben wir Mick abgeholt, Merce? So gegen fünf rum, oder?«

»Häh?«, fragt Mercer, der am anderen Ende des Speisesaals sitzt. »Oh ... yeah. So gegen fünf. Sind danach direkt hierher zurückgefahren.«

Der ältere Polizist wirft einen Blick zu ihm hinüber. »Opey? Jesus, du warst auch da?«

»Also, ja. Du hast mich ja nicht danach gefragt. Habe meine Tante besucht. Ich wette, der alte Bob erinnert sich nicht mehr daran, mich früher im Pub gesehen zu haben.«

»Dieser kurzsichtige Bastard«, erwidert der Polizist. »Hat uns eine gute Beschreibung von dem Burschen hier gegeben, weil er ihn vorher noch nie gesehen hatte und sich der Typ wie ein bunter Hund von den anderen Gästen unterschieden hat. Dann ist Michael also mit euch beiden zurückgefahren?«

»Yeah. Wir hatten ihn für eine Weile im Pub zurückgelassen. Haben meine Tante besucht. Eigentlich wollten wir da auf dem Rückweg noch schnell was trinken, aber da kommt er auch schon rausstolziert und erzählt uns, dass er dem Barmann auf die Eier gegangen ist. Außerdem, hat er gesagt, wären sowieso nur Schwuchteln in dem Laden. Wir haben kurz gelacht und sind wieder abgehauen. Aber das war noch ziemlich früh. So gegen fünf. Richtig, Merce?« Der Farmarbeiter nickt.

»Scheiße«, flucht der dunkelhäutige Cop und starrt Opey finster an. »Du hättest uns eine Menge Zeit sparen können.«

»Moment mal«, unterbricht Cunningham. »Ihr habt gedacht, Mick hätte was ausgefressen? Nur weil er ein paar abfällige Bemerkungen über Football gemacht hat? Jesus, Robbo. Das ist ein verdammt weites Land. Hier verschwinden andauernd irgendwelche Leute. Besonders diese bescheuerten Großstadtbastarde, die glauben, sie könnten überall hinfahren, wo es ihnen gefällt.«

»Yeah, ich weiß«, seufzt der ältere Polizist und hustet einen Klumpen Schleim in der Kehle hoch, als wäre es ein Stück seiner Lunge. »Wir vermuten, dass der Typ irgendwo von der Straße abgebogen ist, vielleicht eine falsche Abfahrt in die Wüste erwischt hat. Wäre ja nicht das erste Mal. War stinkbesoffen, als er aus dem Pub verschwunden ist. Wir versuchen rauszufinden, welche Richtung er eingeschlagen hat.«

Mick schüttelt den Kopf. »Wir haben uns nur darüber unterhalten, wie verdammt heiß es war. Habe ihm vorgeschlagen, seine Jacke auszuziehen. Da hat der Typ mich angeglotzt, als hätte ich gesagt, er sollte nackt durch den Pub marschieren. Hat gemeint, er hätte einen Ruf zu bewahren. Keine Ahnung, was mit dem los war.«

Der Polizist klappt seinen Notizblock zu. »Wer weiß, vielleicht schläft er immer noch irgendwo seinen Rausch aus.«

»Vielleicht geht ihm ja seine Frau zu Hause auf den Geist und er hatte deshalb keine Lust, sie anzurufen«, sagt Mick.

Der ältere Cop reagiert nicht auf den Spruch, sondern wendet sich Cunningham zu. »Danke für deine Hilfe. Und Opey, das nächste Mal bequemst du dich gefälligst, den Mund etwas früher aufzumachen.« Der junge Cop starrt ihn feindselig an.

»Tut mir leid, Sir.«

Im Hintergrund runzelt Cutter die Stirn, doch Mick registriert ihn kaum, als die Polizisten verschwinden. Er schaufelt sich etwas zu essen auf den Teller, steuert einen der Tische an, setzt sich und blickt auf seine Hände hinab, überrascht, dass er noch atmen kann. Er rechnet damit, dass jeden Moment einer der Cops zurückkehrt und ihn mit irgendeiner unerwarteten Frage überrumpelt, die alles auffliegen lässt. Doch überraschenderweise passiert das nicht.

Opey setzt sich neben ihn. »Der ältere der beiden heißt

Roberts«, sagt Opey leise. »Armer Teufel, ständig krank. Es heißt, er hätte Krebs. Wahrscheinlich ist er deshalb immer so ungeduldig. Schon auf dem Weg ins Jenseits. Aber es ist der andere, der mir auf den Sack geht. Kravic. Meine Familie ist ein paarmal mit ihm zusammengeraten. Irgendwas stimmt nicht mit dem Typ. Er ist wie ein Terrier, wenn er sich einmal in was verbissen hat. Ist scharf auf den Job vom Boss, schätze ich. Ein bisschen zu ehrgeizig.«

Mick wirft ihm einen kurzen Seitenblick zu. »Danke, Opey. Aber du solltest nicht …«

»Ich weiß, dass du nichts getan hast«, unterbricht ihn Opey in einem spöttischen Tonfall und setzt eine Miene auf, als wäre das die verrückteste Idee der Welt. »Genau wie bei dieser Geschichte mit Bullet. Aber die Leute hier draußen sind ziemlich nachtragend. Wenn sie glauben, du hättest irgendwas angestellt, behandeln sie dich für alle Zeiten mies. Wie gesagt, meine Familie hatte ein paar Probleme mit den Cops. Nicht weil wir irgendwas verbrochen hätten. Nur ein Streit mit unseren Nachbarn, Verwandte von Kravic. Seit damals werden wir ständig von ihnen angepisst. Von mir aus sollen die Typen zur Hölle fahren.«

»Ziemlich schlau.«

Opey grinst. »Ich könnte dich überraschen, Micky. Also … alles wieder klar zwischen uns?« Sein Lächeln ist etwas wacklig.

Mick sieht ihn an und dann wieder weg. »Wir sind quitt«, murmelt er.

Mercer pflanzt sich mit einem voll gehäuften Teller neben sie. »Also, wo waren wir eigentlich am Wochenende?«, fragt er und stopft sich einen großen Bissen Brot mit Butter in den Mund. »Hattest du diesmal mehr Glück mit den Damen, Mick?«

»Friss Scheiße, Merce.«

Mercer grinst, die Zähne voller Brotbrei, als wären sie verschimmelt. »Scheiß auf die Schweine. Werde ihnen den Job nicht leichter machen.« Er beugt sich näher an Mick heran. »Roberts macht mir immer noch wegen 'ner Bagatelle Ärger, die ich ausgefressen habe, als ich vierzehn war. Ein einziger beschissener Fehler. Nur weil ich 'n Boong bin, schätze ich. Wenn du nicht zu viel Scheiße baust, werden wir dir immer gegen diese Wichser helfen.«

Mick nickt. Irgendwann blickt er zu Cutter auf, der ihn immer noch mit diesem wissenden Gesichtsausdruck quer durch den Saal anstarrt.

Es war nicht das erste Mal, dass Mick von der Polizei verhört worden war. Er wusste, dass man nur die Beherrschung bewahren musste. Wenn die Bullen etwas Konkretes gegen einen in der Hand hatten, verhafteten sie einen ohne Umschweife.

Nicht lange nach der Nacht, in der sein Vater den geistig trägen Mann draußen im Busch getötet hatte, kehrte der Polizist der Gemeinde – ein dickbäuchiger Mann namens Vic Winston – in Begleitung eines Detectives aus Brisbane zurück, um noch einmal mit Mick zu sprechen. Vic entschuldigte sich bei Micks Vater dafür, seiner Familie das antun zu müssen, aber da sie bei ihren Ermittlungen feststeckten, müssten sie ein paar Dinge klären.

»Also, du hast den Mann damals für einen Ausländer gehalten, richtig?«, fragte der Detective Mick. »Aber jetzt glaubst du das nicht mehr.«

»Ich habe ihn nicht besonders gut gesehen«, erwiderte Mick. »Wegen seinem Wagen habe ich gedacht, dass er nicht von hier ist.«

»Der, wie du zuerst gesagt hast, ein schwarzer Cadillac war, jetzt aber ein dunkler Holden ist.«

An dieser Stelle mischte sich sein Vater ein und erkundigte sich, warum sie das alles noch einmal durchkauen müssten. *Du musst versuchen, dich an alles zu erinnern, wenn so was wie das hier passiert.*

»Ist es okay für dich, darüber zu sprechen, Micky?«, vergewisserte sich Vic.

»Ich denke schon.«

»Gibt es irgendwas zu diesem Kerl, woran du dich sonst noch erinnern kannst? Seine Stiefel, sein Hut? Seine Kleidung? Du sagst, er hätte nichts gesagt, aber vielleicht ...«

»Ich kann mich nicht erinnern. Nur an das, was ich schon gesagt habe. Er hatte einen Hut auf. Und ... äh, Stiefel an.«

»Und Handschuhe?«

Obwohl die Frage ganz beiläufig klang, zögerte Mick. Er spürte, dass es irgendwie wichtig war. »Ich bin nicht sicher ...«

»Also, du sagst, der Mann wäre weggefahren. Aber als ihr am See angekommen seid, ist er zurückgekommen. Bist du *sicher*, dass es derselbe Mann war ...«

»Einen Moment mal«, unterbrach Micks Vater. »Warum Handschuhe?«

Der Detective ließ seinen Notizblock sinken und seufzte. »Weil es da etwas gibt, das wir einfach nicht verstehen. Wir haben den Gehstock Ihres Sohns untersucht, und die einzigen Fingerabdrücke, die wir darauf finden konnten, waren seine.«

»Dann hat der Mann also Handschuhe benutzt. Na und? Warum ist das so verdammt schwer zu glauben? Er hatte schließlich vor, ein Kind zu ermorden.«

»Beruhig dich, Jim«, sagte Vic. »Wir unterstellen überhaupt nicht ...«

»Irgendwas habt ihr aber im Sinn. Warum kommt ihr uns sonst mit dieser beschissenen Frage?«

»Weil wir herauszufinden versuchen, ob es sich bei dem Mann, der zuerst mit Ihren Kindern gesprochen hat, um denselben handelt, der später am See war«, erklärte der Detective. »Wenn er Handschuhe getragen hat, als er zum ersten Mal aufgetaucht ist ...«

»War es derselbe Typ?«, fragte Micks Vater seinen Sohn.

»Ich … weiß es nicht«, behauptete Mick. »Das ist alles so schnell gegangen. Und dann hat er mich mit dem Stock bewusstlos geschlagen. Ich bin erst viel später wieder aufgewacht.«

»Der Mann hat dir also deine Krücke abgenommen«, fasste der Detective zusammen. »Hat dich damit geschlagen. Dabei aber keine Fingerabdrücke hinterlassen. Und du kannst dich nicht daran erinnern, ob der erste Mann Handschuhe getragen hat.«

»Dann hat er sie eben erst später im Wagen angezogen«, sagte Micks Vater ungeduldig und verstummte plötzlich. »Moment mal. Sie *wissen*, dass da ein Mann war, oder? Johnno Thornton hat bestätigt, dass der Holden vorbeigefahren ist …«

»Ja, das haben wir abgeklärt«, bestätigte der Detective.

»Was soll das heißen, *abgeklärt?*«

Diesmal war es Vic, der seufzte. »Das in dem Holden war dieser debile Trevor Balliss, draußen aus Conullan. Vermutlich der Grund, warum dein Sohn ihn für einen Ausländer gehalten hat. Kann nicht besonders gut sprechen. Er hat viertel vor eins seine Schicht in der Käsefabrik angetreten, also schon kurz nach dem Zeitpunkt, an dem dein kleines Mädchen gestorben sein dürfte.« Er sprach ruhig und voller Mitgefühl. »Also hätte er sie in dieser kurzen Zeit unmöglich zum Minenschacht schaffen können.«

»Aber du hast nie erwähnt …«

»Wir haben ihn ja auch erst kürzlich ausfindig gemacht. Die Beschreibung der Autos hat die Sache etwas erschwert. Es war tatsächlich Trev, der zuerst bei deinen Kindern war. Sagt, er hätte ihnen angeboten, sie mitzunehmen. Aber sie sind weggerannt. Wir halten ihn für harmlos. Steht geistig auf der Stufe eines Kindes. Er kann es nicht gewesen sein, und die Zeit passt sowieso nicht – sein Arbeitgeber ist sich todsicher, wann er mit seiner Schicht angefangen hat. Also sind wir bei unseren weiteren Ermittlungen davon ausgegangen, dass der Mann am See ein anderer gewesen sein muss. Und dann verschwindet Trev plötzlich spurlos. Also könnte er es vielleicht doch gewesen sein. Vielleicht stimmen die Zeiträume, von denen wir bisher ausgegangen sind, einfach nicht. Wenn Mick gesehen hätte, dass er beim ersten Mal Handschuhe getragen hat, könnten wir seinen Arbeitgeber erneut befragen und seine Aussage widerlegen. Er könnte irgendwas zu verbergen haben, obwohl die anderen Arbeiter ebenfalls beschwören, dass Trev zur fraglichen Zeit da war. Das Ganze ist ziemlich verwirrend.« Vic zuckte die Achseln. Er wirkte müde. »Andererseits haben wir ihn durch das Verhör vielleicht einfach verängstigt. Ich kenne ihn schon seit Jahren. Er hat sich nie auch nur das Geringste zuschulden kommen lassen. Es würde mich doch sehr überraschen, wenn er es gewesen ist, der zurück zum See gekommen ist.«

Micks Vater hatte den Ausführungen schweigend zugehört. Sein Gesicht wirkte grau im nachmittäglichen Licht, das durch das Küchenfenster fiel.

»Deshalb versuchen wir jetzt zu verifizieren, ob es Balliss war, den Ihr Sohn am See gesehen hat«, schloss der Detective.

Alle drei Männer sahen Mick an. Er konnte ihre Blicke fast körperlich spüren, aber obwohl sein Inneres zu Eis zu erstarren schien, knickte er nicht ein. »Ich habe Schritte gehört. Dann hat mir der Mann den Stock aus der Hand gerissen und mich damit geschlagen. Danach war eine Weile alles schwarz. Dann kann ich mich wieder erinnern ... wie sie geschrien hat, als er sie weggeschleift hat. Sie hat geschrien, dass ich sie retten soll. Aber ich konnte nicht ... Ich konnte nicht aufstehen ...« Er starrte jämmerlich auf seine Hände, die selbst damals am See völlig ruhig geblieben waren.

»Ist schon gut, Sohn«, sagte Vic besänftigend. »Das hatten wir vermutet. Deshalb werden wir weiter nach Balliss suchen. Sprich mit niemandem darüber, damit er nicht vorgewarnt wird. Wenn er es gewesen ist, werden wir es aus ihm herausholen. Tut uns leid, dich so aufgeregt zu haben.« Er klopfte Micks Vater auf die Schultern und verschwand mit seinem Kollegen.

Danach saß Mick stumm neben seinem alten Herrn am Tisch und wartete darauf, dass er irgendetwas sagte. Das eisige Gefühl in seiner Magengegend breitete sich weiter aus. Dann stand sein Vater auf und zog seinen Hosengürtel aus den Schlaufen. »Du wirst mir jetzt die Wahrheit sagen«, befahl er, als der Polizeiwagen draußen davonfuhr. Und dann war da nur noch die schwache Stimme seiner Mutter aus dem Schlafzimmer, die wissen wollte, was die Männer gewollt hatten, und das pfeifende Geräusch des Ledergürtels, der durch die Luft sauste.

Micks Hände gleiten im Gehen über seinen schmalen Oberkörper. Er kann die Ränder der Narben über seinen Rippenbögen und auf seinem Rücken fühlen. Wenn sein Vater ihn damals nicht brechen konnte, dann wird es niemand schaffen.

Obwohl es Cutter beinahe gelungen wäre, ihn zu knacken.

Als er von der abendlichen Runde *500* zurückkehrt, bei der er gerade so viel von seinem Lohn verloren hat, dass das Spiel noch Spaß gemacht hat – auch wenn das verkrampfte Verhältnis zwischen ihm und Opey auf die Stimmung gedrückt hat –, findet er den Jäger rauchend vor dem Eingang zum Quartier der Jackaroos vor. Um sich nicht dicht an ihm vorbeiquetschen zu müssen, bleibt er vor ihm stehen.

»Hi«, sagt Cutter gedehnt, zieht an seiner Zigarette und grinst schief.

»Mach den verfickten Weg frei …«

»Weißt du, man kann es im Gesicht eines Mannes sehen, wenn er lügt.« Cutter rührt sich nicht von der Stelle. »Hab' euch die ganze Zeit beobachtet, während die Bullen geredet haben. Wusste sofort, dass Opey gelogen hat und nich' mit dir unterwegs war. Überrascht mich nich'. Er steht mit den Bullen auf Kriegsfuß. Wann immer er die Gelegenheit hat, ihnen ein Bein zu stellen, tut er 's.«

»Ich habe gesagt ...«

»Wir wissen beide, dass du allein aus Moira zurückgekommen bist. Also hast du ebenfalls gelogen, zumindest in diesem Punkt.« Cutter legt den Kopf schief, als würde er Mick genau mustern. »Aber in deinem Gesicht konnt' ich nichts erkennen.«

Mick schweigt.

Cutter stößt sich vom Türrahmen ab. »Schätze, diesmal hast du echt Scheiße gebaut. Das mit dem Hund war eine Sache – da kann dir niemand was beweisen. Aber ein Verkäufer aus der großen Stadt, Micky? Mit 'ner Frau und Familie? Hast du etwa geglaubt, dass niemand kommt, um nachzusehen, was da passiert is'?«

»Ich habe nichts getan.«

Cutter beugt sich vor, die Augen zu schmalen Schlitzen zusammengekniffen. »Siehst du, du sagst das, und ... da is' *nichts* in deinem Gesicht. Als würdest du dir selbst glauben.«

»Geh mir aus dem Weg, du Scheißpsycho!«

Der Jäger lächelt. »Da is' sie wieder, diese Wut. Das is' es, was du unbedingt unter Kontrolle kriegen musst, Junge. Weil das dein Schwachpunkt is'. Lässt dich schlimme Dinge machen, nicht wahr, Mickey?«

»Geh mir weiter auf die Eier, und ich zeige dir, wozu ich fähig bin, Wichser.« Mick weiß, dass er ruhig bleiben sollte. Es wäre klüger, den Mund zu halten. Aber er schafft es nicht.

Cutter lacht nur. »Wirst du mich jetzt auch aufschlitzen? Oder bist du doch nur 'ne feige Memme?« Er tätschelt Mick die Wange. »Schätze, das werden wir schon bald rausfinden, was, Fotzenschisser?«

Und es ist wieder genau wie damals im Reservat, als Sammy und die Jungs ihm immer wieder zugesetzt haben und er sich so viele Jahre bemüht hat, seine Wut zu unterdrücken, niemals zuzulassen, noch einmal das zu tun, was er seiner Schwester angetan hat, niemals wieder irgendjemanden so schrecklich zuzurichten. Aber irgendwann war es genug, irgendwann hatte er endgültig die Schnauze voll von Sammy und seinem beschissenen großen Maul und prügelte mit einem Stock auf ihn ein, baute sich über ihm auf und schlug immer weiter zu, so lange, bis eins der Augen aus der Höhle des Jungen sprang und ihm wie ein nasser Hoden von seinem Gesicht herabhing. Der alte Tommo hatte ihn sich hinterher vorgeknöpft, als seine Hände immer noch voller Blut gewesen waren, und ihm gesagt: *Da ist eine Dunkelheit in dir, Sohn, wie ich sie schon in anderen Männern gesehen habe, und sie zerstört dich von innen her. Ich hab' dir gesagt, wenn du hier gewalttätig wirst, musst du gehen. Du musst raus in die Welt gehen und unter deinen eigenen Leuten leben. Mit Männern, die dir zeigen, wo dein Platz ist.*

Mick hatte zu dem alten Mann aufgeblickt und ihm gesagt, dass er nicht gehen wollte, dass hier jetzt sein Zuhause wäre. Dann war er zu Ma Tikalee und Tante Jacklyn gegangen und hatte gebettelt, bleiben zu dürfen. Doch schon am nächsten Tag fuhren sie ihn und seinen Seesack zum Bahnhof, und das war das letzte Mal, dass er all die schwarzen Bastarde sah, die – wie er viel zu spät erkannt hatte – zu seiner Familie geworden waren. Danach hatte er eine Weile im Bahnhof gesessen, aus dem Fenster gestarrt, sich an sie erinnert und dann einen nach dem anderen aus seinem Gedächtnis gelöscht, als wären sie gestorben.

Doch trotz allem, was ihm seine Unbeherrschtheit bisher eingebracht hat, holt Mick jetzt aus und schlägt mit aller Kraft zu, ein harter ungezielter Schlag, der viel Schaden angerichtet hätte, wäre Cutter nicht leichtfüßig zurückgewichen, und plötzlich steht der Jäger hinter ihm, und Mick erstarrt, als er die kalte Messerklinge an seiner Kehle fühlt. Er spürt, wie sich die Spitze in seine Haut bohrt.

»Pass auf, mit wem du dich anlegst, Junge«, flüstert ihm Cutter ins Ohr, und seine Stimme klingt falsch, irgendwie viel zu gelassen. »Versuch das noch mal, und ich sorg' dafür, dass du vom Erdboden verschwindest, und zwar gründlich. Und niemand wird je davon erfahren. Die anderen werden glauben, du wärst zurück nach Queensland gerannt, mit eingeklemmtem Schwanz, wie ein dreckiger Köter, der du ja auch bist.« Er ritzt die Kehle des Jungen mit der Messerspitze an, und der scharfe Schmerz lässt Mick zusammenzucken. Dann ist der Jäger plötzlich verschwunden, und Mick steht in der Stille des Abends da, hilflos vor Wut, die er nicht abreagieren konnte, während ihm ein dünner Blutfaden den Hals hinabläuft.

An diesem Wochenende ist der Besuch in dem Bordell einen Monat her, und während sich die anderen anschicken, wieder hinzufahren, sitzt Mick wortlos in der Kantine. Zwar ist Jock nur noch ein Schatten seiner selbst und spricht kaum noch mit irgendjemandem, doch seine Kumpel Pete und Rodge lachen, als sie an Mick vorbeigehen. »Kommst du?«, fragt Pete. »Ach, stimmt ja! Du könntest ja gar nicht kommen, selbst wenn du wolltest, was?«

Mick starrt ihn finster an, Mercer und Opey schleichen sich unbehaglich hinaus. Er folgt ihnen mit einigem Abstand und quetscht sich stumm in den Wagen. Die anderen wirken überrascht, sagen aber nichts, und dann sind sie auch schon unterwegs, und das Bier fließt in Strömen, und Mick leert mehrere Flaschen und grölt schließlich zusammen mit dem Rest. Sogar mit diesem Kuhficker Opey.

Als sie in Wills ankommen, ist er voll, stolpert aus dem Wagen und torkelt zum Pub. Die Gruppe requiriert einen Tisch. Cutter gesellt sich johlend dazu, und die Schnittwunde an Micks Hals färbt sich rot vor Scham. Aber Mick gibt niemandem die Chance, ihn deswegen anzusprechen, kippt einen Scotch hinunter und steuert den hinteren Bereich des Pubs an. Seine Arbeitskollegen spenden ihm so laut Beifall und toasten ihm zu, dass sich die anderen Gäste umdrehen, um nachzusehen, was der Lärm zu bedeuten hat.

Mick ignoriert den Krach, Cutters bohrenden Blick in seinem Rücken, das Gejohle und den Beifall vom Tisch der anderen ...

Wird er es tatsächlich durchziehen? Was, wenn er wieder davonrennt? Hoffentlich bringt er es diesmal! Er schiebt sich durch das Gedränge zu den Frauen an der Hintertür. Sie sind noch dabei, die Stühle aufzustellen, weil sie so früh am Abend keine Kundschaft erwarten, und sehen ihn nicht kommen. Die ältere Schlampe wendet ihm den Rücken zu, und Mick heftet den Blick auf die Speckrollen an ihren Hüften und Armen, bereit, sie zu packen und quer durch den Raum zu schleifen. Er spürt das Messer heiß an seinem Hinterteil. Obwohl er es ausgiebig gereinigt hat, scheint das Blut des Verkäufers es noch immer glühen zu lassen. Der Lärm um ihn herum verebbt. Er wird mit der Nutte durch die Tür verschwunden sein, bevor irgendjemand begreift, was geschieht, bevor ihn irgendjemand aufhalten kann. Danach ist dann alles andere sowieso egal. Dann wird sie für das, was sie ihm angetan hat, bezahlt haben, und die anderen werden ihn nie wieder auslachen. Selbst Cutter wird sich danach vor ihm fürchten.

Er streckt einen Arm aus, um sie zu packen, sieht nichts außer ihrem fetten, abstoßenden Hinterteil ...

Plötzlich tritt ihm jemand in den Weg, ergreift seinen Arm und schiebt ihn sanft beiseite. Es ist die jüngere Hure, die mit der Narbe im Gesicht, und er ist so verblüfft, dass er sich von ihr mitziehen lässt. »Vergiss sie«, sagt sie. Dann sind sie auch schon zur Tür hinaus, und irgendjemand hinter ihm lacht und ruft: »Rose hat den ersten Fang des Abends gemacht!«, und ein paar der Frauen klatschen Beifall.

Das Mädchen führt ihn durch den Gang in eins der schmuddligen Zimmer. Er hört, wie sie die Tür zuzieht, während er mitten im Zimmer stehen bleibt, ausdruckslos an die Wand starrt, die Hände zu Fäusten geballt, während sein Herz immer noch vor ohnmächtiger Wut rast.

Die Bettfedern quietschen. »Warum setzt du dich nicht zu

mir?«, fragt das Mädchen, doch Mick bewegt sich nicht. Die Luft fühlt sich trocken an, das Licht scheint so grell, dass er die Augen zusammenkneift. Er spürt, wie die junge Hure ihn mustert, ihre Blicke kriechen wie Fliegen über ihn hinweg. Dann scheint sie einen Entschluss zu fassen, beugt sich vor und zieht ein Laken aus dem Stapel. Mick hört ein scharfes Geräusch und sieht, wie sie den Stoff in Streifen reißt. Sie fesselt sich mit flinken Fingern die Handgelenke, zieht den Knoten mit den Zähnen straff und steigt schließlich so mit den Füßen zwischen ihren Armen hindurch, dass ihre gefesselten Handgelenke auf ihrem Rücken liegen. Dann lässt sie sich rückwärts auf das Bett sinken.

»Komm zu mir.«

Mick nähert sich ihr wie im Rausch. Ihr Kleid rutscht hoch. Sie trägt keine Unterwäsche. Sein Blick wandert wie von selbst zu Boden.

»Nein. Sieh *mich* an!«

Ihre Stimme klingt fest und befehlend. Ihre blassen Augen bohren sich in die seinen. Licht fällt auf die Narbe in ihrem Gesicht, lässt sie deutlich hervortreten, und Mick kann nicht mehr wegsehen.

»Knie dich zwischen meine Beine.«

Er sinkt zwischen ihren gespreizten Beinen auf die Knie. Ihre Hitze strahlt durch den Stoff seiner Hose hindurch direkt in ihn hinein.

»Zieh deine Hose aus«, sagt sie, und er weiß nicht, warum, aber er gehorcht ihr, knöpft seine Hose auf und reißt sie sich herunter, ohne den Blick von ihr abzuwenden.

»Und jetzt fick mich! Hart!«

Mick zögert, blickt sich nach einem Kondom um, und sie faucht ihn an: »Ich sagte: Sieh *mich* an! Stütz dich hier und hier auf die Matratze«, sie deutet mit dem Kopf nach rechts und links, »und dann leg dich auf mich.«

Er stützt sich wie befohlen neben ihren Schultern auf, und als er sich auf sie sinken lässt, dringt er wie von selbst in sie ein. Sie ist eng und gleichzeitig nass und glitschig, saugt ihn bis zum Anschlag in sich hinein, und seine Eier klatschen gegen ihre Schenkel, als er zustößt. Funkelnde Lichter tanzen vor seinen Augen umher. Noch nie hat er so etwas gefühlt. Er kann kaum an sich halten. Alles um ihn beginnt sich zu drehen. Die Lippen des Mädchens liebkosen sein Ohr. »Härter!«

Mick blickt ihr in die lodernden Augen. Er spürt noch immer die Wut, die in ihm rast, und diesmal stößt er mit aller Kraft zu, und die Hure stöhnt unter ihm. Sie wölbt ihre Hüften vor, und ihre Unterkörper prallen heftig aufeinander. »Härter!«

Er zieht sich bis zur Eichel aus ihr zurück und rammt seinen Schwanz wieder in sie hinein, möchte sie mit seinen Hüftknochen wundschlagen, ihren Arsch mit seinen Eier auspeitschen, sich bis tief in ihre Eingeweide in sie hineinbohren. Dann reißt ihn die schiere Lust mit, und er pumpt wie eine Maschine, wie ein Kolben und steigert sich immer weiter. Sie beginnt, unter ihm zu schmelzen, seine Sicht verschwimmt in dem Maß, wie der Druck in ihm anwächst, und auf einmal ist es nicht mehr das Mädchen unter ihm, sondern die ältere Prostituierte, und dann auch nicht mehr sie, sondern seine Mutter, und er fletscht die Zähne und holt mit einem Arm aus, um in das Gesicht unter ihm zu schlagen, seine Faust hineinzurammen, wie er seinen Schwanz in sie rammt.

»Nein! Die Hände bleiben da!« Das Mädchen blickt ihm fest in die Augen, und er starrt blinzelnd auf sie hinab, während er weiter in sie hineinstößt. Dann lässt er die Faust sinken und stützt sich wieder neben ihrem Kopf ab, um das Gleichgewicht zu halten.

Auf einmal wölbt sie sich ihm weit entgegen, stemmt sich mit den hinter ihrem Rücken gefesselten Armen hoch. Sie schließt die Augen, und ein lang gezogenes tiefes Stöhnen dringt aus ihrer Kehle hervor, und dann beginnt sie selbst mit der Hüfte zuzustoßen, und Mick balanciert auf ihr, beobachtet sie wie aus weiter

Ferne, vergisst einen Moment lang seine eigene Lust und starrt sie voller Staunen an.

Dann hat er das Gefühl, als würde sein Innerstes durch seine Eingeweide gesaugt und aus seinem Schwanz herausspritzen. Er zieht ihn zurück, legt den Kopf in den Nacken, und das Mädchen stößt ihn von sich, schiebt sich unter ihm zurück, und beide sehen zu, wie sein Sperma in hohem Bogen über das Bett spitzt und dicht vor ihren geöffneten Schenkeln auf das Laken klatscht. Mick stößt weiter mit dem Schwanz rhythmisch in die leere Luft hinein, und dann lassen die Kontraktionen allmählich nach. Er stemmt sich zurück, hockt auf den Fersen da und starrt das Mädchen an. Die Spermaspritzer auf dem Laken sehen aus wie Schlangen, die auf sie zukriechen.

Sie schwingt die Beine über die Bettkante, setzt sich auf und hält ihm ihre gefesselten Handgelenke hin. »Bind mich los«, sagt sie, jetzt viel sanfter, und Mick betrachtet sie, wie sie so verletzlich vor ihm sitzt. Die Wut in ihm ist erloschen, die unterentwickelten Muskeln in seinen Beinen zucken vor Erschöpfung. Die Augen der Prostituierten werden kalt, als sie im Befehlston sagt: *»Sofort!«*

Mick tritt hinter sie und zittert etwas, als er die Fesseln löst. Dann steht er einfach reglos da, während sie die Laken zusammenknüllt, vor dem Waschbecken die Beine spreizt und sich den Schritt mit einem fechten Tuch abreibt, den Rücken Mick zugewandt. Sie zieht ihr Kleid herunter, dreht sich um und kommt zu ihm, hilft ihm in die Hose und führt ihn zur Tür. Als er nach seinem Portemonnaie greift, schiebt sie seine Hand zurück.

Am Ende des Ganges drückt sie ihm einen Zettel in die Hand, bugsiert ihn mit sanftem Druck durch die Tür, betritt hinter ihm den Pub und geht zu ihrem Tisch, ohne ihm einen weiteren Blick zuzuwerfen.

Den Rest des Abends sitzt Mick wie benommen da, weiß nicht einmal, ob Cutter noch da ist. Er nimmt kaum einen der anderen

Männer wahr, die lachen, Witze über ihn reißen und sich über den leeren Welpenausdruck in seinem Gesicht lustig machen. Aber niemand nennt ihn mehr Fotzenschisser, und einen kurzen Moment lang verspürt er eine große Ruhe und fühlt sich im Einklang mit dem Universum, und er begreift, dass es genau dieser Zustand ist, den er gesucht hat, seit er von zu Hause weggerannt ist.

Obwohl sein Vater ihn nicht zu einem Geständnis hatte zwingen können, war der erste Samen des Verdachts ausgebracht worden. Noch wusste es Mick nicht, aber die Tage seiner Kindheit in Erebli waren bereits gezählt.

Das Blut des unschuldigen Mannes, das er vergossen hatte, begann den Verstand seines Vaters zu vergiften. Mick sah ihn immer häufiger allein im Haus oder draußen beim Wagen mit einem gequälten Gesichtsausdruck wie blind ins Nichts starren. Wenn er seinen Sohn bemerkte, blickte er ihn eine Weile durchdringend an, bevor er sich wieder dem zuwandte, was er gerade tat.

Mick begann, Dinge zu horten, der er wahrscheinlich benötigen würde, wenn er auf sich allein gestellt war: ein paar Fleischkonserven, einen alten Kompass, Wasserkanister. Sein Gespür für Gefahr war stärker als seine Angst vor dem Geschick seines Vaters als Fährtenleser. Doch noch hatte sein Vater nichts gesagt. Eines Abends ging Mick zu dem artesischen Brunnen, um Wasser zu holen, und sein Vater stand in der Dunkelheit da. Zuerst bemerkte Mick ihn nur durch die Glut seiner Zigarette, aber dann sah er genauer hin und entdeckte die Axt in seiner Hand. »Dad?«, fragte er und blieb wie gelähmt vor dem Pumpenschwengel stehen. »Geh zurück ins Haus, Sohn«, sagte sein Vater, drehte sich einfach um, ging weiter zum Stapel mit dem Feuerholz, und Mick rannte so schnell er konnte davon.

Je länger er darüber nachdachte, wie sein Vater ihn in der Dunkelheit mit der Axt in der Hand angestarrt hatte, als schätzte er seine Schuld ein, desto nervöser wurde Mick. Bis zu diesem Zeitpunkt hatte er überlegt, ob er seinen Eltern ein Geständnis ablegen sollte, dass seine Schwester gestürzt war, dass alles nur ein Unfall gewesen war. Dass er sich die Geschichte über den Mann am See nur aus Angst ausgedacht hatte. Aber wie sollte er ihnen erklären, wieso er nach ihrem Tod mit dem Stock auf ihr Gesicht eingedroschen hatte, wenn er es nicht einmal selbst verstand?

Schließlich wurde ihm klar, dass sein Vater ihn umbringen würde, sollte er jemals die Wahrheit herausfinden. Und das würde er irgendwann. Vielleicht wusste er es bereits ganz tief in seinem Inneren.

Mick wartete auf einen Abend, an dem sein Vater zu einer seiner einwöchigen Jagden aufbrechen würde, weil er viel Zeit brauchte, um eine möglichst große Entfernung zwischen ihn und sich zu bringen. Er hatte sein Gepäck bereits auf das Bett neben sich gelegt, aufgeputscht von Furcht und Adrenalin, als seine Mutter ihn zu sich rief. So wehleidig wie sie war, hatte er fast beschlossen, ohne Abschied zu verschwinden, weil er wusste, dass es ihm wehtun würde, sie ein letztes Mal zu sehen. Doch als sie ihn rief, ging er automatisch zu ihr, so wie er es immer getan hatte.

Diesmal hatte sie sich wenigstens aufgerichtet und saß auf der Bettkante. Sie lächelte, als er eintrat, und ihre Augen waren klar. Es standen auch keine leeren Ginflaschen vor dem Bett. »Hi, Baby«, sagte sie und klopfte einladend auf die Matratze neben sich. »Ich könnte uns etwas kochen. Was hältst du davon? Ich brauche nur noch ein bisschen Zeit, um aufzustehen.«

»Das kann ich doch machen«, erwiderte er schnell, da er befürchtete, sie könnte beim Vorbeigehen den Seesack auf seinem Bett entdecken. »Ich wollte sowieso etwas kochen.«

»Du tust das schon viel zu oft«, sagte sie und tätschelte seine Hand. Die ihre zitterte. »Nachdem deine Schwester … von uns gegangen ist, war ich nicht mehr für dich da. Dein Vater auch nicht. Aber das wird jetzt besser werden, du wirst schon sehen. Ich werde aufhören zu trinken. Für dich sorgen, wie es sich gehört.« Sie lächelte ihn an und wischte sich eine Träne von der Wange. »Wir müssen weiterleben.«

Mick hockte stumm da. Er konnte nur hoffen, dass sein Vater ebenso fühlte.

Dann nahm sie ihn in die Arme, und da hätte er ihr beinahe alles erzählt, wäre fast die ganze Geschichte aus ihm herausgesprudelt. Die ganze Zeit über hatte sie ein solches Vertrauen in ihn gehabt, das er nicht verdiente. Ob sie ihn wohl immer noch in den Armen halten würde, wenn sie erfuhr, wie ihr Sohn wirklich war?

Oder würde sie ihn genauso ansehen, wie es sein Vater tat?

So oder so, er musste verschwinden. Er würde sie für ihn kochen lassen, in dem Glauben, dass alles in Ordnung war. Danach würde er weglaufen und so nie das Entsetzen und den Ausdruck über seinen Verrat in ihrem Gesicht sehen müssen.

Und doch wäre das nicht annähernd so schlimm gewesen wie die unbändige Wut, die das Gesicht seines Vaters verzerrte, der genau in dem Augenblick in der Tür auftauchte, als sein Sohn seinen Plan in die Tat umsetzen wollte.

Mick hielt seinen Seesack in einer Hand. Sein Vater hatte ihn erwischt, als er im Begriff war fortzulaufen. Offenbar hatte er damit gerechnet und seine Abreise deshalb aufgeschoben.

»Ich wusste es!«, keuchte er heiser. »Ich wusste, dass ich dich erwischen würde, wenn ich zurückkomme!«

Mick warf sich den Sack über die Schulter und wich rückwärts in das Zimmer seiner Mutter zurück, die durch die Stimme ihres Mannes aus dem Schlaf hochgeschreckt war. »Was hast du …?«, begann sie. Als sein Vater fauchend in das Zimmer stürmte, sprang sie auf und stolperte auf ihren Elefantenbeinen zwischen ihren Sohn und ihren Mann. »Jim, warte …!«

Er schlug ihr ins Gesicht. Sie stürzte auf das Nachttischschränkchen und sackte wie ein gewaltiger schlaffer Fleischberg in sich zusammen, während Mick über das Bett hechtete. Er rüttelte verzweifelt an dem geschlossenen Fenster. Der Schatten seines Vaters schob sich über ihn, und er wäre verloren gewesen, hätte seine Mutter ihren Mann nicht in diesem Moment an einem Hosenbein gepackt und festgehalten. Der massige Mann verlor das Gleichgewicht und stieß mit dem anderen Bein gegen den Bettrahmen. Er stolperte ein paar Schritte zurück, hielt sich das an dem rostigen Stahlrahmen geprellte Knie, und Mick registrierte schockiert, dass ihm Tränen über die Wangen liefen, das Gesicht nicht nur vor Zorn, sondern auch vor Fassungslosigkeit verzerrt. »Begreifst du denn nicht, Frau? *Er* hat es getan! *Er* hat sie umgebracht!«

Seine Frau setzte sich blinzelnd auf und starrte verständnislos zu Mick hinüber.

Mittlerweile war es Mick gelungen, das Fenster hochzustemmen, und er zwängte sich hindurch, während sein Vater wieder zu ihm herumwirbelte. Er hatte den dunklen Hof bereits zur Hälfte hinter sich gebracht und war nicht mehr weit von den schützenden Bäumen entfernt, als die Fliegengittertür aufflog, sein alter Herr wie ein Berserker herausgestolpert kam und sein Gewehr hob.

Ein heulendes Projektil schoss dicht an ihm vorbei, einen Sekundenbruchteil später gefolgt vom Explosionsknall. Mick duckte sich voller Panik und rannte weiter. Als er einen Blick über die Schulter zurückwarf, sah er einen Schatten hinter seinem Vater auftauchen, der gerade erneut auf ihn zielte. Und dann ließ seine Mutter den schweren Feuerhaken auf den Rücken ihres Mannes heruntersausen. Micks Vater taumelte noch ein paar Schritte weiter, drehte sich dann um und richtete das Gewehr auf seine Frau.

Mick zögerte kurz am Rand der Bäume, doch sein Vater packte das Gewehr am Lauf und schmetterte seiner Frau den Kolben auf den Kopf, worauf sie zusammenbrach. Gleich darauf fuhr er wieder herum, und die ganze Zeit über brüllte er Mick aus Leibeskräften mit einer Stimme an, die vor Kummer, Enttäuschung und einem derart unbändigen Zorn brach, dass Mick sie wie Peitschenhiebe auf seinem Rücken spürte. Dann verschluckte ihn die Dunkelheit, und er rannte immer weiter, denn er wusste, dass sein alter Herr ihn erwischen würde, sobald er stehen blieb.

5

Eine Woche vergeht, bevor Mick sich wieder den Geländewagen ausleihen kann. Opey hält die meiste Zeit Abstand zu ihm, und Mick ist froh darüber. Um Cutter macht er einen Bogen wie um eine giftige Schlange.

Er macht vor einem heruntergekommenen Farmhaus am Rande der Stadt halt und überprüft die Wegbeschreibung, die ihm das Mädchen gegeben hat. Die Dachschindeln des kleinen Schuppens müssten erneuert werden, und die Auffahrt besteht lediglich aus einem kaum noch erkennbaren Schotterweg mit einer Reihe von Bäumen auf einer Seite. Das Haus hat keine Veranda, nur ein verrottetes Holzgerüst. Mick schmort in der Mittagshitze, als er an die Tür klopft.

Von drinnen erklingen leise Schritte, und im kühlen Halbdunkel erscheint das Mädchen in einem kurzen leichten Kleid. Sie trägt kein Make-up, die Narbe ist die einzige Verzierung in ihrem Gesicht. Sie betrachtet Mick einen Moment wortlos, bevor sie beiseitetritt und ihn hineinlässt.

Das Innere des Hauses ist einigermaßen sauber – die Einrichtung ist repariert, die Fußböden sind geschrubbt –, aber allem haftet irgendwie jahrelange Vernachlässigung an. Das Mädchen zuckt die Achseln. »Habe es gerade erst zurückgekauft. Muss es erst wieder herrichten.«

Mick fühlt sich unbeholfen, wie er in der Küche steht. Sie lächelt. »Hier beobachtet uns niemand«, sagt sie, nimmt seine Hand und zieht ihn zum Tisch. »Wir sind ganz allein.«

Er setzt seinen Hut ab und sieht zu, wie sie Tee kocht. Ihr Körper bewegt sich wie Wasser unter ihrem Kleid, während sie sich in der kleinen Küche zu schaffen macht.

»Heißt du wirklich Rose?«, fragt er.

»Kannst du dir das nicht vorstellen?«

»Keine Ahnung.«

»Glaubst du, wir Huren haben Künstlernamen?«

Er lächelt etwas verlegen. »Vielleicht.«

»Als ich noch jünger war, haben sich die anderen über meinen Namen lustig gemacht, wahrscheinlich weil wir arm waren. Sie nannten mich Petunia oder Patagonia, weil sie fanden, dass Rose ein zu schöner Name für mich wäre.«

»Aber du bist schön.«

Sie stellt die Teekanne auf den Tisch und fährt mit einem Finger über die Narbe in ihrem Gesicht. »Selbst damit?«

Er nickt und errötet.

Das Mädchen schweigt, mustert ihn eine Weile und streift dann einfach ihr Kleid ab. Mick starrt ihren schlanken nackten Körper an, ihre kleinen spitzen Brüste, den schmalen Brustkorb und die Taille, die Rundung ihrer Hüften und das helle v-förmige Haar zwischen ihren Schenkeln. Ihr Bauch ist mit Narben übersät, lange Schnitte von Messerklingen und rote Halbmonde von ausgedrückten Zigaretten. Sie fährt mit einer Hand darüber, als könnte sie die auffälligen Narben damit wegwischen.

»Mein früherer Freund hat mich markiert. Um damit zu zeigen, dass ich ihm gehöre, hat er gesagt.« Sie blickt nicht auf, spricht ganz leise. »Findest du mich immer noch hübsch?«

Mick schluckt. »Du bist schön.« Seine Stimme ist ein heiseres Krächzen.

Rose zögert, dann ergreift sie seine Hand und schmiegt sich an ihn. Ihre Narbenwülste sind wie Erdfurchen, natürlich, irgendwie tröstlich. Ihre Wärme und ihr Geruch überwältigen ihn.

Das Schlafzimmer ist überraschend geräumig, und am Fußende des Bettes ist ein großer freier Platz. Der Boden ist zerkratzt, und Mick betrachtet die Schrammen, als Rose ihn zu einem von der Decke herabbaumelnden Ring führt. Sie deutet mit einem Nicken auf ein dünnes Seil, das auf einem glänzenden Schminktischchen liegt, und hebt die Arme. »Fessel mich.« Ihre Brüste heben sich mit der Bewegung ihrer Arme.

Mick starrt dümmlich auf das Seil und dann auf den Ring. Er nimmt das Seil und wickelt das Ende langsam um ihre Handgelenke. Die ganze Zeit über blickt sie ihm aus kürzester Entfernung in die Augen, ihre Beine berühren die seinen. Er ist gerade groß genug, um das andere Ende des Seils durch den Ring zu schieben und straff zu ziehen. Sie richtet sich auf die Zehenspitzen auf und keucht ein wenig. Ihre Brüste wackeln, und die Narben auf ihrem Bauch ziehen sich in die Länge.

»Geh zur Garderobe.«

Er zögert, verwirrt, dass sie ihm Befehle erteilt, obwohl sie gefesselt ist. In der ersten Schublade liegt ein kleines Stilett in einer offenen, mit Seide ausgekleideten Schachtel. Mick steht davor und sieht es lange an. Sein Mund ist trocken. Die Klinge ist so scharf wie die, die er in den Bauch des Verkäufers gestoßen hat.

»Ich vertraue dir«, sagt Rose.

Mick betrachtet sie, wie sie lang ausgestreckt mitten im Schlafzimmer steht und ihn ansieht, und obwohl Angst in ihren Augen aufflackern müsste, blinzelt sie kaum. Wirft nicht mal einen Blick auf das Messer, das irgendwie in seine Hand gelangt ist.

»Mein Bauch. Mach mir neue Schnitte.«

Er hält das Messer, als wollte er es ihr in den Leib rammen, sie wie ein Schaf ausweiden. »Aber ...«

»Keine Sorge«, sagt sie leise. »Ich bedecke meinen Bauch mit einem Korsett. Niemand wird jemals davon erfahren.«

Mick steht vor ihr, das Licht fällt genau auf sie beide, und sollte irgendjemand draußen vor dem Fenster vorbeigehen, würde er ihn mit einem auf ihren Bauch gerichteten Messer in der Hand sehen. Er drückt die Klinge gegen ihre Haut, die nachgibt, und er spürt das Verlangen in seinem Arm, zuzustoßen und die Klinge bis zum Heft in ihr zu versenken. Zu sehen, wie sie ihr Fleisch mühelos öffnet, als dränge er in sie ein.

Doch anstatt reflexartig vor dem Druck zurückzuweichen, presst sie sich *gegen* ihn, und sie ist es, die das erste Blut vergießt. Als würde sie ihm die Chance nehmen, ihr einen tiefen Stich zu verpassen, und so winkelt er die Klinge so an, dass sie flach auf ihrem Bauch liegt, und zieht sie zurück und hinterlässt einen blutigen Schnitt. Der Kuss des Stahls lässt sie aufstöhnen.

»Die andere Seite«, flüstert sie, und er zieht die Klinge von ihrem Bauchnabel nach links. Blut quillt aus dem flachen Schnitt heraus, rinnt ihren Bauch hinab in ihr Schamhaar. Ein paar Tropfen fallen auf den Fußboden.

Mick verfolgt die Tropfen. Es wäre so einfach, das Tröpfeln in einen Strom zu verwandeln, in einen Blutfluss, eine Sintflut, die sich über ihre Beine und Füße ergießt.

Doch er kann sich nicht bewegen. Ihre Augen werden riesig vor Verlangen, und sie befiehlt ihm, sie hier im Stehen zu ficken. Er lässt das Messer fallen, knöpft seine Hose auf, und sie gleitet auf ihn, beide glitschig von ihrem Blut. Es wird rutschig und schwierig, doch sie lässt nicht zu, dass er aufhört, und so macht er weiter, bis sie kommt, und dann kommt er und ergießt sich auf den Boden. Die weißen Kringel mischen sich mit dem Blut und formen ein schmutziges Muster.

Nachdem er Rose losgebunden hat, liegen sie nackt auf ihrem Bett, während die frisch gewaschene Wäsche – von ihrem Blut befreit – auf der Wäscheleine trocknet. Rose liegt auf seiner Brust und spielt mit dem Haar auf seinem Bauch, gleitet mit den Fingern über die Narben über seinen Rippenbögen.

»Es geht nur um Kontrolle«, sagt sie, als erkläre das alles, was sie gerade getan haben.

Mick verspürt nur ein verwirrendes Durcheinander unterschiedlicher Emotionen. Ein starkes Verlangen nach ihr, aber auch das Gefühl, benutzt worden zu sein. Als wäre er lediglich ein Zuschauer bei ihrem Spiel gewesen.

Er nimmt einen Zug von seiner Zigarette und starrt dem Rauch hinterher, der zur Decke emporsteigt, während Rose auf seiner Brust einschläft. Wie sehr er sich auch bemüht, ihm gelingt es nicht.

Am nächsten Tag reist Jock ab.

Mick hört zufällig, wie er Cunningham sagt, dass er nicht länger irgendwelche Tiere töten möchte, nicht nach der Sache mit Bullet. Er hat vor, nach Norden zu gehen und vielleicht auf einem Frachter anzuheuern. Hätte genug vom Land.

Als der Kaninchenjäger mit Pete und Rodge die Kantine verlässt, wirft ihm Cutter eine Kusshand zu und winkt zu Abschied. Jock starrt ihn finster an und bemerkt, dass auch Mick ihn beobachtet. Doch Mick, der nun nicht länger von ihm schikaniert werden wird, wendet sich wieder seinem Essen zu. Gut, das Arschloch endlich loszuwerden. Eine Sorge weniger.

Plötzlich klingen stampfende Schritte hinter ihm auf. Er wirbelt herum, doch es ist nicht Cutter, wie er glaubt, sondern Jock.

Mick reißt die Arme hoch, um einen Schlag abzublocken, doch Jock packt die große Schüssel mit heißem Eintopf links von Mick, hebt sie mit seinen mageren Armen hoch und kippt ihren Inhalt über ihm aus. Das Gemisch aus Soße und Fleischbrocken, das die Konsistenz von Kotze hat, klatscht Mick ins Gesicht und gegen die Brust wie der blutige Rotz des Verkäufers, und einen Moment lang vergisst er, wo er ist und wird von Panik erfasst – all die Leute um ihn herum, die ihn beobachten, und er von Kopf bis Fuß mit Blut besudelt.

»Du Stück Scheiße von einem Psycho!«, brüllt ihn Jock an. »Friss das, du Drecksack! Los, friss mein' Hund! Du krankes

Arschloch! Verficktes Großmaul! Du wirst immer ein Fotzenschisser sein!« Er wirbelt zu Cutter herum. »Und du ... du Schafficker! Du ... Missgeburt!«

Cutter gluckst, aber Mick läuft rot an, als alle lachen, auch wenn er nicht weiß, ob das Gelächter ihm oder Jocks Ausbruch gilt. Es ist ihm egal, er fühlt sich trotzdem erniedrigt. Er bleckt die Zähne und sagt leise, mehr zu sich selbst als zu Jock: »Das wirst du bereuen, Arschfotze.« Dann zerren Jocks Kumpel den tobenden ehemaligen Kaninchenjäger davon, und Mick bleibt vor Eintopf triefend zurück.

Simpson schiebt sich durch die Meute auf ihn zu. Er hebt eine Braue, als er Mick, an dem das Mittagessen herabläuft, vor dem Essenausgabetisch stehen sieht. »Sieht so aus, als hättest du dein' Mund verfehlt, Micky«, sagt er, und Mick stürmt aus der Kantine, um zu duschen und sich umzuziehen, ohne den hämisch grinsenden Cutter eines Blickes zu würdigen.

Jock ergattert eine Mitfahrgelegenheit mit dem Viehlaster nach Nildon am Nachmittag. Mick sitzt im Sattel und sieht zu, wie er abfährt. Dann wendet er sich wieder mit wachsender Wut seiner Arbeit zu. Nachdem die Dunkelheit hereingebrochen ist, tut er so, als wollte er früh schlafen gehen, stiehlt aber stattdessen Simmos Geländewagen und fährt davon.

Jock kommt nach einer ausgiebigen Zechtour aus dem Pub gestolpert. Er lehnt sich an die Wand, um zu pissen, bevor er zu seinem Zimmer auf der Rückseite des Gebäudes geht. Die trockene Wüstenluft ist kalt. Er zittert und lacht über einen Witz, den irgendjemand im Pub erzählt hat, dann kneift er die Augen zusammen, sucht nach seiner Zimmertür in der Finsternis und wankt darauf zu.

Mick schlägt ihn zwei Schritte vor der Tür zu Boden. Jock erschlafft wie einen Sack voller Scheiße. Die Absätze seiner Stiefel ziehen zwei Furchen durch den Staub, als Mick ihn um die Ecke schleift.

Mick lässt sich vor ihm in die Hocke nieder und lächelt auf ihn hinab.

»Heya, Jock. Dachte, ich sollte mich angemessen von dir verabschieden.«

Jock starrt ihn an, benommen durch den Alkohol, und versucht aufzuspringen. Mick stößt ihn zurück in den Dreck.

»Scheiße, Mick, was ...?«

Mick kann immer noch den Eintopf an seinem Körper riechen, das Brennen auf der von dem heißen Brei verbrühten Brust. Er wird genießen, was jetzt kommt. »Das war heute eine wirklich dumme Nummer von dir, Kamerad. Wir hätten es einfach so belassen können. Du hattest verloren. Ich habe gewonnen. Du rennst weg. Alle sind zufrieden.«

»Du bist ein Psycho«, bringt Jock mit schwerer Zunge hervor. »Du hast mein' Scheißhund umgebracht.«

»Das hast du verdient. Aber ich habe ihn nie unter das Essen gemischt. Und jetzt werde ich dir das heimzahlen, was du mir angetan hast.«

Jock blinzelt ihn an. »Glaubst du, das wär' ein Spiel?«

»Nein, Jock. Hier geht es nur um Gerechtigkeit.« Mick zieht einen staubbedeckten Sack hinter sich hervor und schnürt ihn auf. Ein Schwall Verwesungsgeruch dringt hervor, und Jock schnappt nach Luft. Mick, der auf den Gestank vorbereitet war, dreht nur das Gesicht zur Seite und rümpft die Nase. »Puh! Sie ist wirklich reif. Schätze, die Zeit hat's nicht allzu gut gemeint mit der guten Bullet.«

Jock starrt in den offenen Sack und versucht, auf allen vieren davonzukriechen. Von der Straße her sind Stimmen und das Geräusch eines anspringenden Motors zu hören, und der ehemalige Kaninchenjäger holt tief Luft, um einen Schrei auszustoßen. Mick tritt ihm wuchtig auf die Brust.

»Das hier geht nur uns beide was an. Von Mann zu Mann.« Er wartet, bis der Wagen davongefahren ist und das Licht im Pub ausgeht, weil der Wirt Feierabend macht.

Jocks Augen quellen ihm fast aus den Höhlen. »Was hast du ...«

Mick schüttet den Inhalt des Sacks auf Jocks Schoß aus, schiebt sich hinter ihn und umklammert seinen Hals, während Jock entsetzt an sich herabstiert. »Du hast mich ja beschuldigt, deinen Hund zu Eintopf verarbeitet zu haben. Also ist es Zeit für eine Kostprobe. Und die wirst du nie vergessen.«

Der grinsende, halb verweste Schädel des Jagdhundes liegt in Jocks Schoß und blickt zu seinem Herrchen empor. Jock versucht zu schreien, bringt aber vor Entsetzen keinen Ton hervor. Mick hält ihn mit einem Arm fest umklammert, zieht sein Messer und säbelt eine Scheibe grünlichen Fleisches von der Hundeschnauze.

Jock bäumt sich auf, ist aber zu betrunken, um Mick abzuschütteln, und so gelingt es Mick, ihm den Kopf in den Nacken zu zerren und ihm das stinkende Fleischstück in den Rachen zu schieben und ihm die Hand auf den Mund zu drücken. Aus der Nase des ehemaligen Kaninchenjägers läuft Rotz über Micks Finger, aber da sein Mund verstopft ist, bleibt ihm nichts anderes übrig, als zu schlucken oder bewusstlos zu werden. Der Brocken ist so groß, dass er zu würgen beginnt.

»Friss jetzt«, flüstert ihm Mick ins Ohr, und Jock schließt die Augen, schluckt den Brocken irgendwie mit einem würgenden Geräusch hinunter, und dann ist er still.

»Siehst du, war doch gar nicht so schwer«, sagt Mick. »Aber ich schätze, wir brauchen noch ein Stück, damit du dich immer daran erinnerst.« Er beginnt, noch ein Stück aus dem Kadaver zu säbeln.

Jock erschaudert und schlägt um sich. »Nein ... nein ... nein ...«, stöhnt er, dann beugt er sich zur Seite und kotzt einen dampfenden Bierschwall aus.

Mick stößt ihn von sich und wischt seine Hose ab. »Scheißdreck! Das ist heute schon das zweite Mal, dass du meine Sachen vollgesaut hast!«

»Du bist nicht …«, röchelt Jock. »Du hast den Verstand verloren!« Er übergibt sich erneut auf Bullets verfaulte Pfoten, und Mick schüttelt enttäuscht den Kopf.

»Du solltest dem Mädchen wirklich etwas mehr Respekt zollen, Jocky.« Er stopft Bullets sterbliche Überreste zurück in den Sack und verschnürt ihn. »Also, du wirst dich an diesen Abend erinnern, wenn du das nächste Mal an mich denkst. Denn wenn du mir noch mal über den Weg läufst, werde ich dafür sorgen, dass du das ganze verdammte Ding auffrisst. Ich werde es für alle Fälle sicher verwahren.«

Jock sitzt hilflos da, ein dreckiges, vollgekotztes Häufchen Elend. Mit hängendem Kopf, die Hände schlaff zwischen den Beinen. Geschlagen und besiegt.

Mick lacht leise und dreht sich zu seinem Wagen um. Jock blickt auf, und in seinen Augen lodert zügelloser Hass. Er ist über einen Punkt hinausgetrieben worden, den kein Mensch überschreiten sollte. »Du Stück …!«, schreit er und schnellt vom Boden hoch.

Der überraschende Angriff wirft Mick heftig zu Boden. Der Aufprall raubt ihm die Luft. Jock setzt sich breitbeinig auf ihn und versucht, ihm das Messer aus der Hand zu winden. Seine hervorquellenden Augen leuchten weiß in der Dunkelheit, das Haar fällt ihm wild ins Gesicht.

Mick versucht, ihn abzuschütteln, aber die Wut verleiht Jock übermenschliche Kräfte, und es gelingt ihm, das Messer so herumzudrehen, dass die Klinge auf Micks Magen zielt. Die Spitze nähert sich unerbittlich seinem Bauch. Jock stemmt sich mit seinem ganzen Gewicht auf das Messer, doch bevor die Klinge Mick berührt, gelingt es ihm irgendwie, ein Bein freizubekommen und Jock das Knie zwischen die Beine zu rammen.

Jocks Augen werden leer vor Schmerzen. Er krümmt sich zusammen. Mick windet sich unter ihm hervor und schüttelt ihn ab. Dann stemmt er sich hoch und stößt ihm die Klinge gleichzeitig mit aller Kraft in die Kehle.

Jock blickt zu ihm auf und spuckt Blutblasen aus. Mick sieht, wie der Trotz in seinen Augen erlischt, wie irgendetwas Milchiges über sie hinwegstreicht – das letzte Lebenszeichen der Seele –, und dann ist Jock tot.

Mick zieht sein Messer aus der Kehle des Toten, wälzt sich auf die Seite und bleibt neben dem reglosen Körper liegen, während er wartet, dass sich sein keuchender Atem beruhigt. So liegen sie eine Weile nebeneinander in der kalten Wüstenluft. Mick sieht einer Ameise zu, die mit ihren Zangen in Jocks nackte Fußknöchel zwickt, und dann schafft er es, sich wieder aufzurichten. Seine unterentwickelten Beine fühlen sich noch immer wie Gelee an, als wäre er wieder der zehnjährige Krüppel von einst. Er starrt den Toten an und wischt sich den Schweiß aus dem Gesicht. »Verdammte Scheiße«, keucht er leise. »So weit hätte es nicht kommen müssen.«

Er blickt sich um, begreift, dass er es schon wieder getan hat. Und das unter freiem Himmel, gottverdammt!

Scheiße, Scheiße, Scheiße! Ich muss wieder die Spuren beseitigen. Jesus, beeil dich!

Er packt die immer noch warme Leiche unter den Achselhöhlen, schleift sie zu dem Geländefahrzeug und denkt erst im letzten Moment daran, noch einmal zurückzulaufen, um auch den Sack mit dem Hundekadaver zu holen. Dann verwischt er die Blutflecken und die Schleifspuren so gut er kann, kramt in Jocks Taschen nach dem Schlüssel seines Zimmers und entfernt dort all die kümmerlichen Habseligkeiten.

Nachdem er das erledigt ist, fährt er den Highway entlang. Rund zehn Meilen hinter der Stadt biegt er auf einen kleinen Weg in die Wüste ab und folgt ihm so weit, bis er eine Reihe niedriger

Hügelketten erreicht. Als er glaubt, weit genug gefahren zu sein, hält er an und gräbt ein möglichst tiefes Loch, in das er Jocks und Bullets Kadaver hineinwirft. Dann schaufelt er es wieder so gründlich zu, dass niemand die sterblichen Überreste jemals finden wird. Abschließend pisst er auf das Grab. »Jetzt hast du mich dazu gebracht, zwei dämliche Tiere zu beseitigen, Jocky, alter Knabe«, sagt er dabei.

Auf dem Rückweg nach Nildon überlegt er, noch einmal den Hotelparkplatz zu überprüfen, um sich zu vergewissern, dass er nichts vergessen hat. Er hält außerhalb des Ortes und geht zu Fuß hinein, genießt die beruhigende Wirkung des Spaziergangs. Seine Sinne sind immer noch geschärft durch das Adrenalin, seine Augen huschen auf der Suche nach Zeugen oder plötzlich aufgetauchten Polizeiwagen über die Gebäude, aber Nildon wirkt genauso tot wie Jock.

Als er sich den Motelzimmern auf der Rückseite des Pubs nähert, verharrt er mitten im Schritt.

Dort ist jemand.

Er starrt die Gestalt in der Ferne wie betäubt an. Vor dem Pub parkt ein Wagen mit ausgeschalteten Scheinwerfern, und im schwachen Licht der Pubbeleuchtung kann er den Unbekannten auf dem Boden neben dem Gebäude kauern sehen, als untersuchte er dort irgendetwas.

Mick rennt geduckt und schnell in Deckung der mit Gras bewachsenen Straßenböschung los, aber er ist kein besonders guter Läufer, und so ist er immer noch zu weit vom Tatort entfernt, als die Gestalt zu ihrem Fahrzeug zurückkehrt. Die Scheinwerfer flammen auf, und der Wagen fährt davon. Mick kann das Geländefahrzeug unmöglich schnell genug erreichen, um dem Unbekannten zu folgen.

Das Blut pocht schmerzhaft in seinen Schläfen, als er den Motelbereich des Gebäudes erreicht, aber nachdem er den gesamten Bereich hinter dem Gebäude abgesucht hat, stellt er fest, dass er die Spuren des Kampfes ziemlich gut beseitigt hat. Nirgendwo gibt es Blutflecken oder verräterische Fußspuren.

Vielleicht war es nur irgendjemand aus dem Pub, der den Kampflärm früher am Abend gehört hat und erst jetzt herausgekommen ist, um nachzusehen, was die Ursache dafür gewesen ist. Und nachdem er nichts gefunden hat, ist er weggefahren. Was für ein Glück, dass niemand während des Kampfes herausgekommen ist.

Wahrscheinlich interpretiert er zu viel in die Sache hinein, ist grundlos in Panik geraten. Niemand hat gesehen, was er getan hat. Und niemand wird es jemals erfahren. Jocks Zimmer wird am nächsten Morgen einfach leer sein, und alle werden annehmen, dass er mit irgendeinem Frachter davongefahren ist, oder was auch immer er den Leuten im Pub über seine Pläne erzählt hat, und damit hat es sich.

Bei Micks Rückkehr zur Station hat die Stimme der Vernunft seine Panik größtenteils beseitigt. Er bleibt noch eine Weile in der Dunkelheit im Wagen sitzen und entspannt sich. »Das war knapp, Micky«, murmelt er vor sich hin. »Du musst in Zukunft besser aufpassen, du dämlicher Scheißkerl.« Er schüttelt den Kopf über seine Unbeherrschtheit, über seine mangelnde Vorausplanung. Was zur Hölle hat er eigentlich gedacht, würde dabei herauskommen, wenn er sich Jock auf diese Art vorknöpft?

Er öffnet die Wagentür, und erst, als er einen Fuß auf den Boden stellt und aussteigt, spürt er, dass etwas fehlt. Erschrocken legt er eine Hand auf die Messerscheide an seinem Hinterteil und stellt fest, dass das Messer verschwunden ist.

6

Kalte Angst lähmt ihn. Eine Minute lang steht er reglos da. Jetzt muss er noch einmal den ganzen Weg zurückfahren und den Platz hinter dem Pub ein zweites Mal absuchen. Was aber, wenn er das Messer beim Verbuddeln von Jocks Leiche verloren hat?

Scheiße, verdammte Scheiße! Du Idiot, Micky!

Er sieht das Messer mit seinen darin eingravierten Initialen vor seinem inneren Auge, die Klinge mit Jocks Blut verschmiert und seine Fingerabdrücke sauber und deutlich überall auf dem Griff. Ebenso gut könnte er sich gleich der Polizei stellen.

Wie festgefroren starrt er zu Cutters Quartier hinüber und denkt an die schlanke Gestalt hinter dem Pub, die sich vorgebeugt hatte, als würde sie dort etwas suchen. Als er mit Jocks Leiche weggefahren ist, hat kein Wagen auf dem Parkplatz gestanden. Also kann es kein Gast gewesen sein. Es muss jemand gewesen sein, der erst später gekommen ist.

Der Typ in dem Wagen wusste Bescheid.

Mick kriecht den Hang hinunter, darauf gefasst, dass jeden Moment ein Schemen zwischen den Bäumen vor ihm hervortritt. Cutters staubiger HR hat bisher immer im Carport neben seiner Unterkunft gestanden. Er hat nur selten gesehen, dass Cutter den Wagen fährt, aber der HR befindet sich in einem guten Zustand, und es heißt, dass er jedes andere Fahrzeug auf der Station mit Leichtigkeit abhängen könnte. Und das Auto, das vom Pub davongefahren ist, war ziemlich schnell. Mick schleicht im

Schutz der Dunkelheit zu dem Schuppen und späht um die Ecke herum in den Carport.

Er ist leer.

Mick wirbelt in der Erwartung herum, Cutter mit dem Gewehr in der Hand hinter sich stehen zu sehen. Ihm genauso in die Falle zu gehen, wie das Dingoweibchen seinem alten Herrn damals in die Falle getappt ist.

Aber er ist allein. Mit wild hämmerndem Herzen verschmilzt er so leise wie möglich wieder mit der Dunkelheit und schleicht von dem Schuppen fort. Er braucht Zeit, um nachzudenken, und lehnt sich gegen die Wand der Kantine, von wo aus er jeden sehen kann, der sich dem Gebäude nähert.

Bei der Silhouette hinter dem Pub *könnte* es sich um Cutter gehandelt haben. Vielleicht ist er ihm die ganze Zeit gefolgt. Hat ihn aus der Dunkelheit heraus beobachtet und den Mord an Jock gesehen. Vielleicht ist er schon das letzte Mal bei der Geschichte mit dem Verkäufer da gewesen.

Und jetzt könnte die Arschfotze sein blutverschmiertes Messer haben. *Du Idiot!*

Micks Stirn ist nass vor Schweiß, seine Eier schrumpfen zusammen. Verdammt, da hat er versucht, noch einmal von vorn durchzustarten, sich einen Job zu besorgen, etwas Sinnvolles auf der Station zu tun und sich von der Dunkelheit in ihm fernzuhalten, mit der er offenbar gestraft ist.

Und es hat nicht funktioniert.

Er könnte natürlich die Station verlassen, Opey und all den anderen den Rücken kehren und wieder davonlaufen. Doch diesmal würde es kein Reservat für ihn geben, wo er sich verstecken könnte, keinen Old Tommo und keine Ma Tikalee, die versuchen würden, ihm zu helfen. Diesmal würde ihm jeder Cop des Landes auf den Fersen sein. Sein Bild würde in den Zeitungen abgedruckt werden und auf Fahndungsplakaten in jedem Pub und jeder Post zu sehen sein.

Er kann nicht davonlaufen. Dieses Mal nicht. Ihm bleibt nichts anderes übrig, als sein Messer zu finden.

Natürlich könnte er noch heute Nacht zum Pub zurückkehren und das Gelände erneut absuchen, aber das wäre vermutlich reine Zeitverschwendung. Der Fahrer des anderen Wagens *muss* Cutter gewesen sein. Dessen ist sich Mick sicher.

Genau das, was zu diesem aufdringlichen Wichser passt.

In diesem Punkt muss er sich auf sein Bauchgefühl verlassen. Sich verstecken, bis Cutter zurückkommt, und sich dann aus dem Hinterhalt auf das Arschloch stürzen. Sollte er sich irren, dann irrte er sich eben.

Doch die ganze schlaflose Nacht lang kehrt Cutter nicht zurück, und den nächsten Tag quält sich Mick draußen auf den Weiden dem Feierabend entgegen. Je länger er nachdenkt, desto unsicherer wird er. Vielleicht traut er dem Jäger zu viel zu, wenn er glaubt, er könnte ihn unbemerkt beschattet haben. Und dann auch noch sein Messer in die Finger bekommen? Da müsste er schon gewaltig viel Pech haben.

Andererseits ist er immer schon ein Pechvogel gewesen. Warum sollte das diesmal anders sein?

Er ist so zerstreut, dass er beinahe die Hammel mit den einjährigen Mutterschafen zusammentreibt und sich damit eine Strafpredigt von Cunningham einhandelt. An diesem Abend brütet er angespannt über seinem Essen und stiehlt sich so früh wie möglich aus der Kantine, um wieder Cutters Unterkunft auszuspähen.

Der Wagen ist immer noch nicht zurück. Mick steigt in Cutters Schuppen ein und durchsucht eilig die Habseligkeiten des Bastards, findet aber keine Spur von seinem Messer.

Was also jetzt? Entweder fährt er noch einmal mit dem Geländewagen zurück nach Nildon und sucht den Platz hinter dem Pub ein weiteres beschissenes Mal ab, nur um ganz sicherzugehen, oder er hält auf den Nebenstraßen Ausschau nach Cutter. Doch der Typ könnte praktisch überall stecken. Wie groß ist die Wahrscheinlichkeit, ihm zufällig über den Weg zu laufen?

Hätte er nicht einige Zeit später neben Simmos Geländewagen gestanden und überlegt, was er tun soll, hätte er das andere Auto nicht mit ausgeschaltetem Motor wie einen riesigen schwarzen Käfer in der Nacht den Hang über ihm hinabrollen gesehen.

Er bückt sich und ergreift ein verrostetes Rohr als provisorische Waffe. Es fühlt sich schwer und gut ausbalanciert in seiner Hand an.

Cutters HR rollt auf der Rückseite der Gebäude vorbei und verschwindet hinter dem Scherschuppen. Mick zögert nur einen Moment, dann läuft er zu den Weidekoppeln hinunter, damit er sich der Scheune von Süden her nähern kann.

Hoffentlich rechnet der Jäger damit, dass Mick von der Hügelkuppe und den anderen Gebäuden herkommen würde, nicht von den Weidekoppeln unten am Hang. Mick bewegt sich schnell, aber vorsichtig, mit weit geöffneten Augen und angespannten Sinnen. Die leisen Geräusche, die die Schafe machen, übertönen das Rascheln seiner Schritte im Gras, und er erreicht unbemerkt die Bäume neben der Scheune, wo er sich in die Hocke sinken lässt und die Luft anhält.

Der HR des Jägers steht nur drei Meter entfernt von ihm, unsichtbar für einen Beobachter vom Farmhaus und den anderen Gebäuden aus. Mick hätte nie gemerkt, dass der Wagen wieder hier steht, hätte er ihn nicht zufällig den Hang hinabrollen gesehen. Dieser gerissene Drecksack!

Er lässt den Blick wie ein Raubvogel auf der Suche nach irgendeiner Bewegung über das Gelände wandern.

Dann ertönt das Knarren von Holzdielen aus den Tiefen des Schuppens.

Es könnte eine Falle sein. Der Bastard könnte darauf warten, dass er sich hineinschleicht, und sich dann auf ihn stürzen. Vielleicht aber versteckt er auch gerade in aller Seelenruhe irgendwo das Messer, wenn Mick noch länger hier draußen hockt und ihm alle Zeit der Welt lässt.

Er kann nicht länger warten. Entweder ertappt er Cutter auf frischer Tat, oder er erledigt ihn. So oder so, er muss jetzt handeln.

Und wenn der Typ unschuldig ist, dann ist es eben so, und an seinen Händen wird noch mehr Blut kleben. Darüber kann er sich noch Gedanken machen, wenn es so weit ist.

Mit jagendem Puls sprintet er geduckt zur Hintertür der Scheune. Er verharrt kurz vor der offenen Tür, sieht einen Schatten, der in sicherer Entfernung über die Bretterwand auf der anderen Seite gleitet, und nutzt die Gelegenheit, um in den Schuppen hineinzuhuschen.

Im Inneren herrscht tiefe Finsternis. Die Schursaison beginnt erst in einigen Monaten, im Winter dämmert der Schuppen unbenutzt vor sich hin. Die Holzbretter sind mit einer dicken Schicht Staub bedeckt, der unter Micks Füßen aufwirbelt und ihm in der Nase kitzelt. Der Geruch von halb verfaulter Wolle und Schafmist erfüllt die Luft. Mick hält die Luft an, unterdrückt einen Hustenreiz und versucht, im kümmerlichen Mondlicht, das durch Lücken in den Bretterwänden sickert, etwas zu erkennen. Von dem Punkt aus, an dem er kauert, hat er direkte Sicht auf die riesigen Wollcontainer und die Pferche dahinter. Sollte Cutter die Scheune durchqueren, wird er ihn rechtzeitig sehen. Obwohl seine Beine zu zittern beginnen, wagt er nicht, sich zu bewegen.

Direkt vor ihm ertönt ein Geräusch in den Pferchen. Mick zögert kurz und schiebt sich dann vorwärts. Vielleicht steckt der Bastard gerade da vorn, ohne zu ahnen, dass Mick sich ihm von hinten nähert. Als er das Rohr fester umklammert, hört er erneut ein Geräusch, lauter als das erste. Irgendjemand ist eindeutig da vorn. Er richtet sich auf.

Jetzt kann er einen Schemen dicht über dem Boden in der Finsternis der Pferche sehen. Er hebt das Rohr und schleicht leise wie der Tod näher.

Das Schaf blinzelt ihn an, und irgendwie sind seine geschlitzten Pupillen gleichzeitig leer und angsterfüllt. Seine Hufe rutschen über die Holzplanken, als es einen Schritt zurückweicht.

Und bevor Mick sich rühren kann, bohrt sich ihm Stahl in den Rücken. Fauliger Atem weht ihm ins Ohr und die Nase.

»Hab' ich dich erwischt, Junge.«

7

Mick hat auf Schritte gelauscht, seine Sinne sind maximal angespannt gewesen. Und doch ist es Cutter gelungen, wie ein Geist aus der Dunkelheit aufzutauchen, sich lautlos hinter ihn zu schieben und ihm das Messer in die Nieren zu drücken. In einem winzigen Strahl Mondlicht kann Mick ihre Schatten auf der verrotteten Holzwand neben ihnen sehen, und das Messer scheint aus seinem Rücken hervorzuragen, als steckte es bereits in ihm.

Höchstwahrscheinlich *sein* Messer.

»Dein Atem stinkt, Cutter. Hast du die Scheiße von dem Schaf da gefressen?«

Der Mann kichert, sein heißer Atem streicht über Micks Hals. Er reißt ihm das Rohr aus der Hand und schleudert es durch die offene Tür hinaus in die Nacht. »Du bist schon 'ne abgebrühte Nummer, Junge. Ich könnt' dich hier und jetzt umbringen, dich einfach verschwinden lassen, so wie du's mit Jock und seinem Hund gemacht hast. Niemand würd' jemals was erfahren. Wär 'n gerechter Ausgleich, was? So 'ne Art Karma.«

Mick ballt angesichts der Drohung die leeren Hände zu Fäusten. Doch er kann sich nicht rühren. »Dann tu's doch, Arschloch. Wenn du darauf wartest, dass ich bettle, hast du dir den Falschen ausgesucht.« Seine Augen durchforsten die Dunkelheit nach irgendetwas, das sich als Waffe benutzen lässt.

Cutter, der seine Auflehnung spürt, krallt ihm eine Hand fest in die Schulter und durchbohrt Micks Haut direkt neben dem Rückgrat mit der Messerspitze. »Du dämlicher Scheißer. Hätt' ich dich töten wollen, hätt' ich dir gleich am ersten Abend die Eingeweide rausgerissen.«

Die Bemerkung veranlasst Mick, einen Blick über die Schulter zu werfen. Er sieht die Zähne des Jägers gelb in der Dunkelheit schimmern.

»Du bist irgendwie anders, nich' wahr, Micky? Musste nur geduldig bleiben und abwarten.«

»Was?«

»Dein erster, das hätt' noch ein Unfall sein können. Ein Streit läuft aus dem Ruder, und du gewinnst die Oberhand. Aber dann hast du die Schwelle überschritten. Deshalb nimmst du beim nächsten Mal keine Rücksicht mehr. Ab jetzt hast du es direkt aufs Töten abgesehen.«

»Nein ...«

»Hab' dich mit dem Verkäufer gesehen. Hast ihn auf die gleiche Art erledigt, wie du die Schafe schlachtest. Da wusst' ich, dass es richtig war, dich zu beschatten. Dann die Sache mit Jock. Vielleicht hast du nich' vorgehabt, ihn umzubringen, aber du konntest ihn auch nich' einfach in Ruhe lassen.« Er beugt sich vor. »Is' was Dunkles in dir, Junge.«

Mick antwortet nicht. Das Schaf blökt leise in seinem Pferch, doch er nimmt es kaum wahr.

»Du bist gut darin, es zu verbergen. Vielleicht sogar vor dir selbst. Aber ich weiß Bescheid. Der einzige Unterschied zwischen uns beiden is', du hast dich nie dem gestellt, was wir wirklich sind.«

Gegen seinen Willen wirft Mick erneut einen Blick zurück über seine Schulter.

»Yeah, *wir.*« Cutter grinst. »Das ist der Grund, warum ich dir ständig auf den Sack gegangen bin. Wir haben nur eine Wahl im Leben. Kommt nur darauf an, wie lange du brauchst, um dich damit abzufinden. Ich kann spüren, dass du Angst hast. Aber nich' vor anderen. Vor dir selbst. Vor dem, wozu du fähig bist.«

»Ich bin nicht so was wie du, Hund!«

Der Wutausbruch lässt Cutter schmunzeln. »Ich denk', wir kennen beide die Wahrheit. Du ahnst gar nich', was für 'n Glück du hast. Ein Mann kann 'ne Menge Spaß hier draußen haben. Hier verschwinden ständig irgendwelche Leute. Ist nun mal ein gottverdammt weites Land. Hier kann alles passieren. Leute verirren sich, verpassen Abzweigungen, haben kein Wasser mehr. Millionen Quadratmeilen, um die Leichen zu verbuddeln.«

Mick kann das Grinsen des Arschlochs in der Dunkelheit in seinem Rücken spüren.

»Was, glaubst du, treibt ein guter Kiwi-Junge wie ich wohl hier draußen? Ein guter Rat, mein Freund: Du solltest erst mal in Erfahrung bringen, wer die Typen vermissen könnte, die du umlegen willst, und was über sie bekannt ist. *Dann* bist du frei zu tun, was du tun willst. Die Sache mit diesem Verkäufer erregt jede Menge Aufmerksamkeit. Und Jock? Meinst du nich', dass das 'n bisschen zu nah war?« Er lacht leise und zieht Mick näher zu sich heran. »Wär' echt schade, wenn sie das Messer finden würden, mit dem du ihn erledigt hast. Stimmt mit sein' Wunden überein und ist mit dein' Fingerabdrücken übersät. Immer noch mit Rückständen von dem Blut von dem Verkäufer und jetzt auch noch mit dem von unserem Freund Jock.«

Mick starrt auf ihre Schatten an der Wand und fragt sich, wie er Cutter das Messer entreißen kann.

»Wenn du denkst, ich wär' blöd genug, *dein* Messer hierher mitzubringen, hast du dich geirrt, Sonnenschein.«

Scheiße! »Warum erzählst du mir das alles?«

»Weil es, was dir nich' klar is', du beschissener Amateur, hier draußen noch andere von unsrer Sorte gibt.«

Mick erstarrt.

»Hab' mir gedacht, dass dir das gefällt. Nachdem ich hier angekommen bin, hab' ich von vermissten Leuten gehört, die nich' von mir beseitigt worden sind. Einer oder zwei von uns hier draußen … und wir könnten wunderbar klarkommen. Aber die Gegend wird schon von mindestens drei anderen Typen bearbeitet.«

Mick blinzelt. »Und was hat das mit mir zu tun?«

»Wird allmählich eng hier.« Cutter lässt die Worte auf Mick wirken, bis ihm ihre Bedeutung dämmert.

»Du … willst, dass ich sie umbringe?« Als Mick versucht, sich umzudrehen, drückt ihm Cutter die Klinge etwas tiefer ins Fleisch. Die Schmerzen lassen Mick zusammenzucken. »Ich habe dir doch gesagt, dass meine beiden Sachen Unfälle waren«, keucht er.

»Ein Scheißdreck waren sie. Du bist ein Killer, Sohn. Schlicht und ergreifend. Du solltest mir dankbar sein. Betrachte meinen Auftrag als 'ne Art Training.«

»Du bist verrückt.«

»Hat nichts mit verrückt sein zu tun, Junge. Nur mit überleben.«

»Warum hast du sie dann nicht selbst erledigt?«

»Hab' mir bei dem Versuch schon ein paar scheiß hässliche Wunden eingefangen. Bin hinter diesem fetten Pädophilen-Sack hergewesen. Wenn Kinder verschwinden, erregt das zu viel Aufmerksamkeit. Dacht' mir, wenn ich ihn aus dem Weg räum', würd' das Interesse an der Gegend hier draußen nachlassen. Der Drecksack hat sein Lager vermint, und ich hab' mich an einem seiner Stachel fast aufgespießt. Nein … jetzt werd' ich *dich* losschicken, da draußen aufzuräumen, mit deinem kleinen Messer als Rückversicherung in der Hinterhand. Danach gehen wir dann wieder getrennte Wege. Du kannst weiter nach Norden ziehen, vielleicht wieder zurück nach Queensland.«

»Was, wenn es mir hier gefällt?«

Cutter lacht und packt ihn im Nacken. »Ich geb' dir 'ne Chance, Junge. Ich kann dich immer noch auffliegen lassen, wenn du mir Ärger machst.«

Mick starrt die verrottenden Holzbretter neben ihm an, Cutters Schatten, der sich so dicht an ihn herangeschoben hat, dass er nicht einmal mehr das Messer in seinem Rücken sehen kann. Dann schnaubt er wütend. »Du erwartest ernsthaft von mir, ein paar kranke Killer zu suchen, ohne die geringste Ahnung zu haben, wie ich das anstellen soll, nach wem ich Ausschau halten muss?«

»Guter Junge.« Cutter grinst. »Dieser Kinderficker arbeitet in 'ner Mine, etwa 100 Meilen von hier entfernt. Er säuft im *Black Shanty* in Wills ...«

»Kinderficker?«

»Pädophilie. Das ist die Bedeutung von dem Wort. Hast du das nich' gewusst?«

Mick runzelt die Stirn. »Du gibst mir das Messer also erst zurück, wenn ich den Job für dich erledigt habe?«

»Das ist der Deal.«

»Das Problem dabei ist, ich denke, wenn ich losziehe und deine kleinen Aufträge für dich erledigt habe, diese anderen Typen umzulegen ... dann legst du mich um.«

»Und warum sollt' ich so 'n Scheiß tun?«

Mick blickt ihn über die Schulter an. »Weil es das ist, was *ich* tun würde.«

Cutter schnaubt. »Wenn diese Psychos Wind von dir kriegen, werden sie sowieso Jagd auf dich machen. Unser Freund Jerry the Fiddler – so nenn' ich ihn – sammelt die Zipfel und Nüsse von kleinen Jungs. Hab' die Einweckgläser damit selbst gesehen. Ich frag' mich, ob er vielleicht scharf darauf wär', seiner Sammlung die Teile von 'nem knackigen jungen Burschen wie dir hinzuzufügen.«

Mick tut ihm nicht den Gefallen, darauf zu reagieren.

»Mach einfach dein' Job, Junge. Und solltest du jemals versuchen, mich reinzulegen, wird dein kleines Messer mit allen blutigen Einzelheiten wieder auftauchen. Dann wirst du jeden

Cop im Land bis zum Ende deiner Tage an den Fersen kleben haben. Das heißt, falls du mir überhaupt jemals nahe kommen kannst.«

»Yeah, klar, aber siehst du, du hast ja schon Scheiße gebaut.«

Diesmal ist es Cutter, der einen Moment lang schweigt. »Was?«, knurrt er schließlich.

»Du musstest mir ziemlich nahe kommen, um mir das alles erzählen zu können«, sagt Mick. Und schiebt sich zurück in das Messer hinein.

Er kann sich weit genug nach links drehen, sodass die Klinge nicht nur sein Rückgrat, sondern auch seine Nieren und Leber verfehlt, als sie sich tief in sein Fleisch bohrt. Gleichzeitig rammt er eine Faust in die morsche Bretterwand. Das Holz zerbirst, und er schnappt sich einen der langen scharfkantigen Holzsplitter. Er wirbelt herum und schlitzt Cutter mit derselben Bewegung die Kehle auf. Der überraschte Kiwi hält das Messer immer noch umklammert und zieht es Mick aus dem Rücken, als er umkippt. Mick ächzt vor Schmerzen und hofft, dass die Klinge dabei nicht noch mehr Schaden angerichtet hat. Er taumelt zurück, bewahrt aber das Gleichgewicht, während Cutter auf den Holzplanken in sich zusammensackt.

Der Jäger versucht vergeblich, die tiefe Schnittwunde in seinem Hals mit einer Hand zuzudrücken. Blut spritzt stoßweise zwischen seinen Fingern hindurch. Er starrt zu Mick empor, sein Mund öffnet und schließt sich wie der eines Fisches.

Mick beobachtet ihn kalt. »Was ist los mit dir, alter Mann?«

Cutter hustet Blut und versucht zu sprechen. »Du ... Bastard ...«

»Alles dreht sich ums Überleben, richtig?« Mick lässt sich in die Hocke sinken und richtet Cutters eigenes Messer auf ihn. »Also, wo ist mein beschissenes Messer?«

Cutter prustet ihm eine Fontäne aus Bluttropfen ins Gesicht. Mick wischt das Blut fort und begreift überrascht, dass der Mann ihn auslacht. »*Du* hast Scheiße gebaut. Ich hab' es vorsorglich ... bei einem von den anderen Killern versteckt, für den Fall ... dass du mich verarschst ... Und um dich ein bisschen anzuspornen ... damit du motiviert bleibst ... In 'ner Tonne, in der sie schon bald nachsehen werden ... und wenn sie's gefunden haben ... so in 'nem Monat, vielleicht auch früher ... werden sie dich jagen. Is' nur 'ne Frage ... wer dich zuerst erwischt ... ob es die Cops sind oder einer ... von den anderen ... die dich beseitigen ...«

Micks Augen werden schmal. »Wer sind *die?*«

Cutter grinst mit blutverschmierten Zähnen. »Das wirst du ... wissen, wenn ... sie dich gefunden haben ... Arschloch ...«

Er sackt in sich zusammen und ist tot. Mick stützt sich an der Wand ab und tritt der Leiche die Scheiße aus dem Leib, bis sie sich in einen unansehnlichen Fleischhaufen verwandelt hat und ihm selbst das Blut aus der Stichwunde in seinem Rücken die Beine hinunterfließt.

Schließlich hält er inne und betrachtet sein Werk, eine Hand auf die pochende Wunde gepresst. Dann stolpert er zur Tür und saugt die frische kalte Luft tief in sich ein.

Lange Zeit steht er reglos da und starrt in den Nachthimmel. Die Furcht bricht wie eine schwarze Flut über ihm zusammen und strömt in ihn hinein.

Zweiter Teil

Die Jagd

8

Er ist schon einmal gejagt worden und hat sich geschworen, es nie wieder geschehen zu lassen.

Mick war endlose Tage auf der Flucht gewesen, von seinem Vater so erbarmungslos gejagt, als wäre er ein Hund. Er wusste nicht, ob seine Mutter noch lebte, ob er diese Prüfung überstehen würde. Er versuchte, seine Spuren zu verwischen, keinerlei Hinweise in seinen Nachtlagern zu hinterlassen, sich im Zickzack fortzubewegen und manchmal sogar auf seiner eigenen Spur zurückzulaufen. Doch sein Vater war ein geradezu übernatürlich guter Fährtenleser. Selbst ein paar geknickte Grashalme oder kaum sichtbare Kratzspuren im Boden reichten ihm als Wegweiser aus. Er folgte ihm wie ein Furcht einflößender Schatten auf dem Fuß.

Nachts wanderte Mick unter den funkelnden Sternen und suchte sich in der Hitze des Tages einen geschützten Unterschlupf, schwitzte in seinem Versteck im Gebüsch und lauschte ununterbrochen auf das Geräusch sich nähernder Schritte, sodass er sich kaum ausruhen und erholen konnte. Einmal kam ihm sein Vater so nahe, dass es ihm erst im letzten Moment gelang, hinter einem Gestrüpp aus messerscharfem grauen Mitchellgras in Deckung zu gehen, von wo aus er die vertraute Silhouette vor der blendenden Sonne auf der Hügelkuppe über ihm beobachtete. Auch nachdem sie längst verschwunden war, wartete Mick weiter, denn er kannte die Jagdtechniken seines Vater. Manchmal entfernte sich sein alter Herr scheinbar immer weiter von seinem Ziel, nur um sich dann außer Sichtweite unvermittelt flach auf den Boden zu werfen, weil er wusste, dass seine Beute so lange in ihrem Versteck ausharren würde, bis sie sich in Sicherheit wiegte, bevor sie sich arglos wieder hervorwagte. Und sobald sie das tat, sprang er aus seiner Deckung auf und verpasste ihr eine Kugel in den Kopf. Nur dass es sich in diesem Fall nicht um den Kopf irgendeines Tieres, sondern um den seines eigenen Sohnes handeln würde.

Es waren seine beängstigenden Erinnerungen an diese Jagdtechniken seines Vaters, die es Mick ermöglichten, ihm immer einen Schritt voraus zu bleiben, und irgendwann kam der Tag, da er sich so tief im Busch verirrt hatte, dass er nicht länger die drohende Präsenz seines Vater hinter sich spürte und endlich das Gefühl hatte, seinem Zugriff entronnen zu sein.

Auch wenn das zu diesem Zeitpunkt eigentlich keine Rolle mehr spielte. Nach einigen Tagen ohne Wasser war sein Mund staubtrocken, und sein Kopf pochte vor Schmerzen, als er im Schatten des Nachmittags ausruhte.

Ein Fieberanfall ergriff ihn, und als er über eine Hügelkuppe stolperte und die verlassene Hütte mitten in der Ebene erblickte, glaubte er zuerst zu halluzinieren und rechnete damit, dass sich das Gebilde jeden Moment wie ein Spuk verflüchtigen würde. Doch dann hatte er die Tür erreicht, streckte eine Hand danach aus und merkte, dass sie sich fest anfühlte. Er drückte sie auf, taumelte in den kühlen Schatten hinein und brach auf dem Boden zusammen.

Er wusste nicht, wie lange er dort gelegen hatte. Als er aus dem Delirium erwachte, starrte er zu den Spinnweben an der Decke empor und wünschte sich, er hätte die Kraft aufzustehen, um sich die fette schwarze Spinne, die in der Mitte des Netzes hockte, zu schnappen und sich in den Mund zu schieben. Sie schien ihn zu beobachten, als könnte sie seine Gedanken lesen. Die Schwäche ließ seine Gedärme verkrampfen, und das Fieber wütete wie Feuer in ihm.

Dann hörte er ein leises Scharren. Er bog den Kopf zurück, als winzige Pfoten über den Holzboden trippelten – schon diese Anstrengung machte ihn benommen –, und entdeckte den kleinen Schatten in der Küche. Die räudige Ratte kam aus ihrem sicheren Versteck zwischen den Holzdielen hervor und huschte unter dem zerkratzten Tisch entlang, als wäre Mick gar nicht da. Er sah, wie sie näher kam und seine Körperwärme mit zuckender Nase registrierte, ohne das geringste Anzeichen von Angst zu zeigen. Es gelang ihm kaum, den Kopf zu heben, als sie an seinem Schuh schnüffelte und das Leder anknabberte. Dann trippelte sie weiter, die ganze Zeit aufmerksam schnüffelnd, bis sie seine gespreizten Finger erreicht hatte. Der Geruch seiner Haut ließ sie die kleinen spitzen Zähne blecken.

Bevor sie ihn beißen konnte, packte Mick sie blitzschnell im Nacken, schob sich das kleine Fellbündel zwischen die Zähne und biss zu. Die Knochen der Ratte splitterten wie dünne Zweige. Er weinte, während er sie hinunterschlang.

Als er sich nach einiger Zeit kräftig genug fühlte, um aufstehen zu können, drehte er erfolglos sämtliche Wasserhähne auf und überprüfte dann den Regenwassertank vor der Hütte. Obwohl der Schuppen offenbar seit Jahren unbewohnt vor sich hindämmerte, war der Tank durch die Niederschläge der letzten Regenzeit immer noch halb gefüllt, und Mick trank aus dem rostigen Behälter, bis er sich übergeben musste. Danach trank er erneut.

Mit Wasser und der Ratte als Nahrung im Magen schleppte er sich in die Hütte zurück, legte sich wieder mitten auf den Boden und ließ das Fieber in ihm wüten, während draußen der Wind wie ein Dämon heulte, der sich Zutritt zu seinem Refugium verschaffen wollte. Einen Moment lang malte er sich voller Entsetzen aus, dass sein Vater das Haus wie eine dunkle böse Erscheinung irgendwo dort draußen beobachtete und nur darauf wartete, dass sein Sohn hervorkam, doch dann wurde er erneut von seiner Schwäche überwältigt und versank in einer betäubenden Dunkelheit.

Zwei Tage später erwachte er wieder. Jeder Quadratzentimeter seines Körpers schmerzte höllisch. Aber er hatte überlebt.

Er würde immer überleben.

Mick ist sich absolut sicher, dass er auch diese Situation überstehen wird.

Das ist es, worauf es im Leben letztlich ankommt, alles auszuhalten, was einem widerfährt. Alles andere ist Quatsch. Zumindest in dieser Hinsicht hatte Cutter recht.

Mick hat die Jagd seines Vaters überstanden, die Hölle des Reservats, den Tod seiner Schwester, des Verkäufers und den von Jock. Also wird er auch diese Herausforderung meistern.

Das Erste, was er tut – nachdem er die Spuren in der Scheune beseitigt und die Leiche des Jägers in einen Sack gestopft hat –, ist, die Stichwunde in seinem Rücken zu desinfizieren und zu verbinden. Dann fährt er heimlich im Schutz der Dunkelheit mit Cutters HR davon und verbirgt den Wagen abseits einer der Versorgungspisten so tief wie möglich im Busch. Er verbrennt die Kleidungsstücke und anderen Habseligkeiten des Jägers und schüttet die Asche in einen Brunnen. Cutters Messer behält er, entsorgt aber alle Schusswaffen, da sie zu schwer zu verstecken sind. Er zerlegt die Leiche, verstreut die Einzelteile für die wilden Hunde und wartet, bis sie sich darüber hermachen, während ihm unaufhörlich das, was der Kiwi über ihn gesagt hat – was oder wer er ist – durch den Kopf geht, als wäre ein Hohlmantelgeschoss in seinem Gehirn explodiert. Aber mit dieser Scheiße kann er sich später noch befassen.

Offenbar überrascht es niemanden sonderlich, dass Cutter mitten in der Nacht verschwunden ist, erst recht nicht nach Jocks Abgang einige Tage zuvor. Es geschieht hier draußen häufig, dass Viehtreiber und Farmarbeiter ohne Vorwarnung verschwinden, auf Sauftour gehen und erst Monate später am anderen Ende des

Landes wieder auftauchen, oder dass sie einfach ihr Werkzeug fallen lassen, den Verstand verlieren und in die Hitze des Outbacks hinausmarschieren.

Doch der Bastard muss irgendwem einen Hinweis auf die Leiche des Verkäufers gegeben haben, da sie kurze Zeit später in der Müllhalde gefunden wird. Ironischerweise fällt der Verdacht gleich auf den untergetauchten Cutter zurück. Mick muss die Gerüchte nicht einmal selbst in die Welt setzen, Simpson und Mercer sprechen bereits darüber, als er die Kantine am nächsten Morgen betritt.

»Glaubst du, dass es wahr ist, Mick?«, erkundigt sich Opey später draußen auf den Koppeln hinter der Farm.

»Dass Cutter mit einem Schaf durchgebrannt ist? Höchstwahrscheinlich.«

»Fick dich!«, schmollt Opey und schleicht sich.

Als sie am späten Nachmittag von der Arbeit zurückkehren, untersuchen die beiden Cops Roberts und Kravic bereits Cutters Hütte. Sie sind in ein Gespräch mit Blackall vertieft, der gerade die Achseln zuckt.

»Nein, Sir, keine Ahnung, welches Schaf es war«, äfft Mick den Manager nach und senkt vertraulich die Stimme. »Könnte das niedliche Ding mit der kleinen schwarzen Nase gewesen sein. Wenn Sie es finden, dann sagen Sie ihm, dass ich es liebe.«

»Scheiße, Mick, das ist nicht witzig«, erwidert Opey. »Niemand weiß, was dieser Drecksack getan hat.«

Mick mustert ihn, beobachtet seine Reaktion. »Yeah, ich weiß.«

Als er später am Küchentisch im Hauptgebäude sitzt und von den Cops befragt wird, reagiert er angemessen überrascht. Die Schmerzen in seinem Rücken helfen ihm dabei.

»Ich wusste zwar, das Cutter ein Psycho-Bastard war, aber wer hätte mit so was gerechnet?«, ruft er aus und blickt mit weit aufgerissenen Augen zwischen Roberts und Kravic hin und her. Roberts nickt nur. Entweder teilt er Micks Meinung, oder aber er ist einfach zu krank, um weiter nachzubohren. Kravic aber starrt ihn mit gerunzelter Stirn an. Also wird sich Mick auf den älteren Cop konzentrieren müssen.

»Alles, was wir wissen wollen, ist, ob du irgendeine Ahnung hast, wo er jetzt stecken könnte«, sagt Roberts. Seine Augen sind gelblich und wässrig. Es ist, als sähe man dem Tod ins Gesicht.

»Glauben Sie, er hat den Verkäufer umgelegt?«

»Es gibt zu diesem Zeitpunkt keine Verbindung zwischen Reginald Cutter und Brian Seacombe. Wir wollen nur herausfinden, wo er steckt, um ihm ein paar Fragen zu stellen.«

Beinahe muss Mick kichern. *Das dürfte schwierig werden.* Er versucht, seine Belustigung durch ein Hüsteln zu kaschieren.

»Irgendwas lustig, Junge?«, fragt Kravic.

Yeah, zum einen der Name Reginald … »Nein, ich bin nur …« Mick streicht sich über die Stirn, als könnte er die ganze Geschichte nicht fassen. »Wie konnte er das tun? Wie kann *irgendjemand* so etwas tun?« Er hofft, er hat nicht zu dick aufgetragen.

Kravic starrt ihn noch etwas länger an und sieht dann wieder in seine Unterlagen.

»Nach allem, was wir wissen, hat sich Seacombe zu Fuß von dem Pub entfernt, ist in die Müllgrube gestolpert und hat sich selbst an irgendeinem rostigen Rohr aufgespießt. Sein Körper weist … Bissspuren von Tieren auf. Wir würden nur gern Mr. Cutter ausfindig machen, um ihn von der Liste der Verdächtigen streichen zu können. Wie auch den anderen Arbeiter von der Station, Jock.«

Das könnte sogar noch schwieriger werden. »Cutter hat sich nie mit mir unterhalten. Hab' nicht die leiseste Ahnung, wohin er gegangen sein könnte. Er hat eigentlich immer nur mit Cunningham oder Blackall gesprochen.«

»Passt zu dem, was wir gehört haben«, erwidert Roberts und schreibt irgendetwas in seinen Notizblock. Er blickt auf und bringt eine Art Lächeln zustande. »Okay, Sohn. Versuch, dir nicht zu sehr den Kopf über diese Sache zu zerbrechen.«

»Ja, Sir.« Mick steht auf und geht zur Tür, aber als er noch einmal einen Blick zurück über die Schulter wirft, sieht er, dass Kravic ihn immer noch anstarrt.

Jeder Tag, den er sein Messer nicht wiederfindet, bringt ihn der Entdeckung einen Schritt näher. Aber es wird allmählich zu gefährlich, sich ständig Simmos Wagen auszuleihen und die Station mitten in der Nacht zu verlassen. Er muss flexibler werden, darf nicht länger unter permanenter Beobachtung stehen. Nicht, wenn er die *anderen* ausfindig machen will.

Dieses Problem löst sich schon bald von selbst für ihn.

Obwohl es keine öffentliche Berichterstattung über Cutters Verschwinden gibt, macht die Geschichte in der Gegend die Runde, und die Station wird allgemein gemieden. Ein geplantes Geschäft mit Northern United wird von einem Tag auf den anderen abgeblasen, und dann bietet niemand in den Auktionshallen auf ihr Vieh. Es heißt, dass möglicherweise zweihundert Rinder gekeult werden müssten.

Pete und Rodge sind die Ersten, die sich abseilen. Nachdem Jock verschwunden ist, sind sie längst nicht mehr so mutig, und der Gedanke, all die Zeit Seite an Seite mit einem Killer gearbeitet – sich sogar mit ihm gestritten und ihn vielleicht verärgert – zu haben, ist offenbar zu viel für sie. Sie packen ihre Sachen und verabschieden sich, marschieren zum Eingangstor und warten dort auf ihre Mitfahrgelegenheit, als wollten sie keinen Moment länger als unbedingt nötig auf der Station bleiben. Schon bald setzt eine regelrechte Massenflucht ein.

Blackall beruft eine Versammlung ein und erklärt, dass die Station in den Stand-by-Modus schalten muss und nur ein paar wenige Kernmitarbeiter behalten kann, bis der Sturm vorüberzieht, sofern er das überhaupt jemals tut. Mick gehört nicht zu denen, die bleiben können. Er hört mit wachsendem Zorn zu – obwohl er selbst für diese schwierige Situation verantwortlich ist –, wie Blackall beinahe alle Männer vor die Tür setzt. Dann ist die Versammlung vorüber, und er stolpert wie betäubt mit den anderen hinaus.

Opey sieht von der Tür zu, wie er seine Sachen packt, und runzelt die Stirn, als Mick beim Hochheben seines Koffers zusammenzuckt.

»Keine Sorge, Ope. Vielleicht steht der nächste Jackaroo ja auch aufs Kühe-Vögeln. Dann könnt ihr einen flotten Dreier machen.«

»Fick dich, Mick.«

Opey hat ruhig und ohne Verärgerung gesprochen. Mick hält inne und mustert ihn, versucht zu erkennen, was in dem anderen vorgeht. Er atmet tief durch. »Vielleicht ist es ja gut so, Kumpel. Springen, sobald jemand pfeift, auf Befehl in der Gegend rumrennen und alles machen, was andere dir sagen – das ist nicht mein Ding. Du wirst es hier wahrscheinlich schneller bis zum Manager bringen, als du glaubst ... wenn der Laden nicht vorher an die Wand gefahren wird. Aber ich halte diese Handlangerarbeit nicht länger aus. Ich brauche meine Freiheit.«

»Yeah, du bist, von der Arbeit abgesehen, kaum jemals auf der Station geblieben.«

Mick starrt ihn an. Opey weiß, dass sein Alibi bezüglich der Geschichte mit dem Verkäufer gelogen ist. Vielleicht kann man dem Bastard nicht ...

Opey bemerkt seinen Gesichtsausdruck. »Ich wusste, dass du dich zu dieser Prostituierten nach Wills geschlichen hast. Hab' gesehen, wie sie dir den Zettel mit ihrer Adresse zugesteckt hat. Wo hättest du denn auch sonst nachts hingehen sollen, stimmt's?«

»Stimmt.« Mick bleibt angespannt.

»Aber, zur Hölle ... *Cutter!* Ich wusste, dass der Arsch ein Stück Scheiße war. Tut mir leid, dass ich dich wegen Bullet verdächtigt habe, Mick.«

»Oh, ist schon okay.«

»Und, was willst du jetzt tun? Wieder wilde Hunde abknallen?«

Mick denkt darüber nach. »Yeah, könnte funktionieren.«

»Dann nimm meine .22er. Ich brauche sie nicht. Tatsächlich glaube ich nicht, dass ich nach dieser ganzen Sache noch Lust habe, jemals wieder irgendwas zu töten. Genau wie es Jock gesagt hat.«

Mick nimmt das kleine Gewehr, das an der Wand lehnt. Es wird fürs Erste ausreichen. Er steht unbeholfen da. »Also, viel Glück, Kumpel.«

»Yeah, dir auch«, sagt Opey. Und damit geht der wahrscheinlich einzige echte Freund davon, den Mick jemals gehabt hat.

In einem spontanen Einfall bietet Mick Simmo die Hälfte seines Lohns für dessen alten Geländewagen an, doch der lehnt das Geld einfach ab und überlasst ihm die Karre gratis. »Du bist ein guter Mann, Mick«, sagt er, noch immer sichtlich schockiert wegen der ganzen Geschichte mit Cutter. Sein bester Freund Mercer hat sich am Vormittag auch verabschiedet. »Vielleicht ist es das Beste, dass du das sinkende Schiff verlässt. Schätze, ich werd' versuchen, die Sache hier auszusitzen.« Er klopft Mick auf die Schulter, und Mick nickt, verlegen darüber, dass der Mann ihm seinen Wagen einfach geschenkt hat. Ohne noch einmal zurückzusehen, steigt er ein und lässt die Station – und damit sein altes Leben – für immer hinter sich zurück.

9

Roses kleines, ganz allein am Rand von Wills stehendes Holzhaus, erinnert ihn ein wenig an den alten verfallenen Schuppen mitten in der Wüste, der ihm vor so vielen Jahren das Leben gerettet hat. Neben ihm steht sogar der gleiche verrostete Wassertank. Mick steigt aus dem heftig rasselnden Wagen und geht zu dem Wasserhahn.

Er lässt sich das Wasser über die Hände rinnen, als wäre er wieder in dem Schuppen mitten im Nirgendwo, genießt das kühlende Nass, und dann spürt er plötzlich, dass Rose in der Tür steht. Sie betrachtet ihn aufmerksam, die Augen im gleißenden Tageslicht zu schmalen Schlitzen zusammengekniffen. Er spritzt sich Wasser in den Nacken, als hätte er die ganze Zeit nichts anderes vorgehabt. Sie kommt zu ihm herüber und wirft einen Blick auf den Seesack auf der Ladefläche des Autos.

»Es ist nur für eine Weile …«

Rose nimmt seine Hand und führt ihn ins Haus. Er schielt in ihr Schlafzimmer mit dem zerkratzten Fußboden und dem von der Decke herunterhängenden Ring, als sie an der Tür vorbeikommen, und setzt sich an den Küchentisch. Sie stellt einen Teller vor ihm ab und verrührt Eier in einer Schüssel.

»Ich habe etwas Speck«, sagt sie. »Habe ihn für eine besondere Gelegenheit aufbewahren wollen, aber ein Mann sollte gut essen. Wir werden mehr besorgen müssen, wenn wir das nächste Mal in die Stadt fahren. Ich kaufe nur selten Speck.«

Er sieht zu, wie sich ihr Körper unter dem Nachthemd bewegt.

Der Geruch des brutzelnden Specks lässt ihm das Wasser im Mund zusammenlaufen. »Ich habe Geld, ich kann bezahlen.«

»Gut. Heute ist nichts mehr billig zu haben. Ich komme ganz gut zurecht. Komme sogar allmählich wieder auf die Füße. Aber ich arbeite nur zwei Nächte die Woche, und das Hotel knöpft mir mehr Geld ab, als du dir wahrscheinlich vorstellen kannst.«

Mick nickt, als sie ihm das Rührei auf den Teller häuft, und beginnt zu essen.

Sie steht da und beobachtet ihn. »Es stört dich nicht, wie ich mein Geld verdiene?«

Er denkt kurz nach und zuckt die Achseln. »Du hast wenigstens einen Job.«

Sie lacht, und er lächelt. Er hört es gern, wenn Frauen lachen.

Rose drängt ihn nicht, sich Arbeit zu suchen, und es scheint, als wäre sie glücklich damit, dass er den ganzen Tag im Haus rumhängt und ihr auf dem Fuß folgt, als sie sich um ihre beiden Milchkühe und die Hühner im Schuppen hinter dem Haus kümmert. Trotzdem weiß er, dass er sich schon bald zu Tode langweilen wird, wenn er nichts zu tun hat, und sein auf der Station zusammengespartes Geld wird nicht ewig reichen. Also schnappt er sich nach einer Nacht, die er wach im Bett neben Rose gelegen hat, den Geländewagen und klappert die umliegenden Farmen ab.

Je weiter er sich von Wills entfernt, desto zahlreicher werden die toten Kängurus, die mit steif in die Luft gestreckten Läufen am Straßenrand liegen. Es gibt offensichtlich jede Menge Wild in dieser Gegend. Als er an einem Zaun vorbeikommt, entdeckt er den Kadaver eines Schafes im Gras auf der anderen Seite und hält an. Selbst aus dieser Entfernung kann er die Eingeweide aus der Bauchhöhle des Tiers heraushängen und den aufgerissenen Brustkorb sehen. Er biegt auf das Gelände der Farm ein.

Zuerst schüttelt der Besitzer – ein alter Furz mit Schwabbelbauch und einem feinen Gespinst geplatzter Äderchen auf der Nase, die den Gewohnheitstrinker verraten – den Kopf, als Mick ihm sagt, dass ein Dingo seiner Herde auflauert. Das wären nur ein paar verwilderte Hunde, behauptet der Mann. »Habe sie während der letzten Wochen gelegentlich gesehen. Werde demnächst selbst Jagd auf sie machen.«

Mick weist ihn auf die schmalen Bissspuren und die fehlenden Pfotenabdrücke auf dem Boden um den Kadaver herum hin. »Die einheimischen Hunde sind gerissene Viecher«, erklärt er. »Das waren keine verwilderten Haushunde. Sie werden kein Glück damit haben, sie zu jagen, wenn Sie sich die Nächte um die Ohren hauen und auf Schatten schießen. Und das Biest wird sich direkt unter Ihrer Nase wieder in Ihre Herde schleichen und Tiere reißen. Das kann jahrelang so gehen.«

Schließlich einigen sie sich auf einen Preis. Mick kehrt zu Roses Haus zurück und trifft Vorkehrungen für ein oder zwei Nächte unter freiem Himmel. Rose packt ihm etwas gesalzenes Corned Beef und eine Wasserflasche mit Tee ein, ohne zu fragen, wann er wiederkommt. Allerdings bleibt sie neben der Tür stehen, als würde sie erwarten, dass er sie zum Abschied küsst. Er schiebt sich an ihr vorbei.

Noch am selben Abend folgt er der wolfartigen Silhouette, die sich vor dem violetten Himmel abzeichnet, als das Tier um die Lichtung herumschleicht, die er mit Schafblut präpariert hat. Das Biest ist schlau. Es riecht das Metall der Fallen, die er aufgestellt hat, aus einiger Entfernung und zieht sich in die Nacht zurück.

Doch Mick hat die wahrscheinlichen Fluchtrouten des Dingos im Voraus berechnet und dort weitere Fallen ausgelegt. Die erste Falle dient nur der Ablenkung, die nächsten – tiefer am Fuß des Hügelkamms im Boden vergraben, nachdem er sorgfältig alle Spuren von Menschengeruch davon entfernt hat – sind weniger offensichtlich. Schon bald zerreißt das Jaulen des Dingos die Nacht.

Mick eilt den Hügel hinab und jagt dem Tier mit der .22er eine Kugel zwischen die Augen.

Es ist ein Weibchen und trächtig, was ihn nicht davon abhalten kann, vergnügt vor sich hinzupfeifen, während er es häutet. Er genießt das Blut des Tiers auf seinen Händen, die kühle Nachtluft, die ihm über den Nacken streicht, und das Gefühl der Freiheit hier draußen auf dem weiten Land. Das ist etwas, woran sich ein Mann gewöhnen könnte.

Der überraschte Farmer zahlt ihm das vereinbarte Honorar, nennt ihm die Namen seiner Nachbarn und gibt ihm sogar eine Empfehlung für die hiesige Weideschutzbehörde. Damit hat sich Mick ein gewisses Grundeinkommen gesichert und – was noch wichtiger ist – eine glaubwürdige Ausrede, warum er regelmäßig das Haus verlassen muss.

Das verschafft ihm mehr Zeit für seine Suche.

Das *Black Shanty* ist der letzte Pub von Wills am Highway in nördlicher Richtung nach Marble Bar, Port Hedland und zur Küste. Darüber hinaus beherbergt es das familienfreundlichste Hotel der Stadt. Die Kinder des Besitzers – zwei Mädchen im Alter von fünf und acht Jahren – flitzen während der Mittagszeit ausgelassen in der Bar herum. Offenbar sind sie bei den Stammgästen bestens bekannt und werden von ihnen mit Kartoffelchips gefüttert wie die halbzahmen Möwen im Hafen. Mick lächelt ihnen nur zu und trinkt langsam sein Bier.

Hier sind fast alle Leute ziemlich beleibt. Dicke Farmer und Minenarbeiter aus Kanjini in blauen ärmellosen Hemden, eine Familie, die sich scharfes Lammfleisch mit Minzsoße schmecken lässt, sowie einige Trucker auf der Durchreise. Mick studiert ihre Gesichter. Doch niemand zeigt sonderliches Interesse an den Mädchen. Er sitzt bis zum Nachmittag da und wird zunehmend missmutiger. Mit jedem Tag, der vergeht, mit jeder Stunde wächst die Gefahr, dass man ihm auf die Schliche kommt.

Dabei hat er nur Cutters Wort, dass es diese Psychos überhaupt gibt. Allerdings könnte der verrückte Bastard ihn auch belogen haben. Vielleicht hat er Micks Messer gar nicht bei einem von ihnen deponiert. Genauso gut könnte er es irgendwo in der Nähe der Station versteckt haben, zum Beispiel sogar direkt unter den Holzdielen in seiner Hütte.

Aber irgendwie ist sich Mick sicher, dass das nicht der Fall ist. Wäre es so offensichtlich, hätte die Polizei ihn bereits verhaftet. Und dann war da diese Häme, mit der Cutter ihm davon erzählt hat. Er hat viel zu selbstgefällig gewirkt, als dass er sich die Geschichte nur ausgedacht haben könnte. Außerdem ist er einen ganzen Tag fort gewesen, sodass er Zeit genug hatte, überall hinzufahren, um das Messer zu verstecken.

Das einzig Gute ist, dass Cutter Mick vor seinem Tod verraten hat, es in einem Behälter deponiert zu haben, wo es nach einer bestimmten Zeit automatisch gefunden werden muss. Seinen Worten nach in einer Tonne, vermutlich einer Öltonne. Also besteht das Problem darin, die *anderen* zu finden – drei Typen, wie der Wichser gesagt hat –, bevor einer von ihnen das Messer darin entdeckt.

Mick hat bereits zu viele Tage vergeudet, und auch wenn Cutter das Messer wahrscheinlich so versteckt hat, dass ihm genug Zeit geblieben wäre, alle drei zu erledigen, wird das Risiko immer größer. Aber wie kann er die Suche beschleunigen? Er weiß lediglich von einem der Typen, und von dem auch nur, dass er gelegentlich in diesen Pub kommt. Was die beiden anderen Killer betrifft, hat er nicht den leisesten Schimmer, wie er ihnen auf die Spur kommen soll.

Er wird also immer einen Schritt nach dem anderen machen und sich mit dem begnügen müssen, was er hat. Es hat keinen Sinn, sich das Hirn zu verrenken.

Mick geht zur Bar, um sich ein letztes Pint zu holen, als hätte er alle Zeit der Welt. Der Barmann knallt ein Glas auf den Tresen und blickt zu dem Tisch hinüber, an dem Mick die letzten Stunden gesessen hat. »Arbeit macht durstig«, sagt er.

»In dieser Scheißhitze macht schon das Atmen allein durstig«, erwidert Mick.

»Völlig richtig. Aber achte auf deine Wortwahl.« Der Barmann nickt in Richtung der Mädchen, die gerade am Tresen vorbeirennen. »Wollte eigentlich Söhne haben, die meinen Namen und diesen Schuppen hier fortführen. Aber scheiß drauf, man muss nehmen, was man kriegt. Entschuldige meine Ausdrucksweise. Muss selbst darauf achten, was ich sage. Und, bist du nur auf der Durchreise, junger Mann?«

Micks Augen werden schmal.

Der Wirt sieht zu, wie seine Töchter zur Hintertür hinausspringen und gleich darauf wieder hereinflitzen. »Verdammte Schulferien«, murmelt er mit einem Lächeln und blickt Mick in Erwartung einer Antwort an.

»Nah. Werde wohl eine Weile hier in der Gegend bleiben. Versuche mein Glück als Hundejäger. Sieht so aus, als hättet ihr hier ein Problem mit den Viechern.«

»Dingojäger? Scheiße, ist schon ziemlich lange her, dass wir so jemanden in dieser Gegend hatten. Ist 'ne anstrengende Art, damit sein Geld zu verdienen, Sohn.«

Mick zuckt die Achseln. »Familientradition.«

»Ich kenne ein paar Leute, mit denen du vielleicht ins Geschäft kommen könntest. Werde mich mal umhören. Dann musst du nicht jeden Tag hier rumhängen. Reicht, wenn du ein paar Tage die Woche kommst.«

»Ich weiß das zu schätzen.« Mick beschließt, einen Versuch zu wagen und streckt die Hand aus. »Ich bin Mick.«

»Bruce, Kumpel. Bruce Monteith. Wohne hier mit meiner Frau Sal und mit Katie und Becky. Die kleinen Monster hast du ja schon kennengelernt. Pass auf, dass du nicht über sie stolperst.«

Mick lächelt und hebt sein Glas. Er bemerkt eine Zeitung, die aufgeschlagen auf dem Tresen liegt.

»Kannst sie haben, wenn du willst«, sagt Bruce, dem Micks Blick nicht entgangen ist. »Schlimme Geschichte, das. War ein schwerer Schlag für Nullagine. Wir lassen 'ne Sammelbüchse rumgehen, falls du was beisteuern willst.« Er deutet mit einem Nicken auf eine Aluminiumdose neben dem Zapfhahn mit einem handgeschriebenen Zettel, auf dem *Maynard-Brand* steht. Mick steckt etwas Kleingeld hinein, kehrt mit der Zeitung an seinen Tisch zurück und liest langsam die Titelseite. Er merkt nicht einmal, wie eins der Mädchen gegen seinen Stuhl stößt. Bruce ruft den beiden zu, sie sollten zur Hölle gefälligst draußen spielen, wenn sie sich wie zwei verrückte Affen aufführen.

Es ist nicht der Vorfall selbst, der Micks Aufmerksamkeit erregt – eine Mutter und ihre drei Töchter, die bei einem Hausbrand in dem Ort Nullagine nicht weit von hier umgekommen sind. Bei vielen der alten Häuser draußen im Busch sind die elektrischen Leitungen schon jahrzehntealt. Tickende Zeitbomben, die meisten davon.

Interessant an dem Bericht ist die Lage der Leichen. Aus der Skizze geht hervor, dass die Mutter in ihrem Bett gestorben ist, die Kinder aber quer durch das Haus verstreut herumlagen. Eins hatte es sogar fast bis zur Hintertür geschafft. Mick hebt den Kopf und sieht zu, wie die Mädchen kichernd im Slalom um die Tische herumrennen, verfolgt von ihrem Vater. Ihr Lachen verrät den Spaß, den sie dabei haben. Die Frage, die er sich stellt, lautet: Ist es vorstellbar, dass solche Kinder ihre Mutter allein zurücklassen, damit sie in ihrem Bett verbrennt? Würden sie im Falle eines Feuers nicht automatisch zu ihr laufen? Es sei denn, das Feuer wäre im Schlafzimmer ihrer Mutter ausgebrochen und sie hätten es erst bemerkt, nachdem sie bereits verbrannt war. Doch laut dem Zeitungsbericht gehen die Ermittler davon aus, dass die Brandursache ein Kurzschluss im Herd in der Küche gewesen ist.

Mick blättert die Seite um, obwohl sich seine Gedanken überschlagen. Würde er in ein Haus einbrechen, um sich dort eine Zeit lang zu … vergnügen – *nur so dahingesagt, fick dich, Cutter!* –, dann würde er seine Spuren hinterher ebenfalls durch ein Feuer verwischen. Allerdings wäre er klüger vorgegangen und hätte die Leichen nicht derart offensichtlich im Haus verstreut herumliegen lassen, aber davon abgesehen ist ein Hausbrand eine gute Idee, wenn man einen Mord vertuschen will.

Was nahelegt, dass es hier tatsächlich Killer von der Art gibt, wie Cutter es behauptet hat. Und vielleicht haben sie sich nicht so gut versteckt, wie sie glauben.

Die nächste Seite enthält einen kurzen Bericht über den toten Verkäufer. Mick vermeidet es, das Archivfoto des lächelnden Mannes zu betrachten. Cutter wird an keiner Stelle erwähnt – offenbar hält die Polizei die Suche nach ihm geheim, um ihn nicht vorzuwarnen –, und die Sache wird auch nicht als Mordfall behandelt, nicht einmal als mögliches Verbrechen. Aber wenn Mick die Wahrheit aus dem Artikel über den Hausbrand herauslesen kann, dann können andere das vermutlich ebenfalls mit dem Bericht über den Verkäufer tun. Ein Typ aus der Großstadt, der im Outback verschwindet, erregt zwangsläufig die Aufmerksamkeit der hiesigen Bevölkerung. Woran er hätte denken sollen.

Er muss sich zurückhalten, um nicht die Beherrschung zu verlieren und die Zeitung in einem Wutanfall zu zerfetzen. »Bis nächstes Mal, Kumpel«, sagt er beim Hinausgehen zu Bruce und lächelt den kleinen Mädchen, die zum Abschied winken, unbehaglich zu. Zwei unschuldige Kinder mit Kulleraugen. Die perfekten Köder für einen pädophilen Killer.

Als er nach Hause kommt, nimmt Rose ihn an der Hand und führt ihn ins Schlafzimmer. Sie bemerkt sein Zögern, zieht ihn zurück an den Küchentisch und drückt ihn in einen Stuhl. »Wir müssen das nicht immer auf diese Weise machen«, sagt sie leise und hebt ihr Kleid hoch. Anscheinend trägt sie keine Unterwäsche, denn sie setzt sich mit gespreizten Beinen auf seine Knie, den Rücken gegen den Tisch gestützt, und löst seinen Gürtel. Sie zieht ihm die Hose herunter, und er ist überrascht, dass er schon einen Ständer hat. Sein kleiner Freund steht stramm wie zum Appell. Dann schiebt sie sich weiter auf seinen Schoß vor, lässt das Kleid wieder fallen, und er stößt in ihre feuchte Wärme hinein. Beide Hände auf seine Schultern gelegt, die Beine weit gespreizt, wölbt sie den Rücken zurück und reitet ihn langsam, aber mit Hingabe. Ihr Atem streichelt sanft über seine Stirn, ihre Brüste berühren sein Gesicht. Er schließt die Augen und lässt sie seine Wangen liebkosen.

Sie behält weiter die Kontrolle. Er steht auf, noch immer in ihr, und schiebt sie auf den Tisch. Das Geschirr am anderen Ende scheppert, aber Rose hat genug Platz, um sich zurücksinken lassen zu können. Ihr Gesicht ist gerötet und glänzt vor Schweiß, in ihren Augen flackert die Lust. Er zuckt zusammen, als ihm ein stechender Schmerz durch den Rücken schießt, und sie sieht ihn besorgt an, fühlt den Verband auf seinem Rücken durch den Hemdstoff hindurch, bevor er ihre Hand beiseiteschieben kann.

Roses Kleid hat sich zwischen ihren Unterleibern eingeklemmt, und als er es anheben will, hält sie seine Hand fest, weil sie immer noch glaubt, dass ihn die Narben auf ihrem Bauch abstoßen. »Es ist okay«, sagt er, zieht das Kleid zurück und enthüllt ihren Bauch. Bei dem Anblick verkrampft sich etwas in ihm, aber er zwingt sich, weiterzustoßen und nicht wegzusehen, als sie keucht und sich um ihn herum zusammenzieht und er sich dem Höhepunkt nähert. Sie hebt ihr Kleid bis zu ihren Brüsten hoch, und er zieht sich aus ihr zurück und ergießt sich auf die Narben auf ihrem Bauch.

»Könntest du mir ein Handtuch holen?«, bittet sie ihn ruhig.

Mick bleibt eine Weile vor dem kleinen Waschbecken im Badezimmer stehen, und der Sexgeruch, der von ihm aufsteigt, ruft ein Schwindelgefühl in ihm hervor. Schließlich zwingt er sich dazu, ein Handtuch zu suchen und damit in die Küche zurückzukehren.

»Ich hätte nicht gedacht, dass ich noch einmal nur auf diese Art allein kommen könnte«, sagt Rose lächelnd.

Er nickt wortlos.

»Das war schön, Mick«, sagt sie und zieht ihn an sich. »Wirklich schön. Ich hoffe, es ist für dich genauso schön gewesen.«

Er ertappt sich dabei, ihre Umarmung zu erwidern. So stehen sie mehrere Minuten lang einfach nur in der nach Moschus riechenden Küche da, und für eine Weile vergisst er alles andere um sich herum.

Am nächsten Tag erscheint ein weiterer Artikel über den Verkäufer in der Zeitung, in dem darüber spekuliert wird, ob er sich im betrunkenen Zustand verirrt hat und den steilen Hang in die Müllhalde hinabgestürzt oder Opfer eines böswilligen Streichs geworden ist. Außerdem wird berichtet, dass seine Angehörigen sofort eine Vermisstenanzeige aufgegeben hätten, nachdem er sich nicht mehr bei ihnen gemeldet hat, weil sie befürchteten, ihm könnte etwas zugestoßen sein. Was ja auch tatsächlich der Fall war. Ihre schnelle Reaktion hat die Ermittlungen der Polizei beschleunigt. Und dazu kommt auch noch dieser beschissene Schachzug von Cutter.

Obwohl Mick dafür gesorgt hat, dass der Jäger der Station verdächtigt wird, krallt er die Hände zu fest in die Zeitung. Der Gedanke, den Rest seines Lebens hinter Gittern verbringen zu müssen, lässt einen Schub Panik wie Magensäure in ihm aufsteigen.

Oder, schlimmer noch, die Vorstellung, dass die anderen Killer ihn vor der Polizei erwischen könnten.

Er zwingt sich, tief durchzuatmen und sich zu beruhigen. Die *anderen* der Reihe nach aufzuspüren, ist im Grunde wie jede andere Jagd auch. Es geht darum, auf Spuren zu achten, im Voraus zu planen, wo man sein Lager aufschlägt, und vor allen Dingen dafür zu sorgen, dass die Beute ihn nicht vorher bemerkt.

Und darum, geduldig zu bleiben. Und nie das Vertrauen in die eigenen Fähigkeiten zu verlieren.

10

Mick hat schon vor langer Zeit gelernt, nicht die Geduld zu verlieren. Sonst hätte er nie überlebt.

Nachdem er aus dem Fieber erwacht war, stemmte er sich hoch und stand eine Weile schwankend in dem kahlen kleinen Wohnzimmer des verwaisten Hauses, bevor er sich in die Küche schleppte und die Schränke nach dem Nest der Ratte absuchte. Er fand ein weiteres bissiges Fellbündel, das zu wenig von den Menschen wusste, um gleich zu fliehen, trieb es in die Ecke und erschlug es mit den bloßen Fäusten. Dann machte er ein Feuer in einem Erdloch vor dem Haus, spießte die Ratte auf einen Stock, briet sie und nagte sie bis auf die Knochen ab.

So gestärkt, begann er, sich auf schwachen Beinen immer weiter vom Haus zu entfernen und seine Nahrung zu jagen. Es gelang ihm, eine Schlange mit einem Ast zu erschlagen und ein Kaninchen in seinem Bau zu erwischen. Doch es waren die Dingos, die ihn am besten ernährten. Zwar waren sie am schwersten zu erlegen, doch sie lieferten auch das meiste Fleisch. Er lag eine kleine Ewigkeit so vor dem Bau seines ersten Dingos auf der Lauer, dass ihm der Wind entgegenblies, und als das Tier eines Tages endlich zurückgeschlichen kam, durchbohrte er einen seiner Läufe mit einem primitiv gefertigten Speer. Danach folgte er seiner Spur bis zum nächsten Morgen und fand es schließlich völlig erschöpft in einem ausgetrockneten Bachlauf. Der Dingo sah ihn hilflos im frühen Morgenlicht kommen. Mick stieß ihm seinen Speer – den er stundenlang an dem verrosteten Eisendeckel des Wassertanks geschärft hatte – in die Kehle. Dann packte er einen der Hinterläufe und drehte ihn aus dem Hüftgelenk heraus, bis er ihn abreißen konnte. Er wiederholte die Prozedur mit dem zweiten Lauf, hängte sich die beiden schönen fleischigen Keulen über die Schulter und machte sich auf den Rückweg zum Haus, wobei er den Speer als behelfsmäßige Krücke benutzte. Dort hängte er die Dingoläufe zum Trocknen auf, garte sie und rieb sie mit Salz aus einem ausgetrockneten See in der Nähe ein, um sie länger zu konservieren.

Allmählich begann er, die Jagd zu genießen, das Warten, die möglichen Fluchtrouten und -winkel seiner Beute zu kalkulieren, die Erregung, wenn sich seine Überlegungen als richtig herausstellten, die Panik der Tiere, wenn er unvermittelt auftauchte. Einmal gelang es ihm sogar, einen Emu auf diese Weise zu überraschen. Er schoss aus seinem Versteck in die Höhe, als das Pärchen direkt in seine Richtung flüchtete. Das kleinere Weibchen rannte ihn beinahe über den Haufen, und er spießte es mit seinem Speer auf, als wäre er Sankt Georg, der den Drachen erlegte, nur dass er im Gegensatz zu dem Heiligen dabei auf dem Arsch landete. Das Emuweibchen lieferte ihm jede Menge Fleisch, und er hatte sogar das Glück, ein fertig ausgebildetes Ei in den Eingeweiden des großen Vogels zu entdecken, das er im verrosteten Deckel einer Konservenbüchse briet. Der Eidotter war wie eine Geschmacksexplosion in seinem Mund. Er lachte laut auf vor Begeisterung, und seine Stimme krächzte, weil er sie seit Tagen nicht mehr benutzt hatte.

Die meisten einheimischen Pflanzen waren giftig, wie er wusste, doch er konnte ein paar Quandong-Bäume finden, die er behutsam aberntete, um sie zu schonen. Die kleinen roten Früchte schmeckten wie Pfirsiche. Als die erste in seinem Mund platzte, erinnerte er sich, wie sein Vater ihm die Bäume während eines Ausflugs gezeigt hatte – er hatte seinem Sohn stets Tipps gegeben, wie man im Busch überleben konnte. Mick ließ sich auf den Boden sinken und brach angesichts all der Ereignisse der letzten Zeit beinahe in Tränen aus.

Er hatte in der Kälte der Wüstennacht gesessen, während die Dunkelheit immer näher heranrückte und ein scharfer Wind über das trockene Land fegte, und es kam ihm so vor, als würde ihn irgendetwas dort draußen beobachten, als würde sich das Land selbst allmählich seiner Anwesenheit bewusst. Es war nicht das gleiche Gefühl, das er verspürt hatte, als er noch von seinem Vater verfolgt worden war. Es fühlte sich so an, als öffnete sich die Nacht ihm gegenüber. Der Wind begann zu heulen wie damals, als ihn das Fieber beinahe umgebracht hatte. Mick schnappte sich noch ein paar Quandong-Früchte, flüchtete ins Haus und hockte sich auf die verrottenden Holzdielen, während draußen der Wind pfiff und ihn rief.

»Lass mich in Ruhe«, flüsterte er und schlang die Arme um seinen Oberkörper. Seine Brust schnürte sich vor Angst zusammen, als wartete draußen sein Vater mit dem Schrotgewehr auf ihn. *»Lass mich in Ruhe!«*

Er erwacht schweißgebadet und sieht, dass Rose dicht über ihn gebeugt dasitzt wie eine Katze aus einer der Geschichten, die ihm seine Mutter früher vorgelesen hat, die den Schlafenden den Atem aus den Lungen saugt. Er stößt sie von sich und weicht bis zur Wand zurück.

»Mick? Du hast geträumt.«

Seine Augen sind immer noch vom Schlaf getrübt, und er kann sich kaum erinnern, wo er ist.

»Alles ist gut. Du bist jetzt wach.«

Sein Gesicht verhärtet sich. Er versucht, sich aus dem Bett zu schieben, aber Rose hält ihn am Arm fest.

»Das muss dir nicht peinlich sein, Mick. Ich habe ebenfalls manchmal Albträume. Wenn ich mich an bestimmte Dinge erinnere.«

»Ich muss aufstehen.«

»Warte noch ein bisschen. Du solltest über diese Sache sprechen. Du warst wirklich völlig durcheinander.«

Er starrt sie unter schweren Augenlidern abweisend an, doch sie ignoriert seinen Blick.

»Du hast immer wieder gerufen: *Lass mich in Ruhe!*«

»Warum tust du es dann nicht?«

Rose sitzt im Schneidersitz vor ihm und zeigt ihm viel zu viel von ihrem Körper unter dem Nachthemd. Er weigert sich, sie anzusehen.

»Geht es um das, was damals in Queensland vorgefallen ist? Weshalb du weggelaufen bist? Irgendetwas mit deinen Eltern?«

Er schweigt immer noch, und sie bohrt weiter nach. »Hat es etwas mit deinem Vater zu tun?«

»Warum sagst du das?«, faucht er.

»Du hast nur … du hast ihn ein- oder zweimal erwähnt. Im Schlaf. Nur ein paar Worte. *Nein, Dad.* So in der Art.«

Mick spürt, wie die Wut in ihm hochsteigt. »Das geht dich nichts an!«

»Aber es ist offensichtlich, dass dir irgendwas noch immer schwer zu schaffen macht, Mick.« Sie zögert. »Geht es um etwas, das er dir angetan hat?«

»Ich habe gesagt, dass ich nicht darüber sprechen will!«, stößt er hervor und könnte ihr auf der Stelle das Genick brechen. Es wäre genauso leicht, wie ein Schaf zu töten. Doch dann kauert er sich nur zusammen, ohne sie anzusehen.

»Ich weiß, dass du das nicht willst«, sagt sie sanft. »Aber es muss nicht so sein, dass die Vergangenheit dich kontrolliert, Mick. Du kannst sie kontrollieren.« Sie nimmt sein Gesicht behutsam in die Hände. Ihre Berührung brennt wie Feuer. »Was auch immer du ihm antun könntest, würde nichts an dem ändern, was passiert ist. Du musst es loslassen.«

Er sagt nichts. Bringt kein Wort hervor.

»Mach dir ... mach dir einfach klar, dass du jetzt nicht mehr allein bist, Mick. Okay?«

Er nickt, und sie küsst ihn. Und er lässt es geschehen.

Am frühen Abend dieses Tages sitzt er im *Black Shanty.* Roses Worte wirbeln ihm noch immer im Kopf herum, und er fragt sich, ob er vielleicht doch sein Messer und die *anderen* vergessen und einfach mit ihr fortgehen sollte. Wohin und wie er sie überzeugen könnte, ihn zu begleiten, weiß er nicht. Sicher, eigentlich soll er für den Fall, dass die Polizei weitere Fragen an ihn hat, in der Gegend bleiben, aber ein Verschwinden würde ihn doch nicht gleich zu einem Tatverdächtigen machen, oder? Und selbst wenn, niemand kann ihm irgendetwas nachweisen.

Oder ... Vielleicht sollte er überhaupt nicht mehr zu Rose zurückkehren. Einfach seine Sachen bei ihr zurücklassen. Sie wäre nicht in der Lage zu verstehen, was er getan hat, wozu er fähig war – was er wieder tun könnte, auch wenn er seither versucht hat, nicht mehr darüber nachzudenken.

Wie sieht denn sein großer Plan eigentlich aus? Die *qnderen* aufspüren, sich zu ihnen hineinschleichen, sein Messer wieder an sich nehmen, ohne dass irgendeiner von ihnen etwas davon mitbekommt, und sich dann einreden, dass danach alles wieder normal sein wird? Dass er weiterhin heile Familie mit Rose spielen und ihr dabei helfen kann, die Farm wieder aufzubauen? Ist es das, was er will? Wo er hingehört?

Gehört er überhaupt *irgendwo* hin?

Völlig verunsichert erhascht er plötzlich hinter dem Meer aus Armen und karierten Hemden einen flüchtigen Blick auf den breiten Rücken eines Mannes, der seinen schweren Körper durch die Menschenmenge schiebt und sich an den Tresen setzt, um zu Abend zu essen. Irgendetwas an der Art, wie der fette Bastard seine Schultern anspannt, während er über seinem tellergroßen

Steak und den fetttriefenden Pommes frites gebückt sitzt, erregt sein Interesse. Es ist eine … instinktive Wachsamkeit. Als fühlte sich der Typ unbehaglich dabei, mit dem Rücken zum offenen Raum hin zu sitzen.

Ein Gefühl, das Mick nur zu gut kennt.

Der Mann schaufelt wie eine Maschine große Fleischbrocken mit der Gabel in sich hinein, schnell und zielstrebig, und als er seinen Teller geleert hat, dreht er sich sofort auf dem Barhocker herum, um nicht länger von hinten angreifbar zu sein. Mick bemerkt den dicken Wanst, der dem Mann über die Hose hängt, große klobige Hände und bereits schütter werdendes Haar. Der Typ ist um die 40, vielleicht 45 und von einem harten Leben gezeichnet. Seine kleinen Augen gehen auf Wanderschaft. Mick beugt sich vor und verbirgt sich hinter einem Minenarbeiter mit mächtigen Oberarmen.

Als er es riskiert, wieder den Kopf zu heben, sieht er, dass der Mann mit Bruce plaudert, den Barhocker unter dem fetten Arsch, die dicken Beine gespreizt, und jetzt kann er ihn genauer beobachten. Bruces Töchter rennen vorbei, doch der Mann redet weiter mit dem Wirt, ohne auch nur eine Spur von Interesse an den Mädchen zu zeigen oder ihnen einen flüchtigen Seitenblick zuzuwerfen. Aber was das Ganze so merkwürdig macht, ist die Art, wie er *nicht* hinsieht. Als ignorierte er die Kinder absichtlich. Der schlaksige Mann auf dem Hocker neben ihm lächelt ihnen wenigstens kurz zu, von Schwabbelbauch jedoch kommt nicht die geringste Reaktion.

Und als er aufsteht und das Klo ansteuert, ist es plötzlich da … Beim Vorbeigehen kann er sich nicht einen verstohlenen Seitenblick auf die Mädchen verkneifen. Dieser eine kurze Blick unter all den Leuten reicht ihm, um sich ein Bild von den Mädchen zu machen, sich vorzustellen, was er mit ihnen anstellen würde, wenn er sie in die Finger bekäme. Seine Zunge zuckt hinter seinen Zähnen vorbei, und seine Augen weiten sich einen Sekundenbruchteil lang. Dann ist er auch schon im Klo verschwunden und denkt garantiert weiter an sie, während er mit seinem Schwanz in der Hand vor dem Pissoir steht. Für Bruce und alle anderen Gäste hat es vermutlich den Anschein, als wären ihm die Mädchen völlig gleichgültig gewesen.

Doch Mick kann die Wahrheit hinter der Fassade sehen.

Er hat Rose heute Abend in die Stadt gefahren, sie bei dem Pub weiter unten an der Straße abgesetzt, wo sie ihr Geld verdient, und ihr gesagt, dass er sie wieder abholen würde, nachdem er ein paar Dingospuren auf einer Farm in der Nähe untersucht hätte. Jetzt aber vergisst er sie völlig, vergisst alles, was sie gesagt hat, vergisst seine Zweifel und seinen kurzen Moment der Schwäche.

Der Ausdruck im Gesicht des Mann war wie ein Blitzstrahl, der ihm ins Gehirn gefahren ist. Er muss mehr über ihn in Erfahrung bringen.

»Du lässt das da doch nicht etwa abstehen, Junge, oder?« Ein Schatten fällt auf Mick und reißt ihn aus seinen Gedanken. Er blickt auf und sieht zuerst eine ausgebleichte blaue Unterhose, darüber eine magere Brust in einem ärmellosen Unterhemd und schließlich den dreckigen Kopf eines Penners. Der Alte mustert Micks halb geleertes Bier. Mick wirft erneut einen kurzen Blick auf die Unterwäsche des Mannes, was er im selben Moment bereut.

»Scheiß heiß«, erklärt der Typ seine spärliche Kleidung. »Trage im Sommer nie Hosen. Solltest du auch mal probieren.«

Niemand würdigt den komischen Kauz eines zweiten Blickes, also scheint alles in Ordnung zu sein. Obwohl Mick auf seiner Suche nach dem Pädophilen schon ein paarmal im *Black Shanty* war, hat er bisher offenbar immer das Glück gehabt, diesem Spaßvogel nicht zu begegnen. »Keine Ahnung, ob es das ist, was die Ladys unbedingt sehen müssen«, sagt er und versucht, an ihm vorbeizuspähen. Der fette Kerl ist noch nicht vom Klo zurückgekommen.

»Welche Ladys?«, fragt der Alte und sieht sich um. »Meinst du vielleicht Marge?« Er nickt in Richtung der trollartigen Frau, die gerade mit zwei Tellern voll mit irgendeinem undefinierbaren Fraß aus der Küche kommt. »Der ist das egal. Auch wenn sie sagt, dass alles, was da unten vor ihren Augen aus der Hose rausrutscht, sofort in ihrem Eintopf landet.« Er zieht seine Unterhose ein Stückchen höher, um etwas würdevoller auszusehen, bevor sie ihn entdecken kann. Seine Augen sind glasig vom Suff. »Heiße Kev«, sagt er dann und streckt eine Hand aus. »Old Kev reicht. Hab' dich noch nie hier gesehen, Junge. Gehörst du zu McLeods Haufen?«

»Ah, nein«, erwidert Mick und sieht, wie Schwabbelbauch an seinen Platz zurückkehrt. »Wer sind die Typen?«

»Gehören zur Station ein paar Meilen die Straße runter. Kann an deiner Haut erkennen, dass du ein Jack bist. Dachte, du würdest hier in der Gegend arbeiten.«

»Nicht für McLeod.«

»Bist du dann auf der Suche nach Arbeit?«

Mick betrachtet Kev flüchtig. Der Alte hat sich seit Jahren nicht mehr rasiert. Das weiße Haar fällt ihm wirr auf die Schultern. Er sieht wie ein Outback-Yeti aus. »Ich habe zurzeit einen Job. Kümmere mich um Dingos.«

»Jäger, was? Damit verschwendest du nur deine Zeit, verglichen mit dem, was ich am Laufen hab'. Weil ich nämlich Jagd auf Gold mache, Junge.«

»Klar doch.«

»Ich sag' dir was, spendier mir was zu trinken, und ich erzähl dir alles darüber.«

»Dann läuft die Sache also gut für dich?«

Kev packt ihn am Arm und schleift ihn zum Tresen, und bevor Mick etwas dagegen unternehmen kann, stehen sie auch schon fast direkt neben dem fetten Pädo-Sack. Mick dreht sich so zur Seite, dass der Typ nicht sein Gesicht sehen kann, und steht stocksteif da, während Kev den Wirt auf sich aufmerksam macht. »Oi! Brucey! Hab' 'nen Fang gelandet.«

Bruce kommt herüber und hebt die Brauen. »Hat er dich eingewickelt, Mick?«

»Nein«, sagt Mick, das Gesicht von dem fetten Typen, der drei Hocker weiter sitzt, abgewandt. »Ich weiß nicht mal, was ...«

»Vielleicht gibt es diese Ader, von der er ständig quatscht, auch nicht.« Bruce lächelt schief, die Stimme gesenkt. »Aber das wird niemand jemals aus Kev herausholen. Glaub mir.«

»Oh, erzähl kein' Scheiß, Bruce!« Kev schlägt mit der Faust auf den Tresen. »Bring uns einfach unser Bier.« Er leert das halbe Glas in einem Zug, und Mick gibt dem Wirt das Geld, noch immer unsicher, was das alles soll. Aber von hier aus kann er Schwabbelbauch wenigstens aus den Augenwinkeln heraus im Spiegel hinter dem Flaschenregal beobachten.

»Also, es geht um Gold, Junge«, sagt der Alte. »Hast du was für Gold übrig?«

»Keine Ahnung.«

»Natürlich hast du die. Und du würdest alles dafür tun, stimmt's? Also, ich habe vor langer Zeit 'ne Ader hinter dem Rudall River gefunden, tief im Hinterland, die dir die Tränen in die Augen treiben würde. Daneben würden die Adern drüben in Kalgoorlie wie ein Witz aussehen. 25 Zentimeter im Durchmesser und wer weiß wie lang. So wie mein Schwanz.«

Er gibt eine Geschichte darüber zum Besten, wie er zu der Goldader zurückkehren will, um seinen Claim abzustecken, sie aber nicht wieder finden kann und ein Jahr lang in der Gegend herumläuft, um seine Schritte zurückzuverfolgen. Die Ärzte meinen, er hätte einen Sonnenstich, und stecken ihn für eine Weile in ein Sanatorium, aber nachdem sie ihn wieder rauslassen, macht er sich erneut auf die Suche. Und seither ist er immer wieder ins Outback zurückgekehrt, seit nun 50 Jahren. Aber er weiß, dass die Ader dort draußen auf ihn wartet, und er muss nur noch einmal die Stelle finden, an der sie beginnt. Ein kräftiger junger Bursche wie Mick könnte sie aber viel leichter finden, sagte er, solange er einverstanden ist, das Gold mit ihm zu teilen. Halbe-halbe, einverstanden? Er könnte damit ein Vermögen machen, mehr als mit allen Dingos auf der Welt.

Mick hört nur mit halbem Ohr hin, seine Aufmerksamkeit richtet sich auf ein anderes Ziel. Er sieht, wie Schwabbelbauch aufsteht, dem Mann neben ihm auf die Schultern klopft und Bruce die Hand schüttelt – Bruce nennt ihn zum Abschied Jerry, was auch der Name ist, den Cutter erwähnt hat, also ist es eindeutig der richtige Typ. Als er sein Glas leert und zur Tür geht, wirft er einen letzten Blick auf die beiden Mädchen, die beide mittlerweile Pyjamas tragen und an einem Tisch im hinteren Bereich des Pubs zu Abend essen. Diesmal sieht er etwas länger hin.

Nachdem er so lange gewartet hat, wie er kann, stürzt Mick den Rest seines Biers in einem Zug hinunter und folgt ihm. Er klopft Kev, der immer noch quasselt, mitten im Satz auf die Schultern und erklärt, dass er jetzt gehen muss.

»Warte kurz«, sagt Kev verwirrt und hält ihn am Arm fest. »Wir haben uns nicht mal die Hand darauf gegeben. Oder willst du etwa sagen, du hättest kein Interesse daran, Millionär zu werden?«

Wütend über die Berührung, wirbelt Mick herum und legt seine Hand auf die des Alten. Er muss sich beherrschen, sie nur von seinem Arm zu wischen, ohne Kev dabei die mürben Knochen zu brechen. Aber etwas in ihm zwingt ihn, sich zu ihm hinunterzubeugen und leise zu sagen: »Es interessiert mich nicht mal einen Fliegenschiss.«

»Hätt'st auch einfach nur Nein sagen können«, murmelt Kev beleidigt. Dann macht er sich in Schlangenlinien auf den Weg Richtung Marge. Sie sieht ihn kommen, runzelt unwillig die Stirn und stampft wie eine alte Elefantenkuh zurück in die Küche.

Mick verflucht sich innerlich dafür, beinahe die Beherrschung verloren zu haben, zahlt den Rest seiner Zeche und nickt Bruce zum Abschied zu.

Allerdings kann er nicht einfach zur Eingangstür hinausstürmen und riskieren, dass der fette Mann ihn dabei bemerkt. Es ist gut möglich, dass der Typ irgendwo dort draußen wartet, um sich zu überzeugen, dass ihm niemand folgt. Also nimmt Mick die Hintertür und späht um die Hausecke herum zur Straße. Auch damit könnte Jerry gerechnet haben, sollte ihm aufgefallen sein, dass Mick ihn am Tresen beobachtet hat. Er könnte sich genau in diesem Moment anschleichen.

Aber das ist nicht der Fall. Der fette Bastard latscht über die Straße auf einen heruntergekommenen Geländewagen zu, der völlig verstaubt ist und dem man keinen zweiten Blick schenken würde. Zweifellos eine echte Wüstenratte, dieser Jerry.

Erst als der Typ den Motor anlässt, erinnert sich Mick, dass Rose am Ende der Straße auf ihn wartet und er ihr versprochen hat, sie abzuholen.

Doch vielleicht bekommt er keine weitere Gelegenheit, den Mann zu verfolgen.

Und er muss diese Mine finden.

Er fährt los und folgt dem fetten Bastard mit weitem Abstand in der Hoffnung, dass seine Scheinwerfer nicht allzu auffällig sind. Doch sobald sie das offene Land erreichen, wird er vorsichtshalber ohne Licht weiterfahren müssen. Er hat sich während der letzten Tage lange das Hirn darüber zermartert, wie es Cutter damals geschafft hat, ihn unbemerkt zu verfolgen, und ist zu dem Schluss gekommen, dass der gerissene Sack ihm vermutlich in weitem Abstand ohne Scheinwerfer hinterhergefahren ist, sich nur an seinen Rücklichtern orientiert und dabei den Tod etlicher selbstmörderischer Kängurus und Wallabies in Kauf genommen hat. Mick hat vorsichtshalber den Frontschutzbügel des Geländewagens vor der Motorhaube heruntergeklappt, trotzdem ist eine

Fahrt ohne Licht immer noch ein riskantes Manöver, weil die Gefahr besteht, dass ein von dem Bügel erfasstes Tier hochgeschleudert wird, durch die Windschutzscheibe kracht und in der Fahrerkabine landet. Es ist schon vorgekommen, dass im Inneren eines Wagens gefangene Kängurus bei dem Versuch zu fliehen, Menschen zu Tode getrampelt haben. Sie drehen durch wie eine völlig verängstigte Katze in einem Wassereimer, zu man auch noch eine Ratte geworfen hat. Kein hübscher Anblick.

Als sie an einer Reihe weit verstreuter, vom Alter gezeichneter Holzhäuser vorbeifahren, knotet sich Micks Magen zusammen. Was, wenn Jerry in einem dieser Landhäuser wohnt, von denen eines wie das andere aussieht, mit den gleichen Lattenzäunen, die Vorgärten etwas verwildert, wenn auch nicht übermäßig, und einem Wachhund draußen auf dem Hinterhof? Ein ganz gewöhnliches Zuhause, das perfekte Versteck für ein Ungeheuer. Durchaus möglich, dass er jeden Moment vor einem dieser Häuser hält, statt weiter zu der Mine im Outback zu fahren.

Aber wahrscheinlich hat sich das kranke Schwein am Anblick der kleinen Mädchen in der Bar aufgegeilt und will jetzt nur noch in seinen kleinen Unterschlupf, um sich dort an seinen vergangenen Heldentaten zu ergötzen – wer zum Teufel weiß das schon? –, denn er lässt die Vororte hinter sich und folgt der Straße weiter nach Osten.

Wie er diese Mädchen angesehen hat … Dass es überhaupt solche Menschen gibt …

Mick beugt sich vor. Er muss sich jetzt auf die Straße konzentrieren. Er schaltet das Licht aus und fährt in der Dunkelheit weiter, alle Sinne bis zum Zerreißen gespannt. Jerrys Wagen ist wie ein kleines Lämpchen über einem Hauseingang in der Ferne, das ihn zu sich ruft.

Worauf es jetzt ankommt, ist, dass er diese Mine findet. Alles andere ist Kinderkacke.

Sie erreichen die flache, kahle rote Wüste. Das Mondlicht fällt auf das weite öde Land hinab. Abgesehen von dem schwarzen Band der Straße, die sich schnurgerade in die Unendlichkeit zu erstrecken scheint, gibt es hier draußen keinerlei Landmarken, keine Bäume, Hügel oder Häuser, die aus der Eintönigkeit herausragen. Nichts als die endlose rote Erde, die im Mondlicht zu glühen scheint. Gelegentlich treibt der Wind eine Steppenhexe vor sich her, die neben Micks Wagen entlangrollt, wie ein Tier, das mit ihm Schritt zu halten versucht.

Er sitzt so weit vorgebeugt hinter dem Lenkrad, dass ihm der Sitzgurt in die Brust schneidet. Wenigstens rutschen die Wagenreifen nicht auf der Fahrbahn, aber er muss sich trotzdem ununterbrochen konzentrieren, für den Fall, dass plötzlich ein Felsbrocken oder ein Känguru auf der Straße auftauchen. Als das Auto vor ihm unvermittelt auf einen Schotterweg abbiegt, zittert er bereits vor Anspannung, und er muss kräftig Gas geben, bevor sich die Staubwolke wieder legt, die ihm verrät, wo die Nebenstraße beginnt. Jetzt wird die Sache noch gefährlicher, da er gezwungen ist, dichter zu dem Fettwanst aufzuschließen, um der Staubfahne über die jetzt gewundene Piste durch das Nirgendwo folgen zu können. Die Federung des Geländewagens ächzt und quietscht protestierend in den Schlaglöchern.

Irgendwann schlängelt sich die Piste einen flachen Höhenzug hinauf, und als der Wagen des Pädophilen immer wieder kurz in einer Bodensenke verschwindet, schaltet Mick das Standlicht an, um sich zu vergewissern, dass er sich immer noch auf dem Schotterweg befindet. Cutter muss ein teuflisch guter Fahrer gewesen sein. Diese Art der Verfolgung führt Mick an seine Grenzen.

Plötzlich taucht der Wagen wieder vor ihm auf, und Mick entdeckt ein dunkles Gerüst auf der Hügelkuppe voraus. Sofort biegt er von der Piste ab und hält inmitten eines Gestrüpps, bevor er hören kann, wie der fette Pädo, der offenbar die Mine erreicht hat, die Zündung seines Autos abschaltet. Er steigt leise aus und späht zu der wenige Hundert Meter entfernten Hügelkuppe hinauf, wo jetzt die Außenbeleuchtung der Mine aufflammt. Die Dunkelheit des weiten Landes verschluckt beinahe den matten Lichtschein des Lagers. Wahrscheinlich ist das alte Bergwerk aus größerer Entfernung nicht zu sehen, wenn man nicht gerade mit einem Flugzeug direkt drüber hinwegfliegt. Jedenfalls dürfte es von der Ebene aus praktisch unsichtbar sein. Es ist wie eine geheime Festung in einer verlassenen Gegend, von der kein Mensch auch nur das Geringste ahnt.

Der Mond scheint hell genug, sodass Mick ohne seine Taschenlampe zurechtkommt. Er schnappt sich sein Gewehr und schleicht durch das niedrige Stachelgras und das Emu-Apfelgestrüpp zum Lager. Die anstrengende Arbeit auf der Station hat seine Beine gekräftigt, und er bewältigt den Hang ohne größere Schwierigkeiten. Cutter hat ihn vor Tretminen gewarnt, und so achtet er auf dicht über den Boden gespannte Signaldrähte und Fallen.

Der Lagerplatz ist klug gewählt. Auf der entgegengesetzten Seite ragen unbezwingbare schroffe Felswände in die Höhe, sodass das Lager nur von Süden her über die Schotterpiste erreicht werden kann. Als Mick einen Blick zurückwirft, sieht er, wie sich die Ebene weit unter ihm ausbreitet. Von hier oben könnte man einen Wagen bereits in 20 Meilen Entfernung sehen. Sofern er die Scheinwerfer angeschaltet hat. Vor dem offenen Tor schimmert ein gespannter Draht im Mondlicht, an dem einige Blechdosen hängen. Sollte es also einem Wagen gelingen, sich dem Lager unbemerkt bis zu diesem Punkt zu nähern, würden die Dosen aneinanderscheppern und Jerry warnen. Was für ein gerissenes Arschloch!

Mick reißt einen Grashalm aus der Erde und berührt damit den Draht, um zu prüfen, ob er unter Strom steht, was nicht der Fall ist. Er schlüpft darunter hinweg, kauert sich auf den Boden und lauscht in die Nacht hinaus, doch alles, was er hört, ist das Rascheln von Insekten im Gestrüpp. Und dann leise Musik. Hört sich so an, als feierte der Wichser eine Ein-Mann-Party.

Die Musik wird alle Geräusche überdecken, die Mick macht. Er huscht hinter einen verrosteten Blechschuppen, späht um die Ecke herum und beäugt das Gelände. Die verlassene Mine besteht aus einem halbkreisförmigen Einschnitt in dem Felshang, auf dem etliche leere Schuppen stehen. Dazwischen ragt ein verrostetes Bohrgerüst, das offenbar zu schwer war, um es problemlos zu entfernen, wie eine Skulptur in die Höhe. Der Boden besteht aus festgebackenem Aushub, über den ein Zickzack aus Reifenspuren verläuft, die alle vom gleichen Fahrzeug stammen, von Jerrys Geländewagen.

Die Karre steht jetzt unter einem rostigen Carport. Jerry selbst ist nirgendwo zu sehen. Wahrscheinlich steckt er in einem der Schuppen. Mick umkreist das Lager, um sich zu überzeugen, dass ihm der Pädo nicht irgendwo auflauert. Doch das Terrain ist sicher, und so zieht er sich wieder in die Dunkelheit zurück.

Er kann nirgendwo irgendwelche Tonnen entdecken. Also wird ihm nichts anderes übrig bleiben, als die Blechschuppen zu durchsuchen.

Die Musik kommt aus der großen Hütte auf der Rückseite des Lagers. Jetzt, da er das Versteck gefunden hat, könnte Mick eigentlich warten, bis der Mann wieder verschwindet, und dann das gesamte Lager in Ruhe durchkämmen, doch er möchte sofort Gewissheit haben, ob Cutter sein Messer hier deponiert hat, und so schleicht er auf den Schuppen zu.

Mittlerweile plärrt die Musik laut. Durch eine Reihe von Nagellöchern, die sich in Hüfthöhe im Blech befinden, bohren sich Lichtstrahlen in die Dunkelheit. Mick späht durch eins der Löcher hindurch. Der Wellblechschuppen ist riesig, jedoch völlig leer – abgesehen von einer Werkbank und einer Tür am anderen Ende, die in einen kleinen Büroverschlag führt. In dem Büro brennt Licht. Von Jerry the Fiddler ist nichts zu sehen.

Mick zögert. Er sollte sich lieber zurückziehen und warten, dass der Typ abhaut.

Aber irgendetwas an dem kranken Arschloch hat eine tief in ihm verborgene Saite berührt. Er spürt sein Blut kochen, den Puls in seinen Schläfen hämmern. Seine Gedanken kehren wieder zu den beiden Mädchen in dem Pub zurück …

Er umklammert die .22er und verharrt unschlüssig auf der Stelle.

Plötzlich hört er ein Geräusch in dem Schuppen und späht wieder durch das Loch. Diesmal entdeckt er einen Schatten. Irgendjemand ist in dem kleinen Büroraum, wo das Radio läuft. Dann tritt Jerry durch die Tür. Trotz der kalten Wüstennacht ist er völlig nackt, und Mick kann seinen fetten bleichen Bauch, darunter den dunklen Fleck seiner Schamhaare und die winzige Eichel seines beschnittenen Schwanzes sehen. Er wendet seinen Blick ab und lehnt sich mit dem Rücken gegen die Wand. Was zum Teufel treibt der Typ da drinnen?

Dann durchzuckt ihn ein Gedanke. Er könnte den Mann jetzt sofort erledigen, sich in den Schuppen schleichen, dem nackten Freak von hinten die Kehle durchschneiden und die Leiche in seinem Geländewagen wegschaffen.

Aber auch wenn er sein Messer dort finden sollte, stellen die *anderen* immer noch eine Bedrohung für ihn dar. Was, wenn sie ihn so durchschauen können, wie es Cutter getan hat? Wenn einer von ihnen ihm eines Tages zufällig über den Weg läuft, etwas Verräterisches in ihm entdeckt und sein Wissen so gegen ihn verwendet, wie es Cutter versucht hat? Oder wenn er ihn einfach umlegt, so wie ein Raubtier sein Jagdrevier gegen Konkurrenten verteidigt?

Das ist ein weiterer Grund, warum er nicht einfach verschwinden und eine möglichst große Entfernung zwischen sich und diesen Ort legen kann, nachdem er ihn mit so viel Aufwand gefunden hat. Weil das, was er befürchtet, eines Tages zwangsläufig passieren muss. Die Killer – oder andere Killer wie sie – werden ihn sich eines Tages genau wie Cutter vorknöpfen.

Wenn er jetzt zuschlägt, kann er ihnen zuvorkommen.

Und trotzdem zögert er immer noch. Was, wenn die *anderen* voneinander wissen? Wenn er den hier umlegt, ohne zuvor den Rest des Haufens identifiziert zu haben, könnten sie die Jagd auf ihn eröffnen. Was, verdammte Scheiße, sollte er dann tun? Und das ist noch nicht alles, denn schließlich war er einer von den rund 30 Leuten, die an dem Abend, als der fette Bastard verschwunden ist, im gleichen Pub waren. Die Bullen würden nicht lange brauchen, um ihn in den Kreis der Verdächtigen aufzunehmen. Damit würde er sich selbst ins Knie ficken.

Scheiße, was soll er tun? Ist er gerade dabei, die Dinge zu überhasten, zuzulassen, dass der Floh, den Cutter ihm ins Ohr gesetzt hat, weiter in ihm wächst und sein Denken beherrscht?

Entscheidend ist nur, dass er zunächst sein Messer zurückbekommt. Alles andere kann warten.

Er stößt sich von der Wand ab. In diesem Moment gleitet ein Schatten hinter den Nagellöchern vorbei, und Mick riskiert einen letzten Blick.

Jerry durchquert das schmale Blickfeld so schnell, dass Mick beinahe das winzige Bündel in den Armen des Bastards übersieht, und dann ist er auch schon verschwunden.

War das etwa ...?

Mick ist sich zwar nicht sicher, glaubt aber, dass das fette Schwein ein kleines Kind in den Händen gehalten hat. In seinem Wagen ist keins gewesen, doch vielleicht hält er hier eins gefangen, möglicherweise gefesselt. Und jetzt will das kranke Arschloch ... was? Was wird er wohl mit dem kleinen Ding anstellen?

Wut kocht in Mick hoch, ein wildes Durcheinander unterschiedlicher Gefühle.

Obwohl er sich noch vor wenigen Momenten anders entschieden hatte, huscht er tief gebückt um das Gebäude herum. Die Musik – irgendein moderner Müll aus Amerika mit zu viel Bässen und Gospeleinlagen – hallt blechern über das verwaiste Bergwerksgelände, steigt zum Nachthimmel empor und wird von der gleichgültigen Stille der Wüste verschluckt. Mick will gerade die Blechtür des kümmerlich beleuchteten Schuppens öffnen, als der Song endet und er warten muss, bis der nächste beginnt. Er hält die Luft an, während er vor der Tür kauert, um sich nicht durch seine Atemgeräusche zu verraten.

Dann setzt der dröhnende Bass des nächsten Stückes ein, und Mick schlüpft in den Schuppen. »You can run, babeee, but ya can't hide«, singt irgendeine bescheuerte Nutte. »Ain'ta never gonna let you go.« Es hört sich an wie das Wehklagen der Toten. Der Schein einer von der Decke herabbaumelnden Lampe reicht kaum bis in die Ecken des Raumes, fällt aber wie ein Scheinwerfer auf Mick, und er hebt das Gewehr an die Schulter, während er sich an der Rückwand des Schuppens entlangschiebt, für den Fall, dass Jerry draußen vorbeigeht und ihn sieht. Sein Finger liegt auf dem Abzug, denn er weiß, dass ihm vielleicht nur Zeit für einen Schuss bleibt. Er tritt so vorsichtig wie möglich auf, als pirschte er sich an ein Tier an. Eigentlich kann der Bastard ihn nur noch überwältigen, wenn ihm ein unglücklicher Zufall zu Hilfe kommt. Oder aber wenn er die ganze Zeit über gewusst hat, dass er verfolgt worden ist. Doch wie auch immer, jetzt ist es zu spät für einen Rückzieher.

Auf halbem Weg durch den Schuppen kann er Jerrys Schatten, der sich in dem Büroverschlag hin und her wiegt, über die Blechwand tanzen sehen.

Mick beißt die Zähne zusammen und krümmt den Finger fester um den Abzug.

Er vergisst beinahe, den Boden nach Stolperdrähten oder anderen Alarmvorrichtungen abzusuchen und hätte so fast die Falltür in einer Ecke übersehen, die von der langen Werkbank verdeckt wird, doch er hat jetzt nicht die Zeit, sie zu überprüfen.

An der offenen Bürotür hängt ein Spiegel, sodass der Mann den Schuppen von drinnen im Auge behalten kann. Mick bückt sich noch tiefer. Doch als er sich um den Tisch herumschiebt und einen flüchtigen Blick auf einen Ausschnitt von Jerrys fettem Bauch erhascht, erkennt er, dass es sinnlos ist, sich anschleichen zu wollen. Sobald das Gesicht des Bastards in sein Blickfeld gerät, kann der ihn ebenfalls sehen. Also richtet er sich wieder auf, hebt das Gewehr und betritt den Verschlag.

Das fette Schwein stößt im Rhythmus der Musik mit der Hüfte in irgendetwas hinein, das auf dem Tisch vor ihm festgeschnallt ist. Seine fleischigen Arschbacken zittern und ziehen sich mit jedem Stoß zusammen. Er hält sich mit seinen kurzen dicken Fingern an der Tischplatte fest. Mick richtet den Gewehrlauf auf seinen Hinterkopf, überlegt es sich dann aber anders und zieht Cutters Messer.

Es riecht nach Tod – nach altem Tod. Vertrocknete Hautfetzen rieseln von der Tischplatte zu Boden. Mick schiebt sich ein Stückchen seitlich hinter Jerry vorbei und sieht, was dort festgebunden ist.

Sein Magen stülpt sich zusammen, und er übergibt sich beinahe auf den verschwitzten Rücken des kranken Bastards vor ihm.

»Du bist immer noch okay, meine kleine Elsie«, blubbert der Mann. »Du bist okay.«

Mick erhascht einen schnappschussartigen Blick auf eine Sammlung von Trophäen weiterer Opfer, die den Rest des Tisches bedecken, eine Reihe von Schuhen, ein paar plattgedrückte Halsketten, ein Teddybär, dem ein Auge fehlt. Ein Regal voller Gläser, in denen irgendwelche Fleischfetzen schwimmen, die er beinahe zu erkennen glaubt.

Doch da stolpert er auch schon rückwärts zur Tür hinaus, und als der andere etwas spürt und sich mitten im Stoß umdreht, ist Mick bereits nicht mehr da.

Er lehnt sich auf der anderen Seite der Türöffnung kraftlos gegen die Wand des Büroverschlags. Um ihn herum dreht sich alles, die albtraumhafte Szene im Büro war einfach zu viel für ihn.

Scheiße, fast hätte er das Schwein aus einem bloßen Impuls heraus getötet, sich damit verraten und die *anderen* auf seine Spur gelockt, und wozu das alles? Für gar nichts.

Doch der grauenhafte Anblick hat sich regelrecht in seine Netzhäute eingebrannt.

Der Schatten hinter der Wand bewegt sich. Unmöglich für Mick, den Schuppen rechtzeitig zu verlassen. Aber er darf das Schwein auch nicht töten, jedenfalls noch nicht, und so rennt er zu der Falltür unter der Werkbank, zieht den schweren Griff so leise wie möglich hoch, hängt sich das Gewehr über die Schulter und schlüpft durch den engen Spalt in die Finsternis.

Genau in diesem Moment verstummt die Musik.

In absoluter Dunkelheit umklammert Mick die Holme der Leiter und tastet mit den Füßen nach der nächsten Leitersprosse ...

... die es nicht gibt.

Er verliert beinahe den Halt und schwingt wie ein Pendel hin und her, die Arme verzweifelt um die obere Sprosse geschlungen. Verwesungsgestank schlägt ihm von unten entgegen, doch er hat keine Hand frei, um sich die Nase zuzuhalten. Saure Magenflüssigkeit steigt ihm in die Kehle. Er würgt und schluckt krampfhaft.

Über ihm ertönen Schritte. Er tastet mit einer Hand nach dem Gewehr, das von seiner Schulter herabbaumelt, und richtet den Lauf dorthin, wo er die Bodenklappe vermutet. Sollte ihm nichts anderes übrig bleiben, muss er dem Kerl eben den Kopf wegpusten.

Er hält den Atem an, lauscht wie ein Luchs auf die schweren Schritte des dem Tode geweihten Arschlochs, die aus dem Verschlag kommen, und fragt sich, ob der Typ seine Spuren auf dem staubigen Boden sehen kann.

Doch dann setzt die Musik erneut schlagartig ein. Offenbar hat der Typ Eier wie ein Zuchtbulle. Die Vorstellung lässt Mick würgen.

Er hakt eine Armbeuge um die Leitersprosse, sodass er den anderen Arm nach der Falltür ausstrecken kann, und hofft dabei, dass Jerry nicht bereits direkt vor der Luke hockt, um ihm mit einer Machete den Kopf abzuschlagen. Doch da er sein Gewicht nicht mit den Füßen abstützen kann, gerät sein Körper aus dem Gleichgewicht. Das Gewehr rutscht ihm über die Schulter, sein Arm gleitet von der Sprosse ab, und er stürzt rücklings in die Schwärze.

Er prallt mit einem schmatzenden Geräusch auf dem Lehmboden auf.

Irgendetwas zerbricht mit einem ohrenbetäubend lauten Knall unter ihm. Mick schnappt mühsam nach Luft, die nach verwestem Fleisch stinkt, umklammert sein Gewehr und richtet den Lauf nach oben. Der Aufprall war so laut, dass Jerry ihn kaum überhört haben kann. Dann wartet er darauf, dass über ihm ein heller Spalt in der Schwärze erscheint.

Doch es rührt sich nichts, und nachdem er wieder richtig atmen kann, zieht er seine Taschenlampe hervor und riskiert es, sie eine Sekunde lang einzuschalten.

Ein Gesicht starrt ihn aus kurzer Entfernung an.

Mick schlägt reflexartig zu, und seine Faust bohrt sich in einen Brustkorb, der wie eine Einkaufstüte voller Fleisch aufplatzt. Stinkende Gase wehen ihm ins Gesicht. Er krümmt sich zusammen und übergibt sich, während aus dem Kadaver über ihm Leichenflüssigkeit quillt. Dann leuchtet er mit der Taschenlampe um sich, entdeckt das Grauen, das ihn umgibt, löscht das Licht sofort wieder und sitzt eine unbestimmbare Zeit lang keuchend reglos in Finsternis.

In dem stinkenden Gewölbe liegen mindestens drei Leichen. Zwei Mädchen mit langem Haar, das aussieht, als würde es immer noch wachsen. Das Fleisch um ihre Münder und Augen herum ist geschrumpft, die gelblichen Gesichter sind eingefallen, als wäre alle Flüssigkeit aus ihnen herausgesaugt worden. Die Leiche unter ihm könnte sowohl die eines Mädchens als auch eines Jungen sein – er hat sie durch seinen Sturz plattgequetscht, sodass das Geschlecht nicht mehr erkennbar ist.

Die Luft ist mit einem so durchdringenden Gemisch aus Verwesungsgestank und Erbrochenem erfüllt, dass ihm vor Übelkeit schwindlig wird. Er stemmt sich mühsam hoch und tastet blind nach dem Ende Leiter über ihm, da er es nicht riskieren will, die Taschenlampe erneut einzuschalten, aber er muss rund fünf Meter tief gestürzt sein, und so weit reicht die Leiter nicht hinab.

Also gibt es keinen einfachen Weg zurück an die Oberfläche.

Im kurzen Aufblitzen des Lichtkegels aus der Taschenlampe hat Mick eine dunkle Öffnung in der Wand des Gewölbes gesehen und schiebt sich jetzt über die Leichen hinweg darauf zu. Die Kadaver sind kaum sichtbare Umrisse in der Dunkelheit, auf die sich seine Augen mittlerweile eingestellt haben, schwammige Erhebungen, die zischend unter seinem Gewicht nachgeben und aufplatzen.

Erst als er blindlings nach dem Rand des Tunnels tastet und dem klebrigen Leichenbrei entkommen ist, wagt er wieder, Luft zu holen.

Nachdem er einige Meter hinter sich gebracht hat, riskiert er es, die Taschenlampe wieder einzuschalten – und verharrt plötzlich mitten in der Bewegung, als er sich an die Fallen erinnert, die Cutter erwähnt hat. Er lässt den Lichtkegel langsam über den schlammigen Boden des Tunnels wandern und fragt sich, ob er die Fallen überhaupt entdecken würde. Aber ihm bleibt nur die Wahl, entweder weiter durch den Tunnel zu kriechen oder aber irgendeine Möglichkeit zu finden, die unterste Treppenstufe der Leiter in dem Kellergewölbe zu erreichen, und diese Vorstellung gefällt ihm ganz und gar nicht.

Ein paar Meter vor ihm gabelt sich der Tunnel. Da der linke Gang aufwärts und damit wahrscheinlich zur Oberfläche führt, entscheidet sich Mick für ihn. Außerdem riecht die Luft dort frischer. Er kriecht weiter. Nach einer Weile wird die Decke immer höher, bis er sich vollständig aufrichten kann und besser vorankommt. Einmal passiert er eine weitere Grube und richtet den Lichtkegel der Taschenlampe hinein. In der Dunkelheit leuchten eine zur Faust geballte Skeletthand und etliche weitere Knochen. Mick schließt die Augen und geht langsam weiter.

Plötzlich hört er ein Geräusch. Irgendetwas bewegt sich leise am anderen Ende eines Seitentunnels. Er erstarrt und hält die Luft an.

»Ich weiß, dass du hier unten bist!«, ruft Jerry the Fiddler.

Mick knipst die Taschenlampe sofort wieder aus. Sein Herz hämmert so laut in seiner Brust, dass es ihn einfach verraten muss.

Die Stimme des fetten Bastards quillt wie eine Flüssigkeit durch den Tunnel, zäh und klebrig. »Na, was hast du denn gesehen? Glaubst du im Ernst, ich würde dich jetzt wieder gehen lassen?«

Natürlich kennt der Typ das Tunnellabyrinth wie seine Westentasche, während Mick nicht einmal weiß, ob er überhaupt auf dem richtigen Weg zurück an die Oberfläche ist. Er schleicht weiter, bemüht sich, kein Geräusch zu machen, aber der Boden unter seinen Füßen ist schlammig und nass.

»Ich kann dich hööören ...!«

Klick! Das unverkennbare Geräusch einer Schrotpatrone, die in die Kammer des Gewehrs gedrückt wird. Die Ladung würde Mick in dem engen Tunnel in Stücke reißen. Verglichen damit ist eine Kugel aus seinem .22er kaum mehr als ein Mückenstich.

Er beginnt, gebückt zu rennen und riskiert es, die Taschenlampe erneut kurz einzuschalten, als der Tunnel vor ihm eine Kurve beschreibt. Dann bleibt er abrupt stehen. Da ist irgendetwas im Boden vor ihm. Er findet einen Stein und wirft ihn vorsichtig auf die verdächtige Stelle. Aus dem Tunnelboden schnellt ein von einer Stahlfeder abgefeuerter Spieß hervor, der in der Luft vibriert. Das Ding hätte ihm glatt die Eier durchbohrt.

Hinter ihm klingt Gelächter auf. Jerry hat offensichtlich gehört, dass die Falle ausgelöst worden ist. »Du bist hier auf meinem Terrain, deshalb spielst du auch nach meinen Spielregeln. Also lass uns jetzt ein bisschen Spaß haben.«

Die Stimme kommt näher. Mick steigt über die Springfalle hinweg. *»Never gonna let you go, baby!«*, singt der Mann hinter ihm. *»Even when the night comes to sweep us away-ee, I'll be still there, honey!«*

Der Tunnel führt weiter bergauf, und die Luft wird jetzt eindeutig frischer. Irgendwie würzig und kalt. Sie weht den schmalen Gang hinab und zieht Mick wie ein Magnet an. Er hört das trockene Klicken, mit dem die nächste Schrotpatrone in die Gewehrkammer gleitet, das diesmal allerdings aus einer anderen Richtung zu kommen scheint. Der Typ versucht offenbar, ihn wie ein Rindvieh in die Falle zu treiben.

Und es funktioniert. Mick kann es nicht riskieren kehrtzumachen. Er weiß nicht einmal, wo sein Verfolger steckt. Die Schritte des Pädos sind lautlos, und wenn er irgendwelche Geräusche macht, dann mit voller Absicht – nur, wenn er will, dass sein Opfer sie hört.

»Even though I don't need you anymore-ah!«, kräht er weiter. *»You're still mine . . .«*

Sollte er das Licht aus Micks Taschenlampe sehen, weiß er genau, wo seine Beute ist, aber Mick ist gezwungen, sie immer wieder einen Moment lang einzuschalten. Er deckt sie halb mit den Fingern ab und hofft, weit genug von Jerry entfernt zu sein, sodass ihr Schein nicht bis zu ihm dringt.

Es muss hier noch mehr Fallen geben. Wie gern er auch einfach den dunklen Gang entlangrennen würde, er darf es nicht tun.

Wäre er an Jerrys Stelle, hätte er den Tunnel mit noch mehr Fallen gespickt.

Und tatsächlich entdeckt er eine auffällig geglättete Stelle ein paar Meter weiter auf dem Boden. Er geht in die Hocke und lässt den seitlich abgeschirmten Lichtkegel der Taschenlampe über die Falle gleiten. Sie ist so gut getarnt, dass er beinahe hineingetreten wäre.

Er schaltet die Lampe wieder aus, verharrt einen Moment lang und lauscht in die Dunkelheit hinein. Sollte der fette Typ ihm bereits dicht auf den Fersen sein, könnte er ihn innerhalb weniger Sekunden erreichen, wenn er die Falle auslöst. Dann hätte Mick vielleicht gerade noch Zeit genug für einen einzigen Schuss.

Aber welche Wahl bleibt ihm? Da er keine Ahnung hat, wie er die Falle ausschalten kann, muss er es riskieren, sie irgendwie zu überqueren.

Plötzlich ertönt ein Geräusch ganz in der Nähe.

Mick erstarrt. Wie kann der fette Bastard die Lücke zu ihm nur so schnell geschlossen haben? Er lässt sich in die Hocke sinken, hält die Luft an, starrt aus weit aufgerissenen Augen in die Finsternis. Irgendetwas dort drüben …

Er hebt das Gewehr und schaltet gleichzeitig die Taschenlampe an.

Ein jämmerlich aussehender Hund schießt aus dem Seitengang hervor, jagt an ihm vorbei und rast der frischen Luft entgegen. Einen Sekundenbruchteil später klickt ein metallisches Scharnier. Ein Pfeifen hallt von den Tunnelwänden wider, und der Hund wird mitten im Sprung an die Wand genagelt, wo er jaulend hängen bleibt.

Mick schnappt keuchend nach Luft und scheißt sich fast in die Hose.

»Verdammt, was war das?«, klingt eine Stimme gefährlich nah auf.

Mit fliegenden Fingern verwischt Mick seine Spuren und

schiebt sich an dem winselnden und hilflos nach ihm schnappenden Tier vorbei. Die magere Brust des Hundes hebt und senkt sich in hechelnden Atemzügen, Blut tropft zu Boden. Seine Fänge sind nur Zentimeter von Micks Gesicht entfernt, das er ihm in seiner Qual und Panik von den Schädelknochen reißen würde, wenn er es erreichen könnte.

Mick verwischt weiter seine Fußabdrücke, während er den Gang entlangschleicht. Hinter ihm dringt ein Lichtstrahl aus einem Seitentunnel. Es gelingt ihm, eine Biegung des Ganges hinter sich zu bringen, bevor der Lichtkegel auf den aufgespießten Hund fällt. Er bleibt dicht an die Wand gepresst stehen und lauscht auf näher kommende Schritte. Doch alles, was er hört, ist das Winseln des Hundes.

»Verdammte Scheiße!«, stößt Jerry hervor.

Dann dröhnt ein ohrenbetäubendes Krachen durch den schmalen Tunnel, das Staub von der Decke rieseln lässt. Es folgen zwei weitere Schüsse und dann schnelle Schritte in Micks Richtung.

Diesmal rennt Mick einfach los. Sollte es weitere Fallen im Gang vor ihm geben, ist er verloren. Um die Taschenlampe nicht anschalten zu müssen, orientiert er sich lediglich mit den ausgestreckten Armen an den Wänden. Irgendwann schimmert vor ihm ein schwaches Licht in der Dunkelheit auf, und der Anblick verleiht ihm neue Kräfte. Ein Schatten tanzt über die Tunnelwände hinter ihm, während der Fettsack weiter zu ihm aufschließt.

Das Ende des Tunnels besteht aus einem Loch im Boden, das fast völlig von Gestrüpp überwuchert ist. Mick umklammert die Ränder und zieht sich hinauf in die Nacht. Er lässt sich gerade hinter einem Felsen in Deckung fallen, als sich ein Lichtstrahl durch das Loch in den Nachthimmel bohrt und der tote Hund in hohem Bogen hinausfliegt. Dann zwängt sich Jerry ins Freie, und es sieht fast so aus, als würde die Erde den fetten Bastard gebären.

Er klopft sich wütend den Schmutz von der Hose, tritt gegen den Kopf des Hundes, der ihm, wie er glaubt, die Nacht versaut hat, und schleift ihn an einem Hinterlauf zu seinem Lager.

Mick bleibt in seinem Versteck zurück, das Gewehr in der einen, das Messer in der anderen Hand. Er wartet in der kalten Finsternis, von Kopf bis Fuß mit Blut, verwesendem Fleisch, Dreck und Schweiß bedeckt.

Kurz darauf dröhnt Motorengeräusch auf. Zwei Heckleuchten gleiten an Mick vorbei und schlängeln sich den Hang hinab. Er sieht zu, wie der Geländewagen in der Ferne verschwindet und die Scheinwerfer langsam wie zwei Dämonenaugen verblassen. Dann lässt er sich ächzend mit dem Hinterkopf auf den Boden sinken und starrt zu den glitzernden Sternen empor.

Das war verdammtes Glück. Aber wenigstens hat er einen der *anderen* entdeckt.

Als sich sein Atem wieder beruhigt, trottet er an dem Schild mit der Aufschrift BARDOCH MINING CO. vorbei in das jetzt menschenleere Lager zurück und überprüft alle Ölfässer und Kanister, die er findet. In einem Verschlag stehen zwei leere Tonnen, und zwei weitere auf dem Gelände enthalten nur Regenwasser. In keinem davon liegt sein Messer. Auch wenn es ziemlich unwahrscheinlich ist, dort fündig zu werden, durchstöbert er auch die Schuppen selbst für den Fall, dass Cutter ihn belogen hat – es wäre ja möglich, dass der Bastard das Messer irgendwo anders versteckt hat –, aber seine Suche bleibt erfolglos.

Also wird er Jerry auch zu dessen Haus in der Stadt folgen müssen. Doch je länger er darüber nachdenkt, desto unwahrscheinlicher erscheint es ihm, dass Cutter das Messer bei diesem Typen deponiert hat. Nach Jocks Tod war der Jäger den ganzen Tag unterwegs, was dafür spricht, dass er sich ein weiter entfernt gelegenes Versteck gesucht hat.

Was für Mick bedeutet, dass seine Jagd weitergeht.

Nachdem er diesmal nur knapp mit heiler Haut davongekommen ist, stellt er den Gedanken daran, alle drei Killer umzulegen, vorerst weit zurück. Er hat den Unterschlupf des Pädos entdeckt und festgestellt, wie perfekt isoliert das Versteck ist, er weiß jetzt, wie er dorthinein gelangen kann, ohne in eine der Fallen zu tappen. Sollte es nötig werden, kann er Jerry the Fiddler jederzeit wieder aufsuchen.

Das muss fürs Erste genügen. Alles, worauf es jetzt ankommt, ist, dieses beschissene Messer wieder an sich zu nehmen und seine Spuren zu verwischen.

Solange ihn die Suche danach nicht das Leben kostet.

Rose liegt bereits im Bett, als er zurückkehrt. Wie immer hat er die letzte Meile ohne Licht zurückgelegt und sich davon überzeugt, dass ihm niemand gefolgt ist, bevor er seinen Wagen in der Scheune abstellt. Eine Vorsichtsmaßnahme, die er sich angewöhnt hat, weil Opey über Rose Bescheid wusste. Denn wenn selbst dieser dämliche Bastard das herausfinden konnte, kann es auch jeder andere.

Anschließend verbrennt er seine Kleidung im Hinterhof und wäscht sich mit allem, was Rose im Haus hat, um den unerträglichen Verwesungsgestank loszuwerden. Vorsichtshalber reibt er sich noch mit Unmengen Old Spice ein, bevor er zu ihr unter die Decke schlüpft.

Obwohl sie sich nicht rührt und reglos auf ihrer Seite des Bettes liegen bleibt, kann er an ihrem Atem hören, dass sie nicht wirklich schläft. So liegt er neben ihr und starrt an die Decke, bis ihn endlich der Schlaf übermannt.

»Nächstes Mal kümmere ich mich selbst um eine Fahrgelegenheit nach Hause«, ist alles, was sie am nächsten Morgen zu ihm sagt. Sie macht ihm kein Frühstück.

11

Während der nächsten Tage besucht er zwischen den Hundejagden andere Pubs. Meistens sitzt er im Hintergrund, verhält sich unauffällig und beobachtet die anderen Gäste, ihr Mienenspiel, ihre Reaktionen auf das, was um sie herum passiert. Nicht nur, um das wahre Ich hinter den Fassaden zu entdecken, sondern auch, um ihre Verhaltensmuster zu kopieren. Ihm bleibt gar nichts anderes übrig, wenn er in dieser Welt überleben will. Wenn er sich mit ihnen unterhält, lacht er über ihre Witze und Sticheleien, selbst wenn er ihre selbstgefälligen Visagen am liebsten auf die Tischplatte klatschen würde.

Das verschwundene Messer macht ihm mit jedem Tag mehr zu schaffen. Aber wenigstens fühlt er sich hier nicht eingesperrt wie damals im Reservat. Oder wie auf der Station.

Sobald er an Kilbarra denkt, wird ihm bewusst, wie sehr er es vermisst, wie sehr ihm Opey, Simmo und Merce fehlen. Dann wünscht er sich, er hätte gelernt, Cutter und Jock zu ertragen. Und er erkennt, wie einsam er das ganze Leben über gewesen ist. Es überrascht ihn, dass er ein Teil dieser Welt sein möchte. Aber zur Hölle geht das nicht jedem so?

Und wie immer lenkt das seine Gedanken zu Rose. Auch wenn sich die Dinge zwischen ihnen verändert haben – sie verhält sich ihm jetzt gegenüber zurückhaltender –, hat sie ihn zumindest nicht vor die Tür gesetzt. Sie haben sich mittlerweile darauf verständigt, dass auf ihn kein Verlass ist. Solange sie damit zurechtkommen, könnte es für beide gut funktionieren.

Obwohl er sich mehr damit beschäftigen müsste, die anderen Killer aufzuspüren, kreisen seine Gedanken auch an diesem Tag in erster Linie um Rose, als er im *King's Head* in Newtown sitzt – einem kleinen Nest rund 200 Meilen nördlich von Wills –, und er bemerkt die Uniformen erst im letzten Moment aus den Augenwinkeln heraus. Er blickt von seiner Tageszeitung auf und sieht, wie Roberts und Kravic den Pub betreten und zielstrebig den Tresen ansteuern. Einen erschreckenden Moment lang fragt er sich, ob sein Messer aufgetaucht ist. Doch der jüngere Polizist wirkt überrascht, als er ihn entdeckt, und schlendert zu ihm herüber, während Roberts mit dem Wirt plaudert.

»Hier bist du also gelandet.« Kravics Augen gleiten langsam über ihn hinweg und wandern dann wie gelangweilt weiter über die restlichen Gäste. Ihr Ausdruck ist nur schwer zu deuten.

Mick hebt die Schultern. »Ich gönn' mir ein Steak. Zur Abwechslung.«

Wie aufs Stichwort erscheint die Frau des Wirtes – ein hübsches gebräuntes Ding in einem kurzen Kleid – mit einem randvoll beladenen Teller. Mick und Kravic sehen ihr hinterher, als sie davongeht. Kravics Blick bleibt länger an ihr kleben.

»Schätze, du kannst nicht die Finger von den Bräuten lassen, nachdem du nicht mehr auf der Station bist, was?«, fragt er, ohne den Blick von der jungen Frau loszureißen. »Muss sich so ähnlich anfühlen, als wäre man gerade erst aus dem Gefängnis gekommen.«

»Keine Ahnung. Kann schon sein.«

Jetzt lächelt Kravic Mick an. Der Blick seiner blauen Augen ist stechend. Mick säbelt unbehaglich ein Stück von seinen T-Bone-Steak ab. »Hatte schon länger vor, ein bisschen mit dir zu plaudern. Ich dachte, wir hätten dir gesagt, du solltest in der Nähe bleiben.«

Mick sieht von seinem Teller auf. »Ich wohne in Wills. Wenn

ich noch näher bleiben wollte, müsste ich direkt bei euch im Revier hocken.«

»Eins zu null für dich. Du jagst jetzt also Hunde. Dann hat sich die Zeit auf der Station für dich wohl ausgezahlt?« Sein Grinsen wirkt hämisch.

Obwohl Mick versucht, den Mist zu schlucken, ohne wütend zu werden, ist er sich nicht ganz sicher, ob ihm das auch wirklich gelingen wird. Er kaut schweigend auf dem zähen Steak herum.

»Wir haben deinen Freund immer noch nicht gefunden«, fährt Kravic fort. »Überlegen uns, die Nachrichtensperre aufzuheben, um ihn ein bisschen unter Druck zu setzen.«

»Schön.«

»Noch immer keine Ahnung, wo er stecken könnte?«

Mick schüttelt den Kopf.

Kravic klopft mit einem Finger auf den Tisch und sieht sich wie zerstreut um. »Es gibt da aber etwas anderes, womit du mir helfen könntest.«

Mick schluckt. Beinahe bleibt ihm der Bissen im Hals stecken. »Ich werd's versuchen.«

»Bei der Durchsuchung des Quartiers von deinem Kumpel haben wir seine Stiefel hinter seinem Bett gefunden. Welcher Junge vom Land macht sich denn schon ohne seine Stiefel vom Acker?«

»Vielleicht hatte er es eilig.« Mick blinzelt nicht einmal, während er so lässig wie möglich ein Stück Kartoffel aufspießt.

»Interessant, meinst du nicht? Schätze, wir werden ihn das fragen, wenn wir ihn gefunden haben. Und das *werden* wir.« Kravics Blick richtet sich wieder auf Mick, heiß wie eine Lötlampe.

Mick nickt. »Wenn Sie ihn finden«, sagt er und deutet mit dem fettigen Kartoffelstück auf Kravic, »richten Sie ihm von mir aus, dass er der uneheliche Vater von wenigstens drei Lämmern ist.« Er schiebt sich die Gabel in den Mund und kaut grinsend.

Kravic starrt ihn an, als spräche er mit dem Dorftrottel von

Newtown. Micks Grinsen wird etwas wacklig. »Wir sehen uns wieder, Junge«, sagt der Cop und stößt sich vom Tisch ab. Nach ein paar Schritten dreht er sich noch einmal um und schnippt mit den Fingern, als sei ihm eben erst noch etwas eingefallen. »Übrigens, wir haben einen Blick in die Polizeiakten von Queensland von wegen Mick Taylor geworfen. Du kommst aus Erebli, hast du gesagt?«

»Ja, Sir.«

»Keine Akte.« Wieder dieser stechende Blick. Die Zeit dehnt sich. Mick spürt, wie der Schweiß seine Kopfhaut prickeln lässt. »Andererseits aber ist Erebli der Arsch der Welt. Vielleicht warst du einfach nicht wichtig genug.« Kravic lächelt. »Schätze, ich sollte dich weiter im Auge behalten, was?«

Auf dem Weg zu seinem Kollegen wirft er erneut einen Blick auf die hübsche Köchin, ohne Mick weiter zu beachten, der heftig schwitzend an seinem Tisch sitzt.

Nach diesem Erlebnis treibt sich Mick nicht mehr länger in den Pubs herum. Stattdessen verbringt er seine Zeit wieder in der Wildnis und sieht sich auf dem offenen Land um.

So wie er es schon einmal getan hat.

Als er damit begann, sich weiter von dem einsamen Haus in der Wüste zu entfernen, deckte er sich mit Proviant für den Fall ein, dass die Jagd mehrere Stunden oder sogar Tage dauern würde. Aber bald schon gab die Wüste ihre Geheimnisse preis, und er zog ganz bewusst mit leeren Händen los.

Er fand heraus, dass die dicken Stämme der Flaschenbäume jahrelang Wasser speicherten und er nur ein Loch in ihre Rinde bohren musste, um seinen Durst löschen zu können. Verschloss man die Löcher anschließend wieder, fügte man den Bäumen keinen bleibenden Schaden zu.

Schlangen verbargen sich oft in der Nähe von Brigalow-

Bäumen, deren silbernes Laub sie als Schattenspender nutzten, und die flachen Wölbungen im Sand verrieten ihm, wo er mit seinem Speer zustoßen musste.

Witchetty-Maden fand man in Mengen zwischen den Wurzeln großer Gummibäume. Ihre weißen Leiber streckten sich wie ein kleines Akkordeon, wenn man sie aus der Erde zog. Roh gegessen platzten sie beim Zubeißen wie reife Früchte, kurz gebraten schmeckten sie wie Rührei und länger gegart wie zähes Hühnerfleisch.

Einmal verzehrte er eine rohe Buschtomate, worauf er innerhalb kürzester Zeit Blasen im Mund bekam und sich so lange übergeben musste, bis er fürchtete, es nicht mehr zurück zu dem verlassenen Haus zu schaffen. Danach war er vorsichtiger und vergiftete sich kein zweites Mal. Man musste nur die Schale der Tomate abbrennen und die Samen entfernen, dann konnte man die Früchte problemlos essen.

Mit der Zeit entdeckte er die winzigen Luftlöcher im ausgetrockneten Erdboden tiefer in der Wüste und fand heraus, dass sich darunter winzige Frösche verbargen, die dort zwischen den seltenen Regenfällen manchmal mehrere Monate lang in einer Art Trockenstarre ausharrten. Geröstet knusperten sie wie Popcorn in seinem Mund.

Die Art der Bewölkung verriet ihm, aus welcher Richtung der Wind in der Nacht wehen würde und auf welcher Seite einer Uferböschung er folglich sein Gepäck abstellen musste, um es vor Sand und Staub zu schützen. Er lernte, sich anhand der Sonne und der Sterne zu orientieren, sodass er sich nie mehr verirrte. Später im Reservat tat er so, als hätte er keine Ahnung von diesen Dingen, woraufhin ihn die Aborigines unterschätzten und staunten, wie schnell er sich für einen Weißen diese Fertigkeiten aneignete. Dadurch erwarb er sich den Stammesnamen Jackamin, der bestimmte, wen er als Frau nehmen durfte. Nicht, dass es jemals dazu kommen sollte.

Je kräftiger er wurde, desto weniger benötigte er das Haus zum Überleben. Es wurde mehr zu einem Rückzugsort, wo er sich vor den heulenden Stimmen verkroch, die der Wind von den fernen Bergen mit sich trug und die ihn manchmal wie eine heiße Naturgewalt umtosten, als würde ihm jeden Moment der Schädel bersten, bis er glaubte, es nicht länger ertragen zu können.

Wenn er heute Meilen von der Straße entfernt die zerklüftete Wüste auf der Dingojagd durchstreift, hat er keine Angst davor, sich zu verirren oder zu verdursten. Sollte es nötig werden, könnte er jederzeit einfach den Wagen stehen lassen, mit nichts als seiner Kleidung am Leib in der brütenden Mittagshitze losmarschieren und würde trotzdem sicher in die Zivilisation zurückfinden. Hier draußen zu überleben ist für ihn zu einer Selbstverständlichkeit geworden.

Diese Fähigkeiten kommen ihm jetzt zugute, denn die Suche nach den anderen beiden Killern fordert allmählich ihren Tribut. Er kann nicht mit Rose darüber sprechen und ist gezwungen, sich allein mit den unablässig in seinem Kopf umherwirbelnden Gedanken herumzuschlagen, während er herauszufinden versucht, wo die *anderen* stecken könnten.

Vor mehreren Tagen hat er einen Stapel alter Zeitungen hinter Bruces Pub gefunden und sie durchgearbeitet. Dabei ist er auf ein Muster gestoßen, was das spurlose Verschwinden von Menschen weiter oben im Norden betrifft. Ein paar Touristen könnten sich auf der Strecke nördlich von Newtown verirrt haben. Es *könnte* so sein, denn sie haben mit niemandem über ihre geplante Reiseroute gesprochen, und es wäre ebenso gut möglich, dass sie bereits in der Stadt oder irgendwo außerhalb des Landes verschwunden oder sogar absichtlich untergetaucht sind. Allerdings hat es den Anschein, als wären sie zuletzt im Norden des Staates in der Nähe von Touristenzentren gesehen worden.

Mick beginnt, die Hügel zu durchstreifen, die umliegenden Ortschaften und touristischen Ausflugsziele zu erkunden. Er gewöhnt es sich an, sie aus der Ferne zu beobachten, ohne sich unter die Menschen zu mischen. Mit der Zeit erscheinen sie ihm wie Ameisen, die bei dem, was sie anscheinend für wichtig halten, ziellos umherwuseln.

Je mehr er Abstand zu anderen Menschen hält, desto weiter entfernt sich der Rest der Welt von ihm. Es ist, als würde er in einem Boot sitzen, das langsam vom Ufer davontreibt. Er kann beim besten Willen nicht verstehen, warum sich die Leute in der großen weiten Leere hier draußen so dicht zusammendrängen, als suchten sie Schutz in der Nähe der anderen. Sie strömen in den weit verstreuten Städten zusammen, um dort ihr Land zu bewirtschaften, kleben förmlich an den schwarzen Asphaltstraßen zwischen den unglaublich weit voneinander entfernten Tankstellen und müssen sich gegenseitig ständig dicht auf die Pelle rücken. Und offenbar sind sie glücklich damit.

Mick beobachtet die endlosen Ströme der Touristen in ihren glänzenden neuen Autos oder den geräumigen Geländewagen, die die Stadtmenschen heutzutage anscheinend bevorzugen. Er sieht, wie sie – wie von einem fremden Zwang getrieben – die Wasserlöcher, Besucherzentren und Nationalparks überall im Staat ansteuern, und er fragt sich, was zum Teufel sie dort zu finden hoffen. Sie springen aus ihren Autos, laufen eine Weile in der Gegend herum und sehen sich alles an, bis es ihnen zu heiß wird, und dann kehren sie in die Sicherheit ihrer Touristenunterkünfte oder Städte zurück. Was soll das? Auf diese Weise offenbart ihnen das Land bestimmt nicht seine Geheimnisse.

Und während Mick sie beobachtet, beginnt etwas in ihm zu nagen, und allmählich macht sich die dunkle Gewissheit in ihm breit, dass er nicht wie sie ist. Dass er nie normal sein, nie dazu gehören wird. Dass sein Vater recht damit hatte, ihn zu hassen. Das es kein Zuhause für ihn gibt.

Was ihn weiter auf seinem Spähposten ausharren lässt, ist die Erkenntnis, dass jemand, der Jagd auf Touristen macht, sich auf die gleiche Weise verhalten wird: im Hintergrund bleiben, aus der Ferne beobachten, planen. Die Schwachen aus der Menge herauspicken, diejenigen, die sich zu weit von zu Hause entfernt haben.

Es ist dieses Vorgehen, das ihn schließlich auf die Celepči-Brüder stoßen lässt, schneller, als er es eigentlich erwartet hatte.

Eines Tages, als er zwei besonders gerissene Dingos im Terrain nördlich von Newtown jagt – ein festes Pärchen, das schon seit Jahren die Herden der hiesigen Farmer dezimiert –, entdeckt er in der Nähe der pittoresken Mugumbi-Felsformationen im Osten das Aufblitzen von Metall in der Sonne. Der Parkplatz am Eingang des Nationalparks erinnert an einen flachen Handteller, von dem aus zerklüftete Felsgrate wie gekrümmte Finger in die Wüste hinausragen. Er kann kleine schwarze Punkte zwischen den Fingern umherwandern sehen, und wie üblich beobachtet er sie, während die Sonne dem Horizont entgegensinkt, und fragt sich dabei, was die Touristen dort wohl suchen. Es gibt nichts außer trockener Erde und Steine hier draußen. Ob die Felsen die Touristen vielleicht an Wolkenkratzer erinnern? Möglich, dass ihr Anblick ihnen das Gefühl vermittelt, irgendwie zu Hause zu sein. Wer zum Teufel weiß das schon?

Nachdem die Autos nach und nach wieder davonfahren, bemerkt er einen Wagen, der ein Stück von der Straße entfernt parkt. Die anderen Autofahrer können ihn von der Straße aus nicht sehen, aber Mick befindet sich an einem idealen Beobachtungspunkt, und er registriert, dass sich der Wagen lange Zeit nicht bewegt. Ein großer Ford, soweit er es aus dieser Entfernung erkennen kann, mit heller Lackierung. Ein Abschleppfahrzeug mit einer Seilwinde an einem Kran, der wie der Stachel eines Skorpions aus seinem Heck hervorragt.

Auf dem Parkplatz steht jetzt nur noch ein Auto, irgendein

Großraumfahrzeug, und durch das Zielfernrohr seiner .22er kann Mick eine Person in der Fahrerkabine sehen, die vergeblich den Motor zu starten versucht. Zwei Mädchen steigen aus und klappen die Kühlerhaube hoch. Plötzlich setzt sich der Abschleppwagen, in dem zwei Männer sitzen, in Bewegung und nähert sich ihnen in gemächlichem Tempo.

Bevor sie den anderen Wagen erreichen können, taucht eine Gruppe von Wanderern auf dem Parkplatz auf. Der Abschleppwagen hält an. Die Männer in ihm beobachten das Geschehen eine Weile, dann wenden sie und fahren davon.

Mick verfolgt die Staubfahne, die der Wagen hinter sich herzieht. Hat er gerade wirklich das beobachtet, was er zu sehen glaubt? Das Ganze erinnert ihn an einen Naturfilm, den er vor langer Zeit im Fernsehen gesehen hat. Eine Dokumentation über die Jagd eines Löwens, der einer Gazelle auflauert, sie reißt und dann anschließend, von der Kamera perfekt eingefangen, verspeist.

Er glaubt nicht, dass die beiden Mechaniker aus beruflichen Gründen ihren Posten an einem Ort bezogen haben, wo die Wahrscheinlichkeit besteht, dass irgendein Auto eine Motorpanne hat und professionelle Hilfe benötigt.

Es scheint ihm eher so, dass die Panne kein Zufall war, sondern dass die Männer dabei nachgeholfen haben.

Mick nimmt sich erneut den Stapel der alten Zeitungen vor und liest langsam, aber gründlich, wie es seine Art ist. Letztes Jahr sind zwei junge Schwedinnen während einer Fahrt nördlich von Broome spurlos verschwunden. Sie hatten in Perth ein unzuverlässiges Auto gekauft. Ein Kfz-Werkstattbetreiber in Kalgoorlie erinnerte sich, dass sie bei ihm hielten, um die Benzinpumpe austauschen zu lassen. Er riet ihnen nachdrücklich, auf keinen Fall den Highway zu verlassen. Als ihm die Mädchen erzählten, dass sie vorhätten, ein paar Sehenswürdigkeiten auf dem Weg nach Norden aufzusuchen, überredete er sie, einen zusätzlichen Wasservorrat und einen Reservekanister mit Benzin mitzunehmen, nur für den Fall, dass sie irgendwo mit einer Panne liegen bleiben sollten. Was dann anscheinend auch passiert ist. Wenn auch vielleicht nicht rein zufällig.

Die Polizei meinte, es würde sich nur um einen weiteren Fall von Touristen handeln, die sich unvorsichtigerweise ins Outback hinausgewagt hätten, doch Mick gelangte allmählich zu der Überzeugung, dass es anders gewesen ist. Es folgten noch einige weitere Berichte über den Vorfall, aber die Schwedinnen tauchten nie wieder auf. Irgendwer behauptete später, sie irgendwo in Übersee gesehen zu haben – vermutlich ein Irrtum –, worauf die Story einschlief und die Zeitung das Interesse daran verlor.

Doch der Vorfall hat sich so nahe von hier ereignet, dass es kein Zufall gewesen sein kann.

Diese Typen müssen ihre Masche schon seit einiger Zeit durchziehen.

Jetzt muss Mick nur noch ihre Operationsbasis mit dem Abschleppwagen aufspüren.

Sobald sich ihm die nächste Gelegenheit bietet, fährt er wieder nach Norden, hält am letzten Ort vor der Mugumbi-Formation, rund 40 Meilen entfernt – kaum mehr als eine kleine Raststätte an der Fernstraße –, und behauptet, er hätte ein paar Probleme mit seinem Geländewagen. Er erkundigt sich, ob es einen Kfz-Mechaniker oder einen Abschleppwagen in der Nähe gäbe. Wie sich herausstellt, betreiben zwei Schmierölakrobaten eine Werkstatt in einer nahe gelegenen Minensiedlung namens Lawson. Mick bedankt sich bei dem Tankwart, einem wettergegerbten knorrigen Alten, der wie ein wandelnder Leichnam herumschleicht. Der Typ tippt mit den Fingern an seine Hutkrempe und schlurft zurück zu seinem Schalter. Nur gut, dass es nicht er gewesen ist, der die vermissten Touristinnen zuletzt bedient hat. Wahrscheinlich kann sich der alte Furz nicht mal daran erinnern, wo er sein Gebiss am Abend zuvor deponiert hat.

Die Häuser von Lawson sind am Fuß der Trentham-Bergkette um einen riesigen, vom CSU-Konzern betriebenen Tagebergbau herum errichtet worden, in dem nach Uran, Kupfer und Gold geschürft wird, rund 100 Meilen nordöstlich von Newtown gelegen. Aus der Grube steigen gewaltige Staubwirbel in den Himmel empor, die aus der Ferne wie Rauchsignale über der niedrigen Bergkette aussehen. Der feine Staub verklebt Mick bereits die Kehle und arbeitet sich tiefer in seine Lunge vor. Er fragt sich, wie hoch die durchschnittliche Lebenserwartung hier draußen wohl ist.

Zuerst dreht er eine langsame Runde durch den überraschend großen Ort. Es gibt ein paar größere Häuser, die auf jeweils rund 1000 Quadratmeter großen Grundstücken stehen, die meisten Gebäude aber sind weiß gestrichene kleine, in eintönigen Reihen errichtete Fertigbauteilbungalows, ursprünglich wahrscheinlich nur als provisorische Unterkünfte gedacht, die sich immer weiter ausgebreitet haben, je mehr Arbeiter der Tagebergbau angezogen hat. Einige sind mit Blumenkästen geschmückt, andere haben sogar blau oder gelb gestrichene Verandas, deren Farbe bereits wieder verblasst – zweifellos ein Versuch der Ehefrauen, die Siedlung etwas aufzuhübschen –, hauptsächlich aber sind es nur unansehnliche staubig weiße Häuser, die in endlosen Reihen die Straße säumen. Das Stadtzentrum besteht aus einem Postgebäude, ein paar Pubs, einer Art Versammlungshalle, einem Polizeirevier und einem RSL-Bowling-Club. Und aus einer Werkstatt mit vor sich hinrostenden Autowracks und einer Handvoll defekter Wagen, die auf ihre Reparatur warten, am anderen Ende der Bergbausiedlung.

Bingo!

Mick hält am Ende der Straße auf der Seitenböschung und beobachtet die Werkstatt durch den Seitenspiegel. Ein gewaltiger Kipplaster auf gigantischen Rädern rumpelt auf ihn zu. Er blickt zu den Fenstern auf, hinter deren staubigen Scheiben verschwommene Gesichter zu ihm hinabstarren. Vermutlich fragen sich die Männer, was der Fremde in Lawson will. Er muss hier auffallen wie ein bunter Hund.

Wenn er noch länger hier parkt, um die Mechaniker auszuspähen, wird die Polizei schon bald an seine Seitenscheibe klopfen. Also steigt er aus, nachdem der Kipplaster die abschüssige Straße hinabgerollt und in der offenen Wunde verschwunden ist, die die Mine in die Erde gerissen hat. Er hält sich eine Hand vor Mund und Nase, um sich vor dem allgegenwärtigen Staub zu schützen, und klappt die Motorhaube hoch. Jetzt könnte er den Schlauch der Benzinpumpe aus dem Vergaser ziehen und hinüber zur Werkstatt humpeln, um den Defekt von den Mechanikern beseitigen zu lassen. Das würde ihm die Gelegenheit geben, sich zu vergewissern, dass er wirklich den richtigen Abschleppwagen gefunden hat, und dabei auch gleich nachzusehen, ob dort vielleicht ein paar Öltonnen herumstehen und eine Möglichkeit besteht, dass er später unbemerkt zurückkehren kann, um in die Werkstatt einzubrechen.

Das aber würde bedeutet, dass er von Angesicht zu Angesicht mit den Männern sprechen muss, und was, wenn er sich dabei verrät? Sollte er nervös werden, besteht die Gefahr, dass sie ihn durchschauen und ausschalten.

Er erwägt seine Optionen. Zurzeit hält sich offenbar niemand in dem Schuppen auf. Vielleicht könnte er sich gleich jetzt leise hineinschleichen und umsehen. Der Kinderficker hatte verschiedene Gegenstände als Andenken gehortet, Schuhe und Schmuck. Jagdtrophäen. Vielleicht haben diese beiden das Gleiche getan. Zumindest wäre er dann sicher, den richtigen Ort gefunden zu haben.

Und gleichzeitig könnte er jede offene Tonne durchsuchen. Der Zeitrahmen für Cutter würde funktionieren – drei bis vier Stunden für die Hinfahrt von der Station, drei bis vier Stunden für den Rückweg. Ungefähr die Zeit, die er fort war.

Mick könnte die ganze Geschichte hier und jetzt zu einem Ende bringen. Wenn er sein Messer zurückhätte, müsste er sich in Zukunft nur unauffällig verhalten. Keine Aufmerksamkeit mehr erregen, seine Wut beherrschen und damit aufhören, Leute auf Parkplätzen umzubringen. Und auf keinen Fall irgendjemanden dazu nötigen, seinen toten Hund zu fressen.

Doch bevor er irgendetwas unternehmen kann, lässt das laute Grollen eines V8-Motors den Boden erbeben.

Er duckt sich unter die Motorhaube, als ein blassblauer Abschleppwagen hinter ihm auftaucht, genauso einschüchternd wie der riesige Kipplaster kurz zuvor. Sein Abschlepphaken schwingt an dem Kran hin und her. An der Motorhaube vorbei erhascht Mick einen kurzen Blick auf zwei Gesichter hinter der Windschutzscheibe, dunkel und verschlossen, die ihn kurz mustern. Dann halten die Männer, springen aus ihrem Wagen, und Mick zieht schnell den Benzinschlauch aus dem Vergaser.

Bevor er in Panik geraten kann, wird er von einem Hustenanfall gepackt, als sich der Staub in seiner Kehle in zähen Schleim verwandelt. Er hört Gelächter, während er keucht und spuckt. Aus den Augenwinkeln heraus sieht er, wie sich ihm zwei Schatten nähern.

»Man muss diese frische Luft einfach lieben, was, *Prijatelj?*«, fragt einer der Männer. Mick hebt den Kopf und blickt in ein unrasiertes Gesicht mit einer Reihe grinsender weißer Zähne und einem pechschwarzen gegelten Haarschopf. Hinter dem halb aufgeknöpften ölverschmierten blauen Hemd des Mannes baumelt ein silbernes Kreuz an einer Kette vor einer dichten Brustbehaarung.

»Preeya …?«

»Ah, tut mir leid, Freund. Kumpel. Wer in dieses Nest kommt, braucht 'ne Atemmaske.«

»Seid ihr die Mechaniker?«

Der Mann zwinkert ihm zu, sieht zu dem anderen hinüber und richtet den Blick dann demonstrativ auf die Autoteile, die den Boden vor dem Schuppen übersäen. »Nein, wir haben ein' Swimmingpool. Gleich dahinten.« Die beiden sind augenscheinlich Brüder, der eine Mitte zwanzig, der andere in den Dreißigern. Sehnig und gefährlich. Irgendwie sprungbereit.

Mick ignoriert den Seitenhieb. »Ich hab' ein Problem mit meiner Karre. Wahrscheinlich nichts Kompliziertes.«

»Ja«, sagt der erste Mann. »Offensichtlich hast du da ein' Haufen Scheiße. Wie kann das Ding überhaupt noch fahren?«

Zum Glück bemerken die beiden nicht, dass Mick beinahe explodiert, weil sie bereits die Köpfe unter die Motorhaube stecken. Mick öffnet langsam die Hände, die er zu Fäusten geballt hat. *Beherrsch dich! Liefer dich nicht selbst ans Messer, verdammte Scheiße!*

Die Männer sehen in ihren Klamotten und mit dem Abschleppwagen genau wie die Typen an den Mugumbi-Felsen aus, aber Mick hat sie nur aus ziemlich großer Entfernung gesehen und fragt sich jetzt, ob er sich nicht vielleicht täuscht. Ob sie wirklich für das Verschwinden der Touristinnen verantwortlich sind. Vielleicht sieht er ja nur das, was er sehen will, vergeudet hier nur seine Zeit.

Der ältere Mann entdeckt auf Anhieb den losen Benzinschlauch und stößt dem jüngeren vertraulich einen Ellbogen in die Seite. »Sieht so aus, als hätt's dein' Vergaser zerlegt«, sagt der jüngere Typ. »Wir müssten ein paar Teile bestellen, werden bis Nachmittag da sein. Du hast Geld?«

Sieht so aus, als könnte sein Fehler ihn noch teuer zu stehen kommen. Mick nickt, aber die Männer sehen ihn gar nicht an, sondern starren an ihm vorbei. Er hört das Klappern von Schuhen, und als er sich umdreht, sieht er eine Frau die staubige Straße entlanggehen. Sie trägt ein leichtes Sommerkleid, hat das blonde Haar säuberlich zu einem Knoten hochgesteckt und ist perfekt geschminkt. Die gelangweilte Ehefrau eines Minenarbeiters mit jeder Menge Geld von ihrem Alten.

Die Männer tippen grüßend an ihre Hutkrempen. Die Frau betrachtet sie flüchtig durch eine große Sonnenbrille, und Mick registriert, wie sich ihre Mundwinkel geringschätzig senken, als sie kurz nickt und den Blick abwendet. Das Lächeln der Männer gefriert. Wer nicht genau hinsieht, würde es nicht bemerken. Dann ist die Frau verschwunden, und die Typen entspannen sich wieder.

Aber Mick hat genug sehen. Das Geld, das er hier loswerden wird, ist mit Sicherheit gut investiert.

»Die Frau vom Superintrendent der Mine«, erklärt der jüngere Mann. »Läuft hier jeden Tag lang. Macht die Männer heiß.« Er grinst, um zu zeigen, dass er nur einen Witz gemacht hat. Dann wandert sein Blick weiter zu dem Portemonnaie in Micks Gesäßtasche, das nach Zahlung der letzten zwei Abschussprämien prall gefüllt ist – mit mehr als dem Monatslohn eines normalen Arbeiters in neuen Dollarscheinen. »Wir bestellen die Teile gleich, ja? Komm am Nachmittag wieder. Alles fertig, dann, *Prijatelj*.«

Sie wollen ihm also nur ein bisschen Geld abknöpfen? Schön. Er ist sich mittlerweile sicher, dass sie Dreck am Stecken haben. Jetzt muss er sich nur noch abseilen.

»Danke. Äh … *Preeya-tell*«, versucht er das fremde Wort richtig auszusprechen.

»*Da*. Gut!« Der Mann grinst und schüttelt ihm kräftig die Hand. Anscheinend war das das Zauberwort, denn er sieht seinen Bruder fragend an, worauf der ältere Mann nickt und in den Abschleppwagen springt. Jetzt entdeckt Mick die Aufschrift auf der Tür: *Celepči Brothers – Abschleppdienst und Reparaturen.*

»Du sprichst fast schon Serbisch«, sagt der jüngere Mann.

»Komm, lass uns was essen. Du kommst mit uns. Gutes Essen, Karten spielen, was trinken, während wir warten. Wir bringen dir mehr Serbisch bei.«

Das ist nicht unbedingt das, was Mick geplant hat. Er deutet auf die Straße in Richtung der Stadt. »Ich warte einfach ...«

Der Mann nickt wissend. »Aussies nicht so gute Trinker, wie sie glauben.«

Mick verzieht missbilligend das Gesicht. »Ich kann trinken.«

Der junge Serbe klopft ihm auf die Schultern. »Dann du kommst mit uns.« Er deutet auf ein gedrungenes Gebäude im Stadtzentrum, das mit seinen Betonsäulen aussieht, als stammte es aus dem antiken Griechenland. Sein Bruder, der in der Zwischenzeit wahrscheinlich das Ersatzteil bestellt hat, zieht das Rolltor der Werkstatt herunter. Aber Mick erhascht einen kurzen Blick ins Innere der Werkstatt, wo er ein paar reparaturbedürftige Autos und zwei Hebebühnen entdeckt. Und Tonnen in jeder Ecke. Jede Menge potenzielle Verstecke für sein Messer.

Die Brüder flankieren ihn auf dem Weg ins Ortszentrum wie zwei Leibwächter. »Ich bin Drago«, sagt der jüngere Mann und schüttelt ihm wieder die Hand. »Das ist mein Bruder Vuka.«

»Mick.«

»Schön, Aussie Mick. Mal sehen, wie du trinkst.«

Anfangs ist Mick verkrampft und fragt sich, ob sie ihn in ein menschenleeres Gebäude bringen wollen. Doch vor der großen Versammlungshalle parken mehrere Autos, und als sie näher kommen, hört er Musik und Stimmen.

Er wirft einen Blick auf seine Jackaroo-Klamotten. »Ich bin nicht wirklich richtig angezogen ...«

»Das kümmert niemand' hier. Sieh uns. Nachdem du ersten *Šljivovica* getrunken hast, ist dir das auch egal.«

»*Shliver* ... was?«

Drago grinst. »*Slivovitz.* Ihr nennt euer Bier *Bernstein der Göt-*

ter. Also, du hast noch nicht unseren Zwetschken-*Raki* probiert. Unseren Brandy.«

Er stößt eine Tür mit einer Bronzeplakette und der Aufschrift *Borati Club* auf, die in einen langen verqualmten Raum führt. Die Decke ist niedrig, und die Wolke aus Zigarettenrauch, die knapp über Kopfhöhe hängt, lässt den Raum noch kleiner erscheinen. An den Wänden hängen verrußte alte Fotos, vermutlich aus der Heimat des Betreibers, sowie eine große zerfledderte Karte irgendeines Landes, das Mick noch nie gesehen hat und auch niemals in seinem Leben sehen wird. An zwei Tischreihen, die sich bis zur Küche erstrecken, sitzen schon um diese Uhrzeit mehrere Zecher. Einige nicken den beiden Brüdern zu, doch Mick bemerkt, dass ein alter Mann still abwartet, bis sie an seinem Tisch vorbeigegangen sind, dann hastig seine Zigaretten einsteckt und sich verzieht.

Drago begrüßt eine kräftige großmütterliche Frau hinter dem Küchentresen mit Küssen auf die Wangen und einem schnellen Wortstakkato in seiner Muttersprache, das sich anhört, als sprächen sie rückwärts. Kurz darauf kehrt er mit einer schwarzen Flasche und drei Gläsern zurück und schiebt Mick zu einem Tisch.

Mick setzt sich. Nachdem er solange allein oder nur mit Rose zusammen gewesen ist, fühlt er sich unter so vielen Menschen auf engem Raum ziemlich unbehaglich. Doch ein würziger Geruch, der ihm das Wasser im Mund zusammenlaufen lässt, erfüllt die Luft von der Küche her, und er schnuppert interessiert.

»Wir werden schon bald *Ćevapčiči* essen«, grinst Drago. »Aber vorher trinken wir.« Er stößt mit Mick an. Mick zögert. Er weiß, dass der Schnaps mit Drogen versetzt sein könnte, aber er muss das Risiko eingehen. Das Brennen in seiner Kehle arbeitet sich bis zu seinen Augen vor, und er blinzelt, als es in seinen Nebenhöhlen sticht. Die Brüder lachen. »*Iveli!*«, ruft Drago.

»Yeah, cheers, Kumpel«, erwidert Mick lächelnd, da es sich nur um einen Trinkspruch gehandelt haben kann.

Irgendjemand, der ihm gern das Geld aus den Taschen ziehen möchte, teilt Karten aus. Dollarnoten fliegen auf den Tisch. »Du kennst Poker, ja?«, fragt Drago. Mick nickt. »Also, das ist anders, aber du wirst schon verstehen. Leg dein Geld dazu.«

Der andere Bruder, Vuka, ist stiller als Drago, und Mick bemerkt, wie er ihn während des verwirrenden Spiels durchdringend mustert. Er gibt sich Mühe, fröhlich zu wirken. Hoffentlich ist er den Brüdern nicht von Anfang an verdächtig erschienen, hoffentlich ist das nicht ihre Art, sich Schnüffler vom Hals zu schaffen: sie in ihr Spinnennetz zu locken und dort auszusaugen. Doch dann verliert Vuka offensichtlich das Interesse an ihm und vertieft sich in eine lebhafte Diskussion mit seinem Sitznachbarn. Vielleicht handelt es sich auch um einen Streit, Mick hat keine Ahnung, da sich ihre Sprache für ihn immer so anhört, als wären sie wütend. Ein Briefumschlag wechselt den Besitzer.

»Wir sind hier nicht alle nur Jugoslawen«, plappert Drago munter. »Musst dich also nicht fremd fühlen, Aussie Mick. Ja, wir sind Serben, Kroaten und Bosnier. Aber da sind auch Griechen, und die beiden da drüben sind Tschechen. Sind sogar Russen und Letten hier. Bei uns sind alle willkommen, sogar Australier. Aber die wollen nicht hier trinken. Die bleiben alle auf der anderen Seite der Stadt in ihren Aussie-Pubs. Wo sie sicher sind, unter sich. Wenn das so sein soll, dann ist es eben so.«

Der serbische Brandy beginnt, Mick zu Kopf zu steigen, und er hat bereits einen größeren Geldbetrag verloren, aber er ist immer noch nüchtern genug, um zu registrieren, dass Drago jetzt ungenierter hinsieht, wenn er sein Portemonnaie aus der Tasche zieht. Der Geldhaufen der Brüder – die meisten Scheine stammen von Mick – wächst vor ihnen in die Höhe. Drago hat bestimmt nicht vor, ihn gehen zu lassen, bevor sie ihm nicht auch den Rest abgeknöpft haben. Wahrscheinlich hätten sie ihn auch einfach bewusstlos schlagen und ausrauben können, aber da würde das sportliche Element fehlen. Auf diese Weise wird er in ein paar

Stunden aus dem Club herausstolpern, ohne zu wissen, wie ihm geschehen ist, und ohne das verlorene Geld zurückfordern zu können. Falls er überhaupt so lange durchhält.

Bei der nächsten Runde legt Mick einen Buben statt eine Zehn auf den Tisch, und Drago lacht. »Hast es immer noch nicht verstanden, was?« Mittlerweile hat Mick bereits seinen halben Lohn verspielt und fragt sich, ob er nicht besser aussteigen sollte.

Er blickt auf seine Uhr. »Also, wann wird dieses Teil ...«

»Du musst gehen?«

»Ich muss zurück nach Hause.«

»Aber du bist zu uns gekommen. Hast unseren Schnaps getrunken. An unserem Tisch gesessen. Willst du unser Essen ablehnen? Unsere Gastfreundschaft?« Der jüngere Bruder lächelt, aber seine Augen lächeln nicht mit.

Mick vergisst seine Uhr.

»Weißt du, Aussie Mick«, fährt Drago fort, immer noch lächelnd, während er die Karten für die nächste Runde austeilt. »Ist ein glückliches Land, das hier. Wir kommen hierher aus unseren von Krieg zerstörten Städten, mit leeren Händen. Aber wir arbeiten hart, und wir sehen unsere Chance. Haben uns einen Namen gemacht, ein Geschäft aufgebaut. Und weißt du, was wir dafür kriegen? Werden Kanaken genannt. Schwarzaugen, Spicks, Spaghettifresser, Zigeuner, Schmierlappen.« Das Lächeln erlischt. Mick spannt sich an. »Wenn du hier nicht ganz weiß bist, bist du nicht Australier. Warum ist das so? Sogar eure Eingeborenen – eure *Abbos*, wie ihr sagt – werden nicht als Australier gesehen. Wie kann das sein?«

Einige der anderen Männer starren Mick jetzt an. »Ich nenne sie nicht so«, sagt er.

»Und eure Frauen. Sind so eingebildet. Sehen uns an, als wären wir Tiere. Wie diese Nutte, die da oben auf der Straße war ...«

Vuko beugt sich vor und legt seinem Bruder eine Hand auf den

Arm. Drago beruhigt sich, sieht Mick an und lächelt wieder mit kalten Augen.

»Nein, wir spielen weiter«, sagt er. »Du kannst noch ein bisschen Geld verlieren, ja? Vielleicht zahlst du was zurück, was du uns schuldest.«

»Ich schulde euch überhaupt nichts.«

Der Serbe antwortet nicht. Mick kann spüren, wie die Blicke aller Anwesenden auf ihm ruhen, und denkt sich, dass es vielleicht besser wäre, diese Runde auszusetzen und keine Szene zu machen.

Beim nächsten Mal gibt er sich besonders viel Mühe, sich auf die Spielregeln zu konzentrieren, verliert aber trotzdem wieder. Diesmal muss er schon mit Fünf-Dollar-Noten zahlen. Drago legt sie lächelnd auf seinen Stapel. Mick versucht, sich nicht zu ärgern, aber ihm ist klar, dass er später, wenn sie zur Werkstatt zurückkehren und er auch noch für den Vergaser bezahlen muss, richtig sauer werden wird.

»Bei uns gibt es ein Sprichwort«, sagt Drago. »*Bog je prvo sebi bradu stvorio.* Zuerst hat Gott seinen Bart erschaffen. Du verstehst?«

»Nope.«

Drago lächelt. »Es bedeutet, jeder sorgt für sich selbst. Ihr sprecht von Kameradschaft in diesem Land. Aber ihr seid genauso ein Stamm wie alle anderen auch. Habt Angst vor Außenseitern, kämpft für euren Fleck Erde. Wir kennen das gut. Im Krieg haben unsere Leute gegeneinander gekämpft. Einige haben sogar zu den Nazis gehalten.« Der Mann neben Mick hebt sichtlich irritiert die Brauen, schweigt aber. »Der Konflikt geht immer noch weiter. Wir sind also auch nicht besser als ihr. Wir wünschen nur, es wär' anders hier.«

Mick ist sich nicht ganz sicher, was Drago damit meint, und hebt die Schultern. »So läuft der Hase nun mal, schätze ich.«

Der jüngere Serbe legt den Kopf schief. »Ich kenn' das Sprichwort nicht. Fatalismus, ja?«

»Irgendwas in der Richtung.« Mick trinkt einen weiteren Schluck Slivovitz. Wenn er schon Geld verliert, kann er auch dafür saufen. »Ich gehöre zu keinem Stamm. Ich habe eine Weile auf einer Station gearbeitet, aber es hat nicht geklappt.«

»Dann bist du jetzt allein?«

Mick zögert. »Nur ich und mein Auto.«

»Dann sind wir vielleicht gar nicht so verschieden.«

Vuka diskutiert inzwischen noch verbissener mit dem Mann gegenüber von Mick. Da öffnet sich die Tür, und zwei große Männer, die trotz der draußen herrschenden Hitze Anzüge tragen, treten ein. Vuka wird plötzlich aus seinem Stuhl geschleudert und greift sich an den Rücken. Die beiden Männer stürzen auf ihn zu. Drago springt über den Tisch und zieht ein Messer über die ausgestreckten Arme eines der Angreifer. Der Mann brüllt auf, stolpert über die Stühle und geht zu Boden, wobei er sein eigenes Messer fallen lässt.

Vuka macht Anstalten, den zweiten Mann abzuwehren, worauf der Typ neben Mick, der das Gesicht verzogen hat, als Drago von den Nazis sprach, plötzlich die Zähne bleckt, ebenfalls ein Messer zieht und die Brüder angreifen will. Mick versucht, ihm auszuweichen, aber der Mann rammt ihn mit der Schulter, und Mick stößt ihn zurück. Der Typ wirbelt herum, seine Messerklinge zischt nur Zentimeter vor Micks Gesicht vorbei. Mick zuckt zurück und zieht Cutters Messer aus seinem Gürtel. Er springt vor, bringt dem Mann eine tiefe Schnittwunde quer über die Brust bei und zieht sich sofort wieder aus dessen Reichweite zurück. Der Typ schreit auf und weicht zurück. Vuka tritt ihm in die Kniekehlen, und als der Mann zu Boden geht, verpasst er ihm einen Tritt gegen den Kopf.

Mick schiebt sich rückwärts in Richtung Küche aus der unmittelbaren Gefahrenzone heraus und hält dabei das Messer abwehrend vor sich, während die anderen Gäste aufstehen und zurückweichen. Drago hockt mittlerweile auf seinem Gegner, beugt sich zu ihm vor und schleudert ihm eine wütende Wortkaskade ins Gesicht, während er ihm ein riesiges Messer dicht vor die Augen hält. »Nächstes Mal, doppelt so viel«, sagt er und zieht dem Mann die Klinge über die Wangenknochen. Der Typ schreit auf, Blut sprudelt aus der Wunde hervor und klatscht auf den Boden. Die anderen Zecher stehen einfach stumm im Hintergrund, als wäre die Situation für sie nicht neu. Mick wirft einen Blick über die Schulter und sieht, wie die Frau das Geschehen aus der offenen Küche heraus mit einem Ausdruck resignierter Traurigkeit im Gesicht verfolgt. Dann holt sie einen Wischmop.

Vuka drückt seinem Gegner das Messer auf den Bauch, als wollte er zustoßen. Der andere Mann schüttelt den Kopf und hebt hilflos die Hände, aber Vuka rammt ihm ein Knie in die Eier. Der Mann stößt keuchend die Luft aus, presst die Hände zwischen seine Beine, rollt sich auf die Seite und kotzt eine gräuliche Fontäne über den blutverschmierten Boden. Drago und Vuka stehen über den drei Männern und verpassen ihnen eine Reihe von Tritten, bevor einer seinen würgenden Freund hochzieht und alle drei zur Tür stolpern. Die Brüder grinsen einander an. Dann lassen sie ihre Blicke stumm durch den Raum wandern, bis sie schließlich an Mick hängen bleiben.

Mick steht an der Seitentür, doch die ist verschlossen, und er fährt herum, als sich ihm die Brüder nähern. Sein Messer sieht winzig aus verglichen mit Dragos riesigem Bowiemesser. Der Serbe wirft einen Blick darauf, lächelt und legt es weg. Mick steht reglos da und blinzelt, Cutters Messer noch immer in der Hand, doch Vuka geht einfach auf ihn zu und klopft ihm auf die Schultern. »Du warst gut damit, Junge«, sagt er und deutet mit einem Nicken auf das Messer. Mick steckt es schnell wieder ein.

Drago nimmt ihn am Arm und führt ihn zur Tür. »Wir machen hier sauber. Geht die Bullen nichts an.« Die alte Frau gießt Wasser auf den Boden, der, wie Mick jetzt bemerkt, an einigen anderen Stellen ein paar etwas dunklere Flecken aufweist. Die anderen Zecher sind ihr behilflich, indem sie kommentarlos die Stühle aus dem Weg räumen.

»Warte!«

Mick dreht sich um und fragt sich, ob er nach all dem jetzt auch noch gezwungen sein wird, sich zu verteidigen. Doch Vuka reicht ihm nur sein deutlich dünner gewordenes Portemonnaie. Er hält es etwas zu lange fest.

»Denk dran: *Na nevidisu nema krivice.* Wo keine Zeugen, da keine Schuld.«

»Na klar.«

Vuka lässt wieder dieses kalte Lächeln aufblitzen. »Dann verstehen wir uns.«

Mick folgt Drago ins Freie, ohne sich noch einmal zu Vuka umzudrehen, der ihnen hinterhersieht. Eine dünne Blutspur führt zur Tür hinaus und weiter die Straße entlang, aber niemand im Ort reagiert auf den Vorfall. »Siehst du?«, fragt Drago. »Niemand interessiert, was hier passiert. Wir müssen selbst für uns sorgen. Deshalb nehmen sich die Starken von uns, was sie können. So ist die Welt. Dein Land macht uns so hart. Dich auch, denk' ich.«

Sie erreichen das Werkstattgrundstück mit Micks Wagen. Drago beugt sich unter die geöffnete Motorhaube, ohne sich die Mühe zu machen, zu verbergen, wie er den gelockerten Benzinschlauch wieder anschließt.

»Dein Auto ist okay. Du schuldest uns nichts.«

Mick nickt, steigt ein und startet den Motor.

Drago beugt sich durch das Seitenfenster. »Kommst du wieder? Bist ein guter Aussie. Du bist genau wie wir.«

Mick bringt ein schwaches Lächeln zustande. Hoffentlich muss er nie wieder mit diesen irren Bastarden sprechen.

Er umrundet Lawson, parkt auf der Rückseite eines Hotels am anderen Ende der Stadt und vergewissert sich, dass sein Wagen von der Straße aus nicht zu sehen ist. Dann betritt er das Foyer, um ein Zimmer zu mieten. Die Minenarbeiter an der Bar mustern ihn unfreundlich. Es ist fast so, als wäre er in den Saloon aus einem Wildwestfilm geraten, in dem schlagartig alle Gespräche verstummen. Kein Wunder, dass sich die osteuropäischen Arbeiter am anderen Ende der Straße so vorkommen, als hätte man sie in einen Kübel mit Scheiße getaucht. Die Feindseligkeit ist wie eine massive Mauer. Mick nimmt den Schlüssel an sich und steigt die Treppe hinauf.

Es ist angenehmer, bis zum Anbruch der Dunkelheit einfach im Zimmer zu warten und dann auf der Rückseite der Gebäude entlang der Hauptstraße zur Werkstatt der Mechaniker zu schleichen. Das Licht brennt noch, und Mick wartet eine halbe Ewigkeit in der Dunkelheit hinter einem Kistenstapel. Gegen zehn Uhr erlischt die Beleuchtung endlich, und die Brüder ziehen sich in ein Haus direkt hinter der Werkstatt zurück.

Mick zwängt seinen schlaksigen Körper lautlos unter dem mit einem Vorhängeschloss gesicherten Tor hindurch und betritt das Grundstück der Werkstatt. Er überprüft alle Tonnen auf dem Hof, dreht sie um und lauscht auf ein Klappern, schiebt einen Stock durch die Einfüllöffnungen und lässt ihn über die Innenwände gleiten, um sicherzustellen, dass Cutter das Messer nicht dort festgeklebt hat. Nichts. Danach schlüpft er in die Werkstatt und lauscht eine Weile auf Schritte, bevor er seine Taschenlampe anknipst. Auch in den Tonnen im Gebäude findet er nichts, und obwohl es unzählige Versteckmöglichkeiten für das Messer gibt, verliert er schnell die Hoffnung, es irgendwo zwischen den Schrotthaufen finden zu können.

Die ganze Zeit über hat er sich das Hirn zermartert und sich gefragt, ob Cutter mit dem Brüderpaar die Killer Nummer zwei und drei gemeint hat. Vielleicht aber hat er sie auch als einen gezählt, und es gibt noch einen weiteren Kandidaten, denn sein Messer ist offenbar nicht hier.

Was bedeutet, dass er wieder ganz am Anfang steht.

Auf dem Rückweg zum Hotel schleicht er zu dem Haus hinüber und späht durch das Küchenfenster. Die beiden Männer sitzen am Küchentisch, wo sie nach einem langen Arbeitstag zu Abend essen. Mick kann nirgendwo im Haus weitere Tonnen sehen, entdeckt aber eine Wasserflasche, wie sie Touristen mit sich herumschleppen, auf der hohen Kommode hinter dem Küchentisch. Als Drago auf dem Weg zum Waschbecken an der Kommode vorbeigeht, streicht er mit einem Finger über die metallene Öffnung des Flaschenhalses und betrachtet das Gefäß einen Moment lang mit einem Glitzern in den Augen. Als würde er kurz zum Leben erwachen, nachdem er die ganze Zeit über geistig abwesend war.

Der Anblick erschreckt Mick. Er hat das Gleiche gefühlt, was Dragos Gesicht widerspiegelt. Immer wenn er jemanden getötet hat.

Er will sich gerade zurückziehen, als die beiden Männer aufstehen und die Jalousien herablassen. Mick geht in Deckung. Die Jalousie vor dem Küchenfenster schließt nicht vollständig. Durch den schmalen Spalt, der bleibt, kann er sehen, wie die Brüder einen Filmprojektor im Wohnzimmer aufbauen und das Licht ausschalten.

Als er den Kopf weit genug verdreht, sieht er die grobkörnige Projektion an der Zimmerwand, die weißes überbelichtetes Fleisch zeigt. Dann reguliert jemand die Kamerablende, und jetzt erkennt er zwei Gestalten, die auf dem Boden einer Höhle festgebunden sind. Eine Frau und ein Mann, beide nackt, Arme und Beine gespreizt und zitternd. Ein Beinpaar bewegt sich durch den Aufnahmebereich, der dazugehörende Oberkörper beugt sich herab. Die unerkenntliche Gestalt zieht die Fesseln straff an, rückt die dreibeinigen Stative der Filmscheinwerfer zurecht und verschwindet wieder.

Mick sieht zu, wie die Brüder am rechten und linken Ende der

Couch Platz nehmen. Anscheinend ist heute Filmabend. Dann schiebt Drago seine Hose bis zu den Knöcheln hinunter. Vuka folgt dem Beispiel seines Bruders, und ihre Schultern beginnen, auf und ab zu wippen. Sie sehen einander dabei zwar nicht an, sitzen aber so dicht zusammen, dass ihnen ihre Nähe eigentlich Unbehagen bereiten müsste.

Die großkörnige Projektion der Frau an der Zimmerwand – eine einstmals hübsche Brünette – schreit unablässig lautlos. Der Mann – ein stark behaarter, serbisch aussehender Typ, vielleicht ein weiterer Geschäftspartner, der die Brüder hintergangen hat – brüllt ebenfalls unhörbar in rasender, hilfloser Wut. Von den Höhlenwänden tropft Wasser herab.

Urplötzlich verstummen die erbarmungswürdigen Opfer, und Mick kann das Weiße in ihren Augen sehen, als sie die Köpfe in den Nacken legen und versuchen, irgendetwas hinter ihnen zu erkennen. Winzige Schemen huschen aus der Dunkelheit und umringen das Paar am Rand des Lichtkegels. Die beiden zerren verzweifelt an ihren Fesseln. Doch ihre Mühe ist vergebens. Vielleicht haben die Brüder die Ratten mit rohem Fleisch trainiert, nachdem sie auf die Höhle gestoßen sind. Jedenfalls wissen die Tiere genau, was sie tun sollen.

Sie fallen zuerst über die Frau her, aber es ist der Mann, dessen Anblick Mick noch mehr Unbehagen bereitet. Seine Genitalien baumeln wie eine reife, verführerische Frucht zwischen seinen Schenkeln herab. Es scheint ganz natürlich zu sein, dass die Ratten ihr blutiges Werk dort beginnen. Als wäre genau das der Grund, warum sich die Genitalien der Männer außerhalb ihrer Körper befinden, damit sie dort verwundbarer sind.

Dieser Umstand scheint die Brüder ebenfalls besonders zu faszinieren. Sie beugen sich weit auf der Couch vor und schwelgen offensichtlich in wollüstiger Erinnerung an vergangene Freuden. Die Qualen der Frau bringen sie an den Rand der Ekstase, aber es sind die des Mannes, die ihnen den Höhepunkt bescheren. Zuerst bäumt sich der eine auf, dann der andere, dann lassen sie sich entspannt in die Couchpolster zurücksinken und sehen sich den langen blutigen Film mit glänzenden Augen bis zum Ende an.

Genau wie Mick. Er bleibt bis zum Schluss, unfähig, den Blick abzuwenden. Und so verwirrend und ekelerregend das Ganze auch sein mag, hat dieses entsetzliche Spektakel irgendetwas an sich, das tief in sein Gehirn eindringt und sich dort wie ein Magnet festsetzt.

12

Mick fährt zu seinem Aussichtspunkt auf dem Hügel über Roses Haus, schaltet die Scheinwerfer aus und sitzt in der Dunkelheit da. Die Lichter im Haus leuchten hell in der Nacht und locken alle Insekten im Umkreis von zehn Meilen an. Er sieht ganze Wolken von ihnen, die gegen die Fenster prallen und in der Lampe vor der Tür verbrutzeln, versucht, nicht länger an den holprigen Film zu denken, die verstörenden Bilder aus seinem Kopf zu vertreiben.

Cutter dürfte ebenfalls von den vermissten Touristinnen gewusst haben und folglich auch irgendwann auf die Brüder gestoßen sein. Selbst wenn er einfach nur nach Norden gefahren wäre und die Menschen beobachtet hätte, hätten sie ihm aufgefallen sein müssen. Wahrscheinlich ist das Paar die Nummer zwei der *anderen*, von denen er gesprochen hat.

Was bedeutet, dass Mick noch die Nummer drei finden muss.

Je länger er darüber nachdenkt, desto hartnäckiger meldet sich etwas in seinem Hinterkopf, das er jedoch noch nicht richtig greifen kann. Irgendetwas, das er irgendwo gesehen hat. Während er in der Nähe von Roses Haus wartet, ob irgendjemand auftaucht, der ihm gefolgt ist, spukt die Ahnung in den Tiefen seines Hirns herum, wie eine Ratte, die in seinen Eingeweiden nagt.

Er kann nicht klar denken. Diese verdammten kranken Wichser mit ihrem Heimkino. Er kapituliert und rollt den Hang hinunter, parkt den Geländewagen und schlüpft durch die Hintertür.

»Du bist immer so still.« Rose sitzt am Küchentisch und trinkt

Kaffee, eins ihrer erst halb ausgebesserten Arbeitskleider aus Spitze und weicher Baumwolle auf dem Schoß.

»Gewohnheit. Stammt aus der Zeit, als ich mich von den Besuchen bei dir zurück auf die Station geschlichen habe. Weil ich Opey nicht wecken wollte.«

Sie lächelt. »Vermisst du die anderen?«

»Die können von mir aus zur Hölle fahren. Die Bastarde haben mich gefeuert.«

»Aber das gilt nicht für Opey. Und es liegt auch nicht daran, dass sie dich gefeuert haben, es ...«

»Ich arbeite nicht mehr auf der Station, oder?«

Sie mustert ihn eine Weile. »Was macht dir Sorgen?«

Er steht auf und steckt den Kopf in den Kühlschrank, damit sie sein Gesicht nicht sehen kann. »Irgendwas zu essen da?«

»Könntest du mit mir reden?«

Wie sollte er, nach allem, was er gerade gesehen hat? »Ich will einfach nur irgendwas essen«, knurrt er. »Ist das ein Problem?« Mit plötzlichem Entsetzen wird ihm bewusst, dass er sich fast wie sein Vater anhört.

Doch Rose steht ebenfalls auf und legt die Arme um ihn. Er verkrampft sich. »Du kannst mit mir sprechen, wann immer du willst«, sagt sie sanft.

Er schließt den Kühlschrank und betrachtet sie lange. Rose bedrängt ihn nicht weiter. Sie geht vor ihm ins Bett.

Als er am nächsten Morgen erwacht – das Bett neben ihm ist leer und bereits kalt –, hat die unbestimmte Ahnung in seinem Kopf feste Gestalt angenommen. Die Celepči-Brüder hatten die reiche Frau, die auf der Straße an ihnen vorbeispaziert ist, mit kalten animalischen Blicken angestarrt, als malten sie sich bereits aus, wie sie blutend zu ihren Füßen lag und durch ein blubberndes Gemisch aus Rotz und Speichel in der Kehle um ihr Leben flehte.

Genau diesen Gesichtsausdruck hatte er schon einmal gesehen, damals in dem Pub in Newtown, als der Bulle Kravic die hübsche Frau betrachtet hat. Das gleiche berechnende Zusammenkneifen der Augen, die herunterhängende Kinnlade und der tödliche Glanz in den Augen.

Könnte das etwa bedeuten ...? Er hat gelernt, seinem Instinkt in dieser Hinsicht zu vertrauen. Vielleicht sollte er den Cops in Wills den einen oder anderen Besuch abstatten.

Anfangs bleibt Mick in seinem Wagen am Straßenrand sitzen und beobachtet die beiden Männer aus sicherer Entfernung. Er registriert, wie sich Kravic im Vergleich zu Roberts den Leuten gegenüber verhält. Während der ältere Cop immer grüßend an seinen Hut tippt und trotz seiner vor Schmerzen verkrümmten Haltung und der ständig laufenden Nase immer ein wenig mit den Leuten plaudert, wenn es seine Zeit ihm erlaubt, behandelt Kravic sie, bar jeglicher Freundlichkeit, unhöflich und grob. Als gäbe er einen Scheißdreck auf die Menschen, für die er eigentlich da sein sollte. Auf alle und jeden.

Ein ziemlich dürftiges Indiz, aber das einzige, das Mick zurzeit hat. Er geht dazu über, dem Streifenwagen in großem Abstand zu folgen, sobald sich ihm eine Gelegenheit bietet, und wird mit jedem Tag besser mit den routinemäßigen Patrouillenfahrten der beiden Bullen vertraut. Manchmal bleiben sie in der Nähe der Stadt, dann wieder fahren sie zu Farmen oder Stations hinaus, von denen sie angerufen worden sind, oder zu anderen kleinen Städten.

Wahrscheinlich ist ihre Beschattung reine Zeitverschwendung. Kravic wird in Gegenwart seines Partners bestimmt nichts unternehmen – es sei denn, Roberts ist bei den Morden mit von der Partie. Aber da sie während seiner Beobachtungen ständig so viele Gelegenheiten hätten, jemanden umzubringen – zum Beispiel wenn sie mitten in der Nacht einsame Autos auf der Fernstraße anhalten oder nach Einbruch der Dunkelheit gemeinsam die Häuser anderer Leute betreten –, was sie aber nicht tun, ist das offensichtlich nicht der Fall.

Eines Morgens dringt Mick in Kravics Haus ein, nachdem der Bulle verschwunden ist, kann dort aber nichts Verdächtiges finden. Anschließend untersucht er auch Roberts' Haus. Beide Männer sind Junggesellen, wodurch sich die Suche tagsüber problemlos gestaltet. Was das Polizeirevier betrifft, gestaltet sich die Sache schon schwieriger. Das massive Backsteingebäude an der Hauptstraße von Wills ist gründlich verschlossen und zusätzlich mit einer dieser modernen Alarmanlagen gesichert, von denen Mick nicht weiß, wie man sie außer Betrieb setzt. Zusätzlich patrouillieren zwei scharfe Wachhunde über den Abschlepphof auf der Rückseite des Gebäudes. Dort könnten durchaus irgendwelche Tonnen stehen, aber Mick weiß beim besten Willen nicht, wie er in die Polizeistation hineingelangen könnte, um sie zu durchsuchen. Oder wie es Cutter gelungen sein sollte, dort irgendetwas zu verstecken.

Außerdem zweifelt er immer mehr an seiner Ahnung. Vielleicht nimmt er die Sache einfach zu persönlich. Wahrscheinlich wünscht er sich so sehr, dass Kravic der noch fehlende Killer ist, dass er sieht, was er sehen will. Ein verstohlener Blick allein beweist noch gar nichts. Vielleicht sehen alle Männer die Frauen auf die gleiche Art an, wenn sie sich unbeobachtet wähnen. Als würden sie sie hassen *und* gleichzeitig ficken wollen. Sie hassen, *weil* sie sie ficken wollen, es aber nicht einfach tun können, wann immer sie das Bedürfnis überkommt. Stattdessen gibt es da all diese Konventionen zu beachten, all die Regeln, die festlegen, wie man eine Frau richtig zu behandeln und das zu ignorieren hat, was sich eigentlich ganz natürlich ergeben könnte. Frauen, die die ganze Zeit über in Reichweite und doch gleichzeitig unantastbar sind. Was einige Männer dazu bringt, die rote Linie zu übertreten.

Aber es ist nun mal die einzige Spur, die er hat, und so behält er das Revier weiter im Auge und zerbricht sich den Kopf, wie er hineingelangen kann, als es eines Abends auf dem Abschlepphof laut wird und er das Bellen eines Hundes und dann ein Jaulen hört. Er gleitet aus seinem Wagen, rennt in der Dunkelheit über die Straße zu einem Müllcontainer, klettert auf ihn hinauf und späht durch eine Lücke in der Backsteinmauer.

Über einem der Dobermänner, der nahe der Hintertreppe am Boden kriecht, steht ein Bulle. »Du Scheißvieh hast mich gebissen!«, faucht er wütend. Mick kann wegen der schlechten Beleuchtung nicht erkennen, um wen es sich handelt, auch wenn die Silhouette wie der größere Kravic aussieht. Der zweite Hund kauert vor einem Reifenstapel, doch der Mann beachtet ihn nicht und konzentriert sich nur auf das Tier zu seinen Füßen. »Drecksvieh. Hab' nur versucht, dich zu füttern.« Die Stimme ist undeutlich. Plötzlich tritt der Mann dem Hund in den Bauch. Der Dobermann jault und knurrt, dann dreht er sich um und fletscht die Zähne, worauf der Bulle ihm so heftig in die Schnauze tritt, dass der Unterkiefer des Hundes aus dem Gelenk springt und es im Dämmerlicht so aussieht, als würde ihm eine riesige sabbernde Zunge aus dem Maul hängen.

Der Hund winselt und weicht wie betäubt zurück, aber als hätte jemand einen Schalter im Kopf des Mannes umgelegt, hält er auf einmal seine Pistole in der Hand – diesen Reflex muss sich Mick merken –, als er dem Dobermann nachsetzt und erneut zutritt. Der Hund fällt auf die Seite, und Kravic – oder ist es doch Roberts? – hebt ein Bein und lässt den Fuß wuchtig auf den Kopf des Tiers niedersausen. Ein trockenes Knacken ertönt. Der Hund bleibt reglos auf dem Boden liegen, während der Bulle auf seinem Brustkorb und den langen Beinen herumtrampelt, die unter seinen Füßen wie trockene Zweige brechen. Er wütet weiter, bis sich eine Blutlache auf dem Boden ausbreitet, und jetzt schimmern auch Knochen und Eingeweide im Mondlicht. Dann hebt der Typ seine Pistole. Mick hält die Luft an und fragt sich, ob der Bulle um diese Uhrzeit mitten in der Stadt tatsächlich einen Schuss abfeuern wird. Wozu sollte das gut sein? Aber schließlich lässt die dunkle Gestalt die Waffe wieder sinken, und sein keuchender Atem beruhigt sich.

Er dreht sich zu dem anderen Hund um, der flach auf den Boden geduckt seitlich von ihm wegkriecht, doch der Mann macht einfach kehrt und geht zur Tür, wobei er sich wie in Trance mit der Hand über das Gesicht fährt. Vor der Tür bleibt er kurz stehen, blickt auf seine Hose hinab und wischt ein paar Blutspritzer fort. Mick hört, wie er angewidert die Luft ausstößt. Dann verschwindet er im Gebäude. Der Bulle durchquert die Tür so schnell, dass Mick sein Gesicht nicht erkennen kann, aber es kann eigentlich nur Kravic gewesen sein.

Doch wer auch immer es ist, offenbar hat er den dritten der *anderen* gefunden.

Mick lehnt sich an die Mauer, während die Moskitos sein Gesicht umschwirren, wie benebelt von dem, was er gerade beobachtet hat, diesen Ausbruch wilder Raserei und nackter Wut. Er kann das Blut in der Luft riechen, und obwohl er angewidert von dem Geschehen ist, spürt er, dass das Erlebnis all seine Sinne bis aufs Äußerste geschärft hat und sein Herz vor Erregung schneller schlägt. Er springt von dem Müllcontainer herunter, bevor ihn noch irgendwer dort entdeckt. Bevor der Blutgeruch vom Hinterhof noch tiefer in sein Hirn eindringen kann.

Die Aufregung darüber, auch den letzten Killer aufgespürt zu haben, begleitet ihn auf dem gesamten Heimweg. Heute Abend wird er es Rose gut besorgen, sie direkt auf dem Küchentisch ficken und ihr keine Zeit lassen, ihn vollzuquatschen oder ihm irgendwie sonst auf den Geist zu gehen. Diesmal wird *er* es sein, der die Kontrolle hat, genau wie bei seiner Jagd nach den Killern.

Aber anscheinend hat sie heute eine Extraschicht eingeschoben, um ihm aus dem Weg zu gehen, und so sitzt er frustriert allein im Haus, starrt reglos an einen Punkt an der Wand, während ihm die Gedanken im Kopf umherwirbeln und einen immer tieferen Strudel in seinem Gehirn erzeugen.

Den ganzen nächsten Tag über beobachtet Mick das Polizeirevier durch das vordere Fenster des *Black Shanty*, ohne sich von der Stelle zu bewegen, es sei denn, er steht kurz auf, um sich ein frisches Bier zu holen. Ärgerlicherweise wird er dabei von seinen Gedanken an Rose abgelenkt, die ihm immer wieder durch den Kopf schießen, und er will schon aufgeben und nachsehen, ob sie zum Essen nach Hause zurückgekehrt ist, als er sieht, wie Kravic allein zu seinem Wagen geht.

Irgendetwas an seinem ganzen Verhalten erscheint ihm merkwürdig, als wollte der Cop abhauen, bevor man ihm auf die Schliche kommen kann. Er geht zu schnell und sieht sich dabei ständig verstohlen um. Dann gibt er zu viel Gas beim Losfahren, wird aber gleich darauf wieder langsamer, um keine unnötige Aufmerksamkeit zu erregen.

Zu spät, alter Knabe.

Mick wirft eine Handvoll Scheine auf den Tresen und schlendert gemächlich hinaus, muss sich dann aber beeilen, um zu dem Streifenwagen in der Ferne aufzuschließen, bevor er ihn aus den Augen verliert.

Sie verlassen die Stadt in nördlicher Richtung, biegen auf den Highway ein, und Mick kann nicht länger mit dem schnelleren Polizeifahrzeug vor ihm mithalten. Aber er glaubt zu wissen, was Kravics Ziel ist.

Er benötigt zwei Stunden für die Fahrt nach Newtown, und er kann nur hoffen, sich nicht getäuscht zu haben. Langsam geht sein Benzin zur Neige, aber die Tankstellen haben um diese Uhrzeit bereits geschlossen, und so ist er gezwungen, auf den Sprit aus dem Reservekanister zurückzugreifen. Danach macht er sich wieder auf den Weg zum Pub und hofft, dass es sich auch gelohnt hat, all das Benzin zu verbrauchen.

Der Pub schließt bereits, als er Newtown erreicht, und die letzten dort geparkten Autos fahren davon. Mick rollt langsam an der Bar vorbei, kann dort aber nichts Verdächtiges erkennen. Er flucht vor sich hin, als er die Motorhaube von Kravics allradgetriebenem Wagen hinter dem Gebäude hervorragen sieht. Irgendjemand sitzt reglos in der Fahrerkabine und raucht. Mick fährt in der Hoffnung, dass Kravic ihn nicht bemerkt hat, ein Stückchen weiter, bevor er hält und das Licht ausschaltet.

Einige Minuten später schließt die blonde Frau des Wirtes den Pub ab. Mittlerweile ist die Straße menschenleer. Mick duckt sich tief in den Fahrersitz und sieht zu, wie die Frau mit den Schlüsseln im Türschloss hantiert. Dann flammt die Innenbeleuchtung des versteckt geparkten Streifenwagens kurz auf, und Kravic steigt aus. Mick beobachtet mit angehaltenem Atem, wie der Cop sich der Blondine aus der Dunkelheit heraus nähert.

Sie zuckt zusammen, als er hinter ihr auftaucht und ihr einen Arm um die Hüfte legt. Dann schleift er sie zu dem Hotelzimmer auf der Rückseite des Pubs.

Mick grinst. Seine Ahnung hat ihn also nicht betrogen. Jetzt muss er sich nur noch die nächsten Schritte überlegen.

Er könnte Kravic gleich jetzt erledigen, solange der Polizist abgelenkt ist. Vielleicht bekommt er nie wieder eine günstigere Gelegenheit. Vielleicht sollte er aber lieber warten, bis der Typ das erledigt hat, wozu er hierhergekommen ist, und ihn dann überraschen, um etwas gegen ihn in der Hand zu haben. Das könnte sich noch als hilfreich erweisen, falls es ihm nicht gelingt, sein Messer zu finden. Vielleicht aber muss er auch gar nichts tun, sondern nur abwarten, wo Kravic die Leiche entsorgt, um ihn damit erpressen zu können, sollte das erforderlich werden.

Eine andere Option wäre es, das Mädchen zu retten, damit sie für ihn gegen den Wichser aussagt. Andererseits könnte es die ganze Sache zu sehr komplizieren, wenn er Kravic in den Arm fällt, bevor der irgendetwas getan hat.

Nein, es ist das Beste für ihn, wenn er den Mann gleich hier und jetzt beseitigt. Für das Mädchen ist er nicht verantwortlich. Sollte sie schon tot sein, wenn er Kravic erledigt, ist sie eben tot. Dann könnte er es sogar so aussehen lassen, als hätte sie unmittelbar vor ihrem Tod noch einen Glückstreffer gelandet und ihn getötet. Das Messer ist alles, worauf es ankommt. Und wenn Kravic es bisher noch nicht gefunden hat, kann Mick vielleicht den Alarmcode der Polizeistation aus ihm herauskitzeln, bevor er ihn umlegt. Schließlich kann es sich ja nur irgendwo in dem Gebäude befinden.

Denn wenn es nicht dort ist, ist er am Arsch, und alles war umsonst.

Er überprüft sein Gewehr, lässt es dann aber zugunsten von Cutters Messer, das sich besser für einen Kampf auf engem Raum eignet, im Wagen zurück. Gerade als er aussteigen und geduckt zum Hotelflügel des Pubs rennen will, öffnet sich die Tür des Zimmers, in das Kravic die Blondine geschleppt hat, und er sieht nackte Haut aufblitzen. Der Anblick der fliehenden nackten Frau lässt ihn erstarren. Sie ist entkommen! Scheiße! Wie konnte das …

Doch plötzlich bleibt sie vor der Eistruhe neben dem Gebäude stehen, hebt den Deckel an und füllt einen Eimer. Dabei wackelt ihr blasser, wohlgeformter Arsch, und ein leises Kichern dringt über den Parkplatz. Dann taucht eine Silhouette in der geöffneten Tür auf. Es ist Kravic, der nackt und breitbeinig mit schlaff herabbaumelndem Schwanz dort in der Hitze der Nacht steht, einen selbstzufriedenen Ausdruck im Gesicht. Die Frau tänzelt zurück in seine Arme. Er zieht sie an sich, nimmt ihr den Eimer aus der Hand und wirft die Tür wieder ins Schloss.

Mick sitzt wie vor den Kopf geschlagen da. Er war sich völlig sicher, recht gehabt zu haben. Die Art, wie Kravic die Frau bei ihrer Arbeit angestarrt hat, war ihm so ... finster erschienen. Als würde er sie taxieren und sich vorstellen, was er alles mit ihr anstellen könnte.

Und vielleicht war es ja auch so. Aber vielleicht ist das ja wirklich nur die Art, wie *alle* Männer die Frauen ansehen.

Aber schön, nur weil der Wichser bisher noch nichts getan hatte, bedeutete das lange noch nicht, dass er es nicht nachholen würde. Aber nachdem Mick die ganze Nacht in seinem Wagen ausgeharrt hat, öffnet sich die Tür Stunden später wieder, und das Pärchen tauscht einen letzten Kuss aus. Dann zupft Kravic seine Uniform zurecht und geht zu seinem Wagen. Die Frau sieht ihm hinterher. Sie trägt nur ein Hemd und bohrt einen Zeh in den Boden, als würde sie eine Ameise zerquetschen.

Also handelt es sich hier lediglich um eine Affäre und sonst nichts.

Doch das Töten des Hundes hat sich Mick nicht eingebildet. Und die Wut, die den Mann in ihrem Griff hatte, kennt er nur zu gut. Er hat genau dasselbe empfunden, als er Cutter tötete und anschließend auf dessen Leiche eintrat. Die gleiche in ihm hochkochende Raserei und hinterher die gleiche Leere, der Schock über das, was er getan hatte. Daran besteht nicht der geringste Zweifel.

Woraus folgt, dass er sich die ganze Zeit über geirrt hat.

Es ist Roberts, den er hätte beschatten müssen.

Und es ist nur gut, dass er eine Weile wie betäubt reglos hinter dem Lenkrad seines Wagens sitzen geblieben ist, denn jetzt entdeckt er eine Bewegung hinter der Hausecke am anderen Ende des Pubs. Dort steht eine weitere Gestalt. Sie hebt eine Hand, zündet sich eine Zigarette an und schützt sie so mit der gewölbten Hand gegen den Wind, dass die schwache Glut kaum sichtbar ist. Nur eine dunkle Silhouette, die eine Rauchwolke ausstößt.

Trotzdem sind die tonnenförmige Brust, die bulldogartige Stirn und die fleischigen Pranken von Roberts unverkennbar.

Allerdings steht er nicht so verkrümmt wie sonst da. Sondern kraftvoll und gerade aufgerichtet.

Der Polizist sieht ruhig zu, wie sein Kollege davonfährt. Vielleicht hat er die ganze Nacht dort wie Mick auf der Lauer gelegen. Dann wandert der große Kopf langsam herum, und sein Gesicht richtet sich auf die Zimmertür, hinter der sich die Frau des Wirts befindet. Es hat irgendwie etwas Bedrohliches an sich, wie er die Zigarettenkippe austritt. Ist es Hass? Vielleicht Eifersucht? Schließlich dreht er sich um und taucht in der Dunkelheit unter. Kurz darauf hört Mick das Dröhnen eines Motors, als der große Bulle seinem Partner zurück nach Wills folgt. Mick bleibt zurück, vor Schock noch immer wie gelähmt.

13

Roberts ist eine gänzlich andere Nummer. Mick hat ihn bisher überhaupt nicht weiter beachtet und weiß folglich gar nichts über ihn. Er hat sich von Kravic und der vorgetäuschten Krankheit, hinter der sich Roberts versteckt, blenden lassen. Das ist ihn beinahe teuer zu stehen gekommen.

Seine Erregung ist verflogen. Er fühlt sich unruhig, angespannt, völlig außer Tritt geraten, als würde ihm alles aus den Händen gleiten. Denn wenn er jetzt einen Fehler begeht, wie er es gestern beinahe getan hätte – einfach aus seinem Wagen stürmen und sich Kravic vornehmen, während Roberts ihn aus der Dunkelheit heraus beobachtet –, dann ist das immer noch fehlende Messer sein kleinstes Problem.

Er ist überrascht, dass Rose ihn erwartet, als er nach Hause zurückkehrt. Das Abendessen steht auf dem Tisch.

»Was hat das zu bedeuten?«, fragt er.

»Iss einfach. Du brauchst was in den Magen.«

Mick setzt sich und versucht, sein Steak zu schneiden, ohne dass ihm dabei die Hände zittern.

»Alles in Ordnung?«, erkundigt sich Rose nach einigen Bissen.

»Warum?« Seine Stimme hört sich schärfer als beabsichtigt an.

Sie wendet den Blick ab.

»Rose, es ist nur …«

»Ich habe heute etwas für dich gekauft. Ich dachte mir, es könnte dir vielleicht helfen. Uns helfen.«

»Hoffentlich keinen Hund …«, murmelt er kaum verständlich.

»Was?«

»Nichts.«

»Aber dafür musst du mit mir rauskommen.« Sie nimmt ihn an der Hand, ergreift eine Öllampe und will ihn aus dem Haus führen, obwohl er nicht einmal halb aufgegessen hat.

Er sträubt sich. »Warum?«

»Weil das dazugehört.«

Mick zögert noch etwas länger, aber Rose zieht ihn beharrlich zur Tür. Als sie draußen sind, versucht er, die Dunkelheit außerhalb des Lichtkreises, den die Öllampe wirft, mit den Blicken zu durchdringen. Er kann nichts Verdächtiges entdecken, was aber nicht zwangsläufig heißen muss, dass sie allein sind.

Rose führt ihn zur Scheune hinter dem Haus und lächelt leicht, als sie die halb verrotteten Torflügel aufdrückt und Mick hineinschiebt. Das Licht der Lampe hält die Dunkelheit in Schach.

Sie deutet auf die Leiter und steigt vor ihm hinauf zu dem mit frischem Stroh gefüllten Dachspeicher. »Wir sind noch nicht zusammen hier gewesen, aber ich glaube, ich kann dir jetzt vertrauen.«

Er starrt in die Höhe. »*Das* ist die Überraschung? Dein Baumhaus?«

»Nein. *Das* ist sie.« Rose ergreift eine kleine Schachtel, die im Stroh steht, und reicht sie Mick. In ihr liegt ein langes Messer in einer Scheide auf einer Unterlage aus Haushaltspapier. Einen Herzschlag lang denkt er, es wäre sein Messer, dass Rose die ganze Zeit davon gewusst und es irgendwie für ihn gefunden hat, aber die Klinge ist zu lang, zu dünn und auch zu scharf. Irgendein europäisches Format.

»Ich habe es bei McKinsey bestellt. Hat eine Weile gedauert, bis es angekommen ist. Ich dachte, man bekommt von der Station ein Messer, wenn man als Jackaroo anfängt. Du kannst es benutzen, wenn du auf Hundejagd gehst. Und ... für uns.« Sie lenkt seinen Blick auf ein Paar Fußfesseln im Stroh und einen Haken mit einer Kette an der Scheunendecke.

Mick umklammert die Schachtel mit steifen Fingern. »Ich ... ich glaube nicht, dass ich das gleich jetzt tun sollte.«

Rose stellt sich auf die Zehenspitzen und küsst ihn. »Ich vertraue dir, Mick. Ich weiß, dass dich irgendwas beunruhigt. Das hier kann dir helfen.«

»Nein, du verstehst nicht ...«

»Sch...« Sie unterbricht ihn, ergreift seine Hand, zieht das Messer aus der Schachtel, als würde sie einen Vogel aus seinem Nest nehmen, und hält es behutsam in ihren langen schlanken Fingern. Mick fragt sich, wie viele Schwänze diese Finger schon umschlossen haben.

Rose führt ihn hinüber zu den Fußfesseln. Er kann ihr nicht verraten, was ihn quält, warum er zögert, und während er sich noch bemüht, seine Gedanken zu unterdrücken, sich gegen das zu wehren, was sie von ihm erwartet, scheitert er auch schon. Wie fremdgesteuert packt er ihre Handgelenke, und als sie die Arme in spielerischem Widerstand gegen ihren Körper presst, reißt er sie brutal hoch, um sie festzubinden. Ihr Kopf liegt auf seiner Brust, und er kann den Blumenduft ihres Haars riechen, die Hitze ihres Körpers auf seiner Haut spüren. Ihren warmen Atem.

»Schneid mein Kleid auf«, befiehlt sie, und ihre grünen Augen lodern wie die eines Dämons.

Er hebt das Messer auf, das vor ihren Füßen liegt. Sie beobachtet ihn im Schein der Lampe, und es kommt ihm so vor, als forderte sie ihn heraus. Er tritt ihr die Beine auseinander, packt ihr Hauskleid und schlitzt es der Länge nach auf. Der dünne Stoff teilt sich wie eine Haut. Sie keucht leise auf, als das Kleid an ihr herabsinkt und ihr nackter Körper zum Vorschein kommt. Ihr Bauch wölbt sich im Rhythmus ihrer keuchenden Atemzüge, der dunkle Schatten darunter liegt offen und schutzlos da. Mick hebt das Messer halb verdeckt mit der Klingenschneide nach oben gedreht, als wollte er ein Schwein abstechen, und berührt sie damit zwischen ihren gespreizten Beinen. Er spürt, wie sie erschaudert. Seine Hand zittert.

Ist es das, was Cutter mit seinen Opfern gemacht hat? Ihnen Stück für Stück etwas mehr Fleisch vom Leib gesäbelt, wie er gesagt hat? Touristinnen voller Zuversicht und Lebensfreude, deren Hoffnung mit jedem Moment ihrer Gefangenschaft weiter verrann, mit jeder Sekunde, die kein Prinz zu ihrer Rettung geeilt kam? In deren Augen der Trotz zuerst nackter Angst und schließlich entsetzter Resignation Platz machte, wie bei der Frau in dem Film der Celepči-Brüder? Mick muss an den Kinderficker und die Leichen in dem Gewölbe unter der Baracke denken – nicht nur die Leichen der Kinder, sondern auch die ihrer Eltern –, und er fragt sich, was die Mütter und Väter empfunden haben müssen, nachdem sie wussten, was mit ihren Kindern geschehen würde, während sie hilflos zusahen. Er fragt sich, ob sie bis zur letzten Sekunde um ihr Leben gekämpft, oder ob sie sich irgendwann voller Verzweiflung dem Tod hingegeben haben, weil sie nichts ausrichten konnten.

»Mein Bauch«, sagt Rose, und Mick blinzelt. Er hat beinahe vergessen, dass sie da ist. »Schneide mich!«

Mit einem einzigen Ruck aufwärts könnte er sie praktisch in zwei Hälften teilen, ihr die Klinge durch die Eingeweide ziehen, mit genug Kraft sogar hoch bis zu ihrer Zunge und diesen gebieterischen Augen. Sie wäre ihm ebenso hilflos ausgeliefert wie ein Schaf.

»Mick. Bitte!«

Das Messer liegt zentnerschwer in seiner Hand, und er muss sich zusammenreißen, um es zu bewegen. Er zieht es vorsichtig aus dem Spalt zwischen ihren Beinen zurück und lässt die Klinge durch ihre Haut bis zu ihrem Bauchnabel hinaufgleiten. Kleine Bluttropfen quellen aus dem flachen Schnitt hervor. Der scharfe Schmerz lässt Rose erneut aufkeuchen.

»*Ja!*«

Er lässt das Messer fallen.

Sie öffnet die Augen. »Was tust du denn? Du hast ja nicht mal richtig angefangen.«

»Ich sollte das nicht tun«, flüstert er.

»Nein, Mick. Auf diese Weise kontrollierst du deine Wut. Du wirst mir nichts antun.«

»Nein!«, schreit er, tritt einen Schritt zurück und stolpert fast über den Rand des Heubodens. »Ich kontrolliere überhaupt nichts! *Du* hast die Kontrolle. Du hast hier alles unter Kontrolle!«

Er öffnet ihre Fußfessel, ohne sie dabei anzusehen, dreht sich um und flüchtet aus der Scheune.

Mick sieht kaum, wohin er fährt. Seine Gedanken wirbeln unablässig in seinem Kopf umher, wo sie wie Querschläger von seiner Schädeldecke abprallen, als er bemerkt, dass auf der einsamen Straße vor ihm ein langsames Auto fährt. Hätte es nicht ständig kleine Lichtblitze versprüht, wäre er möglicherweise mit ihm zusammengestoßen. Als er näher kommt, sieht er, dass es Funken aus dem Auspuff eines dieser weich gefederten deutschen Kombis sind, die wie weggeworfene glühende Zigarettenkippen auf die Fahrbahn prallen und von dort weiter in Richtung des ausgedörrten Grases auf der Straßenböschung hüpfen.

Dankbar für die Ablenkung – in diesem Moment ist ihm alles willkommen, was ihm dabei hilft, zumindest eine Weile nicht an Rose denken zu müssen, an seine Suche nach dem Messer und die *anderen*, deren Bedrohung wie ein schweres Gewicht auf ihm lastet –, tritt er das Gaspedal durch und betätigt die Lichthupe. Da der Fahrer des anderen Wagens nicht reagiert, fährt er neben ihn und gibt ihm mit der Hand Zeichen anzuhalten. Jetzt kann er zwei Mädchen auf den Vordersitzen sehen, zwei Silhouetten mit langem Haar. Die Celepči-Brüder wären an seiner Stelle garantiert begeistert über die günstige Gelegenheit ... Mick verdrängt den Gedanken eilig.

Er lässt sich zurückfallen, als die beiden an den Straßenrand fahren, ohne dabei die Funken aus den Augen zu lassen, für den Fall, dass sie das Gras auf der Straßenböschung in Brand setzen sollten.

Als die Fahrerin aussteigt, kauert Mick bereits vor dem Auspuffrohr des Kombis. »Hey, Schöne«, sagt er. »Ich denke, ihr habt eine Spritpfütze in eurem Auspuff ...« Plötzlich erkennt er, dass es sich bei der vermeintlichen Fahrerin um einen dieser Hippie-Typen aus den Städten an der Ostküste handelt. »Hölle! Dachte, du wärst ein Mädchen!«

Der Typ wirft sein ungewaschenes Haar zurück und lächelt nachsichtig. »Ich kann das gar nicht oft genug hören. Also, was ist Sache?« Der Mann – eher noch ein Junge, er ist nicht viel älter als Mick – hat einen merkwürdigen Akzent. Vielleicht ein Brite, möglicherweise auch ein Skandinavier. Einer von diesen Schweden. Jedenfalls kein Einheimischer. »Irgendwas nicht in Ordnung mit der Karre?«

»Yeah, Kumpel. Ihr habt Funken über die ganze Straße versprüht. Wenn einer davon im Gras landet ... *wusch!*« Er vollführt eine Geste, als würde ein Feuer auflodern. »Dann brennt die ganze Gegend hier lichterloh, und ihr würdet es nicht mal mitkriegen.«

»Ich verstehe.« Der Typ scheint nicht überzeugt zu sein.

»Also, jetzt kannst du die Dinger natürlich nicht sehen.« Mick geht in die Hocke und deutet auf die Brandspuren am Ende des Auspuffrohrs. »Aber hier sieht man, wo sie das Metall angesengt haben.«

Aus dem Seitenfester schaut ein Gesicht hervor. Der Hippie hebt beruhigend die Hand. »Alles okay, Baby, bleib sitzen.«

Mick blickt zu dem Mädchen auf dem Beifahrersitz hinüber. »Wenigstens habe ich mich bei ihr nicht getäuscht.« Er winkt ihr zu und dreht sich wieder zu dem jungen Mann um. »Ich könnte das mal für euch überprüfen, wenn du willst. Muss dazu nur kurz den Auspuff abschrauben, schätze ich. Ihn sauber machen. Dauert nur ein paar Minuten.«

Der Typ wirft einen Blick auf Micks Geländewagen und lässt ihn dann über die menschenleere Straße zurück zu seiner Freundin wandern. »Ich weiß nicht, ob …«

»Scheiße!«, stößt Mick hervor, springt auf und rennt an seinem Wagen vorbei. Ganz in der Nähe züngelt eine Flamme im Gras, die er hastig austrampelt, bevor sich das Feuer weiter ausbreiten kann. Die Straße führt direkt an einer strohtrockenen Pferdekoppel vorbei, auf die das Feuer sofort übergesprungen wäre. »Hast du gesehen, was ich meine?«, fragt er und klopft sich die Hosenbeine ab.

Der Hippie nickt eifrig. »Jesus, Mann! Yeah … tut mir leid!« Sie warten noch eine Weile, bis sie sich überzeugt haben, dass das Feuer wirklich gelöscht ist, und suchen die Straßenböschung nach potenziellen weiteren Brandherden ab. »Ich hoffe, das war alles.«

»Müsste in Ordnung sein, Kumpel. Ich hol' eben mein Werkzeug.« Mick geht zu seinem Wagen, während der Hippie dem Mädchen die Situation erklärt. Er liegt bereits auf dem Rücken unter dem Kombi, einen Stofflappen um den heißen Krümmer gewickelt, um sich nicht daran zu verbrennen, und löst die Schrauben mit der anderen Hand – völlig verloren in der einfachen mechanischen Arbeit nach dem fürchterlichen Abend, der hinter ihm liegt –, als der Typ zurückkommt. »Ist das deine Freundin?«

Der junge Mann nickt und kauert sich neben ihn.

»Woher wisst ihr eigentlich, wer von euch wer ist?«, fragt Mick. Der Hippie blinzelt. »Nah, sollte nur ein Witz sein. Also, wohin wollt ihr? Ihr stammt offensichtlich nicht von hier.«

»Wir sind auf dem Weg nach Darwin. Haben das letzte Jahr in einer Kommune in Darwin gelebt und …«

»In einer … was?«

»Einer Kommune. Du weißt schon, Mann, so eine Wohngemeinschaft. Wir haben da alle wie eine Familie zusammengelebt und unser eigenes Gemüse angebaut. Alles miteinander geteilt.«

»Klingt wie das Leben auf der Station, wo ich eine Weile gearbeitet habe. Abgesehen davon, dass wir da keinen Sex miteinander hatten.«

»Nein, das läuft nicht so in einer Kommune...« Der Typ legt den Kopf schief, anscheinend unsicher, ob Mick ihm das abkauft. »Wir haben versucht, mehr im Einklang mit der Natur zu leben. Uns nur von dem zu ernähren, was das Land hergibt.«

Mick schielt kurz zu ihm hinauf, während er arbeitet, bemerkt das Blumentattoo auf dem Hals des jungen Kerls, den verkrusteten Dreck an seinem Haaransatz, die bleiche Haut. »Na klar.«

»Weißt du, überall werden die Wälder abgeholzt, jeden Tag werden ganze Spezies ausgerottet. Alles wegen uns Menschen. Wir machen diese Welt kaputt. Ich meine, du weißt das bestimmt selbst, nicht wahr? Wenn man ein Farmer ist, muss man im Einklang mit seinem Land sein. Wenn man es zu sehr auslaugt, ist der Boden für die nächsten Generationen tot, vielleicht sogar für immer. Manche glauben, das Land hier draußen wäre früher einmal fruchtbar gewesen, überall Bäume, so weit das Auge reicht. Dann sind die Aborigines gekommen und haben es im Verlauf der Jahrhunderte gerodet, Schneisen hineingebrannt, um die Beutetiere auf der Jagd in bestimmte Richtungen zu treiben. Und jetzt ist es völlig verwüstet.«

Mick stößt ein trockenes Lachen aus. »Ich glaube nicht, dass es so gewesen ist.«

»Es stimmt aber. Die Menschen glauben immer, die Welt würde uns gehören, obwohl wir nur eine unter unzähligen Spezies sind, die auf ihr leben, und nicht das Recht haben, sie zu zerstören. Selbst eure Farmen – ich meine, ich weiß natürlich, dass ihr die Bevölkerung mit Nahrungsmitteln versorgen müsst – ruinieren das Land.« Der Typ registriert offenbar nicht, dass Mick aufgehört hat zu arbeiten und aus schmalen Augen zu ihm hochschielt. »Die Erde wird für uns einfach zu einer Ressource, die wir rücksichtslos ausbeuten. Dazu müssen Bäume gerodet werden? Dann roden wir sie eben. Reißen alle Wurzeln aus dem Boden. Vertreiben alle wilden Tiere, merzen die natürliche Vegetation aus, verwandeln das ganze Land in eine künstliche Kulturlandschaft. Das ist es, was wir tun. Weil sich die Menschen über die gesamte Welt ausgebreitet haben, als wäre sie nur zu unserem Nutzen geschaffen worden. Es scheint uns nicht zu interessieren, ob andere Spezies davon betroffen sind oder zukünftige Generationen darunter zu leiden haben, wenn wir die Umwelt kaputt machen. Unser Motto lautet immer nur: nehmen, nehmen, nehmen!«

»Du bist in der Stadt aufgewachsen, richtig?«

»Also, yeah ... da, wo ich ursprünglich herkomme. Aber wie schon gesagt, wir sind hierher gezogen und haben das letzte Jahr in einer Kommune gelebt ...«

»Dann hast du also nie auf dem Land gelebt.«

Jetzt bemerkt der Mann, dass Micks Lächeln erloschen ist. »Ah, ich wollte dich wirklich nicht beleidigen, Mann. Du musst deinen Lebensunterhalt verdienen, und wie schon gesagt, die Bevölkerung muss natürlich ernährt werden. Aber, verstehst du, in der Kommune haben wir unsere eigenen Lebensmittel angebaut und ...«

»Und für euren eigenen Bedarf auch selbst geschlachtet?«

»Wir essen kein Fleisch.« Der Hippie verzieht den Mund, als hätte er gerade in eine Zitrone gebissen. »Wir glauben nicht, dass der Mensch Fleisch braucht. Und die neuere Forschung bestätigt das auch.« Seine Handgelenke sind noch magerer als die von Mick, sein Hals ist so dünn, dass man ihm ohne große Anstrengung das Genick brechen könnte.

Mick holt tief Luft. Es hilft ihm nicht gerade über den letzten beschissenen Tag hinweg, sich den Schwachsinn anhören zu müssen, den dieser Clown verzapft. »Vielleicht bleibt euch hier draußen ja gar nichts anderes übrig«, sagt er. »Schätze, das werdet ihr in Darwin selbst rausfinden. Hör mal, ich bin fast fertig. Warum gehst du nicht solange zurück zu deiner Kleinen …«

»Nah, Mann, wir fahren nicht nach Darwin, um dort zu *leben*.« Der Hippie lacht. »Wir wollen zu der dortigen US-Militärbasis. Um gegen den Krieg zu protestieren. Gegen das, was da zurzeit in Südostasien abläuft, wovon die Nachrichten jeden Tag berichten … es ist einfach abstoßend. Jeder sollte dagegen tun, was er kann.«

Mick richtet sich auf und starrt den jungen Burschen an. Eigentlich hatte er nur schnell den Wagen reparieren und dann weiterfahren wollen. »Diese Schlitzaugen im Fernsehen, die umgelegt werden? Also, was zum Teufel haben die mit *uns* zu tun?«

Der Typ glotzt ihn an, als hätte er es mit einem Vollidioten zu tun. »Die Politiker reden davon, den Konflikt zu eskalieren, noch mehr Truppen in den Krieg zu schicken. Noch mehr Wehrpflichtige einzuberufen. Was stimmt denn nicht mit dir? Ich kann es wirklich nicht fassen, dass dir deine Mitmenschen so gleichgültig sind.«

»Mein Dad hat immer gesagt, die Chinesen hätten gelbes Blut in den Adern«, sagt Mick mit einem kalten Lächeln, während er sich langsam die Hände abwischt. Der Hippie erwidert das Lächeln nicht. »Wie die Ratten. Genau wie auch die Koreaner, hat er gesagt. Nach dem, was sie unseren Jungs damals auf Timor und in Singapur angetan haben …«

»Das waren die Japaner!«

»Und was für ein' beschissenen Unterschied macht das?« Der Typ sollte ihn einfach nur in Ruhe lassen. Hätte die Schnauze halten sollen, solange er noch die Chance hatte. Hätte wissen müssen, dass Mick nach allem, was in letzter Zeit los war, auf diesen Scheiß gut verzichten kann.

Der andere zuckt zusammen. »Äh, hör mal … danke, dass du

unseren Wagen repariert hast. Ich werde jetzt einfach wieder zurück …«

»Erklär mir mal, warum ich ein' Scheißdreck auf irgendwelche Chinamänner geben soll, die unsere Soldaten vor nicht mal 20 Jahren geköpft und verhungern lassen haben.«

»Wie ich gerade erst gesagt habe, sind das die Japaner gewesen. Und sie haben sich mittlerweile dafür entschuldigt, haben zugegeben, dass es ein Fehler war …«

»Und was, verdammte Scheiße, bringt das? Das ändert nichts an dem, was sie getan haben, oder? Findest du, es ändert irgendwas, wenn man sich hinterher entschuldigt?«

Der Mann starrt auf die Adern, die auf Micks Schläfen hervortreten, den Mund leicht geöffnet. Er weicht einen Schritt zurück, aber Mick rückt nach.

»*Du* hast diese Diskussion angefangen. Jetzt bring sie auch zu Ende, du beschissener Eierkopf. Erklär einem dummen australischen Farmer, wie die Dinge laufen, ja?«

»Ich halte dich nicht für dumm«, sagt der Mann leise.

»Hältst du dann jedem solche Predigten, dem du über den Weg läufst? Als wärst du so verdammt viel besser als alle anderen? Kommst in mein Land und willst mir vorschreiben, wie wir denken sollen?«

»Wir wollen den Leuten nur bewusst machen, was auf der Welt passiert.«

»Was soll dieses scheiß ›Wir‹? Es geht hier um dich! Vielleicht habe ich ja ganz einfach keine Lust, so wie du zu denken. Schon mal daran gedacht?«

Das Mädchen hört die lauter werdenden Stimmen und schiebt wieder den Kopf aus dem Beifahrerfenster. »Schatz?«, ruft sie.

»Alles okay, Baby.« Der Mann winkt ihr beruhigend zu, obwohl er mittlerweile erkennbar schwitzt. »Wir sind fast fertig.« Er nickt Mick zu. »Du hast recht. Es war falsch von mir, das Thema anzuschneiden. Es ist genauso faschistisch von mir, anderen meine

Überzeugungen aufzwingen zu wollen. Ich werde das nächste Mal daran denken.« Er will sich umdrehen, aber Mick packt ihn am Arm und zerrt ihn außer Sicht hinter den Wagen.

»Also, was ich von dir wissen will, wenn mein Paps recht hat und die Chinamänner gelbes Blut haben, warum sollte ich mich dann einen Scheiß um sie scheren? Wenn sie nicht mal Menschen sind?«

Der Typ steht steif da. Er zittert ein bisschen. »Sie *sind* Menschen.«

»Du nennst meinen Dad einen Lügner?«

Und da flackert diese Angst im Gesicht des Mannes auf. Diese Angst, die wie eine Droge wirkt. Der Hippie schüttelt den Kopf. Mick riecht einen Schwall alten Schweiß, der von der ungewaschenen Haarmatte zu ihm herüberweht.

»Du bist ein absolut nutzloser Wichser, weißt du das?«, fragt er gefährlich leise. »Kein beschissener Job, gibst der Gesellschaft nichts zurück außer einem Haufen Scheiße und heiße Luft. Lungerst auf deiner verfickten Ferienreise im Land anderer Leute rum. Du könntest keine zwei Tage draußen im Busch überleben. Ihr Scheißausländer kommt hierher und glaubt, unser Land gehört euch, dass ihr tun könnt, was immer ihr wollt.«

Der junge Hippie zeigt keinerlei Gegenwehr, erwidert den Blick einfach aus weit aufgerissenen Augen. Aus irgendeinem Grund facht das Micks Wut noch weiter an. Der Typ dürfte ihm nicht mal in die Augen sehen, sollte wissen, was ihm zusteht. Wenn er nur wüsste, was Mick getan hat, wozu er fähig ist. Dann hätte er von Anfang an die Schnauze gehalten.

Er ist schwach. Sie alle sind so beschissen schwach. Jeder einzelne von ihnen.

Und dann tritt der Typ den Beweis an, was für ein Drecksack er wirklich ist. Er sieht zu dem Kombi hinüber, bricht den Augenkontakt mit Mick ab. Beachtet ihn nicht weiter, als hätte er seine Aufmerksamkeit nicht verdient.

Mick springt ihn an, Roses Messer in der Hand, bevor es ihm überhaupt bewusst wird. Er wusste nicht einmal, dass er es überhaupt eingesteckt hat.

Der Mann presst eine Hand auf die Schnittwunde an seinem Hals, aus der Blut hervorspritzt, als wäre dort ein Damm gebrochen. Dunkle Fluten quellen zwischen seinen Fingern hervor. Er blinzelt und versucht, etwas zu sagen, fuchtelt mit der anderen Hand vor seinem Gesicht herum, um Mick davon abzuhalten, erneut zuzuschlagen, während er taumelt.

Mick packt die mageren Handgelenke des Typen und drückt ihm die Arme nach unten, lehnt sich mit seinem Gewicht auf ihn, als würde er einen Hammel festhalten. Sie sinken gemeinsam zu Boden, und er setzt sich breitbeinig auf den Hippie, nagelt seine Arme mit den Knien auf dem Boden fest und zieht ihm den Kopf an seinem Haar zurück.

»Jetzt bist du auf einmal nicht mehr so beschissen schlau, du dreckige Fotze!«, zischt er ihm ins Ohr.

Der junge Mann windet sich wie ein Schwein, erstaunlich kräftig trotz seiner Schmächtigkeit. Er schafft es sogar irgendwie, die Finger unter das Messer zu schieben, und Mick legt all seine Kraft in den Schnitt. Blut spritzt, als er ihm die Sehnen durchtrennt, doch das gestattet dem Hippie, den Griff des Messers zu packen und ihn herabzuziehen.

Mick sinkt langsam vornüber, schiebt die Finger tiefer in das fettige Haar des Hippies und stemmt sich gegen ihn. Er packt eine dicke Strähne, als würde er einen wilden Hengst reiten, und knallt den Hinterkopf des Mannes auf einen Felsen im Boden, reißt ihn hoch und schlägt ihn wieder auf den Stein. Irgendetwas knirscht, und er hört ein komisches Grunzen, als ein weißer Zahnsplitter über die Erde schießt. Wieder und wieder hämmert er den Kopf des Hippies gegen den Felsen, bis der Widerstand des Typen erlahmt, seine Hand den Messergriff loslässt und ebenfalls erschlafft. Sein Kopf in Micks Hand fühlt sich plötzlich leicht wie der einer Puppe an.

Mick schiebt sich von ihm fort, bleibt ein paar Schritte entfernt sitzen und schnappt nach Luft. Der Hippie liegt reglos mit dem Gesicht im Staub. »Plädoyer abgeschlossen«, murmelt Mick. Wie einer dieser Serienanwälte aus der Glotze. Diesmal muss er sich keinen Widerspruch anhören.

Er richtet sich auf und lässt den Blick über den Horizont schweifen, aber er ist ganz allein auf der Welt, und in diesem Moment hat er sich wieder perfekt unter Kontrolle. Jede Spur von Anspannung ist verflogen. Ein wohliger Schauder durchströmt ihn wie eine Droge.

Der Moment hält lange genug an, dass er sich dem Kombi zuwenden kann, in dem das Mädchen sitzt.

Er hebt das Messer auf und wischt es ab, während er den Wagen umrundet. Das Mädchen versucht auszusteigen, und er tritt schnell an die Beifahrertür, bevor sie sie vollends öffnen kann. Sie ist jung, vielleicht 19 oder 20 Jahre alt, aber in ihren Augen lodert ein Feuer, das ihn beinahe innehalten lässt, als sie sieht, dass er allein ist.

»Wo ist Anton?«, fragt sie. Ihr Haar ist blond, die hellblauen Augen bilden einen starken Kontrast zu ihrer sonnengebräunten Haut.

Er richtet das Messer auf sie. »Steig aus.«

Sie starrt es an. »Was hast du getan? Wo ist er?«

»Nicht mehr da. Komm jetzt raus.«

Das Mädchen sieht ihn an, dann zuckt ihr Blick zu dem Wagenschlüssel, der im Zündschloss steckt. Mick packt sie am Arm.

»Wir müssen jetzt einfach …«, beginnt er. »Lass mich nur kurz nachdenken. Das hier muss nicht … außer Kontrolle geraten.«

Sie sträubt sich gegen ihn, und er muss all seine Kraft aufbieten, um sie zu seinem Wagen zu schleifen. »Anton?«, ruft sie. Ihr Arm ist dünn in seiner Hand, hübsch und goldbraun getönt. Sie versucht, ihre Fersen in den Boden zu stemmen. »Anton!«, schreit sie, und jetzt schüttelt er sie kräftig durch. Das Haar tanzt ihr um das Gesicht. Ihre Augen sind voller Tränen, aber sie blitzen auch widerspenstig, und als sie tief Luft holt, um zu schreien, verpasst er ihr einen so heftigen Stoß, dass ihr beinahe der Kopf von den Schultern fliegt. Nicht, dass irgendwer sie hier draußen hören würde.

»Ich hab' gesagt, wir müssen nicht in Panik geraten. Dein Freund hat mich geschlagen und ist dann in den Busch gerannt. Der kleine Wichser. Da wollte ich euch Fotzen helfen, und er muss gleich einen Streit über beschissene Soldaten in Asien vom Zaun brechen. Also müssen wir ihn jetzt suchen gehen. Zuerst … erst einmal müssen wir aber den Karren von der Straße wegschaffen.«

»Fick dich!«

Mick zögert und starrt sie an.

»Wo ist er, du Arschloch? Was, verdammte Scheiße, hast du mit ihm gemacht?«

»Hör auf … hör auf, so zu fluchen. Es gehört sich nicht für eine Lady … Du solltest dich nicht so benehmen.« Sie versucht, ihn abzuschütteln. Es steckt plötzlich verblüffend viel Kraft in ihren hübschen goldbraunen Armen. Sie zeigt deutlich mehr Entschlossenheit als ihr Freund, und er darf sich nicht anmerken lassen, wie viel Mühe jeder Schritt seine unterentwickelten Beine kostet.

Als er sie zwischen den Autos hindurchschiebt, versucht sie, in die Dunkelheit jenseits der Scheinwerferkegel zu sehen. Mick zerrt sie weiter und öffnet die Beifahrertür seines Geländewagens. Sie stemmt beide Hände gegen den Türrahmen und dreht den Kopf zu ihm herum. Er tritt ihr in die Kniekehlen und schiebt sie in die Fahrerkabine. »Nein!«, schreit sie, als er sie brutal auf den Beifahrersitz wirft und ein Knie auf ihren Rücken stemmt. Er entdeckt ein Haarbüschel unter ihrer Achselhöhle, riecht ihren Schweiß und schüttelt den Kopf über diese Nachlässigkeit. Von der Achselbehaarung abgesehen, scheint sie ein wirklich hübsches Ding zu sein. Im Fußraum liegen Kabel. Die Kleine kämpft wie eine Löwin, versucht, irgendwas zu fassen zu kriegen und schlägt mit dem freien Arm um sich.

»Nur um sicherzugehen, dass du mir nicht auch noch wegläufst«, keucht er, zieht ihr beide Arme auf den Rücken, schlingt das Kabel um ihre Handgelenke und führt das andere Ende durch den Griff der Beifahrertür. »Jesus, hör endlich auf, dich zu wehren. Ich will doch nur ... Das ist nur eine Vorsichtsmaßnahme. Ich werde dir nichts tun.« Die Arme in einer unbequemen Position über den Kopf gezerrt, hat sie Schwierigkeiten, sich aufzurichten, aber sie dreht den Kopf auf die Seite, um nach Luft zu schnappen.

»Lass mich gehen! Du hast gesagt, wir würden nachsehen, ob ...«

Er schlägt ihr auf den Mund. »Hör auf, mich vollzuquatschen! Verstanden? Ich hab' nicht damit angefangen. Also bleib jetzt einfach da liegen, bis ich wiederkomme!«

Sie blinzelt überrascht und fährt mit der Zunge über ihre blutigen Lippen. Dann flackert wieder Hass in ihren perfekten Augen auf, und bei dem Abscheu, den sie ausstrahlt, ziehen sich Micks Eier in seine Bauchhöhle zurück. »Lass mich gehen«, sagt sie leise, irgendwie drohend, obwohl sie hilflos auf dem Beifahrersitz liegt.

»Verdammte Scheiße! Ich werde nicht ...«

»Du hast kein Recht, das zu tun!«

»Jesus!«, stößt er hervor und schiebt sich aus der Fahrerkabine. Er schaltet die Scheinwerfer aus, schlägt die Tür hinter sich zu und stolpert auf wackligen Knien zu dem Kombi hinüber. Die Nutte hat ihm mehr Mühe gemacht als ihr Freund. Sie brüllt jetzt, aber er versucht, ihr Bild vor seinem inneren Auge zu verdrängen und sie sich als dummes blökendes Schaf vorzustellen. Nur dass dieses Schaf einfach nicht weiß, wie es sich benehmen sollte.

In der Dunkelheit schleift er die sperrige Leiche zum Heck des Kombis und hievt sie auf die Campingausrüstung. Er verwischt die Blutspuren auf dem Boden so gut er kann, lässt den Motor an und fährt den Wagen von der Straße fort in das Gebüsch hinein. Der Kombi bleibt beinahe im sandigen Boden stecken, doch dann wird der Untergrund fester, die Räder greifen wieder, und Mick fährt weiter in die Ebene hinein.

Nach ein bis zwei Meilen hat er das Gefühl, einen ausreichend großen Abstand zur Straße zurückgelegt zu haben. Er hält hinter dem Sichtschutz einiger gedrungener dunkler Belah-Bäume und bleibt einen Moment lang im Scheinwerferlicht stehen. Sein Schatten fällt riesig auf die Bäume. Der kühle Wind trägt das Jaulen eines Dingos wie das Wimmern eines Geistes über die trockene Ebene.

»Noch ein bisschen Geduld, Jungs«, murmelt Mick und macht sich auf den Rückweg.

Als er seinen Wagen erreicht, zögert er kurz, aber es ist längst zu spät für einen Rückzieher. Er atmet tief durch und wappnet sich gegen die zu erwartende Fluchtirade der Kleinen.

Das Mädchen liegt immer noch auf dem Beifahrersitz, Tränen der Wut und Verzweiflung laufen ihr über das Gesicht und tropfen auf das Sitzpolster aus Vinyl. Er schiebt ihre Beine beiseite, und sie versucht, ihn nicht anzusehen, als er einsteigt und von der Straße fortfährt. »Keine Ahnung, was in euch verdammten Ausländern vorgeht, dass ihr glaubt, ihr könntet einfach in unser Land kommen und euch so aufführen, wie es euch gefällt«, knurrt er, um die Stille zu füllen, als wäre das eine Art Rechtfertigung für das, was er getan hat. »Behandelt uns wie Scheiße. Wie diese beschissenen Brüder. Warum kommt ihr überhaupt in unser Land, wenn ihr alles hier so sehr hasst?«

»Anton«, erwidert das Mädchen völlig überraschend. »Er heißt Anton. Und ich heiße Mikaela.«

Mick wirft einen kurzen Blick zu ihr hinüber und runzelt die

Stirn. Sie trägt Shorts, die aus einer kurz abgeschnittenen Hose bestehen. Ihre Beine sind lang, die Haut braun und seidig. Er wendet den Blick ab.

»Wie heißt du?«, fragt sie. Ihre Stimme klingt jetzt unheimlich ruhig, irgendwie zu vertraulich, und Mick konzentriert sich nervös darauf zu fahren. Er hat keine Lust, sich auf dieses Spiel einzulassen. »Was hast du mit meinem Freund gemacht?«, fügt sie dann leiser hinzu.

Der Kombi taucht im Lichtkegel der Scheinwerfer vor ihnen auf. Micks Geländewagen hüpft über Unebenheiten im Boden darauf zu. Er hält an und versucht, das Mädchen zu ignorieren, aber sein Blick kehrt wie von selbst zu ihr zurück, als er die Handbremse zieht, wandert ihre langen Beine hinauf, die unter den abgeschnittenen Shorts verschwinden, über die Mulde zwischen ihren Brüsten, die auf das Sitzpolster gepresst halb aus ihrem Oberteil herausquellen. Sie verrenkt den Hals, um zu ihm aufzusehen, und er blickt einen kurzen Moment lang in diese unnatürlich blassen blauen Augen, die beinahe engelhaft anmuten und ihn direkt anstarren, jetzt völlig furchtlos, nur trotzig, herausfordernd, und er muss aussteigen.

Als er die Fahrertür öffnet, entdeckt sie den Kombi neben den Bäumen, und da verliert sie die Beherrschung und beginnt zu weinen. Tränen der Verzweiflung, die sich zu brüllender Raserei steigern. Mick knallt die Tür zu. Ihre Schreie verfolgen ihn, während er zu dem Kombi geht.

Er zerrt die Leiche hervor, dann fährt er den Wagen mit Schwung frontal gegen einen Baumstamm, lässt die Fahrertür offen stehen, steckt ein paar Wasserflaschen ein und trägt den Toten so weit er kann fort. Er leert die Flaschen neben ihm und bricht der Leiche eins ihrer mageren Beine, damit es so aussieht, als hätte sich der Typ nach dem Unfall so weit von seinem Auto fortgeschleppt, bis ihn seine Kräfte verlassen haben.

Dann wartet er auf die wilden Hunde. Als sie aus der Dunkelheit geschlichen kommen und am Rand seines Blickfeldes verharren, dreht er sich um und kehrt zu seinem Wagen zurück. Seine Gedanken überschlagen sich, während er versucht, das Mädchen in seinem Kopf auszublenden.

Selbst wenn der Typ irgendwann gefunden werden sollte, wird nicht ganz klar sein, was hier geschehen ist. Die Dingos werden das Fleisch um die Stich- und Schnittwunden herum auffressen. Es wird so aussehen, als hätte ein dummer Tourist auf der Suche nach einem Lagerplatz einen Unfall gehabt und wäre anschließend von Dingos verspeist worden. Und selbst wenn nicht, was kümmert es Mick? Die Sache lässt sich unmöglich zu ihm zurückverfolgen.

Seine Hände zittern, als er durch die Dunkelheit marschiert, aufgeputscht vom Adrenalin in seinen Adern, dem hartnäckigen Widerstand des Mädchens, seinen immer noch nicht zu Ende gedachten Gedanken, die ihm mit jeder Verwünschung, die sie ihm entgegenschleudert, wieder entgleiten.

Und dann wird ihm die Entscheidung abgenommen.

Er kann sie nicht mehr weinen hören.

Mick hastet zur Beifahrerseite des Geländewagens. Die Tür steht offen.

»Scheiße!« Der alte Türgriff, an der er das Kabel festgebunden hat, ist aus der Halterung gerissen worden. Mick erstarrt, lauscht in die Nacht hinaus, die vom leisen Flüstern des Windes und den erwartungsvollen Lauten der Dingos erfüllt ist. Irgendwo hinter ihm klingt das Geräusch der trommelnden Schritte des Mädchens auf, das zurück in Richtung Straße rennt.

Er springt in den Wagen und rast in die Richtung, in der er sie vermutet, schwenkt den Suchscheinwerfer hin und her. Am Rande des Lichtkegels prescht eine Gestalt durch das Büffelgras und niedrige Gestrüpp und verschwindet in der Dunkelheit. Mick fährt langsamer, sucht das Unterholz ab, aber das Mädchen könnte überall stecken, und sollte sie beschließen umzukehren, liegt die weite Ebene vor ihr, wo er sie vielleicht nie mehr aufspüren könnte. Wenn sie auch nur leicht nach rechts oder links vom geraden Weg abweicht, kann er unmöglich wissen, welche Richtung sie eingeschlagen hat. Zweifellos würde sie dort draußen innerhalb weniger Tage verdursten, aber er hat nicht vor, das geringste Risiko einzugehen.

Er hält an. Als er sie das letzte Mal gesehen hat, ist sie grob in Richtung der Straße gelaufen, und in der Stille der Nacht müssten ihre Schritte eigentlich immer noch zu hören sein, aber er hört nichts. Also muss sie sich ganz in der Nähe verstecken. Wahrscheinlich liegt sie im hohen Gras verborgen und hält den Mund, bis sie irgendwann zu dem Kombi mit ihrem Proviant zurückkehrt.

»Ist es das, was du vorhast, Schätzchen?«, ruft er, obwohl sein Herz sein Herz wild hämmert. »Zu deinem Wagen zurückkehren? Du weißt, dass dein Freund da ist, nicht wahr? Mausetot. Wusste einfach nicht, wann es Zeit war, die Schnauze zu halten, der Wichser.« Genau wie du, hätte er am liebsten hinzugefügt, aber die Worte bleiben ihm im Hals stecken. »Aber so wie ich das sehe, ist ein Hippie weniger kein Verlust für die Welt.« Keine Antwort, nicht einmal ein leises Schluchzen. Ein ziemlich abgebrühtes Luder, wenn sie wirklich einfach auf seinen nächsten Schritt wartet.

Er steht reglos da und überlegt, lässt den Blick über das hohe Gras und dann weiter zur Straße wandern.

Das dunkle Band der Fahrbahn ist einfach zu verlockend. Außerdem ist es die vernünftigste Wahl, dorthin zurückzukehren, zu diesem Vorposten der Zivilisation, wo andere Menschen vorbeikommen könnten. Sie kann sich nur darauf konzentrieren. Falls sie nicht so verrückt ist, sich irgendetwas zu suchen, womit sie ihm den Schädel einschlagen kann. Aber das ist ein Risiko, das er eingehen muss.

Er schaltet die Scheinwerfer aus, entfernt sich geräuschvoll ein Stückchen von seinem Wagen und setzt sich. Genau so, wie es sein

Vater auf der Dingojagd getan hat. Die Beute glauben lassen, der Jäger wäre weitergezogen.

Das Mädchen harrt mindestens fünf weitere Minuten lang in ihrem Versteck aus. Nicht schlecht, das muss er ihr zugestehen.

Plötzlich schießt sie wie ein Wildkaninchen unter einem dornigen Blaugrasgestrüpp hervor. Mick springt auf und richtet den Strahl seiner Taschenlampe auf sie, aber sie ist weiter entfernt, als er gedacht hat. Obwohl sie aufschreit und stolpert, die Hände noch immer auf dem Rücken gefesselt, kann sie das Gleichgewicht bewahren und rennt im Zickzack zwischen den Büschen weiter in Richtung der Straße.

Mick knurrt und konzentriert sich auf das Kabelende, das sie hinter sich herzieht, stellt sich vor, wie er es packt und sie daran zurückreißt, es ihr um die Kehle schlingt, als Strafe dafür, dass sie sich eingebildet hat, ihn überlisten zu können. Weil sie sich ihm nicht gefügt und ihm das Gefühl vermittelt hat, ein Versager zu sein. Dafür, dass sie die ganze beschissene Situation noch komplizierter gemacht hat, als sie es ohnehin schon ist.

Aber sie ist viel schneller als er. Durch seine unterentwickelten Beine stolpert und strauchelt er in dem unebenen Gelände. Sie hat die Straße fast schon erreicht, bevor er sich endlich halbwegs gefangen hat. Doch dann tritt sie plötzlich in irgendein Loch – vielleicht in einen Kaninchenbau – und geht zu Boden, als wäre sie angeschossen worden. Mick grinst bereits triumphierend, doch das Mädchen schreit nicht einmal auf, kämpft sich wieder hoch und läuft weiter, auch wenn sie jetzt auf dem linken Bein hinkt.

»Fick dich!«, hört er sie in die Dunkelheit schreien. »Fick dich, du jämmerlicher Fotzenschisser!« Ihre Stimme scheint viel zu nahe zu sein, als würde sie ihm direkt ins Ohr brüllen. »Fick dich, du Schlappschwanz!« Ein Windstoß fegt über ihn hinweg und droht, seinen Beinen die letzte Kraft zu rauben.

»Nutte«, presst er heiser hervor, und auf einmal leuchtet ein

Licht am Horizont auf, und er spürt, wie ihn ein Schauder der Angst durchflutet. Aus der Ferne jagt ein Roadtrain über den schnurgeraden Highway auf sie zu. Und bei diesem Tempo wird Mick das Mädchen nicht mehr rechtzeitig einholen.

Während der Roadtrain näher kommt, wird ihm klar, dass der riesige Lastzug 80, wenn nicht gar 90 Meilen schnell sein muss. Es wird knapp für das Mädchen werden, ihn noch abzufangen, und es könnte das einzige Fahrzeug sein, das diese Nacht hier vorbeikommt. Wenn sie es nicht schafft, hat er sie. Und kann sie ein für alle Mal zum Schweigen bringen.

Jetzt schreit sie aus Leibeskräften, um den Lastzug auf sich aufmerksam zu machen. Mick kann nur hoffen, dass sie ein weiteres Mal stolpert und er sich über sie werfen kann, damit der Fahrer sie nicht entdeckt. Denn wenn sie es schafft, die Straße zu erreichen und den Roadtrain anzuhalten …

Er blickt auf das Messer in seiner Hand, dessen Klinge mit dem Blut des Hippies verkrustet ist.

Sollte der Truck halten, wird er nicht nur das Mädchen, sondern auch den Fahrer erledigen müssen. Er kann nicht zulassen, dass sie entkommt und ihn identifiziert.

Die Verzweiflung spornt das Mädchen an, sodass sie die Straße weit vor Mick erreicht. Jetzt muss sie sich nur noch mitten auf die Fahrbahn stellen und herumhüpfen, bis der Fahrer sie sieht, und dann wird Mick nichts anderes übrig bleiben …

Doch der Truck wird nicht langsamer.

Das Mädchen läuft auf den Asphalt hinaus, die Arme noch immer auf dem Rücken gefesselt, und versucht, sie freizubekommen, um dem Fahrer zuwinken zu können. Mick bleibt stehen und verfolgt gebannt, wie der Roadtrain, dessen Fahrer sie offenbar nicht bemerkt, einfach weiterdonnert.

Im letzten Moment schaltet er einen Extrascheinwerfer dazu, und die Druckluftbremse kreischt, aber er hat nicht mehr die Zeit, dem Mädchen auszuweichen. Sie erkennt ihren Fehler und versucht, zur Seite zu springen, doch ihr verletztes Bein knickt weg. Der Kühlergrill des Trucks erwischt sie frontal und schneidet ihren Schrei ab. Die Bremsen kreischen wieder, der Truck holpert ein wenig, als würde er über eine Bodenwelle rollen, und kommt schließlich zum Stillstand.

Mick, der tief im Gras kauert, stößt leise den Atem aus, während er die dunklen Flecken auf der Fahrbahn hinter dem Truck betrachtet, die teilweise von den Rücklichtern beleuchtet werden. Zwei Männer springen rechts und links aus der Fahrerkabine und laufen an den Anhängern entlang.

Einen Moment lang fährt sich Mick mit der Zunge über die Lippen und überlegt, ob er hinüberlaufen und beide umlegen soll, doch dann siegt seine Vernunft. Überflüssig. Das Mädchen ist erledigt.

Einer der Trucker deutet auf irgendetwas auf der Fahrbahn und eilt zurück zur Fahrerkabine. Der zweite Mann untersucht die Stelle, auf die der andere gezeigt hat. Möglicherweise das Kabel, mit denen die Handgelenke des Mädchens gefesselt waren? Der erste Trucker kehrt mit einer Pistole zurück und sieht sich zu beiden Seiten der Straße um, späht in die Dunkelheit hinein. Sein Blick schweift sogar dicht über Mick hinweg.

Mick scheißt sich fast in die Hose. Er rennt tief geduckt die ganze Meile in einem Stück zurück zu seinem Wagen. In der Zwischenzeit könnten die Männer die Polizei bereits über CB-Funk informiert haben. Sie könnten einen Hubschrauber rufen, um die Umgebung abzusuchen, oder sogar ein paar der kleinen Flugzeuge, die die Felder hier draußen bestäuben.

Er fährt ohne Licht ein Stück auf die Ebene hinaus und entdeckt den Kombi mit der schon halb aufgefressenen Leiche des Hippies, hat aber nicht mehr die Zeit, sich darum zu kümmern. Bis ihm plötzlich ein Gedanke kommt, und er scharf bremst. Er zieht Cutters Messer aus der Scheide an seinem Gesäß, springt aus dem Wagen, verscheucht die Dingos und rammt die Klinge mehrmals tief in den verstümmelten Leichnam. Dann wischt er den Griff gründlich ab, um seine Fingerabdrücke zu entfernen, und lässt das Messer in der Nähe des Kombis fallen.

Das sollte die Aufmerksamkeit der Polizei erregen. Das Logo der Station und Cutters Initialen auf dem Messer sind unübersehbar, und die Klinge ist voll mit dem Blut des Hippies.

Danach sitzt er geschlagene zehn Minuten lang mit Roses Messer in der Dunkelheit, bevor seine Hände aufhören zu zittern. Die Gegenwehr des blonden Mädchens hat ihn wie ein Krebsgeschwür erfasst und völlig ausgelaugt. Er versucht, sich die Folgen dessen klarzumachen, was hier abgelaufen ist.

Das Einzige, was er mit Sicherheit weiß, ist, dass er ganz gewaltig Scheiße gebaut hat.

Das Haus ist leer, als er zurückkehrt. Er findet Rose zusammengerollt im Stroh auf dem Heuboden vor, trotz der Kälte nur mit dem dünnen Stoff des zerfetzten Kleides bedeckt.

»Es tut mir leid«, sagt sie leise, als er die Leiter hinaufklettert. »Es ist mir nicht klar gewesen.«

Mick setzt sich wortlos ihr gegenüber. Seine Hände zittern nicht mehr. Die Erinnerung an die lodernden Augen des Mädchens ist verblasst. Im Licht der runtergedrehten Lampe sieht er, dass Rose eine Gänsehaut hat, und gibt ihr seine Jacke. Sie deckt sich damit zu und starrt zu dem Fenster über ihr empor.

»Der Himmel ist so riesig hier draußen, findest du nicht?«, fragt sie nach einer Weile. »Immer, wenn ich ihn sehe … Als ich noch jung war, hat mein Vater mich immer hierher gebracht. Dann habe ich auf dem Rücken gelegen, in den Himmel gestarrt, und alles, was ich gesehen habe, war das reine Blau über mir. In diesem Moment hätte ich überall sein können. In Amerika, England, sogar in der Antarktis. Damals habe ich mir selbst das Versprechen gegeben fortzuziehen, sobald ich genug Geld gespart hätte. Von hier abzuhauen und in London oder New York oder irgendwo anders zu leben, wo solche Dinge wie das hier nicht passieren.«

»Dein ... Vater? Er hat dich hierher gebracht, um ...«

»Irgendwann bin ich fortgelaufen. Ich bin nach Sydney gegangen. Habe angefangen, Psychologie zu studieren, mir eine Wohnung besorgt. Aber die Probleme sind mir gefolgt. Nichts konnte mich glücklich machen, weder das Studium, noch Sex oder Drogen. Dann ist mir das Geld ausgegangen, ich bin auf der Straße gelandet und habe eine Weile in einem Wohnheim gelebt, habe immer härteres Zeug genommen, und es gibt nur einen Weg, an das nötige Geld dafür zu kommen. Tilly, eins der Mädchen dort, hat erkannt, dass ich den Schmerz in mir abtöten wollte, indem ich mich selbst umbrachte, und hat mit mir über das Universum gesprochen. Darüber, wie alles miteinander zusammenhängt, und dass wir alle aus den gleichen Atomen bestehen. Aus den Atomen der Erde und der Dinosaurier und allem, was vor uns war, die am Ende unseres Lebens auseinanderfallen und sich wieder zu neuen Dingen zusammenfügen. Dass wir ständig unsere Vergangenheit und Zukunft in uns tragen und nicht vor dem davonrennen können, was wir sind und was irgendwann später aus uns werden wird.«

Mick verkrampft sich, sagt aber nichts.

»Sie sagte, dass ich mich nie dem gestellt hätte, was mir zugestoßen ist, und dass es mich irgendwann zerstören würde«, fährt Rose fort. »Aber das, was wir erlebt haben, macht uns zu dem, was wir sind. Danach ist sie fortgezogen und hat sich einer Kommune angeschlossen. Ich bin allein zurückgeblieben und habe eine Weile mit dem gekämpft, was sie mir erzählt hat, bevor mir klar geworden ist, dass sie recht hat. Zu der Zeit war mein Vater bereits an Krebs gestorben, und so konnte ich ihn nicht mehr mit dem konfrontieren, was er mir angetan hatte. Aber ich konnte dieses Haus zurückkaufen. Mich zwingen, mich mit dem auseinanderzusetzen, was hier geschehen ist.«

»Also geht das alles schließlich auf deinen Dad zurück?«

»Es geht darum, die Kontrolle über mein eigenes Leben zu erlangen. Es so zu gestalten, dass kein Arschloch mich jemals wieder dazu bringen kann, irgendetwas zu tun, das ich nicht tun will.« Ein aggressiver Trotz schwingt in ihrer Stimme mit. Wie bei dem Hippiemädchen. Es macht ihm zu schaffen, auch wenn er nicht weiß, warum. Sie ist so klein, aber manchmal hat ihre Entschlossenheit etwas Beunruhigendes an sich, das *ihn* dazu bringt, sich klein vorzukommen. »Aber mir ist nicht bewusst gewesen, was ich dir damit antun könnte. Jedenfalls nicht das, was du brauchst.«

Er kann ihre Blicke spüren. »Was ist es, das *du* brauchst, Mick?«, fragt sie sanft. »Hast du vor, zu *deinem* Vater zurückzukehren? Ihm heimzuzahlen, was er *dir* angetan hat? Ihm Angst einzujagen? Ihn dazu zu bringen, dich um Vergebung anzuflehen?«

Seine Kehle wird trocken. Er bringt kein Wort hervor, sieht sie nur an.

»Wenn es das ist, was du brauchst, musst du dich ihm stellen. Ich meine damit nicht, dass du dich deinem Vater stellen musst, sondern dem Problem an sich. Aber wenn es das ist, was dich all die Jahre behindert, musst du endlich etwas dagegen unternehmen. Darüber sprechen, dich deinen Ängsten stellen. Sonst bringt es dich noch um!«

Sie wartet darauf, dass er antwortet. Als er schweigt, missversteht sie sein Zögern, glaubt, er wollte sich ihr gegenüber nicht öffnen.

»Ist das alles, was ich von dir zurückbekomme?« Ihre Stimme bebt vor Wut. »Ich vertraue dir meine verborgensten Geheimnisse an, und von dir kommt nichts? Du bist damit zufrieden, bei mir zu wohnen und mich zu ficken, wenn dir danach zumute ist, aber du bist nicht bereit, etwas dafür zurückzugeben? Du versteckst dich immer noch vor mir!«

»Nein, ich bin …«

Sie mustert ihn mit Tränen in den Augen, ihr Blick ist wild und durchbohrt ihn förmlich, aber es ist, als sähe sie einen Fremden vor sich. »Ich weiß, wenn ich verarscht werde, Mick. Ich fange an, dich gernzuhaben, und ich weiß nicht einmal, wer du bist.«

Ihre Worte sind wie Rasierklingen, die ihm tief ins Fleisch schneiden. »Du … du solltest nicht … Ich bin nicht der, für den du mich hältst.«

»In dem Punkt hast du recht.«

Mick starrt durch das Fenster in der Decke über ihnen und denkt an den Aufruhr, den der Tod der Hippies morgen in der Stadt auslösen wird. Er fragt sich, wohin sie das führen wird, wie das alles so schrecklich aus dem Ruder laufen konnte. Er hat überhaupt nichts unter Kontrolle, hat es nie gehabt. Das ist alles, was er je gewollt hat, diese ganze beschissene Welt zu kontrollieren. Geschweige denn … Aber wie soll er ihr das erklären?

»Wir hatten einen … Fernseher im Reservat«, sagt er schließlich und überrascht sich damit selbst. »Die Regierung hat wohl gedacht, es würde den schwarzen Leuten helfen, sich in die weiße Kultur zu integrieren. Ich habe immer davor gesessen, wenn ich damit allein sein und mich berieseln lassen konnte, sobald die anderen unterwegs waren, um zu jagen oder was auch immer zu machen. Ich habe diese glücklichen Familien in der Glotze gesehen und mich gefragt: Warum kann ich das nicht auch haben? Wieso bin ich in dieses Drecksloch von einem Elternhaus hineingeboren worden? Warum bin ich jetzt hier?« Er blickt zum Himmel empor und sieht nichts als Sterne. »Ich habe nie von anderen Städten geträumt. Mir hat nie gefallen, wie es dort aussieht. Viel zu geschäftig.«

»Aber du wolltest eine Familie.«

Er denkt eine Weile darüber nach. »Mein Dad hat gesagt, unsere Familie wäre verflucht. Vielleicht hatte er recht.«

»Begreifst du es denn nicht, Mick? *Das* ist der Grund, weshalb du auf die Station gegangen bist. Um so etwas wie eine Familie zu haben. Und das ist dir ebenfalls weggenommen worden.«

Mick starrt weiter in den Nachthimmel, ohne zu blinzeln.

»Du wolltest das haben, was du nie gehabt hast. Was vielleicht auch der Grund ist, warum du immer noch hier bist.« Rose legt ihren Kopf auf seine Brust. Noch nie hat er sich einem anderen Menschen näher gefühlt. Es ist ein Gefühl, das er nicht versteht. Aber er kämpft auch nicht dagegen an.

Vielleicht …

Es wird hier nicht mehr sicher für ihn sein. Nicht nach dem, was er getan hat. Und garantiert nicht mehr, wenn Rose die Wahrheit herausfindet. Doch im Augenblick ist sie alles, was er hat.

14

Die Straße ist mit Autos zugeparkt. Schwitzende Reporter in Anzugjacken und mit Hüten auf den Köpfen drängen sich vor dem Polizeirevier, Notizblöcke in den Händen, Fotografen im Schlepptau.

Im *Black Shanty* herrscht ohrenbetäubender Lärm, als Mick den Pub betritt. Er weiß, dass die Trucker ihn nicht gesehen haben, und er glaubt auch nicht, dass irgendjemand gesehen hat, wie er durch die Stadt zurückgefahren ist. Aber er muss sich Gewissheit verschaffen.

»Was ist los, Bruce?«, erkundigt er sich, nachdem er sich zum Tresen durchgekämpft hat.

»Hast du es noch nicht gehört, Micky? Wir haben uns einen eigenen Mörder zugelegt.«

»Hier draußen? Quatsch.«

»Jetzt ist das nicht mehr nur ein Problem in den großen Städten. Scheint so, als würde sich diese Krankheit auch bei uns auf dem Land ausbreiten. Die ganze Welt geht zum Teufel, denke ich. Wir haben Krieg, diese ungewaschenen Idioten schreien nach einer Revolution, gammeln rum und ziehen sich Drogen rein. Die Moral geht vor die Hunde. Zwei von diesen Hippies sind gestern ermordet worden. Einer davon, ein Mädchen, wurde von einem Roadtrain auf der Straße nach Newtown überfahren.«

»Von einem Roadtrain überfahren? Wieso soll das dann ein Mord gewesen sein?«

Der alte Mann, an dem sich Mick vorbeigequetscht hat, um an

den Tresen zu gelangen, beäugt ihn. Sein weißer Bart ist um den Mund herum vom Rauch unzähliger Zigaretten gelb verfärbt, und seine Nase erinnert an eine rötliche Rübe, aber in seiner Stimme schwingt immer noch Autorität mit. »Weil ihre Hände gefesselt waren, Sohn. Irgendwer hatte irgendwas mit ihr vor.«

Mick wirkt angemessen schockiert. »Es sollen zwei gewesen sein …«

»Man hat ihren Freund weiter draußen in der Wildnis gefunden«, berichtet der Alte. »Ist dort abgeladen worden. Walter Irving hat ihn heute Morgen aus seinem Sprühflugzeug entdeckt. Dachte zuerst, es wär' Selbstmord gewesen. Der Kombi hat den einzigen Baum weit und breit gerammt. Wie mit Absicht. Man hätte ihn wahrscheinlich nie entdeckt, wenn das Mädchen nicht in den Truck gerannt wäre. Was für ein Jammer. Ist gerade mal 17 Jahre alt gewesen.« Er trinkt wehmütig einen großen Schluck Bier und wendet sich wieder dem Mann neben ihm zu.

Bruce zapft Mick ein Pint. »Ich wünschte, ich hätte früher davon erfahren«, sagt er mit gedämpfter Stimme. »Habe schon zwei Fässer verbraucht. Wenn das Interesse anhält, bin ich bis morgen trocken.«

Mick sieht sich um. Er entdeckt viele Anwohner, die gekommen sind, um zu erfahren, was passiert ist, dazwischen ein paar Reporter, die ihren Durst stillen und versuchen, irgendetwas Interessantes aus den Gesprächen der Einheimischen aufzuschnappen. »Sieht so aus, als wäre das halbe Kaff hier.«

»Und der Rest dürfte in den beiden anderen Pubs oben an der Straße sein. Diese Bastarde müssen sich wenigstens keine Sorgen um ihre Kinder machen.« Wie aufs Stichwort stürmen seine Töchter herein und wuseln zwischen seinen Beinen herum.

Mick quetscht sich in eine Ecke und lauscht den Gesprächen, aber der alte Kauz am Tresen scheint am besten informiert zu sein. Gerüchte über eine Bande von Einheimischen mit Suchscheinwerfern auf den Autos, die die Hippies wie Kängurus in der

Nacht gejagt haben sollen, machen die Runde. Andere sagen, dass der vollgekiffte Hippie selbst der Täter gewesen ist oder dass es die beiden Trucker waren.

Der alte Kev hält in seiner schmutzigen Unterhose Hof. Mick will sich gerade wegducken, um nicht von ihm entdeckt zu werden, aber der komische Kauz wird von etlichen Leuten umlagert, und so schiebt er sich näher an ihn heran.

»... genau wie damals in Darwin«, berichtet Kev gerade. »Muss so vor drei, vier Jahren gewesen sein. Als sie gerade angefangen haben, Truppen nach Übersee zu schicken. Dieser Langhaarige hat einen Aufruhr in der Stadt ausgelöst und jeden vollgequatscht, der ihm zuhören wollte. Hatte schon ein paar Anhänger um sich geschart. Hat ein Sit-in draußen vor der Armeekaserne organisiert und versucht, die Truppentransporter zu blockieren. Kurz darauf ist es zu Ausschreitungen gekommen, bei denen ein paar Polizisten verletzt worden sind. Dann hat er angefangen, die Sitzungen des Stadtrats zu behindern. Ist offenbar irgendwem schwer auf den Geist gegangen, denn kaum zwei Tage später hat man ihn tot aufgefunden. Zu Tode getrampelt, hieß es, ihm war der Kopf eingetreten worden. Richtig gruselig. Angeblich war es einer von den anderen Drogenfreaks, der sich gegen ihn gewandt hat. Die Leute können nicht mehr klar denken, wenn sie sich all das Zeugs reinziehen, das diese Bastarde nehmen. Pilze, LS-Scheiß-D und dieser ganze Dreck.«

»Und du bist ein Experte, wenn es darum geht, klar zu denken, Kev«, wirft einer der Zuhörer ein und erntet damit allgemeines Gelächter.

»Fick dich, Garrett. Hast du dieses Jahr nicht schon wieder die falsche Weide gemäht?«

Der Mann verzieht das Gesicht. »Daran war mein Junge schuld. Er hat behauptet, es wäre die erste Koppel, von seiner Position aus gesehen.«

»Dein Junge ist nicht geboren worden, du hast ihn ausgeschissen. Deshalb ist er auch ein ebenso großer Haufen Scheiße wie du.« Garrett hält die Klappe. »Ich sag' ja nur«, fährt Kev fort, »dass diese beiden Hippies den falschen Leuten auf den Sack gegangen sind und es ihnen ein paar Soldaten heimgezahlt haben. Oder dass noch jemand bei ihnen war, der völlig abgedreht gewesen ist und es getan hat. Drogen sind Teufelszeugs, Jungs.«

»Darauf trink ich«, sagt irgendjemand, und sogar Kev lacht.

In Micks Eingeweiden beginnt es zu rumoren. Die Augen des Staates, wenn nicht des ganzen Landes, sind jetzt auf dieses Nest gerichtet. Was für die anderen Killer bedeutet, dass es eine neue Bedrohung in der Gegend für sie gibt, die zu viel Aufmerksamkeit auf ihre Aktivitäten zieht.

Obwohl sich Mick den ganzen Nachmittag im Pub aufhält, lässt sich Jerry the Fiddler nicht sehen, und die Anspannung in seinen Eingeweiden nimmt weiter zu. Er ist gerade auf dem Weg zu seinem Wagen – will am Haus des fetten Bastards vorbeifahren, um zu sehen, ob er da ist –, als er ein langsamer werdendes Auto aus den Augenwinkeln heraus bemerkt. Er blickt auf und entdeckt einen Streifenwagen, der neben ihm hält. Kravic sitzt hinter dem Lenkrad, eine dunkle Sonnenbrille wie ein Geheimdienstagent aus der Glotze im Gesicht. Er deutet mit einer gebieterischen Geste auf das Polizeirevier und fährt weiter.

Mick sieht zu, wie der Wagen vor dem gedrungenen Gebäude hält. Er könnte Kravic ignorieren und einfach abhauen, aber er würde nicht weit kommen.

Im Schatten des Reviers hat eine Gruppe Reporter Schutz vor der nur langsam nachlassenden Hitze gesucht, aber niemand beachtet ihn, als er an ihnen vorbeigeht. Ein unablässiger Strom von Einheimischen betritt die Polizeistation und verlässt sie wieder, um die Polizisten mit Fragen zu belästigen, oder weil sie selbst befragt werden sollen, und Mick scheint einfach nur einer von ihnen zu sein.

Kravic sitzt bereits hinter seinem Schreibtisch. Er wirkt

gestresst. Als Mick das Revier betritt, blickt er auf, deutet auf ein Hinterzimmer und blättert weiter durch einen Stapel von Papieren. Die Frau am Empfang spricht gleichzeitig in zwei Telefone und wehrt eine Gruppe schnatternder Menschen ab, die sie umringen. Vermutlich hat es hier schon seit vielen Jahren keinen solchen Betrieb mehr gegeben.

Mick geht den Korridor hinunter. Er atmet flach, hat die Hände geöffnet und lässt die Arme wie entspannt herabbaumeln, bemüht, einen klaren Kopf zu bewahren und sich nicht vorzustellen, was ihm gleich bevorsteht. Am Ende des Ganges führt eine offene Tür in ein kleines Zimmer. Er bleibt davor stehen.

»Yeah, da rein«, sagt Kravic, der unbemerkt mit einer Handvoll Aktenordner hinter ihm erschienen ist.

Mick wirft einen Blick über die Schulter, registriert die zerstreute Haltung des Polizisten, der sich noch immer auf seine Akten konzentriert. Er könnte ihn jetzt und hier, wo sie niemand aus dem Empfangsbereich sehen kann, einfach umlegen und dann unbemerkt durch den Hintereingang entkommen. Aber wozu sollte das gut sein? Kravic will ihm garantiert nur ein paar Fragen stellen, sonst würde er sich nicht so nachlässig benehmen. Außerdem ist es völlig unmöglich, dass irgendwer irgendetwas gegen ihn in der Hand hat.

Was soll er also hier?

»Mach schon, verdammt noch mal. Ich habe nicht den ganzen Tag Zeit.« Roberts sitzt bereits in dem Zimmer. Hier hinten in den Verhörzimmern lässt es sich bestimmt ungestörter arbeiten als in der Hektik, die vorn im Hauptbüro herrscht. Der Polizist hockt in seiner scheinbar kraftlos zusammengesunkenen Haltung über seine Papiere gebeugt da.

Mick nimmt ihm gegenüber Platz. Roberts ignoriert ihn und betrachtet weiter die Fotos in seinen Händen. Als Mick den Hals verrenkt, kann er ein paar flüchtige Blicke auf die Aufnahmen von dem Tatort erhaschen. Der Polizist starrt etwas zu lang auf eins der Fotos, und in seinen Augen flackert es kurz auf – ein Anflug von Interesse an dem Bild, das gleich darauf wieder verschwunden ist. Kravic, der im Türrahmen lehnt, hat nichts davon bemerkt.

»Ich bin vorn, Boss.«

Roberts nickt und schneuzt sich wie üblich. Schließlich blickt er zu Mick auf. »Uns fliegt hier heute die Scheiße um die Ohren«, sagt er.

»Ich habe schon davon gehört«, erwidert Mick.

»Also, was hast du mir zu erzählen?«

»Über was …«

»Darüber, wie lang dein Schwanz ist. Verdammte Scheiße, was glaubst du denn, Junge?«

»Also, ich war's nicht.«

Der Cop stößt ein lautes Lachen aus. »Nein, du bescheuerter Idiot. Ich habe dich nicht gefragt, ob du es getan hast. Diesen Punkt haben wir bereits mit deiner Alten abgeklärt. Es sei denn …« Er richtet sich etwas in seinem Stuhl auf und mustert Mick genauer.

»Meine Alte?«

»Rose. Kenne sie jetzt fast schon ihr ganzes Leben und vertraue ihr mehr als dir. Als wir heute überall in der Gegend rumtelefoniert haben, hat sie gesagt, dass du letzte Nacht bei ihr gewesen bist. Es sei denn, du willst jetzt etwas anderes sagen.«

»Nein. Ich war bei ihr.«

»Und hast was getan?«

Mick zögert und blickt dem anderen dann direkt in die Augen. »Versucht, eine Familie zu gründen.«

Roberts starrt ihn unverwandt an. »Yeah«, sagt er schließlich und verzieht angewidert die Lippen, »das hat sie ebenfalls gesagt. Unverantwortlich, soweit es mich betrifft, wenn Leute Kinder in die Welt setzen, nur weil sie geheiratet haben.« Er legt die Fotos zerstreut übereinander auf die Schreibtischplatte. »Aber das ist es nicht, worum es mir geht. Dein Freund ... gibt es immer noch nichts, was du mir zu ihm zu erzählen hast?«

»Sie meinen Cutter? Warum fragen Sie mich immer wieder nach ihm? Sie denken doch nicht etwa, dass er ...«

Der Polizist stößt fauchend die Luft aus, und Mick hat fast das Gefühl, sich im selben Raum mit einer angriffslustigen Schlange zu befinden, die sich wie eine Sprungfeder zusammengerollt hat. Eine falsche Bewegung, und sie könnte auf das nächstbeste Ziel vor ihrer Nase zustoßen. Und da ist noch etwas, das Mick spüren kann. Die Anspannung des Platzhirsches, der befürchtet, ein anderer könnte ihm das eigene Terrain streitig machen. Genau das, wovor Cutter ihn gewarnt hat.

»Wir haben sein Messer gestern Nacht am Tatort gefunden.«

Mick verbirgt seinen kurz aussetzenden Herzschlag mit geheuchelter Überraschung. »Sein Station-Messer?«

»Wenn es wirklich Cutter war, der die Hippies kaltgemacht hat, muss er sich immer noch in der näheren Umgebung herumtreiben. Und er scheint allmählich auszuflippen. Aber wir haben nichts davon gegenüber der Presse erwähnt, also kein beschissenes Wort zu den Reportern über ihn.«

Mick nickt. »Moment«, sagt er dann. »Was heißt, *wenn* er es war?«

Roberts mustert ihn intensiv. »Es gibt da einige Dinge, die keinen Sinn ergeben.«

Ein Gefühl der Taubheit macht sich in Micks Unterleib breit, aber er zeigt keinerlei Reaktion. Der Bulle kann damit nur meinen, dass der Messergriff abgewischt gewesen ist. Warum hätte Cutter sich die Mühe machen, das Messer danach aber achtlos fallen lassen sollen? Selbst wenn das Mädchen genau in diesem Moment davongelaufen ist und er sie verfolgen wollte? *Verdammte Scheiße!* »Also, warum bin ich ...?«

Der Polizist schiebt ihm einen Notizblock über den Tisch zu. »Schreib alles auf, was dir zu ihm einfällt. Alles, was er irgendwann erwähnt hat, andere Städte, irgendwelche Stellen im Busch. Einfach alles. Wir haben Fährtenleser losgeschickt, aber der Bastard könnte sich überall verstecken.« Seine Reptilienaugen blinzeln kein bisschen. »Wie gesagt, *falls* er es war.«

Mick schmilzt geradezu unter diesem stechenden Blick, aber Roberts scheint ihn lediglich mit dem üblichen Misstrauen eines Bullen anzusehen. Er nickt wortlos und nimmt den Block entgegen.

Kravic erscheint wieder in der Tür und beäugt Mick angewidert. »Irgendwas rausgefunden?«, fragt er seinen Vorgesetzten.

»Hast du damit gerechnet?«, fragt Roberts zurück.

»Letzte Nacht?«

»War bei der Hure.«

Mick, der angefangen hat zu schreiben, hält kurz inne, blickt aber nicht auf. Seine Hand zittert nicht.

»Hast immer ein Alibi parat, was, Mick? Hat Rosey immer noch diese Narben auf dem Bauch? Frag mich nicht, woher ich davon weiß, weil ich's dir sonst erzähle.«

Diesmal hebt Mick den Kopf und blickt zu dem Mann in der Tür auf. »Ich habe Ihnen bereits gesagt, ich habe nicht ...«

Kravic ignoriert ihn und nickt seinem Boss zu. »Der große Häuptling ist am Telefon. Du solltest lieber rangehen.«

»Scheiße!« Roberts steht auf und nimmt sofort wieder seine weltmüde kraftlose Haltung an. Sein breiter Rücken krümmt sich, sein vor Schmerzen verzerrtes Gesicht spiegelt seinen schlechten Gesundheitszustand wider. Kravic verschwindet wieder, und Roberts bleibt einen Moment lang vor Micks Stuhl stehen. »Er macht sich nur über dich lustig, Blödmann.«

Mick nickt und schreibt weiter. Der große Polizist verharrt noch etwas länger vor ihm. Vielleicht hat er den Schweiß bemerkt, der Micks Kopfhaut prickeln lässt. »Warte hier«, sagt er und verlässt den Verhörraum.

Mick schreibt noch eine Weile weiter, bis Roberts' Schritte verklungen sind. Dann springt er auf und steckt den Kopf durch die Tür in den Korridor. Das ist seine Chance.

Der nächste Raum ist voller Aktenschränke. Mick zieht ein paar Schubladen heraus, nur für den Fall, dass Cutter ihn mit der Tonne verarscht hat. Vielleicht hat er die ganze Zeit nach dem falschen Versteck für sein Messer gesucht, ist viel zu fixiert auf die Tonne gewesen. Cutter könnte das Messer praktisch überall deponiert haben. Was, wenn der Wichser es mit einem Stück Klebband unter Roberts' Schreibtisch befestigt, oder irgendwo in seinem Streifenwagen versteckt hat? Aber, Scheiße – wäre das der Fall, könnte es selbst irgendwo da stecken, wo er bereits nachgesehen hat.

Während er mit zunehmender Hektik den nächsten Raum durchsucht, dämmert ihm etwas anderes. Cutter, dieser Wichser, beherrscht immer noch sein Leben, selbst im Tod. Er hat ihm den Weg bereitet. Hat ihn dazu gebracht, ständig ans Töten zu denken, und als sich Mick von dem Hippie provoziert gefühlt hat, hat er sofort zugeschlagen. Cutter hat ihn auf die anderen Killer hingewiesen, woraufhin er sofort begonnen hat, sie zu beobachten, wie sie sich verhalten, wie sie ihre Spuren verwischen und sich in aller Öffentlichkeit tarnen. Selbst jetzt bestimmt der Kiwi noch sein Denken, lenkt ihn genau in die Richtung, in die er ihn schicken wollte. Und Mick erkennt, dass er nie die Kontrolle über das hatte, was er getan hat, so wie es immer gewesen ist.

Er folgt dem Korridor weiter, der jetzt im rechten Winkel abknickt, versucht sich zu konzentrieren, lässt sich aber von seiner Wut auf Cutter ablenken, von diesem demütigenden Gefühl, lediglich eine dämliche Marionette zu sein …

… als er plötzlich mitten im Schritt erstarrt.

Die Hintertür des Polizeireviers wird von ein paar rostigen Zehn-Gallonen-Tonnen flankiert. Mick hastet auf sie zu und untersucht die erste. Sie ist schwer, bis zum Rand voll mit Trockenfutter für die Wachhunde. Die nächste Tonne direkt neben der Tür ist bereits fast leer, es fehlen nur noch wenige Zentimeter bis zum Boden. Würde der zweite Hund noch leben, hätte das Trockenfutter garantiert nicht bis heute gereicht.

Mick wendet sich der dritten Tonne zu. Sie fühlt sich ebenfalls schwer an, doch durch das Einfüllloch sieht er etwas Metallisches auf den Pellets schimmern. Er steckt einen Finger in das Loch, krümmt ihn wie einen Haken und hebt den Deckel hoch.

Und vor ihm liegt sein Messer.

Die Klinge ist mit verkrustetem Blut verschmiert, wie mit einem Geständnis, seine Fingerabdrücke auf dem Griff sind durch das Trockenfuttermehl mit bloßem Auge sichtbar. Seine Initialen schreien ihn geradezu an.

Er hastet zurück zum Verhörraum und kritzelt wieder in den Notizblock, als Roberts zurückkehrt. Mittlerweile hat sich sein Atem so weit beruhigt, dass er normal sprechen kann, ohne zu keuchen, als der Polizist ihn anbellt: »Schon fertig, Junge? Mir steckt der Kopf vom großen Boss so tief im Arsch, dass ich das Gefühl habe, schwanger zu sein. Wäre besser für dich, wenn du was für mich hast.«

»Ich bin mir nicht sicher, Sir. Aber als Jäger dürfte Cutter eine besondere Vorliebe für Hügel oder irgendwelche Bodenerhebungen haben, schätze ich, von wo aus er gute Sicht auf seine Umgebung hat. Vielleicht versteckt er sich auf einem Bergkamm, sodass er mögliche Verfolger schon von Weitem sehen kann.« Er fragt sich, ob er damit Jerrys Unterschlupf in der alten Mine verraten hat. Aber nein, darauf kann niemand nur aufgrund dieser vagen Idee kommen. Das wäre so, als würde man einen einzelnen Kieselstein in einer beschissenen großen Wüste finden. »Ich habe auf der Station einige Male gesehen, wie er seine Umgebung von einem erhöhten Aussichtspunkt aus beobachtet hat.«

Roberts saugt an seiner Unterlippe und vergisst einen Moment lang, seine verkrümmte Haltung einzunehmen. Wenn er gerade aufgerichtet da steht, ist er ein großer Mann, größer als Mick, und ziemlich massig. Es ist klar, weshalb er den Kranken spielt. Als gesunder Mann würde er zu imposant wirken. Zu bedrohlich, wie jemand, den man besser im Augen behalten sollte.

»Das ist ein guter Gedanke«, sagt er. »Dann könnte er irgendwo im Westen stecken. Vielleicht bist du ja doch gar nicht so nutzlos.«

Mick reicht ihm den Notizblock und steht auf.

»Und das alles nur wegen zwei gottverdammten Hippies«, murmelt Roberts wie im Selbstgespräch. Mick kann die unterdrückte Wut spüren, die der Bulle ausstrahlt. »Langhaarige Rumtreiber, die nur Unruhe stiften, aber sofort vor Gericht rennen, sobald sie Ärger kriegen. Sind wahrscheinlich einfach dem Falschen auf den Sack gegangen. Haben ihre Nasen da reingesteckt, wo sie nichts verloren hatten.«

Mick nimmt an, dass er damit entlassen ist, bleibt aber trotzdem noch einmal in der Tür stehen. »Die beiden waren auf dem Weg nach Darwin, ja?«, fragt er beiläufig. »Sind Sie jemals im Norden gewesen?«

»War da vor ein paar Jahren stationiert«, erwidert Roberts zerstreut, während er Micks Notizen durchblättert. Er blickt auf. »Warum?«

»Bin immer auf der Suche nach Arbeit.« Mick zuckt die Achseln. »Vielleicht sollte ich es mal da oben versuchen, falls da was zu holen ist.«

Roberts betrachtet ihn nachdenklich und nickt dann. »Da oben gibt's eigentlich immer was zu tun, wenn du für anstrengende Arbeit bereit bist. Was diese Hippies offensichtlich nicht waren. Du müsstest da was finden können.«

Das klingt beinahe wie ein Kompliment. Mick schickt sich an zu gehen.

»Erst die Scheiße mit deinem Freund, und jetzt auch noch diese Parasiten …« Roberts knurrt das letzte Wort und verstummt dann.

Mick wettet, dass er Hinweise auf andere Leute in dieser Gegend finden wird, die gegen irgendwelche Gesetze verstoßen haben und danach still und heimlich verschwunden sind, wenn er die alten Zeitungen durchblättert. So wie dieser Demonstrant in Darwin, von dem der alte Kev erzählt hat. Er fragt sich, bei wie vielen Leuten der Bulle im Verlauf der Jahre die Beherrschung verloren und wie viele Todesfälle er unter den Teppich gekehrt hat.

»Ich halte meine Stadt gern sauber«, fügt Roberts schließlich hinzu.

Darauf würde Mick wetten. Der Einzige, den der Polizist mit einem Mord davonkommen lassen würde, ist er selbst. »Ja, Sir«, sagt er und wartet, weil er nicht weiß, ob Roberts' Worte als Warnung gemeint waren, oder ob einfach nur der Frust aus ihm gesprochen hat. Er hofft nur, dass ihn sein heftig klopfendes Herz nicht verrät.

Der große Cop mustert ihn noch eine Weile, bevor er ihn mit einer gleichgültigen Handbewegung entlässt und schwerfällig in seinen Stuhl sinkt, um Micks Notizen durchzugehen. Er sieht wie ein massiger uniformierter Bär aus, dem die Flut von Morden, die seine Stadt in letzter Zeit heimsuchen, schwer zu schaffen macht. Weil er sie nicht selbst begangen hat.

»Und, schon ein Geständnis abgelegt?«, erkundigt sich Kravic, als Mick im Eingangsbereich des Reviers erscheint, worauf selbst die Frau am Empfang aufblickt.

Mick lässt sich nicht provozieren und verlässt das Revier, sein Messer in der Gesäßtasche verborgen. Eigentlich sollte er jetzt euphorisch sein. Aber nachdem er Roberts' Reaktion gesehen hat, setzt ihm die ganze Geschichte noch mehr zu.

Denn erst durch die Jagd auf sein Messer hat er die *anderen* aufgeschreckt und darauf aufmerksam gemacht, dass ein weiterer Spieler zu ihnen gestoßen ist.

Es ist wie damals in der Wüste, als er die bösen Geister zum Leben erweckt hatte.

Nacht für Nacht kamen sie zu seinem Unterschlupf, wie ein schneidender Wind, der über das Land fegte. Sie bohrten sich in seinen Kopf, hämmerten gegen die Tür der verlassenen Hütte. Er fühlte sich immer leerer, während er ihnen lauschte. Es war, als raubten sie ihm alle Gefühle, die ihn zuvor erfüllt hatten: Seine Angst, seine Unruhe, seine Reue, all das schien wie von einer donnernden Woge hinweggespült zu werden, die sich über das weite tote Land ergoss.

Immer wieder musste er an Eddies Geschichten über seine Vorfahren denken, an die Lieder, mit denen man töten konnte. Vielleicht klangen sie genau wie der heulende Wind, der jede Nacht dort draußen tobte.

Und er stellte sich vor, wie er andere Menschen häutete, um sich ihre Kraft anzueignen.

Und in dem Maß, in dem die Geister ihn innerlich aushöhlten und seine Zuversicht, in der Wüste überleben zu können, wuchs, verblasste auch die Erinnerung an die Macht, die sein Vater über ihn besessen hatte.

Alles, was in ihm zurückblieb, war eine alles durchdringende Wut, die wie ein schwarzes Feuer tief in ihm loderte.

Auch wenn er bei dem Gedanken an die *anderen* immer noch eine nagende Unruhe und – ja – sogar Angst verspürt, ist es in erster Linie die brodelnde, ungestillte Wut, die ihn beherrscht und ständig zu überwältigen droht.

Er ist wie ein dressierter Zirkustiger durch Cutters Ringe gesprungen, hat sein dämliches Spiel gespielt.

Und alles, was er dadurch erreicht hat, ist, die *anderen* auf einen weiteren Killer in ihrem Revier aufmerksam zu machen.

Während sich fast die gesamte Stadt um die dürftigen Informationsquellen drängt, fährt er in der Hoffnung, dass ihn niemand unterwegs entdeckt, wieder zu der stillgelegten Mine hinaus. Sollte ihn doch jemand sehen, kann er immer noch behaupten, gerade auf Dingojagd zu sein. Er sucht sich ein Versteck ein Stückchen entfernt von Jerrys Unterschlupf, doch in dem Lager rührt sich nichts. Um die Abenddämmerung schleicht er sich hinein und durchsucht die Schuppen gründlich. Das Lager ist verlassen.

Sobald sich ihm die nächste Gelegenheit bietet, macht er sich auf den Weg nach Lawson. Hinter dem Pub findet er ein Bündel von Zeitungen mit Berichten über den Mord auf der Titelseite. Vor dem Hotel parken mehr Autos als sonst. Die Leute haben das Bedürfnis, über den Tod der Hippies zu sprechen, die Nachrichten verbreiten sich in Windeseile. Kein Wunder.

Die Werkstatt der serbischen Mechaniker ist verschlossen, und obwohl Mick weiß, dass sie ausgeflogen sind, sieht er sicherheitshalber auch bei dem Haus auf der Rückseite nach. Die Brüder haben genau dasselbe wie Jerry the Fiddler getan, nachdem die Nachrichten wie eine Bombe eingeschlagen sind.

Sie sind untergetaucht.

15

Rose arbeitet an diesem Abend, und Mick liegt bereits im Bett, als sie nach Hause zurückkehrt. Er spürt, wie sie in der Tür zögert und dann zu ihm ins Bett steigt.

Sie weiß, dass er wach ist, und nachdem sie eine Weile still neben ihm gelegen hat, sagt sie leise: »Wie furchtbar, was passiert ist.«

»Was?«

»Die Sache mit den beiden jungen Leuten.«

Er wartet vergeblich darauf, dass sie weiterspricht. »Yeah«, erwidert er schließlich und hofft, dass sich das Thema damit erledigt hat.

»Sie sind heute Morgen hier vorbeigekommen, nachdem du gegangen bist. Die Polizei. Roberts und dieses Arschloch Alex. Haben mir ein paar Fragen gestellt.«

»Sie haben auch mit mir gesprochen.«

»Ich habe ihnen gesagt, dass du die ganze Nacht bei mir gewesen bist.«

»Ich habe hier gesessen und auf dich gewartet, und als du nicht gekommen bist ...«

»Ich weiß, Mick. Deshalb habe ich den Bastarden auch nichts gesagt.«

Sie schmiegt sich an ihn, und ihre Atemzüge werden tiefer. Mick liegt reglos neben ihr und starrt an die Decke, bis er irgendwann in einen unruhigen Schlaf sinkt.

Als er ein paar Tage später im *Black Shanty* sitzt, stellen sich ihm plötzlich die Nackenhaare auf. Er entdeckt den fetten Pädophilen am anderen Ende des Pubs.

Der Mann starrt ihn direkt an.

Mick reagiert unwillkürlich, wenn auch nur dadurch, dass sich seine Augen kurz weiten und sich seine Hand fester um die Gabel schließt.

Doch das war schon genug. Mehr hat Jerry nicht sehen müssen.

Als sich Mick durch die Menge der dicht gedrängten Gäste geschoben hat, ist der Platz, an dem der andere gesessen hat, leer. Auch draußen auf der Straße ist er nicht zu sehen. Mick steht hilflos vor dem Pub, die Gabel, die er immer noch umklammert hält, wie eine Waffe in der Hand.

Einen Tag später bemerkt er, wie ein Auto gleich nach ihm losfährt, als er den Pub verlässt. Ein Abschleppwagen mit einem Seilwindenkran am Heck, der ihm ein paar Straßenblocks folgt, bevor er abbiegt.

An diesem Abend fährt Mick nicht zu Rose, sondern tief in den Busch hinaus und schläft mit Opeys Gewehr in den Armen auf einer Anhöhe ein, von der aus er seinen Wagen im Auge behalten kann. Er beschließt, Rose am nächsten Tag eine Geschichte über ein Dingoweibchen zu erzählen, dem er bereits seit Wochen auf der Spur gewesen ist und dessen Fährte er ganz zufällig entdeckt hat – wobei er bezweifelt, dass sie ihm glauben wird.

Auch wenn sich die Zeitungen auf den vermeintlich flüchtigen Neuseeländer Reginald Cutter konzentrieren, kennen die *anderen* die Wahrheit.

Und jetzt haben sie ihn aufs Korn genommen.

Gleich nachdem er sein Messer gefunden hat, hätte er Rose überreden müssen, zusammen mit ihm zu verschwinden. Doch er war dämlich genug, das Risiko einzugehen, weiter hier zu bleiben. Er hat das Schicksal zu lange herausgefordert, und jetzt wird er für seine Schwäche bezahlen müssen.

Es hatte zwangsläufig irgendwann so weit kommen müssen. Er war einfach noch zu jung und zu amateurhaft für Cutters Strategie.

Und dann erkennt er plötzlich, wie tief er tatsächlich in der Scheiße steckt. Roberts und Kravic wissen, dass er bei Rose wohnt – genau wie Opey vor ihnen –, und so liegt es auf der Hand, dass jeder andere in dieser kleinen Stadt es ebenfalls wissen kann. Was bedeutet, dass die *anderen* nur ein bisschen herumfragen müssen, um ihn zu finden.

Ihn und Rose.

Er kehrt gerade durch die Vorberge zurück, als er einen Wagen bemerkt, der abseits der Straße mitten im Busch weit außerhalb der Stadt parkt. Neben einer Ansammlung von Bäumen steht ein Mann in der prallen Sonnenhitze, ein langläufiges Gewehr in den Händen.

Vielleicht wartet er hier darauf, dass Mick vorbeikommt, um ihn aus dem Hinterhalt abzuknallen. Mick hält an, steigt aus dem Wagen, zieht seine eigene .22er hervor und späht durch das Zielfernrohr. Doch er hat sich getäuscht. Der andere steht mit dem Rücken zur Straße und konzentriert sich auf irgendetwas zwischen den Bäumen. Es sieht so aus, als wüsste er nicht einmal, dass Mick da ist.

Mick klettert leise den felsigen Hang hinab, bleibt alle paar Schritte stehen und sieht sich wachsam um. Jetzt zündet sich der Mann eine Zigarette an, wobei er seinen gesamten Körper als Schutzschild gegen den Wüstenwind einsetzt. Dann konzentriert er sich wieder auf die Bäume, den breiten Rücken gerade aufgerichtet.

Es ist Roberts.

Am dicken Stamm eines Brigalow-Baumes ist eine Gestalt festgebunden, die aus dieser Entfernung nur als in sich zusammengesunkener Schatten zu sehen ist.

Mick weiß sofort, dass es nur Rose sein kann.

Es ist zu spät.

Er läuft geduckt und schnell näher, bleibt immer wieder kurz stehen, um sich zu vergewissern, dass der Polizist ihn nicht bemerkt. Ihm ist klar, dass es sich nur um eine Falle handeln kann, dass Kravic irgendwo auf der Lauer liegen muss. Undenkbar, dass er so viel Glück haben könnte, Roberts allein hier draußen zu erwischen.

Und doch ist es so. Kravic ist nicht mit von der Partie. Rose, Roberts und Mick sind allein.

Roberts hebt sein Gewehr. Mick lässt sich auf den Bauch fallen, stützt die Ellbogen auf und bringt seine eigene Waffe in Anschlag. Er blickt gerade rechtzeitig durch das Zielfernrohr, als sich Roberts' Waffe krachend entlädt und er eine Sandfontäne neben der gefesselten Gestalt aufspritzen sieht, wo die Kugel in den Boden eingeschlagen ist. Aus der Ferne weht Gelächter zu ihm herüber.

Als er das Zielfernrohr auf den Brigalow-Baum richtet, kann er erkennen, dass es sich bei der verkrümmten Gestalt nicht um Rose handelt. Es ist ein Mann mit einer Kapuze aus Sackleinen über dem Kopf. Er trägt ein blau und weiß kariertes Hemd und eine fleckige Unterhose.

Es ist der alte Kev.

Micks Herzschlag beruhigt sich. Er lässt das Fernrohr zwischen den beiden Männern hin und her pendeln, während er herauszufinden versucht, was dort vor sich geht. Roberts sagt irgendwas, worauf Kev den Kopf unter der Kapuze schüttelt. Offensichtlich ist der Polizist nicht mit der Antwort zufrieden und hebt erneut das Gewehr.

Glaubt er etwa, der alte Bastard hätte die Hippies auf dem Gewissen?

Eigentlich sollte Mick verschwinden, aber er muss unbedingt

in Erfahrung bringen, ob er jetzt damit als Verdächtiger aus der Schusslinie ist. Er schleicht leise über den welligen roten Boden näher, wobei er Roberts' Wagen als Sichtschutz benutzt, und es gelingt ihm, nahe genug heranzukommen, dass der Wind die Stimmen der beiden Männer zu ihm herüberträgt.

»Ich *weiß*, dass du darüber Bescheid weißt ... warum hättest du sonst darüber reden sollen? Dieser langhaarige Bastard hatte es sich selbst zuzuschreiben ... Hat nur Ärger gemacht. Uns in die Gesichter gespuckt. Seine Scheiße über uns ausgeschüttet. Glaubst du, ich hätte einfach tatenlos zugesehen, wie irgendein Hippie meine Stadt übernimmt?«

»Bitte ...«, stottert Kev. »Ich wusst' nicht mal, dass du damals in Darwin gewesen bist.«

»Reiner Zufall, dass du die Geschichte im Pub zur Sprache gebracht hast? Nein, du musst mit dem Jungen unter einer Decke stecken.«

Mick erstarrt.

»Ich hab' nicht mal gemerkt, dass er zugehört hat. Ich schwöre! Hab' einfach nur gequatscht. Du weiß doch, was nach ein paar Gläsern Bier mit mir passiert.«

»Ja, dann wirst du richtig geschwätzig.«

»Ich weiß von gar nichts!«

»Die Sache ist die, du alter Wichser, ich sorge gern für Ordnung. Wenn ich dafür ein paar Schädel einschlagen muss und mich dabei auch noch ein bisschen amüsiere, na und? Ich trage die Dienstmarke ja nicht umsonst, oder? Das macht es mir ziemlich leicht, dich hinterher verschwinden zu lassen. Und dir sogar die ganze Geschichte anzuhängen.«

»Die Sache mit diesen Hippies auf dem Highway? Ich hab' überhaupt nichts damit ...«

»Also frage ich dich jetzt noch einmal. Und du wirst mir verraten, wie viel er weiß.«

Roberts hebt seine Waffe. Diesmal zielt er auf einen der nackten Füße des Alten. Der Schuss löst sich, und Kevs Zehen explodieren. Blut und Knochensplitter fliegen durch die Luft. Der alte Penner stößt einen gurgelnden Schrei aus und sackt in sich zusammen, windet sich vor Schmerzen. Wo sich gerade noch ein intakter Fuß befunden hat, endet das Bein jetzt in einem zerfetzten blutenden Stumpf. Das ist kein Kaliber .22. Diese Kugeln haben eine ganz andere Wirkung.

Roberts lässt sich in die Hocke nieder. Er wirkt jetzt alles andere als kraftlos oder krank, während er sich eine weitere Zigarette anzündet. »Ich habe eine ganze Packung Kippen mitgenommen«, sagt er im Plauderton. »Und ich habe vor, so lange hier zu bleiben, bis ich alle geraucht habe.« Neben seinen Füßen steht ein bis an den Rand gefüllter stählerner Munitionskasten. Der Polizist lädt sein Gewehr nach, ein Kaliber .243, wie Mick jetzt erkennen kann, ein sorgfältig geölt und gewissenhaft gewartetes Gewehr. Die Patrone gleitet fast geräuschlos in die Magazinkammer. »Diesmal ziele ich auf dein Knie«, fährt Roberts fort. »Danach auf dein linkes Ei. Und so arbeite ich mich langsam weiter bis zu deiner hässlichen Visage hinauf.«

Mick bleibt da, bis er sicher ist, dass Kev wirklich nichts weiß. Aber es ist auch so genug. Roberts wird sich um Mick kümmern, sobald er alle losen Enden zusammengefügt hat.

»Ich weiß jetzt, wer das Pärchen in dem Kombi auf dem Gewissen hat«, verkündet Mick.

Rose hört auf, ihren Garten zu sprengen, und starrt ihn mit offenem Mund an.

»Und er weiß jetzt, dass ich Bescheid weiß«, fügt Mick hinzu. »Also stehe ich als Nächster auf seiner Abschussliste.«

»Was ...«

»Es ist Roberts.«

»Wie ... woher weißt du das?«

»Wegen etwas, das Kev im *Black Shanty* gesagt hat. Der alte Bastard hat schon immer hier gelebt. Er hat einen Hippie-Agitator erwähnt, der vor ein paar Jahren oben in Darwin umgebracht worden ist. Damals, als Roberts dort stationiert war. Roberts hat mitgekriegt, dass Kev im Pub davon erzählt hat. Hat ihn nach Westen in die Wüste zu einer Stelle geschleppt, an der ich auf dem Rückweg von den Bergen zufällig vorbeigekommen bin. Ich habe alles gesehen. Er hat ihn umgebracht.«

»Roberts hat Kev ermordet?«

»Hat ihm eine Kapuze über den Kopf gestülpt, sodass er sein Gesicht nicht sehen konnte, und ihm eine ganze Schachtel Patronen in den Leib gejagt.«

»Aber warum ...? Was hat das mit dir zu tun? Woher weiß er ...?«

»Ich glaube, dass er mich gesehen hat«, sagt Mick. Seine Gedanken rasen. »Als ich versucht habe, mich fortzuschleichen. Ich wusste, dass mit dem Typ etwas faul ist. Genau wie mit Kravic. Psychos mit Dienstmarken.«

»Dann müssen wir Hilfe kommen lassen. In Perth anrufen. Das CIB anfordern.«

»Nein!« Mick packt Rose am Arm, bevor sie ins Haus laufen kann. »Wir müssen von hier verschwinden. Er könnte uns die Sache anhängen. Uns irgendwie reinlegen.«

Rose zögert und sieht Mick dann direkt ins Gesicht. »Aber du hast nichts mit all dem zu tun, nicht wahr?«

»Roberts hat mich gesehen, Rose! Er weiß, dass ich ihn auf frischer Tat beobachtet habe. Er wird kommen, um sich um mich zu kümmern. Um uns beide.«

»Wenn du jetzt fliehst, kann er über dich behaupten, was immer er will.«

»Aber wenn wir bleiben, sind wir nicht mehr sicher. Pack ein paar Sachen zusammen und lass uns abhauen.«

»Mick, das Ganze hört sich für mich nicht richtig an.«

Er versucht, sie mit sich zum Haus zu ziehen. Sie stolpert und hält sich an ihm fest, um nicht zu stürzen. Er zuckt zusammen, als sie die noch immer entzündete Stichwunde in seinem Rücken berührt. Das Misstrauen in ihrem Gesicht ist unübersehbar.

»Komm schon, Rose«, drängt er. »Wir können uns später noch unterhalten.«

Sie wirft einen kurzen Blick hinüber zu ihrem Haus, zu dem Wagen in der Nähe des Wassertanks. Überlegt sie etwa, ob sie vor ihm davonlaufen sollte? »Ich werde nicht fortgehen, Mick.«

»Ich habe dir gesagt ...«

Sie reißt sich los. »Das hier ist mein Zuhause. Wenn du gehen willst, dann gehe. Aber was auch immer hier passiert ist, hat nichts mit mir zu tun.«

»Der Typ ist ein Killer! Unmöglich vorherzusagen, was der Wichser als Nächstes tun wird!«

Er greift wieder nach ihr, und diesmal legt sie ihm eine Hand auf den Rücken und drückt zu. Er atmet scharf aus. »Ich habe mir deine Wunde angesehen, als du geschlafen hast«, sagt sie. »Du hast gesagt, du wärst auf einen spitzen Zaunpfahl gefallen, aber dafür sind die Ränder zu glatt. Die Narbe stammt von einem Messerstich. Damit kenne ich mich aus.«

»Wir haben später noch Zeit genug, unsere Narben zu vergleichen.«

»Wie bist du darangekommen, Mick?«

»Verdammte Scheiße, Rose!«

»Sag mir die Wahrheit. Wenigstens das bist du mir schuldig.«

»Roberts ist ein gefährlicher ...«

»Roberts? Ein Polizist? Wovor läufst du wirklich weg? Und warum möchtest du überhaupt, dass ich mitkomme?«

»Weil ... du hier nicht mehr sicher bist.«

»Hier? Oder in deiner Nähe?«

»Was?«

Rose weicht vor ihm zurück. »Wie bist du an diese Stichwunde gekommen, Mick? Und wo warst du an diesem Abend, als ich auf dem Heuboden geblieben bin? An dem Abend, an dem ich dir ein Alibi gegeben habe?«

Langsam wird Mick wütend. Sie verschwenden hier ihre Zeit. Er hat versucht, das Richtige zu tun, indem er zu ihr zurückgekommen ist. Und jetzt muss er sich diesen ganzen Mist anhören. Genau wie damals bei seiner Schwester, das ständige Jammern und Zetern. »Dafür haben wir jetzt keine Zeit.«

»Du schleppst so viele Geheimnisse mit dir herum, dass du nicht einmal mehr selbst weißt, wann du die Wahrheit sagst und wann du lügst. Ist das nicht so?«

»Ich habe keine Ahnung, wovon du da redest.«

»Versuch nie, einen Lügner zu belügen, weißt du noch? Ich habe eine Menge erlebt. Ich kenne die Menschen. Ich merke, wenn mir jemand etwas verheimlicht. Aber im Augenblick weiß ich nicht, ob du mir überhaupt jemals die Wahrheit gesagt hast.«

»Was für eine Rolle spielt das schon?«

Roses Blick wird hart. »Es gibt da einen besonderen Ort ... zu dem ich dich mitnehmen wollte. Um dir zu helfen. Aber jetzt kann ich sehen, dass es bereits zu spät dafür ist.«

Mick stellt sich ihr in den Weg. »Ich weiß nicht, was du zu wissen glaubst, Rose, aber du täuschst dich. Also, ich versuch's jetzt ein letztes Mal.« Er streckt einen Arm nach ihr aus, und sie schlägt ihn weg, weicht weiter zurück in Richtung der Felder hinter dem Haus.

»Rose!«, ruft er. »Ich werde dich nicht allein hier zurücklassen!«

»Bleib mir vom Leib!«

»Hör zu, du dämliche Hu...!«

Sie wirbelt herum und zischt wie eine Schlange. »Es hat nicht viel dafür gebraucht, was? Hat dein Vater deine Mutter so genannt?«

Ihre Wut lässt Mick zurückstolpern. »Das ist es nicht, was ich ... Ich bin nicht so wie er. Hör mal, komm, bitte! Du führst dich völlig verrückt auf!«

Rose weicht wieder vor ihm zurück. In ihren Augen dämmert Begreifen auf. Die Erkenntnis, verraten worden zu sein. »Nein, ich erkenne nur zum ersten Mal klar und deutlich, wer du bist.«

Sie dreht sich um und rennt davon. Mick versucht, sie einzuholen, fällt auf dem unebenen Gelände aber schnell zurück. Seine schwachen Beine sind ihr einfach nicht gewachsen. »Bleib stehen!«, brüllt er, während er hinter ihr den flachen Hang hinauf und durch die Felder hinter der Farm läuft.

Rose pflügt eine Schneise durch das Dornengras, der er leicht folgen kann. Er ist so auf sie fixiert, dass er kaum an die *anderen* denkt, die ihn aus irgendeinem Versteck ganz in der Nähe beobachten und die Gelegenheit nutzen könnten, ihn anzugreifen.

Jesus! Er wirft einen Blick über seine Schulter und sieht das Haus, das mitten in der kargen Landschaft steht, kaum geschützt von ein paar vereinzelten Gummibäumen. Nachts ist es wie ein Leuchtfeuer, das man meilenweit sehen kann. Er hat oft auf der kleinen Anhöhe in der Dunkelheit in seinem Wagen gesessen und es beobachtet, er weiß, wie leicht es wäre, sich unbemerkt anzuschleichen. Im Grunde war ihm die ganze Zeit über bewusst, wie verwundbar sie dort sind, aber er hat es bis zu diesem Moment ignoriert.

Genau jetzt könnten diese kranken Arschlöcher irgendwo dort auf der Lauer liegen, hinter den Bäumen, mit Ferngläsern am Rand der Stadt, vielleicht in der Kuhweide auf der anderen Straßenseite. Auch wenn er niemanden sehen kann, verleiht ihm das Messer, das Rose ihm geschenkt hat, ein Gefühl der Sicherheit. Er wird sich damit verteidigen, sollte es nötig werden, selbst gegen beide Celepči-Brüder. Sollten sie oder Jerry allerdings aus ihrem Versteck heraus mit einem Gewehr auf Rose und ihn zielen, wären sie schon so gut wie tot. Also ist es sinnlos, sich darüber den Kopf zu zerbrechen.

Aber er glaubt nicht, dass es dazu kommen wird. Nicht am helllichten Tag. Nachts hätten sie viel mehr Spaß.

Weil es genau so ist, wie er an ihrer Stelle vorgehen würde.

Trotzdem lässt er den Blick weiter wachsam in allen Richtungen über die Bäume und den Horizont wandern, bis er sich gewaltsam davon losreißt und wieder auf Rose konzentriert.

Er wird sie einholen und zwingen, ihm zuzuhören, sie zum Haus zurückbringen. Irgendwann wird sie schon aufhören, sich zu wehren und sich beruhigen. Ihm glauben. Was auch immer sie zu wissen glaubt, er wird ihr beweisen, dass sie sich irrt. Ihm wird eine Möglichkeit einfallen, sie davon zu überzeugen, dass Roberts ein gefährlicher Killer ist. Denn – verdammte Scheiße! – in diesem Punkt hat er tatsächlich nicht gelogen. Auch nicht was die Gefahr betrifft, in der sie schwebt.

Alle diese Probleme lassen sich aus der Welt schaffen.

Mittlerweile sind sie schon ein paar Meilen gerannt, und obwohl seine Beine schmerzen und er heftig keucht, kann er den Abstand zu Rose halten. Sie wird sogar allmählich langsamer, und es gelingt ihm, etwas zu ihr aufzuschließen, als sie eine kleine Anhöhe hinaufrennt.

Er verdoppelt seine Anstrengungen, um sie einzuholen, greift nach dem Messer im Gürtel an seinem Gesäß und hält dann inne. Das ist es nicht, was er tun will, verdammt noch mal! Er zieht die Hand zurück und läuft weiter. Als er die Kuppe des flachen Hügels erreicht, hat er Rose beinahe eingeholt ...

... und vor ihm glitzert ein blauer See mit kristallklarem Wasser in der Sonne.

Rose steht am Ufer des Sees und schnappt mühsam nach Luft, die Hände auf die Knie gestützt. Sie zuckt zusammen, als sie Mick erblickt. Doch er steht wie erstarrt auf dem Hügelkamm und hat nur Augen für den See.

Die Sonne lässt Lichtblitzte von den kleinen Wellen auf der Wasseroberfläche aufsteigen. Vom Ufer auf der anderen Seite des Sees ertönt das Quaken von Fröschen. Die Luft ist von einer Kühle erfüllt, an die sich Mick so gut erinnert.

Als Rose wieder zu Atem gekommen ist und weiterrennen will, bemerkt sie den Ausdruck auf seinem Gesicht und zögert. »Das ist der Ort, den ich gemeint habe. Ich dachte, wenn ich dich hierher bringe …« Sie schweigt einen Moment lang, dann scheint ihre Stimme wie aus weiter Ferne zu kommen. »Was ist an dem See passiert, Mick? Was hat dein Vater getan? Oder … was hast *du* getan?«

Er schreitet wie in Trance den Hang hinab und geht an Rose vorbei. Ein schwerer Ast schaukelt in der schwachen Brandung, wie der Krückstock, den er als Kind benutzt hat. Er starrt ihn gebannt an.

Rose weicht vor ihm zurück, doch er steht so reglos da, dass sie sich ihm wieder nähert. »Ich weiß, dass in deiner Vergangenheit irgendetwas Schlimmes passiert ist. Was auch immer jetzt nicht mit dir stimmt, es hat damit zu tun, nicht wahr? Vielleicht … vielleicht kann ich dir immer noch helfen. Solltest du irgendetwas angestellt haben, selbst wenn es nur ein Unfall war … könnten wir auf das verweisen, was dir in deiner Kindheit zugestoßen ist. Auf mildernde Umstände plädieren. Eine Eingabe machen.« Ihre Stimme wird ganz leise. »Mick, *hast* du etwas Schlimmes angestellt?«

Er blickt zurück zur Uferböschung, zum Gefälle des Hangs, der zum Wasser hinabführt, und das Bild wechselt sich immer wieder mit dem aus seiner Erinnerung ab.

Roses tritt einen Schritt auf ihn zu, spürt nichts von dem Beben, das ihn durchläuft, dem brodelnden Zorn, der sich ein Ventil sucht. Das dämliche Weib glaubt doch tatsächlich immer noch, ihm helfen zu können.

»Mick?«

»Du hättest mich nicht hierher bringen sollen«, knurrt er und bückt sich. Er ergreift den Ast, wirbelt herum und schmettert ihn ihr ins Gesicht.

Dritter Teil
Entfesselt

16

Die Wut begann ihn derart zu beherrschen, dass er irgendwann nicht mehr schlafen konnte und mit den Fäusten auf die hölzernen Wände des Hauses einschlug, bis die Bretter brachen. Die Haut auf seinen Knöcheln platzte auf, Blut spritzte umher, und wieder stieg ihm dieser kupferartige Geruch in die Nase, der alles andere auslöschte. Der Geruch der Rache, des Todes, der Schmerzen. Jede Nacht, wenn er auf den nackten Holzdielen lag, heulte der Wind tief in ihm, versengte ihn mit vergessen geglaubten Erinnerungen, die er von Neuem zum Leben erweckte.

Und als er glaubte, es nicht länger ertragen zu können, dass der Druck, der sich in ihm aufbaute, seinen Kopf bersten lassen würde, verließ er das einsame Haus in der Wüste wie ein Totenkopffalter, der aus seinem Kokon hervorbricht.

Von allem befreit, was ihn einengte, bis auf die Wut, die sein Kompass war.

Mick machte sich auf den Weg nach Westen, ernährte sich von dem, was das Land hergab, und orientierte sich an den Sternen, bis er die Straßen nördlich von Erebli erreichte. Dort wartete er in einer Bodensenke auf den Anbruch der Nacht, während der Wind in seinem Rücken ihm unablässig in den Ohren brüllte.

Das Haus seiner Familie war völlig verwahrlost. Der Geländewagen seines Vaters stand da, ohne Räder und mit ausgebautem Motor, die Achsen auf übereinandergeschichteten Ziegelsteinen gestützt. Der Hof war mit Unrat übersät, das Windrad hatte eine

Strebe verloren und neigte sich gefährlich. Vor der Hintertür lag ein totes Huhn, das von Maden wimmelte.

Das Schlafzimmerfenster war zerbrochen, höchst wahrscheinlich von Micks Vater in einem Wutanfall eingeschlagen, nachdem sein Sohn entkommen war. Mick schob sich unter dem über den leeren Fensterrahmen gespannten Laken in das Haus, das Haar wild zerzaust, das Gesicht eine Maske aus eingetrocknetem Dreck, die Kleidung zerfetzt. Er musste den Anblick eines wandelnden Toten bieten. Der unförmige große Fleischberg, der seine Mutter war, wurde von seinem Schatten geweckt und atmete tief ein, um zu schreien. Er stürzte sich auf sie und presste ihr eine stinkende Hand auf den weit aufgerissenen Mund.

Also hatte sein Vater sie nicht umgebracht. Seine Stimme, die er so lange nicht mehr benutzt hatte, krächzte, als er sagte: »Ist schon okay, Ma. Ich bringe alles in Ordnung.« Er kletterte auf sie und hob seinen grob geschnitzten Holzspeer.

Sie wehrte sich nur kurz unter ihm, als der Speer sie durchbohrte. Dann zog sie ihn in ihre Fleischwülste hinab und drückte ihn an sich, als hätte sie ihn gerade erst geboren, und er weinte in ihren Hals, als sie schließlich erschlaffte. In einer letzten Zuckung trat sie die Laken zurück und lag in ihrer gewaltigen Nacktheit reglos unter ihm. Mick schloss die Augen, glitt von ihr herunter und rutschte beinahe auf ihrem dickflüssigen Blut aus, das aus dem Bett zu Boden tropfte. Er warf keinen Blick zu ihr zurück.

Er wusste nicht, wie lange er im Hausflur gestanden hatte. Nachdem seine Tränen versiegt waren, blinzelte er, bis er wieder klar sehen konnte, und blickte in die Richtung, aus der das Schnarchen ertönte.

Sein Vater lag betrunken auf der verschimmelten Couch, eine Batterie leerer Flaschen zu seinen Füßen. Aus dem Radio drang ein monotones Rauschen und Knistern, als hätte es keinen Empfang. Nur von seinen Erinnerungen gelenkt, schlich Mick ungestört durch das dunkle Haus zu der Wand, an der die Schlachtermesser hingen, ergriff eins davon und näherte sich damit der lang ausgestreckten Silhouette seines Vaters.

Mit einem schnellen Schnitt durchtrennte er die Achillessehnen seines Vater, wie er es bei den Kängurus gelernt hatte. Sein alter Herr stieß einen Schrei aus und versuchte, sich aufzurichten. Mick zog die scharfe Klinge durch beide Armbeugen, und die großen Hände des Mannes, die seinen Sohn und seine Frau so oft geschlagen hatten, fielen ihm hilflos in den Schoß.

Der alte Mann blinzelte die Tränen fort, die ihm die Schmerzen in dic Augen trieben, und sah Mick vor sich stehen. Sein Gesicht verzog sich zu einer Grimasse der Überraschung. »Du ...!«, krächzte er.

Mick rammte ihm ein Knie in die Brust, um ihn auf dem Sofa festzunageln, drückte ihm das andere Knie gegen die rechte Schulter und zog ihm den Kopf in den Nacken. Bevor er ein weiteres Wort hervorbringen konnte, packte er seine Zunge, als wäre sie eine riesige Nacktschnecke, und schnitt sie ab. Sein Vater versuchte zu schreien, aber statt eines Lautes drang nur ein Blutschwall aus seinem Mund hervor.

»Hi, Dad«, sagte Mick. Dann setzte er die Klinge in Höhe des Jochbeins seines alten Herrn an, drückte sie ihm durch das Fleisch bis zum Knochen und zog sie ihm knapp unterhalb des Haaransatzes einmal um den Kopf herum, wobei er sein gesamtes Körpergewicht auf die Brust des Mannes unter ihm sinken ließ, als müsste er ein bockendes Pferd bändigen.

Ein leichter Regen fiel aus dem wolkenverhangenen dunklen Himmel, als Mick zu dem kaputten Windrad ging. Seit er denken konnte, hatten die riesigen hölzernen Rotoren das Haus wie ein kirchliches Kreuz überragt. Er hob ihm die Arme entgegen und begann, sich langsam im Kreis zu drehen. Der Regen wurde stärker, ein Gemisch aus Wasser und Blut tropfte von Mick zu Boden.

Die Haut seines Vaters, die er sich umgelegt hatte, baumelte in weiten Falten von den Armen herab, hing wie geronnenes Gelee um seine Fußgelenke herum. Die klebrige Unterseite fühlte sich heiß und schleimig an. Der Geruch brachte ihn fast dazu, sich zu übergeben, doch die Mundöffnung befand sich weit unterhalb seines eigenen Mundes, sodass er schon Mühe hatte, Luft zu bekommen. Durch die unregelmäßigen Löcher, hinter denen sich die Augen seines Vater befunden hatten, konnte er kaum etwas erkennen.

Schon bald reduzierte sich die ganze Welt auf das heftige Prasseln des Regens und Micks Tränen. Er brüllte zu dem Windrad und dem Himmel empor, überwältigt von Enttäuschung, Wut und der Erkenntnis dessen, was er getan hatte.

Schließlich ließ der Regen nach. Mick hörte auf, sich um die eigene Achse zu drehen, sank auf die Knie und starrte zurück zu dem Haus, in dem er aufgewachsen war.

Und er spürte überhaupt nichts. Dabei hatte er geglaubt, von Kraft erfüllt worden zu sein.

Stattdessen war da immer noch die gleiche Leere in ihm, schwarz und grenzenlos.

Nichts von dem, was er getan hatte, bedeutete irgendetwas.

Rose kommt gerade wieder zu sich, als er sie an der Kette hochzieht und sich ihre Arme dehnen. Sie stöhnt. Ihre Schultergelenke knirschen protestierend.

Mick tritt aus der Dunkelheit, und Rose schreit auf, als sie das kalte Lächeln in seinem Gesicht sieht.

»Mick …«

»Du willst die Wahrheit erfahren?«

Und da erzählt er ihr alles, von dem Mann in der Limousine und dem Sturz seiner Schwester. Wie er sich über sie gebeugt, ihr beim Sterben zugesehen und gefühlt hat, wie das Leben aus ihrem

Körper gewichen ist. Wie er die wahren Ereignisse vertuschte, wie sein Vater einen unschuldigen Mann umbrachte und später, nachdem er seinem Sohn auf die Schliche gekommen war, ihn mit einem Schrotgewehr davonjagte. Seine Reise in die Wüste und den Wahnsinn, seine Rückkehr zu dem elterlichen Haus, um seinen Vater und seine Mutter, für ihr Versagen und alles, was sie ihm angetan hatten, abzuschlachten. Darüber, dass ihr Tod ihn nicht von seiner Wut befreit und keinerlei Gefühle in ihm ausgelöst hatte. Er erzählt Rose, wie er die nutzlose Haut seines Vaters abgestreift und auf den noch dampfenden Leichnam geworfen hatte. Wie er einen Kanister Benzin aus dem Schuppen geholt, ihn über den Leichen seiner Eltern und überall im Haus ausgegossen und das Benzin dann angezündet hatte. Wie er im versiegenden Regen dasaß und zusah, wie das Haus brannte. Wie man ihn fand, nachdem eine Gasflasche explodiert und eine Wolke aus Holzsplittern und verbrannten Leichenteilen durch die Luft geflogen war.

Die Nachbarn hatten den nackten und zitternden Jungen in eine Decke gewickelt. Er hörte, wie sie den herbeigeeilten Polizisten erzählten, dass sie das arme neunjährige Kind schon lange nicht mehr gesehen hatten. Sein Vater hätte seit Monaten allen Nachbarn den Zutritt zu seinem Haus verwehrt, und dem Aussehen des Jungen nach zu urteilen, seinem schmutzverkrusteten Gesicht und verfilzten Haar, musste er ihn die ganze Zeit dort eingesperrt haben.

Mick hatte kein Wort gesagt, als hätte ihm der Schock die Sprache verschlagen, als er weggebracht worden war. Die Polizei konnte nicht ausschließen, dass der Mörder seiner Schwester zurückgekehrt war, um die Familie weiter zu terrorisieren. Vic Winston, der für die Gegend zuständige Polizist, sorgte dafür, dass Mick in ein Pflegeheim kam. Die Polizei kehrte den ganzen Vorfall unter den Teppich, verpflichtete die Nachbarn zur Verschwiegenheit, womit sie sich zum Wohl des Jungen auch einverstanden erklärten. Ausgerechnet der mürrische Vater seines Freundes Eddie musste beim Anblick des völlig katatonisch wirkenden Mick mit den Tränen kämpfen, und er war es auch, der vorschlug, ihn in ein Reservat in einem anderen Bundesstaat zu schicken und für immer aus Queensland fortzuschaffen. Fort aus der Hölle, die er hatte durchmachen müssen. Und so traf Vic alle Vorkehrungen für den Umzug und sogar dafür, dass Mick den Nachnamen von Eddies Familie erhielt und fortan Taylor hieß, als Vorsichtsmaßnahme für den Fall, dass irgendwer versuchen sollte, ihn aufzuspüren. Dann wurde Mick, der immer noch nicht sprach, als hätte der Umstand, dass er den Tod seiner Eltern mitansehen musste, ihn fast den Verstand gekostet, in sein neues Zuhause gebracht. Er sagte bei seiner Abreise kein Wort zu Eddie, zeigte keine Reaktion, als dessen Mutter ihn umarmte, und sprach kein einziges Mal, als Vic ihn persönlich durch das halbe Land fuhr. Es sollte noch Monate dauern, bevor es Ma Tikalee und Old Tommo gelang, irgendetwas aus ihm herauszubekommen. Anfangs nannten sie ihn voller Trauer Blauzunge, und während er unter ihrer Obhut aufwuchs, wünschte er sich, er wäre anders, dass die entsetzliche Wut in ihm nie wieder Macht über ihn erhalten würde. Er kämpfte unablässig dagegen an, bis er sie eines Tages nicht länger im Zaum halten konnte und er beinahe einen anderen Jungen umbrachte. Seine Pflegeeltern spürten die Dunkelheit in ihm – vielleicht begannen sie sogar zu argwöhnen, dass er beim Tod seiner Eltern irgendwie die Finger im Spiel gehabt hatte – und schickten ihn fort. Aber – scheiß drauf! – er hatte sowieso nie dort hingehört.

»Also kann ich mir den Gedanken, zu ihnen zurückzukehren, aus dem Kopf schlagen«, endet Mick. »Ich habe bereits diesen Bastard von einem Vater getötet, und es hat nichts geändert. So etwas verwandelt dich innerlich in einen Haufen Scheiße. Ich habe mich immer meinen Ängsten gestellt, aber es hat mich keinen Schritt weiter gebracht.«

»Lasch mich gehen, Mick.« Roses Zähne sind zersplittert, sie hat Mühe mit den S-Lauten. Sie spuckt Blut aus. Zu der Narbe in ihrem Gesicht hat sich jetzt eine aufgeplatzte Lippe gesellt.

»Eins hat mein Dad mir schon ganz früh beigebracht. Wenn du einen dreckigen Köter fangen willst, brauchst du einen Köder.« Mick reißt Rose das Kleid herunter. Die Narben auf ihrem Bauch strecken sich und schimmern im Sonnenlicht. Er benutzt das Messer, das sie ihm geschenkt hat, um ihr den BH und das Höschen aufzuschneiden. Sie verdreht den Körper, weiß wie eine Wand.

Als Mick zur Jalousie geht, beginnt sie, mit aller Kraft an den Fesseln zu zerren. »Gottverdammt, du Pschycho! Lasch mich gehen! Mick, tu mir dasch nicht an!«

Er zögert, eine Hand an der Jalousie. »Hör ... hör auf zu kämpfen. Warum müsst ihr ständig kämpfen?« Das Hippiemädchen, der Trotz in ihren Augen, der Hass, der Abscheu. Er hasst es, auf diese Art angesehen zu werden. So wie Rose ihn jetzt ansieht.

»Nicht scho, Mick. Nein, nicht scho.« Sie zerrt so heftig, dass ihre Handgelenke bluten.

Da er den Ausdruck in ihren Augen nicht ertragen kann, wendet er ihr den Rücken zu, zieht die Jalousien hoch und macht alle Lichter an.

»Ich war den ganzen Tag unterwegs«, sagt er und bemüht sich, ruhig zu bleiben. »Bin in der Gegend rumgefahren, bis ich sehen konnte, dass ich verfolgt werde. Dann bin ich bei hellem Tageslicht hierher zurückgekommen. Kein Versteckspiel mehr. Und wenn die Typen kommen, wird sie ablenken, dass du hier wie eine Schweinehälfte im Schaufenster einer Fleischerei hängst.«

»*Was* bist du?« Rose starrt ihn an, als wäre er ein Insekt, ein Außerirdischer. Als würde sie seine Maske viel zu spät durchschauen. Er kommt sich völlig nackt unter diesem Blick vor und spürt, wie seine Haut kribbelt.

»Hör auf, mich so anzuglotzen! Du wolltest es so. Du hast mich dazu gebracht ...«

»Nein! Dasch ischt nicht wahr!« Sie spuckt voller Zorn einen Zahnsplitter aus, den Blick starr auf ihn gerichtet. »Du hascht kein Recht ...«

Mick stürzt auf sie zu und packt sie. »Du hättest mich in Ruhe lassen sollen, aber du hast immer weiter nachgebohrt.« Er stößt sie von sich, kann es nicht ertragen, so nahe bei ihr zu sein, ihre anklagenden Augen so dicht vor sich zu sehen, und weicht zur Tür zurück, versucht, die in ihm aufsteigenden Gefühle zu unterdrücken. Dort bleibt er eine Weile keuchend stehen und hält sich fest, beide Hände gegen den Türrahmen gestemmt. Dann überkommt ihn wieder die Ruhe, und er lächelt. »Letztendlich hast du mir geholfen, eins zu erkennen: In diesem Leben spielt nichts irgendeine Rolle. Also kann man sich gleich ein bisschen amüsieren.«

Rose starrt ihn an. »Du hascht dasch Pärchen in dem Kombi umgebracht. Und auch den Jäger von eurer Station. Deschhalb ischt die Polischei hinter dir her.«

»Die Polizei? Na ja, vielleicht Roberts. Aber vorher bekommen wir noch anderen Besuch.« Jetzt durchströmt ihn die Ruhe wie eiskaltes Wasser, und Roses Wut auf ihn hat keinerlei Bedeutung mehr. Er grinst. »Du musst einfach nur noch etwas länger hier rumhängen, dann könntest du sie kennen lernen.«

»Mick!«

Er lässt sie zurück, während sie verzweifelt an der Kette rüttelt und seinen Namen ausspuckt, als wäre es der des Teufels.

Rose kämpft so viele Stunden wie ein gefangenes Tier, dass sich Mick ein Stückchen vom Haus entfernen muss, damit seine Entschlossenheit nicht ins Wanken gerät. Gegen Anbruch des Abends bewegt sie sich nur noch langsam und murmelt im Delirium. Ihr Anblick schmerzt ihn so sehr, dass er beinahe einen Schrei der Erleichterung ausstößt, als er den Schemen am nördlichen Horizont hinter dem Windschutz der Bäume eher spürt als sieht. Das gibt ihm etwas, worauf er sich konzentrieren kann, und er muss nicht länger an Rose denken.

Natürlich hat der fette Wichser den bequemeren Weg gewählt. In der entgegengesetzten Himmelsrichtung ist das Gelände viel zu uneben und der Aufstieg zu Fuß zu anstrengend. Der Pädo hat ein Schrotgewehr dabei und ein Schlachtermesser im Gürtel. Trotz seiner beachtlichen Körpermasse bewegt er sich so leise wie eine Katze.

Aber Mick ist noch leiser. Er hat sich schon an fressende Hunde und Kängurus angepirscht, die sich im Schatten ausruhen und auf der Hut vor Feinden sind, sogar an Vögel im Unterholz. Er könnte sich mit verbundenen Augen lautlos bewegen.

Jerry the Fiddler schleicht auf Zehenspitzen, bleibt alle paar Schritte kurz stehen, um auf Reaktionen aus dem hell erleuchteten Haus zu warten. Roses nackter Körper ist wie ein Lockruf. Obwohl der Blick des fetten Mannes unablässig über das Land ringsumher wandert, kehrt er immer wieder zu Rose zurück. Er kann nicht anders, als von Mal zu Mal länger in ihre Richtung zu glotzen, je näher er kommt. Nackte Mädchen haben irgendetwas an sich, wogegen Männer machtlos sind. Sogar Pädophile.

Plötzlich hört der fette Bastard das leise Knacken eines Zweigs hinter sich und schwingt das Schrotgewehr blitzschnell herum. Sein Finger krümmt sich um den Abzug. Er ist gut für den Nahkampf ausgerüstet. Aus dieser Entfernung würde das doppelläufige Schrotgewehr einen Mann in zwei Hälften zerteilen.

Mick springt ihn von der Seite her an. Bevor der Typ ihn auch nur sieht, hat er ihm bereits mit dem Messer einen klaffenden Schnitt in den aufgeblähten Bauch verpasst und das Gewehr aus den Händen gerissen. Jerry taumelt und greift nach seinem Messer. Die Schmerzen, die wie heißes Feuer in seinem Bauch brennen, lassen ihn unwillkürlich blinzeln. Mick tritt ihm in die Brust. Der Bastard stolpert rückwärts, sein mächtiger Bauch bringt ihn aus dem Gleichgewicht, und er landet wie eine Schildkröte auf dem Rücken. Er kann nur noch die Hände auf den sich öffnenden großen Spalt in seiner Bauchdecke pressen. Gelbliches Fettgewebe schimmert durch das Blut hindurch.

Mick hält ihm den Mund zu, bevor er einen Schrei ausstoßen und ihre Position verraten kann, falls sich die serbischen Brüder irgendwo in der Nähe befinden sollten.

»Der fette Jerry und sein Fickpüppchen.« Mick grinst. Die Überraschung und die Schmerzen haben Jerry Tränen in die Augen getrieben, die er fortblinzelt. Sie laufen ihm über die Wangen in die Ohren. »Weißt du, damals hab' ich dich für einen echt kranken Bastard gehalten. Aber mittlerweile ist mir eins klar geworden: Was gibt *mir* das Recht, dich zu verurteilen?«

Er zieht die Hände zurück, als der Wichser mit seiner schlabberigen Zunge darüberleckt.

»Es gibt ... noch mehr wie uns ...«, bringt der Dicke mühsam hervor. Es fällt ihm schwer, die tiefe Schnittwunde in seinem Bauch mit seinen kurzen dicken Fingern zusammenzuhalten und gleichzeitig zu sprechen. »Sie werden ... sich auch dich vorknöpfen ... Kleiner. Dich aufspüren ... so wie ich.« Seine Stimme klingt heller als die, an die sich Mick aus dem Pub erinnern kann. Vielleicht liegt es an den Schmerzen.

»Yeah, genau das hat Cutter auch gesagt. Bevor ich ihn umgelegt und an die Dingos verfüttert habe. Er hat mich ebenfalls unterschätzt, nur weil ich noch jung bin.« Er hebt das Messer, aber der Typ unter ihm hat noch etwas zu sagen.

»Jung? Nein ... dumm ...«

Mick zögert und verzieht das Gesicht.

Jerry bringt die Worte nur noch ihn blubbernden Stößen zwischen keuchenden Atemzügen hervor. »Du hast das Hippiemädchen ... entkommen lassen ... Hättest die Trucker ... umlegen müssen ... man darf *nie* ... irgendjemanden ... davonkommen lassen ...«

Während der ganzen Zeit hat er nach einem Felsbrocken hinter seinem Kopf herumgetastet. Mick nagelt ihm die Hand mit dem Messer am Boden fest. Die Klinge dringt mühelos zwischen den dünnen Handknochen hindurch. Als er nach Luft schnappt, um zu schreien, stopft ihm Mick eine Handvoll Blätter in den weit aufgerissenen Mund. Der Pädo prustet eine Wolke aus Speichel, Dreck und zerkrümeltem Laub aus.

»Hab' mir gedacht, dass du praktisch alles frisst, du fette Arschfotze«, sagt Mick. »Ich habe von euch allen gelernt. Wie geht noch mal dieser Song, den du gesungen hast? *I don't need you anymore. But you're still mine.* Schätze, es ist jetzt Zeit für mich zu übernehmen, was?« Er nagelt den anderen Arm des Mannes mit einem Knie auf der Erde fest, schiebt eine Hand in seinen fetten Bauch zwischen den schmierigen, gelblichen, dicken Fettschichten hindurch in das warme Gedärm hinein, bis er etwas Festes findet und herauszieht. Jerry versucht, durch den Knebel aus Laub in seinem Mund zu schreien, als die Darmschlingen voller Scheiße in sein Blickfeld geraten, doch Mick quetscht ihm die erste Schlaufe zwischen die Zähne.

Der fette Bastard liefert ihm einen höllisch guten Kampf, aber Mick ist ihm mehr als nur gewachsen.

Als es vorbei ist, hockt sich Mick schwer atmend neben ihn und bewundert sein Werk. »Hat dir jemals irgendwer prophezeit, dass du dich eines Tages noch zu Tode fressen würdest, Arschloch? Sieht ganz so aus, als hätte er recht behalten.« Er verpasst dem blutverschmierten Bauch einen Klaps.

Während er die schwere Leiche mit einiger Mühe wegschleift, wirft er einen Blick zum offenen Schlafzimmerfenster hinüber, hinter dem Rose noch immer von der Decke herabbaumelt. Das Licht muss einfach eine zu große Versuchung für die anderen darstellen, so wie sie es für Jerry getan hat. Sie wird sie anziehen wie das Feuer die Motten. Er sieht ihr Gesicht, verspürt einen schmerzlichen Stich irgendeiner Gefühlsregung in sich, die ihn fast hier und jetzt außer Gefecht setzt, und muss den Blick abwenden.

Nicht mehr ganz so fröhlich, schleift er den fetten Toten weiter zum Haus. Er hat kaum die Hälfte der Strecke mit dem riesigen vollgefressenen Fleischberg, der ersten erlegten Beute des Abends, zurückgelegt, als er eine Bewegung am Rande seines Blickfeldes registriert. Mick erstarrt und lässt sich langsam zu Boden sinken.

Seine gute Laune kehrt zurück.

Die Brüder nähern sich dem Haus lautlos und zu Fuß von Süden her, der eine rechts, der andere links, genau aus der Richtung, die er auch gewählt hätte. Sie bewegen sich sogar gegen den Wind. Er lächelt in der Dunkelheit.

Mal sehen, wie dumm er ist.

Schließlich schwärmen sie aus und schleichen sich aus verschiedenen Richtungen an, sodass er sich nur auf einen konzentrieren kann. Auf Drago, den jüngeren der beiden. Der gertenschlanke Mann bewegt sich lautlos durch den mit Büffelgras überwucherten Streifen neben der Straße, die schlauste Route, die er wählen konnte. Da das Gelände vom Haus aus gesehen in diese Richtung leicht abschüssig ist, kann er sich geduckt nähern, ohne dass sich seine Silhouette vor dem Horizont abzeichnet. Mick kann den Serben nur deshalb im Auge behalten, weil er seine Strategie vorausgeahnt hat und ihn von dem Moment an, als er die offene Schotterstraße überquert, im Blick behält.

Er versucht, gleichzeitig Vuka im Gedächtnis zu behalten. Sollte der ältere der beiden Brüder das Haus durch das hügligere Gemüsefeld neben dem Hühnerstall umrunden, bleiben Mick rund 15 Sekunden Zeit, bevor Vuka Drago zu Hilfe kommen kann.

Drago kriecht keinen halben Meter von der Bodenkuhle im hohen Gras entfernt vorbei, in der Mick liegt. Er hört nichts, als Mick sich durch die Grashalme schiebt, ihm die Messerklinge gegen die Kehle drückt und seine Hand festhält, die nach seinem Bowiemesser greifen will. »Heya, *prickatel*«, flüstert Mick und hört fast im selben Moment das Flattern der Hühner. Zu spät, Vuka hat den Hühnerstall bereits passiert. Er muss gerannt sein und seinen Bruder als Köder und Ablenkung vorausgeschickt haben.

Das Klicken, mit dem die Patrone in die Kammer seines Gewehrs gleitet, klingt wie der Schlag einer Totenglocke in der Stille. Mick hält Drago als Schutzschild vor sich und späht an seinem pomadisierten pechschwarzen Haarschopf vorbei.

Vuka grinst ihn an. Am Rande des Lichtscheins, der aus dem Haus fällt, schimmern seine Zähne weiß inmitten des dunklen Bartschattens, der sein Gesicht bedeckt. Der Lauf des Gewehrs zielt in Micks Richtung.

»Unser kleiner Freund«, sagt Drago unbeeindruckt trotz der Klinge, die vor seiner Kehle zittert. »Haben wir nicht gesagt, wir würden uns wiedersehen? Eine Schande, dass es so sein muss.« Er nickt in Richtung des Hauses. »Du hast gedacht, das würde uns anlocken? Ist zu offensichtlich.«

Mick zuckt die Achseln. »Hat euch auf Abstand gehalten. So sind euch nur ein paar Wege geblieben. Konnte euch dadurch leichter entdecken.«

Vuka schneidet eine Grimasse. »Du hast Scheiße gebaut, Aussie Mick. Zu viel Aufmerksamkeit erregt. Hast es für uns alle schwierig gemacht.«

»Das hast du in die falsche Kehle gekriegt, du Knoblauch fressendes Kanaken-Arschloch. Nach heute Nacht wird es kein *uns* mehr geben.«

»Nein, wird es nicht. Der fette Mann, er war unauffällig. Wir wussten von ihm, aber er war kein Problem für uns. Doch wenn jemand wie du Scheiße baut, muss er verschwinden.«

Mick kann spüren, wie Drago sein Gewicht verlagert. Er weiß, dass sich der jüngere Bruder bereit macht, zur Seite zu springen, damit Vuka schießen kann, und umklammert ihn fester. Um sich mehr Zeit zu verschaffen, zieht er ihn mit sich tiefer in die Dunkelheit hinein. Vuka ist gezwungen, einen Schritt zu machen, um ihnen zu folgen.

»Etwas verstehe ich nicht«, sagt Mick im Plauderton, während er die Entfernung zu Vuka abschätzt. »Jerry the Fiddler ist offensichtlich ins Hirn gefickt worden. Man kann gar nicht tiefer sinken als dieser Klumpen Rotze. Aber ihr zwei? Ihr seid zwei attraktive Typen. Und das sage ich nicht, weil ich eine Schwuchtel bin. Warum also das alles?«

Die Brüder zögern. Anscheinend hat Mick damit einen wunden Punkt bei ihnen getroffen. Sie haben sich nie darüber Gedanken gemacht.

»Warum tust *du* es?«, fragt Vuka schließlich.

Mick schweigt eine Weile und grinst. »Nah, komm mir nicht auf die Tour, du komischer Vogel. Ich bin wirklich neugierig. Ich meine, wer von euch beiden verrückten Bastarden hat zuerst gesagt: ›Also, wenn wir diese Braut nicht ficken können, dann können wir sie auch genauso gut umbringen.‹?«

»Wir sind verrückt?« Vuka starrt ihn finster an und nickt in Richtung des Hauses. »Ist das da nicht deine Frau?«

Mick folgt seinem Blick, und als er sich wieder auf Vuka konzentriert, sieht er, dass der Serbe ihn über den Lauf seiner Waffe anvisiert. Er geht tiefer hinter Drago in Deckung.

»Der Kopf deines Bruders wird auf dem Boden landen, bevor du abdrücken kannst. Willst du das?«

»Vuka war Spitzenschütze in einer paramilitärischen Einheit, bevor wir nach Australien gekommen sind«, sagt Drago. »Er braucht nur ein kleines Stück von deinem Schädel. Auch dein Muskelreflex wird nicht ausreichen, um mich noch zu töten.«

Mick versucht, seinen Kopf einzuziehen wie eine Schildkröte. Vergebens. »Kein Grund, böse zu werden, Kumpel. Wir alle hier sind doch Freunde.«

»Du wirst sterben.«

»Davon einmal abgesehen.«

»Dämliche läufige Aussie-Hündin. Du spuckst uns in die Suppe und erwartest, dass wir dich am Leben lassen? Schon allein dafür verdienst du zu sterben.«

Mick seufzt. »Schon der zweite Mann, der mich heute Abend dumm nennt. Gefällt mir gar nicht. Ich habe euch zwei aufgespürt, oder? Ihr pomadegetränkten Schwachköpfe.« Mittlerweile ist er fast zwischen den Bäumen angekommen.

»Du kannst nicht fliehen«, warnt Vuka.

Mick bleibt stehen. Dann grinst er und umklammert Drago fester. »Wer zieht schneller? Dürfte spannend werden, was, ihr Arschficker? Mal sehen, wie gut du wirklich bist. Aber vorher noch eine letzte Sache: Wer hat sich eigentlich die Nummer mit den Ratten einfallen lassen? Das war echt genial.«

Vuka erstarrt. »Woher weißt du davon?«

»Ich weiß eine ganze Menge über euch, *prickatel.*«

Drago lächelt langsam. »Du hast also gesehen, wie die Frau aufgefressen worden ist. Und auch der Mann. Wie hast du dich dabei gefühlt, großer Mann? Zu sehen, wie seine *testisi* aufgefressen werden? Hast du dir vorgestellt, wie sich das anfühlt? Dir vorgestellt, es selbst zu tun?«

»Fick dich! Du kranker Wichser!« Mick verliert beinahe die Beherrschung. »Ich steh' nicht auf diesen Scheiß, ihr Freaks.«

»Vielleicht doch, denke ich. Du hast zugesehen, nicht wahr? Hier draußen in der Wüste sind solche Dinge ... möglich, das ist alles. Du besorgst dir, was immer du willst.«

Micks Magen verknotet sich. Es gefällt ihm nicht, wohin das führt. »Vielleicht seid ihr Arschficker alle einfach nur Schwuchteln. Habt keine Moral. Muss ein netter Streifen sein, den man der Familie zu Weihnachten zeigen kann. Ihr solltet sie aus dem Kanakenland hierher einladen. Sofern sie noch nicht alle tot sind. Ihr Typen legt euch da drüben ja gegenseitig um, richtig? Muss der Grund sein, warum ihr es hier treibt. Das Leben ist wertlos. Scheißkanaken.«

Vukas Gesicht hat sich verzerrt. Er hat den Köder geschluckt. Drago knurrt in Micks Griff. »Du australischer Wichser. Du weißt gar nichts über uns. Über unsere Kultur. Wir reißen dich Stück für Stück auseinander, geben dir deine eigenen Eier zu fressen, scheißen dir in den Hals.«

»Stimmt. Von diesen Sitten habe ich bisher tatsächlich noch nichts gehört.« Mick ist froh, wieder die Oberhand gewonnen zu haben. »Trotzdem weiß ich mehr, als ihr glaubt. Wie zum Beispiel, über welchen Weg ihr euch angeschlichen habt. Der jüngere Bruder aus dem Süden hat das Gefälle der Steigung ausgenutzt. Der ältere, dümmere Bruder in einem Bogen von Westen her, um mir in die Seite zu fallen. Ich habe euch kommen lassen, bis ich euch genau da hatte, wo ich euch haben wollte.«

Drago greift blitzschnell nach dem Messer an seiner Kehle und hält den Griff lange genug umklammert, damit Vuka einen Schuss abfeuern kann. »Trotzdem stirbst du!«, brüllt Drago.

Vuka hebt das Gewehr und tritt einen Schritt vor, um einen sichereren Stand zu haben. Ein Schritt, der ihn genau in die vergrabene Dingofalle tappen lässt.

Die Falle schnappt zu wie die Kiefer eines Krokodils, und ein lauter Schmerzschrei hallt durch die Nacht. Vuka kippt vornüber auf den Boden. Sein Fuß sitzt so fest in der Falle, als wäre er festgenagelt.

Mick wirft sich mit seinem ganzen Gewicht zur Seite und bringt den überraschten Drago aus dem Gleichgewicht. Der Messergriff rutscht dem Serben aus der Hand, und Mick schlitzt ihm im selben Augenblick die Kehle auf. Das Blut spritzt ihm aus dem Hals, als wäre dort ein Ventil geplatzt. Er krümmt sich, und der dunkle Wasserfall ergießt sich auf den Boden.

Bevor Vuka das Gewehr erneut heben kann, überbrückt Mick die kurze Distanz mit einem Sprung und bohrt ihm die Messerklinge bis zum Heft in den Leib. Der große Mann versucht, ihn abzuschütteln, doch Mick stößt wieder und wieder zu, kurze, schnelle Stiche in die Eingeweide. Vuka blinzelt verständnislos und erschlafft unter Mick.

Mick kauert grinsend über ihm. »Schmerzen machen gar nicht mehr so viel Spaß, wenn sie einem selbst zugefügt werden, was?« Er rüttelt an der Dingofalle. Der Serbe brüllt auf. »Wenn es dich tröstet, ich hätte euch sowieso mit einer davon erwischt, welchen Weg ihr auch immer eingeschlagen hättet. Bleibt nur noch einer übrig. Mal sehen, ob Roberts mehr drauf hat als ihr traurigen Typen.«

Obwohl sein Tod unmittelbar bevorsteht, hebt Vuka überrascht den Kopf.

»Yeah, Roberts«, sagt Mick. »Der Bulle. Verbirgt es ziemlich gut, nicht wahr? Diese ganze Geschichte von wegen Krebs. Ich denke, ich bin ihm derart auf die Eier gegangen, dass er sich sowieso um euch gekümmert hätte, nachdem er mit mir fertig gewesen wäre. Um die Nummer eins hier im Revier zu bleiben. Aber wenigstens können wir diesen letzten Moment gemeinsam verbringen. Fragst du dich, ob dein Bruder bereits tot ist?«

Er hebt den Kopf des Serben an, und sie sehen, wie Drago, der sich eben noch auf Händen und Knien gehalten hat, endgültig zusammenbricht. Vuka schließt gequält die Augen.

Mick krallt eine Hand in Vukas Hemd. »Weißt du was? Wenn ihr einander so sehr liebt, ihr verfickten Schwuchteln, dann solltet ihr vielleicht genau auf diese Weise abtreten.« Er zieht ihn zusammen mit der schweren Falle an seinem Fuß zu seinem Bruder hinüber. Der Serbe will vor Schmerzen schreien, aber seine Lungen haben sich mit Blut gefüllt, und so bringt er nur ein gurgelndes Röcheln hervor. Seine Beine schleifen über den Boden.

Drago ist aufs Gesicht gefallen, und Mick benötigt all seine Kraft, um Vuka auf ihn zu rollen. Sie liegen in einer anstößigen Stellung da. Das Blut aus Vukas Gedärm ergießt sich über den

Arsch seines Bruders. »Da, schon besser«, kommentiert Mick. »Brüderliche Liebe, was? Ihr könnt euch im nächsten Leben dafür bei mir bedanken.«

Er sieht das Bowiemesser neben den Brüdern auf dem Boden schimmern und greift danach. »Ich mag übrigens dein Messer, Drago. Du brauchst es ja wohl nicht mehr.«

Von irgendwoher ertönt das Knacken eines Astes. Und das Geräusch eines Gewehrbolzens, der gespannt wird.

»Du aber auch nicht.«

17

Mick blickt auf und weicht von dem Messer zurück. »Du siehst wirklich gut aus, Robbo. Dein Krebs ist schnell geheilt, was?«

»Du hast mir eine Menge Kummer bereitet«, klingt die Stimme des Polizisten aus der Dunkelheit heraus.

»Ich weiß. Ich habe dich beobachtet.«

Roberts' Gewehrlauf wackelt ein wenig.

»Yeah.« Mick grinst. »Du bist nicht der Einzige, der weiß, was die anderen treiben. Hast dich nicht so gut getarnt, wie du wahrscheinlich glaubst. Armer alter Kevvy. Musstest du ihn wirklich umbringen? Oder haben dich all die anderen Morde aufgeschreckt? Warst du ein bisschen neidisch? Ein bisschen ... angefressen?«

Er tritt einen Schritt zurück, versucht, die Ablenkung durch das Gespräch auszunutzen, doch Roberts schüttelt den Kopf. »Ich weiß, wo du diese Fallen verbuddelt hast, Junge. Jede einzelne. Die werden dir jetzt nicht weiterhelfen.«

»Hast du mich gerade Junge genannt?«

Der Polizist lächelt. »Du hältst dich für einen Mann, nicht wahr? Dabei bist du gar nichts. Du hast dich in kürzester Zeit verraten. Wie ein beschissener Amateur.«

»Cutter hat mich reingelegt.«

Roberts nickt schmunzelnd. »Er hat dich also dazu gebracht, uns auszuschalten, um dann anschließend *dich* zu erledigen. Freie Bahn für ihn.«

Mick sagt nichts.

»Aber du hast ihn zuerst erwischt.« Wieder ist Micks Schweigen Antwort genug. »Also, das ist wirklich ein Jammer, Mick. Wärst du ein bisschen älter, hättest du damit davonkommen können. Stattdessen hast du dich selbst ins Unglück gestürzt.«

»Das ist ein hübsches Gewehr.« Mick deutet mit einem Nicken auf das Kaliber .243. »Mein Dad hatte so eine Waffe. Würde mir gute Dienste leisten.«

»Sind wir unter die Sammler gegangen?« Roberts grinst gehässig. »Ich denke, das hat jetzt ein Ende. *Junge.*«

Mick starrt ihn feindselig an.

»Beweg dich.« Roberts macht eine auffordernde Geste mit dem Gewehr. »Oder unser Mädchen stirbt einen langsamen Tod. In einigen Monaten.«

Ihm bleibt keine andere Wahl. Mick geht auf das hell erleuchtete Haus zu und weicht etwas seitlich aus, als sich der Polizist bückt, um das Messer aufzuheben, das Mick fallen gelassen hat.

»Ich habe dich gewarnt«, knurrt der Polizist. »Ich weiß genau, wo die Fallen vergraben sind. Geh weiter!«

Mick hat alle seine Optionen erschöpft. Er muss direkt zum Haus gehen. Im Schlafzimmer hängt Rose so reglos an der Kette, als wäre sie bereits tot.

Aber das ist sie nicht.

Sie rührt sich, als die beiden Männer das Zimmer betreten. Sie hat sich das Fleisch um die Handgelenke bis zu den Knochen abgescheuert. Das Blut aus den Wunden ist ihr über die Schultern gelaufen. Aus ihren Beinen ist alle Kraft gewichen. Doch sie ist trotz der Schmerzen bei Bewusstsein, und ihre Augen blitzen, als sie Mick entdeckt. Mick zögert, und dann bemerkt sie Roberts im Schatten der Tür hinter ihm, die Waffe in der Hand.

Etwas landet klappernd vor Micks Füßen. Es ist das Messer, das Rose ihm geschenkt hat. »Ich möchte, dass du das aufhebst und sie damit erstichst«, sagt Roberts.

Rose leckt sich über die aufgeplatzten Lippen. »Fickt euch … alle beide«, krächzt sie.

Mick kann sich nicht rühren.

»Mach es, Junge. Oder ich puste dir den Kopf weg. Und danach gehört sie mir. Du hältst dich für einen Mann? Dann sollte das hier ganz leicht sein.«

Mick wirft einen kurzen Blick auf Rose. Ihr Mund ist von Blut verkleistert. Zwischen ihren Füßen liegt eine Pfütze aus Scheiße und Pisse, in der sie herumgetreten ist.

»Das ist es doch, was du die ganze Zeit gewollt hast, nicht wahr, Rosey?«, fragt Roberts.

Sie bleckt die Stümpfe ihrer zersplitterten Zähne. »Ihr scheid beide ... nur jämmerlich«, bringt sie mit Schwierigkeiten hervor. »Dasch ischt die einschige Art und Weische, wie ihr mit einer Frau klarkommt.«

Roberts runzelt die Stirn. »Halt die Klappe.« Er stößt Mick den Gewehrlauf in den Nacken. »Tu es.«

Mick hebt das Messer auf. Als er es vor ihren Bauch hält, ist er gezwungen, ihr aus nächster Nähe direkt in die hasserfüllten Augen zu sehen.

»Weißt du«, sagt Roberts, jetzt wieder ganz Herr des Geschehens, »Roses Familie hat diese Stadt praktisch aufgebaut. Hat das meiste Land besessen, den Export von Schafen und Rindern beherrscht. Dann hat sie alles in die Scheiße gefahren. Unsere Rosey hat eine Weile versucht wegzulaufen, so wie wir es alle irgendwann einmal tun. Aber aus irgendeinem Grund ist sie zurückgekehrt. Hat sich eingebildet, sie könnte die Farm wieder aufbauen. Ich habe lange geglaubt, sie hätte irgendwo Geld gebunkert, aber warum sollte sie sich dann prostituieren? Keine Ahnung, was sie beweisen will. Eine Frau kann keine Farm leiten. Aber so sind sie, die Menschen mit ihren kleinen Geschichten, die mich so amüsieren. Wie Ameisen, die umherwuseln und versuchen, ihrem Leben einen Sinn zu geben. Bis ich sie auslösche.« Er lacht leise. »Ich zerquetsche sie unter meinen Schuhsohlen wie Kakerlaken. Genau wie dich.«

Rose erwidert Micks Blick. Er versucht, ihr das Messer zwischen die Rippen zu stoßen, ihr das Schlimmste zu ersparen, etwas, das ein Teil von ihm schon immer tun wollte. Aber er bringt es nicht fertig.

Dann sieht Rose an ihm vorbei, starrt Roberts durchdringend an. »Du bischt die Kakerlake«, sagt sie. »Keiner von euch schlägt mich noch einmal.« Und dann lässt sie sich mit ihrem ganzen Gewicht vornüber in Micks Messer fallen. Die Klinge dringt fast widerstandslos in sie ein.

Micks überraschtes Keuchen mischt sich in das Zischen, mit dem sie die Luft ausstößt. Ihre Gesichter sind einander so nah, als würden sie sich küssen.

Sie blickt ihn mit Tränen in den Augen an. »Fick dich, Mick«, flüstert sie und lehnt sich gegen seine zitternden Schultern. »Du schollscht verdammt schein.« Dann hebt sie mit letzter Kraft den Kopf und haucht ihm etwas ins Ohr.

Roberts tritt vor. »Was soll das?«, will er wissen. »Was sagt sie da?«

Trotz seiner Neugier hält er einen Sicherheitsabstand, damit Mick sich nicht überraschend auf ihn stürzen kann, schiebt sich aber um sie herum, um zu lauschen. Als er nichts versteht, richtet er den Gewehrlauf wütend auf Micks Schläfe.

»Was, verdammte Scheiße, hast du gerade gesagt?«, brüllt er Rose an.

Sie scheint ihn überhaupt nicht wahrzunehmen, blickt Mick einfach weiter in die Augen. »Nimm ihn nicht ... mit zum Schee«, wispert sie noch einmal. So stehen sie sich nahe gegenüber, starren einander in die Augen, Micks Messer in ihrem Körper, während das Blut aus ihr herausströmt und über seine Hand fließt.

»Was für ein beschissener See ist das? Meinst du den Damm? Warte!«

Mick stützt Rose, als sie erschlafft. Ihr Atmen wird rau. Das Messer vereint sie immer noch. Er kann durch den Tränenschleier in seinen Augen nichts erkennen und zwingt sich, die Beine gerade durchzudrücken, um das Messer herauszuziehen.

»Warte!«, ruft Roberts und runzelt misstrauisch die Stirn. »Stopp! Das ist nur ein weiterer Trick.«

Mick stützt Rose vorsichtig an den Schultern ab und zieht die Klinge aus ihr heraus. Sie stöhnt und verdreht die Augen nach hinten. Ihre Lippen beben, und er verspürt das Bedürfnis, sie zu küssen.

»Was gibt es an dem Damm?«, fragt Roberts.

Mick starrt ihn an. Die Welt um ihn herum scheint dunkler zu werden, als die Wut in ihm aufsteigt. Dann sieht er etwas über das Gesicht des Bullen huschen.

»Ihr verheimlicht mir tatsächlich etwas, ihr Scheißer!«, stößt er hervor. Er richtet das Gewehr auf Rose. »Du wirst mir zeigen, wo du es versteckt hast, du Nutte.«

Ihr Blut quillt aus der Stichwunde hervor und plätschert zu Boden, ihre Lider flattern, aber sie ist immer noch am Leben.

»Scheiße, verdammt«, setzt Mick an. »Kannst du nicht sehen ...«

»Ich wusste doch, dass sie ein Geldversteck hat«, fällt ihm Roberts ins Wort. »Niemand sollte etwas davon erfahren. Muss ein Vermögen als Hure in der Stadt gemacht haben, mit dem sie die Farm wieder aufbauen wollte. Und sie hat dir gerade verraten, wo es ist, du Schwachkopf.«

»Nein, da ist überhaupt nichts ...« Mick bemerkt, dass Rose wieder die Augen öffnet und in die seinen blickt.

»Glaubst du etwa, ich kauf' dir den Scheiß ab? Meinst du, ich arbeite gern für meinen mickrigen Lohn? Ich mach' diesen Job nur, weil die Dienstmarke 'ne gute Tarnung ist. Aus den Pennern, die ich umlege, hole ich kaum was raus. Wenn du also weißt, wo sie das Scheißgeld gebunkert hat, dann zeigst du mir das verfickte Versteck!«

Mick steht reglos da, als wären seine Sohlen am Boden festgeklebt, den Blick wie hypnotisiert auf Roses Augen gerichtet.

»Ich … ich weiß von nichts. Sie hat mir nie etwas davon erzählt.« Was versucht sie nur, ihm mitzuteilen?

Roberts schäumt vor Wut. Das Gewehr Kaliber .243 wirkt geradezu winzig in seinen Händen. »Verdammt!«, faucht er schließlich. »Lass sie runter. Wenn das ein Trick ist …«

Auf einmal begreift Mick. »Warum weiß ich dann nichts davon?«, fragt er Roberts, und als Rose endlich die Erkenntnis in seinen Augen aufflackern sieht, lässt sie sich wieder sinken.

»Du bist ein geborener Lügner, Junge. Ich glaube dir kein Wort. Wir werden jetzt einen kleinen Spaziergang unternehmen. Mal sehen, was es da draußen gibt. Und wenn sie lügt, bringe ich dich dazu, den letzten Lebensfunken aus ihr herauszufoltern. Und bestimmt nicht auf die harmlose Art, wie ihr miteinander spielt. Also hol sie jetzt da runter.«

Mick befreit Rose von den Fesseln, die er ihr selbst angelegt hat, und lässt sie in seine Arme sinken. Sie schreit auf, als ihre blutleeren Arme kraftlos herunterfallen.

Robert befiehlt ihm, das Messer mit dem Fuß über den Boden zu ihm zu stoßen, und folgt den beiden mit einigen Schritten Abstand ins Freie. Das Gewehr in einer Hand, den Finger am Abzug, ergreift er mit der anderen Hand eine Schaufel, die außen an dem Haus lehnt. Dann gibt er Mick ein Zeichen, in Richtung der Felder zu gehen.

Mick stolpert über das unebene Gelände, wobei er Rose fest im Arm hält. Sie legt den Kopf auf seine Schulter. Die Wunde, die er ihr zugefügt hat, blutet weiter. Seine Arme sind klebrig und heiß von ihrem Blut. Rose zittert in seinen Armen. Und trotzdem bringt sie es immer noch fertig, den Kopf zu heben, und er weiß, dass sie den Sternenhimmel betrachtet, der sich über ihnen wölbt. Er hält sie fester, bemüht sich, nicht zu stolpern und gegen sie zu stoßen. Lässt ihr diese letzten Momente mit dem endlosen Himmel.

Auf dem Kamm des Hügels über dem Staudamm bleibt Roberts stehen und dreht sich zu Rose um. »Wo ist es? Du hast es irgendwo verbuddelt. Spuck es aus, oder ich zwinge den Jungen dazu, dir die Titten abzusäbeln.«

Mick hält sie fest und starrt die riesige Silhouette des Bullen an.

Rose blinzelt, als sie versucht, ihre Sicht zu klären, und sieht dann wieder Mick an. »In der Nähe desch Gebüschs«, flüstert sie und deutet mit einer zitternden Hand auf einen Punkt in etwa einem Viertel der Strecke des Damms, wo sich ein paar Sträucher in den sandigen Boden gekrallt haben. Mick nickt und setzt sich in Bewegung.

»Langsam, Junge«, knurrt Roberts.

Diesmal geht er voraus, das Gewehr immer auf sie gerichtet. Mick blickt auf Rose hinab. Sie starrt wieder mit glasigen Augen an ihm vorbei. Als sie sich den Büschen nähern, stößt Roberts vorsichtig die Schuhspitzen in die Erde. »Du gräbst. Lass die Kleine los.«

Mick lässt Rose behutsam zu Boden gleiten. Sie legt eine Hand auf ihren Bauch. Mick ergreift widerwillig die Schaufel, geht zu dem Gebüsch und dreht sich zu Rose um. »Hier?«, fragt er.

Sie schüttelt den Kopf. »Etwas weiter … linksch.«

Roberts sieht gierig und mit glänzenden Augen zu, wie Mick gräbt. »Tja, sieht so aus, als wärst du am Ende doch noch zu was zu gebrauchen.«

»Das verschafft mir doch gleich ein ganz warmes und kuschliges Gefühl.« Mick wirft einen kurzen Blick hinüber zu Rose, die ihn jetzt beobachtet.

Das Schaufelblatt trifft auf etwas Hartes, das Funken aufstieben lässt und seinem Arm einen Schlag versetzt. Wieder wirft er einen Blick hinüber zu Rose. Also ist hier *tatsächlich* irgendetwas vergraben? Hat sie ihn und sich selbst etwa hierher gebracht, um sich damit freizukaufen? Weiß sie denn nicht, dass das völlig aussichtslos ist?

»Weg mit der Schaufel!« Roberts macht einen langen Hals, um

zu sehen, was sich in dem Loch im Boden verbirgt. Mick wartet, dass er in seiner Gier näher kommt. »Hältst du mich für bescheuert? Schmeiß das Ding ins Wasser und tritt zurück.«

Mick befolgt den Befehl des Bullen und lässt ihn seinen Platz einnehmen. Roberts geht vor dem Loch in die Hocke, greift hinein und legt die Finger um eine Metallschatulle von der Größe eines Schuhkartons. Mick schielt zu Rose hinüber. Sie lässt ihren Blick den Hang hinunter und wieder zurück zu Mick wandern.

»Was für ein verdammter Scheißdreck!« Roberts hält das Gewehr anders, während er versucht, die Kassette besser zu fassen zu bekommen.

»Was ist das?«, fragt Mick und tritt einen Schritt vor, um besser sehen zu können.

»Bleib, wo du bist. Eine hübsche Summe, wie es aussieht. Die Einkünfte einer Hure.« Roberts fingert mit einer Hand an der Schatulle herum und versucht, sie aus der Erde zu ziehen. Mick macht noch einen Schritt, worauf Roberts den Lauf des Gewehrs hebt. »Das reicht, Freundchen.«

Der Bulle löst das Kästchen aus der Erde und steht auf, schiebt sich das Gewehr in die Armbeuge, um die zweite Hand frei zu haben und den Deckel öffnen zu können.

»Das Mistding ist abgeschlossen.« Er bückt sich und schlägt die Kassette mit der Seite gegen einen Felsbrocken. Mick wirft Rose einen Blick zu. Ihre Augen scheinen zu lodern. Sie richtet sie den Hang hinunter und neigt den Kopf, um ihm ein Zeichen zu geben, da ihre Arme nicht mehr funktionieren.

Gänzlich unbewaffnet hechtet Mick auf Roberts zu. Der Bulle spürt seine Nähe, lässt die Kassette fallen und reißt das Gewehr mit beiden Händen hoch, um abzudrücken.

Mick vergeudet keine Zeit mit dem Versuch, nach dem Lauf zu greifen, sondern bückt sich und versetzt Roberts einen Stoß. Genau wie seiner Schwester damals.

Es gelingt ihm kaum, nennenswert viel Kraft in den Stoß zu

legen, aber sie stehen direkt am Rand des Damms, und als Roberts einen Fuß zurücksetzt, um sich abzustützen, tritt er ins Leere und kippt nach hinten weg. Der Lauf des Gewehrs zuckt in die Höhe, und der Schuss entlädt sich mit einem Aufblitzen in den Nachthimmel. Der Knall peitscht aus so kurzer Distanz auf, dass Mick taub wird, als er stolpert und beinahe hinter Roberts die Böschung hinabstürzt.

Roberts beschreibt einen halben Salto rückwärts, landet auf dem Hinterkopf und bricht sich das Genick. Seine Beine überschlagen sich, und dann schlittert er die Böschung bis zum Fuß des Hangs hinab und bleibt erst halb im Wasser liegen. Er will vor Schmerzen aufschreien, bringt aber keinen Laut hervor. Sein Rückgrat ist verdreht, und er kann seine Beine, die gebrochen sind, nicht mehr bewegen. Irgendetwas rasselt in seiner Brust, als er zu dem schlaksigen Jungen emporstiert, der sich über ihn beugt.

Mick nimmt ihm das Gewehr aus den unkontrolliert zuckenden Fingern und bewundert es im Mondlicht, betrachtet die schön gearbeitete dunkle Waffe. Erinnerungen werden in ihm wach. Er legt es beiseite und ignoriert Roberts' Versuch, ihn ein letztes Mal in rasender Wut mit wilden Flüchen zu überschütten. Der Bulle stellt keine Bedrohung mehr dar.

Ohne ihm die geringste Beachtung zu schenken, dreht sich Mick zu Rose um, die ihn von der Dammkuppe aus mit letzter Kraft beobachtet. Ihre Blicke treffen sich, und sie sackt in sich zusammen. Doch es gibt noch etwas, das er erledigen muss, bevor er zu ihr zurückkehren kann.

Er zieht das Messer, das sie ihm geschenkt hat, aus Roberts' Gürtel, packt den Bullen am Kragen und zerrt ihn aus dem Wasser. Der kräftige Mann schreit wie ein Kind, als etwas in seinem Rückgrat knirscht und Knochen wie trockene Zweige aneinanderreiben. Dann hockt sich Mick über ihn, schlitzt seine Uniform auf und entkleidet ihn bis auf die nackte Haut.

Mick hat Rose in Roberts' Haut gehüllt, das Symbol seiner Kraft, doch das Ritual kann auch ihr nicht helfen. Sie stirbt, während sie seine Hand hält und zu den Sternen emporschaut.

Nach einem letzten schwachen Druck ihrer Finger erschlafft sie und lässt Mick leer, innerlich kalt und allein zurück.

Er geht hinunter zum Wasser, steht blutgetränkt und erschöpft am Ufer, während die flachen Wellen seine Füße umspülen, und starrt in den Himmel. Und es ist wieder wie damals, als er das Haus in der Wüste verlassen hat. Er fühlt sich, als wäre ihm die Haut abgezogen worden, als striche die Luft über die Nervenenden in seinem rohen Fleisch, als wären endlich sämtliche Gefühle aus ihm herausgesickert.

Doch diesmal gibt es keinen Durst nach Rache, der ihn leitet, keine alles überwältigende Wut. Diesmal steht er der Welt ohne Ziel oder irgendeinen inneren Zwang gegenüber.

Zum ersten Mal ist er nun Herr über sein eigenes Leben.

Er öffnet die Augen und betrachtet leidenschaftslos die beiden Leichen. Jetzt sind es nur noch Umrisse für ihn, Probleme, die gelöst werden müssen. Aufgaben, die auf ihre Erledigung warten.

Draußen auf dem See sieht er nur die Spieglung des Mondlichts, das diamantene Funkeln der unzähligen Wellenkämme, das Potenzial des Gewässers, darin Beweise zu verstecken. Nein, er muss schlauer vorgehen. Es gibt eine bessere Möglichkeit, alles Nötige zu erledigen.

Er beginnt mit Rose.

Weißt du, Micky, es ist auch nicht schwieriger, als ein Schaf aufzuschneiden.

Das Mondlicht ergießt sich über ihn wie die nie erlöschende Hitze der Sonne, und er ertappt sich dabei, wie er vor sich hinpfeift und ganz in dem gewohnten Vergnügen aufgeht, das die Arbeit ihm beschert.

Epilog

Mick ist auf dem Rückweg von der alten Mine, wo er dic letzten seiner Andenken entsorgt hat, einen Arm in das offene Seitenfenster gelegt, sodass die Sonne auf seine Haut niederbrennt und ihm der Wind durch das Haar weht, als der Polizeiwagen hinter ihm rasend schnell näher kommt.

Er beobachtet ihn im Rückspiegel. Es befindet sich nichts Verdächtiges in seinem Geländewagen, und er hat sowieso noch nie ein Polizeifahrzeug abgehängt. Also nimmt er den Fuß vom Gas und hält an.

Der Streifenwagen schließt zu ihm auf, hält hinter ihm, und Kravic springt heraus, seine Waffe in der Hand. Er brüllt irgendetwas Unverständliches. Mick bleibt reglos sitzen.

»Aussteigen, habe ich gesagt! Ganz langsam!«

Mick muss die alte Tür mit der Schulter aufdrücken. Er tritt ins helle Sonnenlicht hinaus.

»Was gibt's, Constable?« Er spricht das Wort wie *Cuntstable* aus.

»Halt dein verficktes Maul! Die Hände hinter den Kopf! Runter auf die Knie!«

»Alex …«, beginnt der rothaarige junge Bulle, der Kravic begleitet. Er hat ebenfalls seine Waffe gezogen, wirkt aber längst nicht so selbstbewusst wie sein Kollege.

»Halt den Mund, Don. Ich weiß, dass dieser Bastard etwas damit zu tun hat.«

»Womit?«, erkundigt sich Mick, aber die beiden Cops sagen

kein Wort mehr, während sie ihn abtasten und ihm Handschellen anlegen. Mit den Armen auf dem Rücken. Wahrscheinlich das erste Mal, dass sie so etwas tun mussten. »Was wird aus meiner Karre?«

Kravic reißt ihn wortlos hoch und führt ihn zu dem Streifenwagen.

»Verraten Sie mir vielleicht, worum es hier geht?«

»Fick dich selbst!«

Mick hockt auf der Rücksitzbank, als Kravic mit durchdrehenden Reifen losfährt. Er lässt den Blick zwischen den beiden Polizisten hin- und herpendeln, einen Ausdruck verständnisloser Verblüffung im Gesicht.

»Alex«, sagt der zweite Bulle, »lass uns einfach zurück ins Revier fahren und ...«

»Ich hab' gesagt, du sollst die Klappe halten!«

»Was hat dieser Psycho vor, Constable?«, fragt Mick den Cop mit dem feuerroten Haar, doch Kravic antwortet an seiner Stelle.

»Du musst es dort platziert haben. Den ganzen Kram in seinen Wänden.«

»Welchen Kram?« Ob Kravic damit wohl den Rattenfilm meint? Roses blutiges Messer? Jerrys Fickspielzeug oder andere belastende Mitbringsel aus der stillgelegten Mine? Die stählerne Kassette, die Rose Roberts in dem Irrglauben hat ausbuddeln lassen, sie würde Geld enthalten, obwohl sie darin nur die Briefe, Fotos und Hoffnungen eines verträumten Mädchens versteckt hatte? Geht es um diesen Kram?

»Sie bringen ihn bereits mit jeder Menge Scheiße in Darwin in Verbindung und ...«, setzt Red an, aber Kravic schneidet ihm das Wort ab.

»Denkst du etwa, ich glaube diesen Dreck? Roberts ist ein Cop. Einer von uns.«

»Sie werden sich seine Version der Geschichte anhören, wenn

sie ihn finden. Hör mal, Alex, wir haben unseren Jungen. Wir sollten der Zentrale Bescheid geben.«

»Nein!« Kravics Augen sind fest auf Mick im Rückspiegel gerichtet. »Du wirst mir erzählen, was du getan hast, ›Mick‹ – oder wie du auch immer wirklich heißt. Was du mit Roberts angestellt hast. Und mit Rose.«

»Rose?« Mick hebt die Brauen. »Was ist mit ihr passiert?«

Red rutscht unbehaglich auf dem Beifahrersitz hin und her. »Wir klären das auf dem Revier ...«

»Fick das Revier!« Kravic hat erneut seinen Revolver gezogen.

Der junge Cop starrt ihn an. Kravic zielt damit über seine Schulter auf Mick. »Wir suchen uns jetzt einen geeigneten Platz. Und dort holen wir die Wahrheit aus ihm heraus.«

Er reißt das Lenkrad herum. Der Wagen verlässt den Highway, schießt durch Gestrüpp und hüpft über sandige Bodenwellen, als sie in den Busch hinausjagen. Das Spinifexgras huscht wie wirbelnde Messerklingen an ihnen vorüber.

»Alex, was zum Teufel ...?«

Kravic richtet die .44er auf seinen jungen Partner. Red hält den Mund. Die Tachonadel steht bereits bei 60 Meilen und kriecht weiter der 70-Meilenmarke entgegen, und das auf unebenem Untergrund. Der Wagen schüttelt sich wie ein wildes Pferd. Kravic steuert ihn einhändig. »Mit dir war schon immer irgendwas faul«, zischt er Mick zu. »Du verlogener Sack Scheiße. Ich habe es immer gewusst. Roberts hat es auch gewusst, deshalb hast du ihm das alles angehängt.«

»Sie sind wahnsinnig«, erwidert Mick. Allmählich steigt heiße Angst in seinen Eingeweiden auf. Er fühlt sich auf der Rücksitzbank gefangen wie ein hilfloses Kalb auf dem Weg zum Schlachthof und zerrt an seinen Handschellen.

»Das ist illegal«, versucht Red, seinen Partner wieder zur Räson zu bringen. »Wir haben keinen Grund ...«

»Ich weiß, dass er irgendwas damit zu tun hat! Sieh ihn dir doch an! Kannst du es denn nicht erkennen?«

Mick starrt ihn an. Seine Panik wächst, die aufgesetzte Maske verblüffter Verwunderung wird unsicher. Er hält die Scharade nicht mehr lange durch. Die Handschellen sind wie Hände, die ihn in den Sitz pressen. Er kugelt sich beinahe eine Schulter aus, während er sich windet. »Lasst mich, verdammt noch mal, hier raus ...«

Wieder zielt der Revolver in sein Gesicht. Die Mündung des schwarzen Laufs blickt ihn an wie das Auge des Todes. Das Ende von allem.

»Wir suchen uns einen geeigneten Platz«, wiederholt Kravic mit viel zu ruhiger Stimme, während seine Augen wild flackern. »Und dort wirst du ein Geständnis ablegen. Oder dir dein eigenes Grab schaufeln.«

»Jesus, Alex!«, stößt Red hervor. Seine rechte Hand tastet nach seiner Waffe, und Kravic schwenkt die .44er zu ihm herum.

»Komm mir in die Quere, und ich knall dich ebenfalls ab, Don.«

Mick lehnt sich zurück, reißt die Beine hoch und tritt mit aller Kraft zu. Seine großen Stiefel erwischen Kravic an der Schläfe und schleudern ihn herum. Das Lenkrad entgleitet seinen Händen. Der Kühlergrill bohrt sich in den Straßengraben, und der Wagen überschlägt sich.

Mick wird in seinen Sicherheitsgurt geschleudert und versucht, die Füße gegen die Rückenlehne des Beifahrersitzes zu stemmen, um sich gegen den Aufprall zu wappnen, als sich die Welt um ihn herum auf den Kopf stellt. Der Ruck prellt ihm die Luft aus den Lungen. Ein diagonaler Feuerstreifen versengt seine Brust. Kravic, der völlig unvorbereitet war, knallt mit dem Kopf gegen die Windschutzscheibe. Das Lenkrad verformt sich unter seiner Brust. Der andere Polizist fliegt gegen das Handschuhfach und wird mit rudernden Armen zurückgeworfen. Der Wagen rollt über seine

Motorhaube, richtet sich wieder auf und schlittert dann auf der Seite durch Sand und loses Geröll. Malträtiertes Metall kreischt protestierend und verstummt wieder.

Das monotone Geräusch eines rotierenden Rades scheint nicht enden zu wollen. Heißer Wasserdampf entweicht zischend aus dem Kühler. Es riecht durchdringend nach auslaufendem Benzin.

Die Stille der Wüste legt sich wie ein Mantel über das Autowrack.

Um Mick herum wird alles weiß. Am Rande seines Blickfelds tauchen schwarze Flecken auf, die sich weiter auszubreiten und alles zu verschlingen drohen.

Dann umströmt ihn plötzlich frische Luft. Er keucht, ringt nach Atem, und seine gelähmten Lungen erwachen zu neuem Leben. Gierig saugt er den Sauerstoff in sich hinein, liegt kopfüber mit einer Schulter auf dem zersplitterten Seitenfenster des Streifenwagens. Der Boden unter ihm strahlt noch immer die Hitze der Sonne zurück, deren Strahlen durch das Seitenfenster über ihm auf ihn herabfallen.

Kravic ächzt auf dem Fahrersitz und hustet Blut aus. Red hängt tot mit schlaff herabbaumelnden Armen in seinem Sicherheitsgurt; eine seiner Hände liegt auf Kravics Gesicht.

Mick benötigt eine Ewigkeit, um sich hochzustemmen und die Handschellen unter seinen Beinen hindurchzuziehen, bis sich seine Arme wieder vor seinem Körper befinden und er nach den Schlüsseln an Kravics Gürtel greifen kann. Der Bulle stöhnt erneut und krächzt nach Hilfe.

Nachdem er sich von den Handschellen befreit hat, lehnt sich Mick seitlich gegen den Sitz und starrt Kravic ins Gesicht. Die Lider des Cops flattern vor Schmerzen. Mick drückt auf seine zerquetschte Brust, in der gebrochene Rippen knirschen, und Kravics Lider flattern noch heftiger. Offenbar sind seine Schmerzen so stark, dass er den Blick nicht auf Mick fixieren kann, sondern irgendwo über seine Schulter hinweg ins Nichts starrt, wo er vielleicht sein Leben wie einen Film vorüberziehen sieht. Mick drückt dem Wichser den zerschmetterten Brustkorb platt und erleichtert ihm so den Übergang.

»Ich glaube nicht, dass ich das Grab, von dem du gesprochen hast, jetzt schon brauche«, murmelt er und tätschelt Kravics Brust.

Er zieht sich durch das offene Seitenfester über ihm und bleibt einen Moment lang auf dem umgestürzten Wagen sitzen, bevor er sich auf die rote Erde hinabgleiten lässt. Der Staub brennt wie Feuer in seinen aufgerissenen Händflächen, aber er bringt es nicht sofort fertig, sich wieder aufzurichten. Jeder Muskel seines Körpers schreit vor Schmerzen. Die Sonne brennt ihm erbarmungslos auf den Rücken herab.

Irgendwann findet er die Kraft, wieder aufzustehen. Es gibt keinerlei Anzeichen dafür, dass er irgendetwas mit dem Unfall zu tun hat, nichts, was ihn mit diesem Vorfall in Verbindung bringen könnte.

Er dreht sich um und macht sich auf den Rückweg zu seinem Auto. Den Kopf in der sengenden Sonne gesenkt.

Lebendiger als jemals zuvor.

Während der hektischen Jagd nach Roberts taucht Mick sechs Wochen lang in der Gemeinde unter. Er sitzt mit den anderen in den Pubs, lauscht den Gerüchten, die die Runde machen, und zeigt sich genauso interessiert wie alle anderen an den neuesten Nachrichten. Er beteiligt sich an den Spekulationen darüber, ob der Killer-Cop auch seine Hände bei dem Autounfall im Spiel hatte, der Alex Kravic und Don Mooney das Leben gekostet hat. Und er schüttelt fassungslos den Kopf, zeigt Sorge und Ungläubigkeit und spricht von einem Akt der Rache, als man ihre Leichen schließlich findet.

Und die ganze Zeit über hat er den großen Polizisten zusammen mit der aufgedunsenen Leiche des fetten Pädos und den beiden Brüdern vor seinem inneren Auge, säuberlich in einem Halbkreis arrangiert, in den Tunnels unter der verlassenen Mine sitzen sehen.

Der Gedanke daran, dass sie alle dort sitzen, besiegt, tot und ihrer Kraft beraubt, ruft ein Kribbeln tief in ihm hervor. Tatsächlich hat ihm sogar jeder der *anderen* ein brauchbares Souvenir hinterlassen. Da ist einmal die Bardoch-Mine selbst, dann Roberts' Gewehr Kaliber .243, Dragos Bowiemesser sowie der Abschleppwagen der serbischen Brüder, dem er zuvor den Kran mit der Seilwinde abmontiert hat. Das alles wartet nur darauf, eines Tages von ihm benutzt zu werden. Er wünschte sich, er hätte Cutters und Jocks Leichen behalten, um sie neben denen der *anderen* zu platzieren, aber er ist überzeugt, dass sie im Geist bei ihnen sind. Rose hat er aus seinem Gedächtnis gestrichen. Er denkt nicht einmal dann an sie, wenn er sich vorstellt, wie die anderen in der Dunkelheit hocken und auf seine Rückkehr warten.

Aber dafür ist er noch nicht bereit.

Er ist bisher nicht mehr zu der Mine zurückgekehrt, für den Fall, dass ihn immer noch irgendjemand verdächtigen sollte. Zwischen ihm und den Verbrechen existiert eine unbestreitbare Verbindung, und es besteht die Möglichkeit – trotz aller Beweise, die auf Roberts hindeuten –, dass irgendjemand die losen Enden miteinander verknüpft. Je länger er bleibt, desto größer ist das Risiko, das er eingeht.

Obwohl ihn die Mine wie der Ruf einer Sirene zu locken scheint, muss er sich vorerst von ihr fernhalten.

Er bleibt lange genug, um sich überall sehen zu lassen, am Leid der anderen teilzunehmen, als wäre es sein eigenes, und auf Kravics und Mooneys Gedenken zu trinken. Und auf das von Rose. Er ist vorsichtig genug, nicht an den unpassenden Stellen zu grinsen oder zu lachen, auch wenn ihn das Bedürfnis danach hin und wieder zu überwältigen droht.

Dann taucht eines Tages ein Rekrutierer der Army in der Stadt auf. Mick geht mit ein paar Dingofellen über der Schulter an seinem Stand vorbei und bleibt stehen, um sich die lustlose Ansprache des Typen anzuhören. Er hat vor langer Zeit schon einmal mit dem Gedanken gespielt, zur Army zu gehen, wusste aber, dass man ihn wegen seiner verkümmerten Beine nicht annehmen würde. Aber jetzt könnte er als gottverdammter Sportler durchgehen. Der Typ schwadroniert davon, Vietnam vor den Kommunisten zu retten, doch Mick hört ihm schon längst nicht mehr zu. Sein Blick klebt die ganze Zeit an einem Spruch, den irgendein geistreicher Hippie auf die Backsteinwand des *Black Shanty* nur wenige Meter weiter gesprüht hat.

Reisen Sie mit der Army nach Übersee. Lernen Sie interessante Menschen kennen. Und legen Sie sie um.

Mick lässt den Spruch lange auf sich einwirken. Und diesmal kann er sein Lächeln nicht länger verbergen.

Was auch nicht mehr nötig ist, wie sich schon bald herausstellt.

Die Autoren

Mit Greg McLeans Spielfilmdebüt *Wolf Creek* erblickte eine der bemerkenswertesten und beängstigendsten Filmfiguren Australiens namens Mick Taylor (verkörpert durch John Jarratt) das Licht der Leinwand. McLean war bereits als Autor, Regisseur und Produzent für den Thriller *Rogue* (2007) verantwortlich. Bei den Filmen *Red Hill* (2012) und *Crawlspace* (2013) fungierte er als ausführender Produzent. Er verfasste außerdem die vierteilige Comic-Serie *Dark Axis: Secret Battles of WW2* und die Graphic Novel *Sebastian Hawkes: Creature Hunter.* Die lange erwartete Fortsetzung seines Spielfilmdebüts *Wolf Creek 2* – bei der er in Personalunion als Drehbuchautor, Regisseur und Produzent fungierte – erschien 2014.

Aaron Sterns ist Co-Autor von *Wolf Creek 2* und war als Script Editor für die Endfassung des Drehbuchs von *Rogue* verantwortlich. Der ehemalige Dozent für den Fachbereich »Gothic and Subversive Fiction« sowie Herausgeber des *Journal of the Australian Horror Writers*, welches das Genre des postmodernen Horrors erforscht, verfasste etliche Storys, die sowohl für den Aurealis Award nominiert als auch für die Auszeichnung Year's Best Fantasy & Horror im Rennen waren. Sterns wohnt seit 15 Jahren mit seiner Lebensgefährtin und ihrer kürzlich geborenen Tochter – dem mittlerweile dritten Wolf-Creek-Baby – in Melbourne.

Danksagung

Greg: Ich möchte mich bei meiner Komplizin Bianca Martino und der gesamten Martino-Familie für ihre Unterstützung und Fürsorge bedanken, ferner Dank dem ganzen McLean-Clan für seinen unerschütterlichen Enthusiasmus und seine Liebe. Und natürlich Aaron Sterns dafür, dass er die manchmal dunkle und verrückte Welt von *Wolf Creek* betreten hat. Ein besonderer Dank geht an Antoni Jach für all seine Klugheit und Hilfe während der gesamten Zeit.

Aaron: Ich möchte dem Schauspieler John Jarratt für seine Sicht auf die frühen Jahre seiner bemerkenswerten Filmfigur danken. John hat mir nicht nur Einblicke in Micks einzigartige Psychopathologie ermöglicht, sondern mir ebenfalls etliche Anekdoten über seine eigene Kindheit im Outback von Queensland erzählt, die ihren Eingang in diesen Roman gefunden haben.

Mein Dank gilt außerdem John Lethbridge von der *Normandy Station* außerhalb von Roma in Queensland und Russell Hammond dafür, dass er uns miteinander bekannt gemacht hat. Vielen Dank an Bob und Margaret Luff dafür, dass ich ihr Haus in Loch Sport benutzen durfte, Tim und Kerryn Luff für ihren »Lost Room« und Tania und Dom Salerno für ihr Haus in Aireys Inlet.

Darüber hinaus danke ich meiner Agentin Beth Fleisher, Simon Rowell für seine Geschichten über die Ölfelder, Michael Nolan von Penguin dafür, meine Texte zu glätten, Greg McLean dafür, dass er mir gestattet hat, eine böse Vision von Micks Aufwachsen zu erfinden, und natürlich meiner Partnerin Robyn für ihre verlässliche Unterstützung und ihren Glauben an mich über all die vielen Jahre.

Werde Teil der Bastei Lübbe Welt
You Tube
www.lesejury.de
Lesen, rezensieren, Bücher gewinnen
Lerne Autoren, Verlagsmitarbeiter und andere Leser kennen